ハヤカワ文庫 SF

〈SF2127〉

# 暗黒の艦隊

## 駆逐艦〈ブルー・ジャケット〉

ジョシュア・ダルゼル

金子 司訳



早川書房

7977

WARSHIP
BOOK ONE OF THE BLACK FLEET TRILOGY
by
Joshua Dalzelle



Translated by
Tsukasa Kaneko
First published 2017 in Japan by
HAYAKAWA PUBLISHING, INC.
This book is published in Japan by
arrangement with
JOSHUA DALZELLE
through THE ENGLISH AGENCY (JAPAN) LTD.

# 暗黒の艦隊

## 駆逐艦〈ブルー・ジャケット〉

登場人物

第7艦隊所属　駆逐艦〈ブルー・ジャケット〉

ジャクソン・ウルフ…………艦長。大佐
セレスタ・ライト……………副長。中佐
ハビエル・フアレス…………シャトル飛行責任者。中佐
オーウェンス…………………医務長。中佐
ダヤ・シン……………………機関長。少佐
ジェザ・オーティズ…………海兵隊指揮官。少佐
ジリアン・デイヴィス………指令担当（第一当直）。少尉
ピーターズ……………………指令担当（第二当直）。大尉
マイケル・バレット…………戦術担当（第一当直）。大尉
ユー……………………………通信担当（第一当直）。大尉
ケラー…………………………通信担当（第二当直）。中尉
ハーパー………………………通信セクション。特技官
エド・カゼンスキ……………最先任下士官。上級兵曹長
カレン…………………………機関セクション。上等兵層
ジェイコブズ…………………センサー担当。一等特技官
デイヴィス・ロット…………医療スタッフ。一等特技官
カイ……………………………医療スタッフ。特技官

マコード………………………ジェリコ・ステーション出入港水先人
パイク…………………………中央司令部情報局捜査官
アシリ…………………………駆逐艦〈オスカー・マークス〉艦長
アガポフ………………………巡航艦〈ムルマンスク〉艦長
アリソン・ウィンタース……中央司令部艦隊司令官。大将
ジョーゼフ・マーカム………同作戦部長
ケイレブ・マケラー…………地球連合大統領

# 1

## 二四二三年

「ウルフ大佐、ウィンタース大将がお目にかかります」

受付の下士官《NCO》の声にジャクソン・ウルフはうなずいて立ち上がった。黒ずくめの制服をなでつけてしわを伸ばすと、ウィンタース大将の執務室へとつづくドアのほうに決然とした大きな足どりで歩きだす。部屋に入ると、デスクに三歩近づいて、彼の存在をあからさまに無視しているアリソン・ウィンタースの前に気をつけの姿勢で立った。

この女性大将がタブレット・コンピュータのスタイラス・ペンを探すふりをよそおっているあいだ、ジャクソンは当惑しつつも直立の姿勢をたもっていた。いまはもう存在していない電子機器メーカーがかつてつけたブランド名にもとづいて、艦隊内の誰もがこのタブレットのことを〝タイル〟と呼んでいる。

そうして三分が経過したころ、どうやらこれは上位の士官が下級者に対して身分の違いを見せつけるときのやり口ではないらしいとジャクソンにもわかりはじめた。意図的に相手を侮辱するためだ。彼には二重の意味でそう感じられた。どうやらウィンタース大将は、明らかに彼の頭がそこまでにぶいために、この教訓が脳に染みこむには五分近くもかかると考えているらしい。ようやく彼女はカタリと音をたててタイルを置き、顔を上げて、彼の存在にはじめて気がついたとでもいうように、冷えびえとした視線でさらに三十秒はじっと彼を見据えた。

「楽にして、大佐」とウィンタースがついにいった。ジャクソンは後ろで手を結んだ休めの姿勢で立ち、デスクの前に置かれている二脚の椅子にちらっと視線を向けた。が、すわってよいという許可がないために、そのまま立ちつづけた。「なぜあなたを今日ここに呼んだのか、理由はわかる？」

「勝手な推測をするつもりはありません、閣下」

ジャクソンはそれ以上何もいわずにおいた。こうしたささやかなゲームにはかなり慣れている。はじめのうち、人々のそうした態度は、彼が手にした地位へのささやかな嫉妬心だろうかと思っていたが、最近はそれよりもずっと根の深いものだと推測がつくようになっていた。

「〈ブルー・ジャケット〉が出航前の点検に合格したわ――かろうじてだけど。そしてあなたをここに呼んだのは、副長《XO》の候補者のリストをしぼりこんだからよ」ウィンタース大将がつづけた。「あなたと実際に顔を合わせて話しあったほうがいいと思って」

「副長の候補者、ですか？」ジャクソンははっきりと困惑して尋ねた。「おっしゃっている意味がわかりかねますが、大将」

「スティーヴンソン中佐は何もいわなかった？」明らかにこの瞬間を楽しみつつ、ウィンタースが尋ねる。「昨日、彼の第四艦隊への転属を許可したの。さっそく、補給部隊といっしょに、新たな赴任先に出発することになっているわ」

ジャクソンは腹わたが煮えくりかえる思いだった。大将の前で顔つきを変えずに冷静さをたもつのが精いっぱいだった。

「中佐は準備で忙しく、直接わたしに報告しにくるひまもなかったのでしょう」彼は中立の立場をたもっていった。「まちがいなく、いまごろは受信トレイにメールが入っているものと思います」

「もちろんそうでしょうね」ウィンタースががっかりしたようにいった。じろじろと彼の顔を観察し、彼がかんしゃくを爆発させるのを明らかに期待している。「最終的にリストは三人にしぼられた。正直なところ、大佐、それだけの人数がいるだけでも運がいいというものよ。副長にふさわしい有能な者の大半は、あの駆逐艦に乗り組むのを望みもしないだろうし、ましてや第七艦隊となるとなおさらね」

「そうでしょうとも、大将」ジャクソンはうろたえることなく応じた。「われわれは次の立ち寄り先まで一度に何ヵ月も航行し、それが一年以上もつづくことがありますから。よほど精神的にタフな者でないと耐えられません」

「そうね」ウィンタースが声に感情をこめずにいう。「きっとそうにちがいない。とにかく、右の椅子にすわって、大佐。リストアップした候補者の個人記録を二人で見なおすとしましょ。なるべく早く片づけてしまいたいから。二時間後に地上《サーフェス》で式典があるの」

実際のところ、リストにあげられたまともな候補者の名前はひとつきりだとジャクソンが理解するのに三十分もかかりはしなかった。ウィンタース大将がみずから選び、何があっても彼の艦に乗せようと考えている候補者はただ一人だ。個人ファイルの適性テストの報告を読み進むあいだ、ジャクソンにはわけがわからなかった。これまで、彼の艦には有能とはとてもいえない士官や下士官たちばかり押しつけられてきたのに、リストにあげられたこの人物はその形容にあてはまらないようだ。事情をよくわかっていないなら、とうとう自分にもツキがまわって、次の航行には意欲のある有能な副長が乗り組むことになりそうだと考えたところだろう。しかしながら、この候補者に同意したときにウィンタース大将の顔にちらっと浮かんだ笑みが気がかりだった。あまり楽観的にならないようにしようとジャクソンは自分にいい聞かせた。

ウィンタース大将の執務室を出ると、ジャクソンは中央司令部《CENTCOM》が置かれている軌道上の要塞——ジェリコ・ステーションと呼ばれている——の曲がりくねった外通路をぶらっと歩きだした。この施設は全艦隊の作戦立案の中心であり、あちこちで重なりあうアクセス・チューブや宇宙船をつなぎ留めたドック施設、そしてジャクソンのような者の命にじかに影響する日々の判断をくだしているCENTCOMの幹部連中が暮らす居住区が数多く並んでいる。彼は途中で足をとめ、手すりにもたれて、アクリル製の湾曲したアクセス・チューブごしに、足もとでゆっくりとまわっている惑星を眺めた。この星、ヘイヴンはアルファ・ケンタウリ星系にあり、人類が地球から旅立って最初にコロニーを築いた星のひとつだ。そして、人類が支配する宇宙において、本物の権力の大半がなおも集中している場所でもある。

チューブの表面に映った自分の姿に焦点がうつろうにつれ、下の惑星はぼやけていった。同僚たちをあれほど嫌悪させてやまない彼の容貌のほうに。彼は背丈も体格も平均的で、栄養の不足とジョギングへの偏執的なこだわりなどのためにいくぶんやせているほうだ。しかしながら、オリーヴ色の肌、濃い色の目、そして漆黒《しっこく》の髪から、彼が地球の出身であることはかなり明白だった。人種的な特徴が薄められた外見というのは地球で生まれた者に共通し、おかげで一見しただけでは年齢をいいあてるのも難しい。実際、彼も四十一歳という年齢より、少なくとも十は若く見えた。

過去何世代にもわたって、地球の人口ピラミッドの頂点に君臨してきた十パーセント程度の上級層がすくい取られて宇宙へと旅立っていった。選び抜かれたエリート層だけが宇宙船に乗りこみ、新たに発見された世界へと植民した。人口が増えすぎて、汚染が進み、そして大まかにいえばまともに機能しなくなっていた地球を、彼らは喜んで離れていったのだった。そうして二百年もすると、大半の者にとって、地球はかつてのスラム街とさして変わらないものになった。そこで生まれた者は、世に出て認められるために苦闘を強《し》いられた。その戦いに勝利する者などほとんどいなかった。

ジャクソンはため息をつき、また歩きはじめた。普段は自分がそのことを気にしていると意識する機会などめったにないが、ウィンタース大将と顔を合わせたせいで、苦々しい気持ちや怒りが前面に浮かび上がることになった。こうして歩いていても、すれちがう者たちの声にはされない思考が聞きとれるように思えた。

〝施《ほどこ》しもので暮らしている物乞《ものご》いめ〟

〝人種的な数《トークン・マイノリティー》あわせめ〟

〝地球生まれ《アースマスター》め〟

ドック管制官に会いにいって彼の艦の整備状況を話しあうというプランはやめにして、ジャクソンは次の移動チューブに乗り、まっすぐ兵舎をめざした。とにかくいまは、誰とも話さずに自分の宿舎に帰り着きたかった。そして、彼にとっての逃避の手段がスペースバッグに無事に押しこまれ、彼の出発を待っているということもわかっていた。駆逐艦がドックに入ってメンテナンスと検査を受けているあいだはなんとかそれに近づかずにいられたが、今日の出来事が彼の決意を粉々に砕いていた。

## 2

翌朝、ジャクソンはアクセス・チューブをたどってドック施設に向かった。そこに繋留《けいりゅう》されていた十以上のなかから、自分の艦をすぐに見つけることができた。宇宙艦〈ブルー・ジャケット〉は昨日のうちに、周囲を完全に覆われたメンテナンス・ドックからひらけた繋留地に移されていた。機関室のスペースや、ほかにも中央司令部《CENTCOM》の作業クルーが手を加えた補修箇所の完全な点検が終わったなら、補給船を切り離して、最後にもう一度、艦腹をすっかり確認しなおす予定だ。

ジャクソンは通路の途中で足をとめ、めったに目にすることのできない光景にしばし見入った。自分の艦を艦首から艦尾まですっかり目にできる機会はあまり多くない。たいていは艦内に乗り組んでいるか、移動用の狭いシャトル船に押しこまれて視界をさえぎられているからだ。このラプター級駆逐艦は、人類がこれまでにつくり出した大半の戦闘艦と似たつくりだ。艦腹はほぼ葉巻型で、ただしひらたくて、横から見ると細長く、上から見ると幅が広くて、上部構造や電磁キャノン砲の砲塔を載せられるようにつくられている。メイン・エンジンである第三世代の磁気プラズマ・ドライヴ（一般にＭＰＤと呼ばれている）のポッド四基は艦尾付近に搭載されている。そのため、この艦を正面から見るとエンジンを支える支柱《パイロン》が〝X〟形に突き出ている。これは駆逐艦ではあるが、これと並べてみたなら、二十一世紀当時の地球で海をゆく海軍が使っていた最大級の航空母艦でさえもちっぽけに見えるだろう。排水量は七十万トンで、全長は六百メートル近くもある。

コムリンクにちらっと目をやって現地時間を確認したうえで、ジャクソンは通路を進みつづけ、ドッキング・アームに通じている保安上のチェック・ポイントに近づいていった。おざなりにIDとバイオスキャンをチェックされたあとで、退屈そうな海兵隊の歩哨からぞんざいな敬礼を受け、ゲートの通過を許された。やや無礼ともいえるこの態度のことはそのままにして、彼は動く歩道のほうに歩いていった。ここから艦までの残る二キロは、この動く歩道が彼を運んでくれる。点滅するサークル内に足をのせると、通路自体が彼の体重と行き先を計算したうえで加速しはじめるのを待った。この床は移動する者をさまざまな速度や加速で同時に運ぶことができる。これがジェリコ・ステーションでより進歩したテクノロジーのひとつであることを思い出して、ジャクソンは短い笑いをもらした。

彼が立っているサークルが速度を落としはじめ、通路の左にはずれてただよっていき、〝地球連合艦《TCS》〈ブルー・ジャケット〉、DS-七〇一〟とデジタル表示された大きなアーチのそばでようやくとまった。通路をはずれて渡り通路《ギャングウェイ》のアーチのほうに近づいていき、歩哨が気づくのを待つ。

「ウルフ艦長」

海兵隊員がきびきびとした声を発し、気をつけの姿勢で敬礼した。ジャクソンは敬礼を返し、スペースバッグをテーブルに載せてスキャン装置に通した。たとえ艦隊空母を指揮する提督であっても、宇宙艦に搭乗するさいには一介の宙兵見習いと同じように、こうして保安上の手つづきをとらないといけない。ジャクソンはスキャン用のゲートをくぐり、歩哨がゴーサインをくれるのを待った。

「すべて問題ありません、艦長」と海兵隊員が告げた。「荷物は居室にお運びしておきます」

「ありがとう」

ジャクソンは礼をいってうなずいた。メインの渡り通路をゆっくりとのぼっていきながら、透明なチューブの壁ごしに艦腹に目をやる。これほど近いところからだと、長年にわたって虚空を抜けて航行をつづけてきたために、微細な宇宙塵が艦腹の合金素材にぶつかって生じた、深くえぐれた穴や疵痕《きずあと》までもがはっきりと見てとれる。メイン・ハッチに近づくと、なおも艦内にとどまっている最小限の基幹要員《スケルトン・クルー》が木枠の荷物を運びこんでいる姿が目についた。

「〈ブルー・ジャケット〉に指揮官が到着しました」

艦内コンピュータがインターコムを通じて自動で告げるあいだに、ジャクソンはハッチをくぐって左舷の貨物室に入っていった。この知らせを聞いて、室内で作業していたクルーが数人、いったん手をとめて彼のほうを振り返り敬礼した。

「そのまま作業をつづけよ」

ジャクソンはそう呼びかけて敬礼を返すと、後部隔壁のハッチへと歩いていった。その先に昇降機《リフト》がある。なるべく早いうちに艦内全域を視察してまわるつもりだが、できれば機関長を同伴したい。代わりに、まずはブリッジに行って駆逐艦の診断データを確認することにした。〈ブルー・ジャケット〉がまだ基幹要員だけで作業している平静なあいだに、報告書にざっと目をとおしておきたかった。残りのクルーが乗艦するまでにまだあと五時間ほどある。

リフトのキーを押すと、磁気動力の箱がデッキ15まで上がっていった。そこがこの艦の細長い胴体部分の最上階だ。そこから二十メートルほど先に別のリフトがあり、それに乗り換えて上部構造に上がることができる。この塔は艦体の上面から上に突き出ていて、メイン・ブリッジやほかの重要な部署がいくつか配置されている。なぜブリッジが艦内の奥深いところに置かれていないのか、ジャクソンにはけっして理解できなかったが、十世代もの歳月がたったあとでさえ、宇宙艦の設計者は海を渡るかつての乗り物と真空でのみ過ごす船とのあいだに直系の結びつきを感じているらしい。

「艦長がブリッジに到着！」

海兵隊の歩哨がメイン・ブリッジにつづく大きなアーチの手前から声を上げて告げた。ジャクソンはアーチをくぐる前から、クルーがあわてて席を立って気をつけの姿勢をとろうとする物音を聞きとれた。

「そのままでよい」彼は全員に呼びかけた。「当直士官、ジェリコから〈ブルー・ジャケット〉のメンテナンス・ファイルは提出されたかな？」

「イエッサー」指令ステーションの前に立っていた若い少尉が応じた。

「艦長室にそれを転送しておいてくれ。新任の副長《XO》が一時間以内にやってくると思う。ファイルはわたしのもとにじかに送るように」

「アイ、サー」少尉がそう応えて、ためらいがちにつづけた。「スティーヴンソン中佐はどうされたんでしょうか？」

「よりよい環境に向けて旅立ったんだ、少尉、よりよい環境に。作業をつづけてくれ。新任の副長を艦長室に向かわせるのを忘れないように」

ジャクソンはブリッジを出ると、自分の名前と階級が記されたハッチのところまで湾曲した通路をたどっていった。艦長室はブリッジにほど近く、歩哨についている海兵隊員の目が届くところにある。艦長室は彼にとって邪魔されることのない聖域で、宇宙艦を指揮するうえで付随するあきれるほど大量の書類仕事をせっせと片づけることができる。これは悲しい現実だが、あまり信用のできない、またはやる気のない副長が何人かつづくあいだ、一度の航行のあいだに彼が居室のベッドで眠る機会もないことが何度もあった。代わりに、彼は書類仕事を片づける合間に艦長室のソファーで仮眠をとるしかなかった。艦が停泊地に戻るよりも先に、ＣＥＮＴＣＯＭでは航宙日誌やファイルの送信を求めてくるために、作業を先延ばしにするという選択肢などなかったからだ。

この艦になされた補修作業の報告書にジャクソンがざっと目をとおしていくうちに、ハッチを一度ノックする音がした。

「入れ！」

彼の声に応じてハッチがスライドして開き、新品の黒い制服姿の小柄なブルネットの女性が艦長室に入ってきた。女性は彼のデスクの前で立ちどまると、小気味よい動作で敬礼し、彼の頭のすぐ上の空間をまっすぐに見つめた。

「セレスタ・ライト中佐、ご用命どおりに参上しました」と彼女が鋭くいって、敬礼の姿勢をたもつ。

部下を直立させたまま無言でにらみつけるというような士官のばかげたやり口になど、ジャクソンは興味がなかった。彼は向きあった相手を少しのあいだ観察して、一分の隙もない軍人らしい立ち居ふるまいや左胸の略綬《りゃくじゅ》の豊富さに気づいて感心した。

「楽にしてよい、中佐」とジャクソンは声をかけた。「すわりたまえ」

「ありがとうございます」彼女はデスクの前に置かれた椅子のひとつに優雅な動きで腰をおろし、なおも背筋をぴしっと伸ばした姿勢をたもった。

「ブリタニアかな？」

「なんとおっしゃいましたか？」彼女が困惑して尋ねる。

「きみのアクセントから、ブリタニアの出身かと思ったんだ」ジャクソンは質問の意味をはっきりさせた。ウィンタース大将からもらった個人ファイルから、すでに彼女の経歴はほとんどすべてわかっていたが、出航前に新任の副長とじかに知りあっておくのは、人間味のないファイルに記入された事実の羅列《られつ》よりもはるかに価値がある。

「はい」とライト中佐が答えた。「より正確にいえば、ディヴンです」

「すてきな星だと聞いたことがある」ジャクソンはおざなりにいっておいた。「さて、わかりきったことを避けて通っても仕方がなかろうから、単刀直入にいおう……なぜきみは第一艦隊からの異動を望んだのかね？」

ライト中佐はこの真っ正面からの質問に落ちつかなくなり、洗練された仮面に少しだけひびが入った。「率直に話してもかまいませんか？」

「ぜひそうしてくれ」ジャクソンはいって、話をつづけるように手ぶりでうながした。

「第一艦隊は第一級の組織です」彼女がいった。「ベスト中のベストですね。ですが、あそこで昇格するのはきわめて困難です。大佐の平均年齢は六十五歳ですし、艦隊内の上部層が詰まっていますから。わたしが乗り組んでいた巡航艦での艦内序列は五番目でした。いつの日か自分の艦を指揮できるようになりたいと望むなら、転属するしかないと考えたのです」

「なぜ第四艦隊でなく？」とジャクソン。「または、第五でさえも？」

「第四艦隊にも希望を出してはみました」と彼女が認めた。「第五艦隊は気にかけもしませんでしたが。ニュー・ヨーロッパ連邦はブリタニア出身者を嫌うという評判ですから。たとえあそこに転属を認められたとしても、向こうでの日々を楽しめるとは思えません。となると、暗《ブラ》……第七艦隊が唯一の論理的な選択のようです」

「そう呼んでもらってもかまわんよ、中佐」ジャクソンはそういって、おもしろくもなさそうに笑った。「〈暗黒の艦隊《ブラック・フリート》〉というのは蔑称というわけでもない。地球連合宇宙艦隊の歴史はきみもよく知っているものと思うが？」

「もちろんです」

「では、説明してもらおう」

「共和国がはじめて地球連合として再編された当時、まだヘイヴンのみを拠点とした艦隊が存在していました」と彼女がはじめた。アカデミーに入学する前に習うような大昔の歴史を暗唱させられていることに、かすかにいらだった表情があらわれている。「もともとの艦隊は作戦任務ごとに分かれていましたが、現実的にやっていくには大きすぎたため、やがて現在のわれわれが採用しているのと同様に、数字を冠した艦隊に分割されました。その後数十年のあいだに、各領域に属していた艦隊すべてに兵站《へいたん》の補給をするなどできなくなって、正式に恒久的な哨戒区域ごとに割り当てられ、それぞれの艦隊の維持管理は連合自体ではなく各領域の責任になりました」

「士官候補生の入学試験向きの、じつにわかりやすい説明だな」とジャクソンがいって、相手がむっとするのを見守った。「しかし、第七艦隊はヘイヴンにとどめられ、人類が広がったすべての世界のあいだに横たわる深宇宙のパトロール任務を受けもつようになったことが抜けている。われわれは一年以上の長い航行に出ることもしばしばだ。人里離れた、隔絶した世界に。〈暗黒の艦隊〉というニックネームは、暗闇の支配する深宇宙でのミッションからつけられたもので、われわれの堕落した実情からついたのではない。かつては第七艦隊の宙兵が誇りとしていた呼び名だ」

「艦長、わたしは〈暗黒の艦隊〉に配属になるのを本当は望んでいないというわけではありません」自分が犯した失敗に気づいて、ライト中佐が急いでつけ加えた。

「わたしもばかではない、中佐」とジャクソンはおそらく意図した以上に厳しい声でいった。「この三十年間、〈暗黒の艦隊〉はCENTCOMがほかの艦隊から規律の問題やほかの点で好ましくない士官や下士官を契約満了時までほうりこんでおくゴミためと化している。艦隊自体の装備も最先端とはいいがたい。たとえば、この艦を見てみるがいい。〈ブルー・ジャケット〉は最新鋭の艦だった……四十年前には。われわれがここジェリコで四十年前の多重回路《MUX》に新しいセンサーを継《つ》ぎ接《は》ぎしている一方で、ニュー・アメリカでは、〈暗黒の艦隊〉に配備されているどの艦よりも速くて兵器を多く搭載し、より強固な装甲を備えた駆逐艦を第四艦隊に配備しようとしている」

「艦長」とセレスタがのろのろといった。「話がどこに向かっているのかよくわからないのですが」

「わたしがいいたいのはこういうことだ、中佐。昇進の希望をもつのはわたしにも理解できるし、やる気があるのもけっこうなことだ。だが、きみが〈暗黒の艦隊〉に颯爽《さっそう》と足を踏み入れたからといって、ゴミどもの頭を踏んづけ、すぐにも自分の艦を指揮できるようになるとは思わぬように。きみが能力のかぎりをつくして副長としての任務を遂行してくれるものと期待しておこう。一足飛《いっそくと》びに自分の艦を手にする機会を得ようとなどせず、きみが任務を着実に遂行するものと期待している。明確に了解したか？」

「明確に了解しました」中佐がこわばった調子で応じた。「こういってもよろしければ、あなたも似たようなシナリオを思い描いてこの艦を指揮するようになったのではありませんか？」

「自分の昇進についての噂はわたしもよくわかっている、中佐」瞬間的な怒りを抑えようとして、彼の顔がわずかに赤らんだ。「あのときのミッションで本当は何があって、何がなかったにしても、現在の状況に何も変わりはない。思い上がった地球人が、士官墓場であり昇進の見込みのなくなった者たちの掃きだめでしかない集団のなかで、使い古してガタのきた駆逐艦を運よく指揮するようになった経緯について、さまざまな憶測がとび交っているものと想像できるだけだ。正直いって、少しも気にしてなどいない。これはきみのためにいっておくが、わたしの占めている席を簡単に手に入れられるだろうと考えてこの艦に転属してきたのでないことを祈るぞ」

「もちろん、そうではありません」セレスタがすばやくいった。まるで、さっきの発言を後悔しているようだ。「あなたを愚弄するつもりはまったくありません」

「だろうな」とジャクソンは冷静にいった。「ただ単に、誤解したままわれわれのつきあいをはじめたくはなかったのでね。きみの適性テストの報告書を読ませてもらったが、正直いって、じつに感心した。きみが任務に献身するなら、この艦にとって貴重な戦力になるだろう。ここの者はみな、よくできたクルーだ。少し荒っぽいところはあるが、しっかりした宙兵の集まりだ。まずは彼らと親しくなって、彼らから敬意を得られたなら、必ずやきみ自身の艦を指揮する機会がやってこよう……だが、きみの手でそれをつかみとらないといけない。何かほかに訊いておきたいことは？」

「ひとつだけ」と彼女がいった。「自分でも調べてみたのですが、ディヴンの公共ネットでは、この件について情報が錯綜《さくそう》していまして。この駆逐艦はどうして〈ブルー・ジャケット〉と呼ばれているんでしょうか？」

ジャクソンは椅子の背にもたれ、彼女の質問について少し考えてみた。

「わたしがこの艦を指揮することになったのは、ちょっとした幸運のめぐりあわせだった」彼は心からの笑みを浮かべていった。「第七艦隊の駆逐艦はどれもネイティヴ・アメリカンの高名な酋長の名からとられている。〝ブルー・ジャケット〟というのはショーニー族という古い部族の酋長で、かつてわたしが生まれ育った周辺の土地で暮らしていた」

「では、あなたは地球で生まれただけでなく、あそこで育ったんですか？」

「ああ、そのとおりだ」とジャクソン。「わたしは北アメリカ連合のオハイオ川沿いのスモッグで煙る都市に生まれ、士官学校に入学するまであそこで暮らしていた。ともかく、この艦隊には駆逐艦が全部で四隻あって、それぞれ〈ブルー・ジャケット〉、〈クレイジー・ホース〉、〈ポンティアック〉、〈ブラック・ホーク〉と呼ばれている。かつてはあと二隻存在していたんだが、何年か前に退役になり、新型のものと取り替えられることはなかった」

「興味ぶかい話ですね」セレスタが心からそう感じているようにいった。「その点について、何か読んでおくべき資料はありますか？」

「きみのコムリンクに何冊か送っておこう。それはさておき、われわれ二人がもっとも効率的にブリッジをカバーできる当直スケジュールを考えよう。きみが単にスティーヴンソン中佐の抜けた穴を埋めることは期待していない。どうすればきみがいちばん効率的に力を発揮できるか考えてもらいたい。クルーはまだあと数時間は乗艦してこないし、出航は一週間ほど先になる予定だ。まずはきみにもつきあってもらって、わたしと機関長とともに艦内を視察してまわるとしよう」

「喜んでお供《とも》します。クルーの多くと顔を合わせる絶好の機会になるでしょうし」

「そのつもりだ」とジャクソン。「それまでは居室でゆっくりするといい。準備ができたら知らせる。ようこそ当艦へ」

こういって、彼はデスクごしに手を差し出した。ライト中佐は腰を浮かして手を握り、まっすぐに立つとまた敬礼した。

「こちらこそ光栄です」彼女がいった。

「退《さ》がってよい、中佐」

ジャクソンはそう告げると、彼女がハッチを開けて艦長室を出ていくあいだにタイルを手に取った。だが、ハッチが閉じたあともしばらくそこを見つめていた。新任の副長のことをどう思っていいのか、まだよくわからなかった。彼女の経歴や能力の高さにもかかわらず、ジャクソンは自分の背中に標的が貼りつけられているような気がしてならなかった。彼にとって最大の支援者とはとていいえないウィンタース大将が熱心に彼女を副長候補として推《お》したという事実も、この感覚を打ち消す助けにはならなかった。

# 3

「艦長がブリッジに到着！」

「そのままでよい」ジャクソンはそういって、立ち上がろうとするクルーに手を振ってやめさせた。一段高くなった指揮官席に上がり、左の肘掛《ひじか》けに据えつけられているディスプレイのメニュー欄をスクロールしていく。「ディヴィス少尉、クルーの乗艦状況は？」

「七人を除いて、全クルーが乗艦しました」小柄で引き締まった体形の女性指令担当士官《オペレーションズ・オフィサー》がディスプレイを確認しながら報告する。「その七人は、現地の法執行機関《LEO》によって当艦に連行中です。上級士官が渡り通路《ギャングウェイ》に出向き、七人の身柄を引き受ける必要があります」

「副長《XO》をブリッジに」とジャクソンが大声でいった。こうするだけで、コンピュータが自動でライト中佐のコムリンクに連絡をとり、艦長からブリッジに呼ばれていることを知らせてくれる。「指令担当《OPS》、メインの渡り通路で歩哨に立っている海兵隊員に、もうじき新任の副長が現地警察との問題を解決しに降りていくと伝えよ」

「アイ、サー」とディヴィス少尉が応じて、命令されたとおりヘッドセットに語りかけた。

数分後、ほんのわずかに息を切らしたセレスタ・ライト中佐が大きな足どりでブリッジに入ってきた。「お呼びですか、艦長？」

振り返ったジャクソンは、彼女がまだ黒い制服を着ていることに気づいた。しかも、乗艦してきたときとは別のものに着替えたことは、ぴんと折り目がついていることからも明白だ。

「ああ、クルー七名がヘイヴンで上陸休暇中にはめをはずしすぎたようだ。現地のＬＥＯが彼らを渡り通路に引き立ててきたところだ。きみにそこに向かってもらって、連中の身柄を引き受け、事件ファイルを確認したうえでふさわしい懲罰を判断してくれ」

「わたしにその役目を？」彼女が一瞬ためらってから尋ねた。

「何か問題でもあるかな、中佐？」とジャクソンは感情をあらわさずに訊き返した。

「ノー、サー。ただ単に、わたしはまだ艦内の人員に不慣れなものですから、あなたご自身が事件ファイルを確認されたほうがよいのではないかと思いまして」

「中佐、下級士官の問題は、下士官クラスも含めてきみが扱うことになる」ジャクソンは小声でいって聞かせた。新任の副長をクルーの前で叱責したくはない。「きみはどうすればいちばんうまくクルーとうち解けることができるか考えておく必要がある。いずれにしても、これら七人と最初に顔を合わせる必要があるようだ」

「イエッサー」彼女が小声ながらも力をこめていった。「ほかに何かありますか？」

「あとひとつだけ」とジャクソン。「当艦の日々の制服規定は、ほかに指定がないかぎり汎用制服だ。ここ二百五十年以上にわたって戦争は起きていないにしても、これは戦闘艦なのだからな」

「イエッサー」

「では、問題のクルーを引き取りにいってくれ」彼はそういって、用がすんだことを伝えた。「現地警察の好き勝手にはさせるな。逮捕と拘置のほかに、やつらは艦隊の人員に対してなんの権限もないのだから」

中佐がブリッジを出ていくのをジャクソンは見守り、行政処分についてあらかじめ忠告できたことをうれしく思った。前の副長はクルーたちと仲よくしすぎていて、彼らに懲罰を科すなどほとんど不可能だった。必然的に、部下たちがつけ上がるのを抑えるためにジャクソン自身が各部門長に厳しくあたることになり、そのせいで彼は士官たちからよけいに不評を買っていた……これ以上評判を落とすことが可能だとすればだが。

「艦長」とデイヴィス少尉が声をかけ、彼の思索を破った。

「報告をつづけてくれ、少尉」

「搭乗ハッチの歩哨から連絡がありました。中央司令部《CENTCOM》から送られてきた集団がここにやってくるといっています」彼女は申しわけなさそうにいった。「乗艦する権限をすべてもちあわせているそうです」

「よかろう」

ジャクソンはため息をついた。まだ全員が帰艦して通常の当直スケジュールに戻ってもいないというのに、CENTCOMの事務《デスク・ジョッキー》屋がばかげた要求をしにやってきて、そのせいで艦の慣らし運転と出航が遅れるだけだということはまちがいない。さらに、指令書の末尾にどの大将の署名が見つかるかについては疑いの余地もなかった。

二十分後、ブリッジの入口のほうから声が聞こえてきた。歩哨の海兵隊員となにやらもめているらしい。どうにも避けられそうにない遅延の見込みになおもいらだっていたため、ジャクソンはみずから問題を緩和しにいこうとはせずにほうっておいた。

「ウルフ艦長」若い、こざっぱりした風貌の大尉が指揮官席に近づいてきながら声をかけた。「わたしはマコード大尉と申しまして、本日の出入港水先人《ドッキング・パイロット》を務めることになります。わがチームがいまも準備中で、一時間以内にタグボートが到着します」

「ドッキング・パイロット？」ジャクソンは唖然としてもらした。「大尉、われわれはまだ、あと六日間はジェリコ・ステーションから出航する予定はないぞ」

「予定が変更になりましてね、艦長」身なりのいい民間人が、マコードのあとから近づいてきながらいった。

「それで、あなたはいったいどなたかな？」

とジャクソンが問いただす。この場の掌握が自分の手から離れていくのを感じていた。この男の顔に貼りついていた不快な笑みは、ジャクソンのつっけんどんな口調によって薄れはじめた。

「わが名はアストン・リンチ」と男がいった。「艦隊作戦委員会議長のオーガスタス・ウェリントン上院議員の補佐をしている者だ。きみたちはいますぐタウ・セティ星系に向けて出航することになり、わたしも同行する。これが指令書だ」

男から封をした書面を手渡されると、ジャクソンはそれをひったくるなり座席と肘掛けの隙間に突っこみ、開けようとも、ちらりと見ようともしなかった。

「さて、その要求は少し難しいようです、ミスター・リンチ。この艦は基地で総点検を受け、システムを五、六カ所整備したばかりで、まだエンジンに点火してもいないのですから」ジャクソンは怒りを抑え、食いしばった歯のあいだからもらした。「数週間、おそらくは一、二カ月、この星系内で検査と試験運転をしたあとで、通常の航行に戻ることになるでしょう」

「いまもいったとおり、予定が変わったのだよ」リンチが退屈したように肩をすくめた。「この件については交渉の余地がないんだ、艦長。これがいささか普通でないことはわかっているが、命令は命令だ。可能なかぎりすみやかに、この艦がタウ・セティに向かうことを上院議員は望んでおられるし、ウィンタース大将もこの命令に同意したばかりでなく、みずからサインしているのだから」

ジャクソンは自分がまったくの無力になったように感じ、怒りが胸のうちで熱く燃え上がった。あたりを見まわすと、ブリッジのクルーたちは自分の仕事に集中しているふりをして、艦長が横柄な民間人に叱責されるのを聞いていないかのようによそおっている。ジャクソンはできるだけ冷静さをたもって手を伸ばし、指令書の封を切った。中から合成紙を取り出すと、最初のページの要旨にすばやく目をとおしていった。

確かに、予定されていた〈ブルー・ジャケット〉の新たなシステムの一連のテストは省略して、可能なかぎりすみやかに出航するようにとウィンタース大将が命じていた。彼女が正当化した理由によると、航法とワープ・ドライヴに関するシステムには点検のさいに手を触れていないため、テスト稼働はしなくとも調整がつくだろうというのだった。ページのいちばん下にはスキャンコードが添付されていて、ジェリコ・ステーションの安全なサーバーから完全なミッション・パラメーターをダウンロードできるようになっている。そのすぐ上には、しゃくにさわるほど派手な飾りのついた〝W〟ではじまる、見間違いようもなくウィンタース大将本人のサインがあった。

「ウィンタース大将がかつて一度も実際に宇宙船を指揮した経験がないという事実はわきにおくとしても」とジャクソンは抑制した調子ではじめた。「このような命令のせいで、当艦やわがクルーが重大なリスクにさらされることにあなたがたも気づいているといいんですが。ワープ・ドライヴや航法センサーについては点検や整備がおこなわれていないからといって、関連するシステムのほうも問題がないというわけではありません。とはいえ、指令書には可能なかぎりすみやかに出航せよと明記されています。これに従うことに問題はありません」

ジャクソンの唐突な従順さにリンチは驚き、同時に疑りぶかい顔つきになった。

「よろしい、艦長」と彼がのろのろといって、ブリッジを見まわした。議論が怒鳴り声の応酬になる直前にすっかりしぼんでしまったときに人が顔に浮かべるような、どこか当惑したようすだ。「ほかに何もなければ、きみたちが作業をつづけるにまかせるとしよう」

「もちろんですとも」ジャクソンは機嫌よくいった。「歩哨にあなたを客室まで案内させましょう」

アストン・リンチがブリッジを出ていくと、すぐにジャクソンは指令書をつかんで指揮官席から降りた。「わたしは艦長室にいる。タグボートがやってきたら知らせてくれ。わたしが立ち会うことなく、艦腹に鉤《かぎ》ひとつ引っかけさせぬようにな」

「アイ、サー」ディヴィス少尉が彼の去りゆく背中に向けて答えた。

ジャクソンは自室のデスクの前にすわり、指令書の詳細をもう一度読みなおしてみたが、最初のときと同じくらい混乱したままだった。何ひとつ意味をなしていない。連合は艦隊が所有するすべての輸送船にアクセスできて、上院議員の補佐をタウ・セティまで簡単に運ぶことができる。しかも、年代ものの駆逐艦より速いものはいくらでもある。それなのに、アストン・リンチがなぜ〈暗黒の艦隊〉の艦でニュー・アメリカが支配する惑星まで運ばれる必要があるのか、そしてその目的についても、くわしい説明は何も書かれていなかった。歩哨の報告では、リンチはかばんひとつでやってきたそうだから、特別な積み荷を運ぶわけでもない。

ジャクソンは椅子の背にもたれ、こめかみをもみほぐした。昨晩の自己治療——飲酒——の影響がまだ残っている。ウェリントン上院議員がタウ・セティの誰かと話す必要があるのなら、いちばん単純で安上がりな方法は、人類が暮らしている宇宙に網の目のように張りめぐらされた長距離の通信ドローン・ネットワークを使って、暗号化したメッセージを送ればそれでいい。遅延のまったくない相互通信というのはいまなお夢物語でしかないが、ひとつの星系から別の星系へとデジタルのファイルを運ぶハイワープ通信ドローンを使えば、少し手間がかかるにしても、少なくとも会話をやりとりできる。

いまのところは政治家連中の思惑どおりに従っておくことにしよう。そして、彼が政治家連中というばあい、ウィンタース大将のことも含めていた。ジェリコ・ステーションのドックに入っているあいだ、彼にはほかにあまり選択肢もない。命令どおりに従うことを拒絶すれば、ウィンタースは喜んで彼の指揮権を奪い、ほかの誰かを代わりに据えて〈ブルー・ジャケット〉をタウ・セティに向かわせるだけだ。一方で、いったん出発してしまえば、ジャクソンは手足を縛られることもない。彼にはコムリンクの応答を拒絶する権利があり、適切と思うとおりに命令を遂行できるし、傲慢な若い役人にできることは何もない。

ハッチを一度ノックする音を聞いて、彼はわずかにぎくっとした。

「入れ！」

「艦長」とライト中佐が入ってくるなり呼びかけた。いまはダークグレイの汎用制服姿だ。「クルーの全員が乗艦し、準備は完了しました。七人のトラブルメイカーへの略式懲罰については、あなたの受信トレイに要約を送っておきました」

「すわってくれ、中佐」ジャクソンは気がそれたままいった。「ヘイヴンの保安部隊の嫌な連中は、きみに何かトラブルをもたらさなかったかな？」

「ほんの少しだけです」彼女はそう答えながら、椅子に腰をおろした。「六人は単に公共の場で酔って騒いだだけですが、七人目は酔っぱらったうえに暴力行為が加わっていました」

「おそらく、連中はその者をここへイヴンにとどめて、裁判を受けさせたがったんじゃないか？」

「イエッサー」とセレスタが肯定する。「当地で裁く権利について、彼らは少しまくしたてていましたが、それほど本気でそうしたいわけでもなさそうでした」

「その気があるなら、わざわざステーションまで連れてくるとも思えない」とジャクソン。

「それはそうと、ドッキング・パイロットのチームがすでに乗艦していて、タグボートがわれわれを港から出す準備をしていることには気づいたかな？」

「あなたからもらったスケジュール表では、まだあと六日間はドックの供給電源から引き抜かれないことになっていたと思いましたが？」彼女はそういって眉をひそめた。

「スケジュールはどうやら変更になったらしい」ジャクソンはそういって、彼女をじっと見た。「ウェリントン上院議員とやらが当艦に興味をもって、どうやら、彼の補佐をいますぐタウ・セティに運ばせたがっているらしい」

「わたしは第七艦隊の事情にまだ不慣れですが、そういうのはあまり一般的とはいえないやりとりのようですね」

「聞いたことがないといってもいい」

ジャクソンはそう認めると、デスクごしに指令書を彼女のほうにすべらせた。彼女が手に取ってざっと目をとおしていくうちに、片方の眉がぴくりとつり上がった。

「上院から〈暗黒の艦隊〉に、秘密の任務を命じることはよくあるんですか？」彼女はそう尋ねて、書類をデスクにすべらせて戻した。

「その意味を説明してもらおう」ジャクソンは眉をひそめて応じた。

「これはCENTCOM情報部のにおいがします。わたしも何度か彼らと関わったことがありますが、彼らはこんなふうに謎めかしたゲームをやりたがります。不必要に注目を引かないような艦にエージェントを乗せて、艦長にはあいまいな命令をくだす。正直いって、われわれはウェリントン上院議員の体《てい》のいい運び屋で、われわれの積み荷は通常の手段で運びたくないようなものであるように見えますね」

「きみの推測がまちがっているといいんだが。ウィンタース大将が政治的闘争のために艦とクルーを危険にさらしているとは考えたくない。きみの問いかけに答えておくと、いや……〈暗黒の艦隊〉は情報部との通常のやりとりはない。連中はわれわれをあまり信用していないからな」

「それは残念ですね」セレスタがとりあえずいった。「情報部内に接点があれば、いい財産になりますから」

「おお、接点がないとはいっていない」ジャクソンはかすかな笑みを浮かべていった。「〝通常のやりとりはない〟といっただけだ。このままブリッジに行って指揮を引き継いでくれ。タグボートがわれわれをドックから引っぱり出しにきたら、すぐに呼んでほしい」

「イエッサー」

彼女はそう答えると、優雅な身のこなしで腰を浮かして席を立ち、艦長室を出ていった。ジャクソンは椅子の背にもたれて目を閉じ、〈ブルー・ジャケット〉のエンジンがドック内で沈黙しているこの最後の平穏なひとときを楽しんだ。

「ウルフ艦長がブリッジに到着」

感情のないコンピュータの声がインターコムを通じて告げた。艦内コンピュータは艦長がどこにいるのかつねに把握していて、彼がいる付近のスピーカーだけを作動させる。ジャクソンは居室ですばやくシャワーを浴びて服を着替えてから艦長室に戻った。身だしなみをととのえるか、ぜひとも必要な上級士官食堂での食事をすませておくかの選択だったが、自分が汗まみれであることを自覚していた。ブリッジに詰めているクルーのうち、鼻の鋭い者なら、つんとする汗のにおいや昨晩の酒のにおいも嗅ぎとれるだろう。

「報告を頼む」彼は大股でブリッジに入っていくと、到着を告げる人工的な声をさえぎって命じた。

「タグボートが艦首の二百メートル前方に位置しています」とディヴィス少尉が報告した。

「ジェリコ・ステーションも供給ケーブルや索具をすべてはずすべくスタンバイしています」

「こちらの状況は？」

「推進剤タンクは満杯、備蓄品も満載、燃料タンクも補充ずみです」ディヴィス少尉がすでに自分のディスプレイにアップしていたチェックリストを読み上げていった。「すべてのハッチで通行はなく、すべてのクルーの所在を把握できていますし、すべての部署で出航の準備が完了しています」

「よし」ジャクソンは大声でいって、全員の注意を集めた。「〈ブルー・ジャケット〉の出航準備をはじめる。すべての外部ハッチを閉じて、原子炉1と3のスタートアップ準備を」

「アイ、サー」とディヴィスが応じる。「出航準備を開始します」

彼女はヘッドセットをつけ、スクリーンに表示された新たなチェックリストに従って、各部署に指示を伝えはじめた。ジャクソンも自席の肘掛けのディスプレイに彼女と同じステータス画面を表示して、クルーたちが艦内の準備をどれくらい効率的に進めているか見てとれるようにしたが、少し見守っただけでステータス画面を消した。どうやら彼が命じたときの切迫感はクルーたちに伝わらなかったらしく、ステータス画面のパーセンテージはかなり緩慢な進捗状況を示していた。ため息をつきそうになるのを抑え、彼は副長に手ぶりで合図した。

「なんでしょうか？」とセレスタが小声で応じる。彼女はブリッジ内をうろつきまわり、クルーたちが作業にあたるのを肩ごしにのぞきこんでいたところだった。

「後ろからのぞきこむのはよすんだ。クルーが不安になる」ジャクソンはほとんど唇を動かさずにいった。「彼らが何をしているのか確かめたいなら、自分の席でディスプレイを開くといい」

彼は自分の右側の、少し低くなったところにある席を示した。そこにも肘掛けにひとつずつ、インタラクティヴ・ディスプレイが備わっている。ブリッジの各部署のディスプレイにどうやって切り替えればいいのか彼が説明していくあいだ、セレスタは悔しそうな顔をしていた。

「もちろんそうですね、艦長」彼女がいった。「慣れていなくてすみません」

「謝る必要はない。同じまちがいを二度くり返さなければそれでいい」

「機関部から、原子炉1と3のスタートアップ準備が完了したと報告がありました」デイヴィス少尉が持ち場から顔を上げることなく告げた。

「原子炉のスタートアップをはじめてよいとシン少佐にいってくれ」ジャクソンはいった。

「ジェリコ・ステーションとの連絡は、彼が責任を負うようにと知らせるんだ」

「アイ、サー」とデイヴィス。

静穏な十五分が経過したあとで、ブリッジの明かりが暗くなり、そしてまたたいてからすっかり消えた。すぐに薄赤色の非常灯がともって、空調のブーンという低い音はとまり、ブリッジ内の環境雑音が異様に大きく聞こえはじめたように思えた。ジャクソンは消費電力のディスプレイを注視して、原子炉1の磁気圧縮リングが満充電となり、ジェリコ・ステーションからの膨大な電力量が供給ケーブルから送りこまれているのを確認した。この電力は核反応をキックスタートさせるのに使われ、このプロセスのあいだ、艦内の残りの部分では非常用電力が使われることになる。

原子炉はなんの問題もなくスタートし、運転可能な領域に達した。少なくとも原子炉が一基スタートすると、ジェリコ・ステーションとつないでいる供給ケーブルからの電力がマ《M》ルチ《U》プレック《X》ス――艦内全域に電力を供給している多重回路システム――へと戻り、ブリッジの照明がもとに戻って、空調がふたたび音をたて、通風口から乾いた涼しい風を吹き出しはじめた。

「原子炉1が無事に作動を開始しました」とデイヴィス少尉が告げた。「シン機関長によると、十五分以内に艦内全域の電力を供給できるようになるとのことです」

「よし」とジャクソン。「原子炉1が安定した電力を供給できるまで待ってから、原子炉3のスタートアップに移るように指示してくれ」

「出発の準備ができるまでに、あとどれくらいかかるのかな、ウルフ艦長？」とアストン・リンチが後部隔壁そばの観覧席から尋ねた。

「これまで宇宙船に乗った経験は、ミスター・リンチ？」とジャクソンが訊いた。

「それなりにある」と補佐の男が言いわけがましくいった。「わたしはウェリントン上院議員のもとであちこち旅してまわっているんでね」

「そうでしょうね。しかし、これはすでに軌道上をめぐっている新品の輸送船というわけではありません。原子炉を完全にシャットダウンしていた、四十年前に建造された駆逐艦です。簡単に答えるとすれば、ミスター・リンチ、われわれは明日以降までこの星系を離れることはありません」

「明日!?」

「明日〝以降〟といったんです。おそらくは一週間のほうが近いでしょう」ジャクソンは冷静さをたもつのに苦労しながらいった。「われわれは四つある原子炉のうちのひとつをスタートさせたにすぎません。〈ブルー・ジャケット〉はドックから引き離され、移行軌道に乗せてから、脱出高度に達して、ヘイヴンの重力から抜け出さないといけません。そのあとで原子炉の出力を上げ、メイン・エンジンに点火します。一カ月以上使っていませんでしたから、コールド・スタートになるでしょう。それらが推進力を供給できるようになったら……もっと先までつづける必要はありますか？」

「いや、いい」リンチがむくれたようにいった。「わたしがここにいる必要はないなら、自室に戻るとしよう、艦長」

「おそらくはそれが最善の選択でしょう、ミスター・リンチ」ジャクソンは快活に同意した。

政治工作員は立ち上がり、上着のしわを伸ばすとブリッジを出ていったが、その前にライト中佐が見ていないとわかったうえで彼女の横顔をほれぼれと眺めていった。

「楽しい船旅《クルーズ》になりそうですね」とセレスタ・ライトが小声でいう。

「命令は命令だ、中佐」

ジャクソンはディスプレイから目をはずすことなくいった。彼女は困惑して眉をひそめたものの、自分のディスプレイに顔を戻した。ジャクソンも完全に彼女の意見に同意していたが、クルーたちの前で怒ったり嘆いてみたところで仕方がない。それは悪《あ》しき前例となり、艦長こそがこの艦の主《あるじ》だという幻想に穴をあけることにもなりかねない。

「機関部から、原子炉3も作動を開始したと報告が入りました」ディヴィス少尉がいって、小声の会話をさえぎった。

「マコード大尉、はじめてもらおう」ジャクソンはブリッジの片隅に立って辛抱づよく待っていたドッキング・パイロットに告げた。

「ありがとうございます、艦長」とパイロットがいって、予備の操舵ステーションにすわり、自分のやりやすいように設定しなおしてから、二等宙兵にうなずいた。こちらは正規の操舵ステーションにすわっていて、タグボートが離れたあとは彼が艦の操縦を受けもつことになる。若い下士官兵は黙ってうなずき、膝の上に手をおろした。

マコードがヘッドセットをつけ、通信パネルに接続し、〈ブルー・ジャケット〉の近距離無線でのアクセスを可能にした。彼らのドッキング停泊地のすぐ目の前に集まった小型のタグボート集団に呼びかけているのだということはジャクソンにも見てとれた。彼らに旋回を命じて、駆逐艦の外部カメラやジェリコ・ステーションからの映像で進捗状況を見守っている。

ジャクソンがなかば興味をもって見守る前で、小さいながらも力のあるタグボートが駆逐艦の艦腹の五、六カ所に磁力鈎《じりよくかぎ》を使って貼りついた。さらに何度かマコードとやりとりを交わしたすえに、移動の準備がととのったようだった。

「艦長、全員が配置につき、あなたの号令ではじめる準備ができました」とマコード大尉が告げた。

「進めてくれ」ジャクソンはそういってから、艦内全域のインターコムのキーを押した。

「総員に告ぐ、微小重力状態に備えよ。浮いた物を固定して、座席にストラップで身体《からだ》を固定できない者は磁力《マグ》ブーツを履くように。以上」

「ジェリコ管制、こちらは〈ブルー・ジャケット〉。出発許可をもらいたい」マコード大尉がこの巨大なステーションの周辺を統制しているオープンの通信チャンネルでいった。

「出発を許可する、〈ブルー・ジャケット〉」ジェリコ・ステーションの管制官が数秒後に応えた。「ただちに索具をはずし、供給チューブを切り離せ。ドックを離れてよい。スラスターのみを使い、第一移行軌道への標準の突入ヴェクトルに従うように。旅の無事を祈る、〈ブルー・ジャケット〉」

「スラスターに点火」

マコードが報告した。タグボート二隻が艦の両側にひとつずつ、磁気プラズマ・ドライヴ《MPD》のパイロンのあいだに船体を固定し、スラスターに最小限の点火をして、駆逐艦をひらけた宇宙空間に向けてそっと押しはじめた。ドックに入っているあいだ、艦はみずからの人工重力フィールドをつくることはできなかった。ジェリコ・ステーションの重力発生装置の球状の影響下にあったため、その必要もなかったからだ。しかしながら、ステーションから離れてヘイヴンの軌道をはずれるあいだ、〈ブルー・ジャケット〉は艦内の重力発生装置の出力を落とし、クルーは無重力状態で作業をすることになる。

ジャクソンとセレスタは指揮官席わきの共通モニターを見守っていた。そこには、〈ブルー・ジャケット〉が骨格のような外部ドックからゆっくりと出ていくさまを、分割された各所からの映像が映し出している。マコードは集中しているがリラックスした表情で小ぶりな船団を統制して、大きな戦闘艦自体やステーションの設備を傷つけることなくひらけた空間に出ていけるように監督している。磁《M》気プラズマ《P》・ドライヴ《D》のポッドがひらけた空間に出ると、ブリッジ全体に安堵のため息が広がったようだった。艦体でもっとも張り出した部分が無事にくぐり抜けたからだ。いまや艦はひらけた空間を自由に進み、ジェリコ・ステーションに合わせて時速五万五千キロを少し下まわる速度でヘイヴンを離れていく。

「旋回に入ります」マコードが報告した。「ただちに第一軌道に移るための加速をはじめます」

ジャクソンが見守るうちに、〈ブルー・ジャケット〉は艦首をめぐらせて軌道に沿って飛びはじめた。マコードが旋回を敢行すると、ブリッジのクルーはシートにかるく背中が押しつけられるのを感じた。艦尾のタグボートがエンジンのスロットルを上げ、艦は加速してジェリコ・ステーションを離れはじめた。

じりじりするほどゆっくりとした動きだが、通常時はこの手つづきを避けて通るわけにいかない。〈ブルー・ジャケット〉のメイン・エンジンはタグボートの助けがなくとも簡単に低軌道を越えることができるが、現世代の宇宙船用エンジンにおいては、このような低い高度でのイオン化ガス放出量について環境面で不安視する意見があった。ジャクソンとしては、その意見を肯定しているわけでもない。新型のエンジンは、重水素の廃棄物を大量に吐き出す旧来の核パルス・プラズマを動力にした艦艇に比べると、有害なガスをほとんど排出しないに等しいからだ。そうではあっても、ステーションで緊急事態が起きたときや、惑星自体が攻撃を受けたというばあいを別にすれば、通常、艦艇は自力で離れる許可を得られない。が、それはそれでかまわない……磁気プラズマ・ドライヴ《MPD》に可能なかぎりの加速をしたら、艦内の人工重力フィールドを作動させて慣性の影響を無力化しないかぎり、乗っている者は生き延びることもできないからだ。

「惑星の重力を抜け出すまで、一Gの安定した加速をつづけます」とマコードが報告した。

「高軌道上に交通はほとんどありませんから、遅延は予定していません」

「ありがとう、大尉」

ジャクソンはねぎらった。加速によってシートに背中を押しつけられているために、仰向《あおむ》けに寝ているような感じがする。自分の目が同意していないようなことを前庭器官が脳に告げるのは、かなり方向感覚が狂う不思議な体験だ。ヴェテランの宙兵であっても、この影響のせいで具合が悪くなることがある。

ほぼ一時間後、駆逐艦は脱出高度に達して惑星を離れ、星系離脱に向け加速中です、とマコードが告げた。ヘイヴンから四十万キロまで離れると、ジャクソンは原子炉2と4にも点火するように命じた。

「原子炉4が安定したら、メイン・エンジン作動の準備をはじめてよいとシン少佐に許可を出してくれ」ジャクソンは命じた。「一時間以内にMPDによる推進をはじめられるように準備しておきたい。操舵手、姿勢制御スラスターの状況は？」

「スラスターはオンライン状態で機能しています、艦長」と操舵手が答えた。「当艦は操舵の指令どおりに応えています」

「ありがとう。マコード大尉、きみは都合のいいときに当艦を離れてもらってかまわない。われわれが重力フィールドを安定させるまでここにとどまるかね？」

「差しつかえないようでしたら、いますぐ離艦するとしましょう、艦長」とマコードがいって、微小重力下で動き慣れたプロフェッショナルらしく楽に立った。いまはもうタグボートが加速していないため、全員が胃のひっくり返るような自由落下の感覚を経験している。

「わがチームは、今日のうちに出港の補助作業をあと二件、入港を一件予定していますので。それに、無重力でも問題なくエアロックまで降りていけますから」

「好きなようにしてくれ」とジャクソン。「スムーズな出発をありがとう」

「どういたしまして、艦長。旅のご無事をお祈りしています」

ブリッジを歩いて去っていくマコードに、ジャクソンはただうなずいて応じた。

「重力が戻るまでにどれくらいかかる？」彼はドッキング・パイロットの姿が見えなくなると尋ねた。

「いまは原子炉4からもパワーが供給されていて、重力発生装置がオンラインになりつつあります」ディヴィス少尉がいった。「機関部からの話では、あと十分で重力を感じられるようになるとのことです。プラズマ発生装置は、四基すべてのメイン・エンジンのポッドで作動を開始しました。さらに四十分後には、そちらのほうも推進が可能になるでしょう」

「つまり、こうして星系の外縁までそっと進むあいだに、システムすべてをコールド・スタートさせるわけですか」とセレスタがいった。「メイン・エンジンが作動するころには、それを切ってワープ・ドライヴをオンラインにする準備ができているでしょう。ドックにとどまって、あそこで出発の準備をすべて進めるほうが理にかなっていたとは思いますが」

「さっきもいったとおり、われわれが受けた命令はとても明確なものだった」とジャクソン。「理想にはほど遠い状況で、なんとかやっていくしかないこともよくある。たいした問題でもない」

「もちろんですとも」

彼女が同意して、座席の背にもたれた。あとで二人だけの機会を見つけて、彼女のブリッジでのふるまいについて話しあうことにしよう、とジャクソンは心のうちに書き留めた。彼が指揮している艦は、それが妥当かどうかはともかく、すでに規律の問題が指摘されている。職業軍人としての意識がはっきりと欠けた集団として知られているこの艦隊のなかでもだ。このことをCENTCOMの幹部連中はとても問題視していた。だからといって、クルーのうちのトラブルメイカーをジャクソンがほうり出す気になるほどではなかったが、おかげで彼自身が審査委員会からあまりいい評価を得られずにいることにつながった。どちらにしても、副長には命令や実行についての不満を心のうちにとどめておいてもらいたかった。そうでないと、下の者たちまで同じように批判を自由に口にしはじめかねない。

辛抱づよく席にすわりつづけるうちに、重力が感じられはじめた。艦腹の内奥におさめられた装置が限定的な重力フィールドをつくり出し、艦内のすべてのものを、安定した一Gで引きはじめた証拠だ。この動的フィールドはそれが作動中は慣性の影響を無にする効果もあるが、完璧なわけではない。激しい加速や戦闘時の頻繁な操艦《マヌーバ》時には、加速度計の変化を感知してから重力フィールドが反応してその差を補正するまでにはっきりとタイムラグがある。

「メイン・エンジンの磁気圧縮リングが作動し、プラズマ圧が高まっています」ディヴィスがディスプレイに流れていく五、六もの部署からのステータス報告を確認しながら告げた。

「加速が可能になったら知らせてくれればいい」

ジャクソンは重力が安定するのを感じながらいった。この機会に立ち上がり、足を曲げ伸ばしする。OPSの肩ごしにエンジンのステータスを確認し、いったん士官食堂に降りてコーヒーを注いでくる時間はあると判断した。

足もとで〈ブルー・ジャケット〉が息を吹き返したように感じられた。ヘイヴンからタグボートに引っぱられて離れていくあいだ、かろうじて生命維持システムを動かしつづけ、残りの原子炉をスタートさせるのに充分なパワーで進めていったそのあとで、駆逐艦が目を覚ましはじめたらしい。いまでは機械のカタカタ鳴る音や、環境システムのダクトから吹き出すシューッという空調の音がつねに聞こえてくる。

士官食堂に入っていくと、壁に固定され、中身がこぼれないようにふたがついているマグカップをひとつ手に取り、コーヒーマシンのほうに向かった。艦内の重力が一時的になくなったときに、自動で使用禁止になっていたために、コーヒーの注ぎ口を調節しなおさないといけなかった。ようやくマグになみなみと注ぐと、心地《ここち》よい香りをありがたくひと嗅ぎしてからふたを閉じた。艦内には通常の快適な生活と呼べるものがほとんどないことを考えてみれば意外に思えるかもしれないが、CENTCOMでは艦隊所属の艦艇に積みこむコーヒーや食事の大半について、惑星じゅうで手に入るかぎり最上のものを用意させている。

「艦長がブリッジに到着！」

歩哨が大声で告げた。いまは就航中であるため、気をつけの姿勢をとろうと立ち上がる者もいなかった。彼の指揮する艦内では、いったん惑星の軌道を抜け出すかドックを離れるかしたあとは、司令デッキでは不要な礼儀を省略して、自分の部署での作業に注意を向けておくというのが不変のポリシーになっていた。本当のところをいえば、海兵隊員は艦長の到着をいちいち告げるべきではない。

「報告を頼む、デイヴィス少尉」と彼は声をかけながら自席に戻った。マグをフォルダーに置くと、カチリという音がしてマグネットがカップを固定するのを感じた。

「メイン・エンジンの磁気圧縮リングは安定し、プラズマ室《チェンバー》はすっかりチャージされています」とOPSが告げた。「機関部からは完全な推進が可能になったと報告が入っています」

「慣らし運転に時間をかけて、ゆっくり進めるとしよう」ジャクソンは笑みを浮かべながらいった。「タウ・セティへのジャンプ・ポイントに針路を定めよ。四分の一速で前進」

「四分の一速で前進」と操舵手が復唱し、左のスロットルをつかんだ。すぐさま低い轟音がはじまって、メイン・エンジンの出力が上がり、〈ブルー・ジャケット〉は自力で加速をはじめた。慣性にかるく身体を引かれるのを感じたものの、重力発生装置によってすぐに無効化された。

メイン・エンジンというのは、簡単にいえば電動の巨大なロケット・モーターだ。推進剤として使われる不活性のアルゴン・ガスはイオン化され、電波によって過熱したプラズマに変換される。プラズマは磁気的に圧縮され、ノズルから放出されることで推進力をつくり出す。MPDの長所は、推進剤が不揮発性で、かなり強烈な推進が得られることにある。短所は運転に莫大な電力量が必要になることだが、〈ブルー・ジャケット〉は電力をたっぷりとつくり出せる。この駆逐艦には腹のうちに四基の重水素核融合炉が据えつけられ、エンジンと兵器を同時に使用しながらでも、ワープ・ドライヴで長時間の超光速航行が可能なだけの電力を供給できる。

「現在の加速をつづけるとすれば、ジャンプ・ポイントに到達するのにどれくらいかかるだろうか？」ジャクソンは尋ねた。

「四十九時間です」とデイヴィス少尉。

「これ以降は標準の当直スケジュールとする」とジャクソンは命じた。「四十八時間後に各部門長を会議室に集めるとしよう。これなら、ワープ・ドライヴに点火する前に、自分たちの部門や当直の割り当てをすっかり見なおすのにまる二日間の余裕がある」

「標準の当直スケジュールですね、了解です《アイ》」OPSはそう応えると、すぐに通信システムを通じて適切な指示を伝達しはじめた。

「副長、きみにブリッジを預ける。わたしを呼ぶ必要があれば、コムリンクで知らせてくれ」

ジャクソンはそう告げると、まだ半分ほど残っているコーヒーのマグを手にしてブリッジをあとにした。

# 4

つづく二日間、〈ブルー・ジャケット〉が星系を離れていくあいだ、艦内の点検と問題の発見、そして緊急の修理が、忙しく過ぎ去る時間のかすみゆくなかでつづいた。ジャクソンはひそかにこのあわただしいペースを気に入り、まわりのクルーが「ジェリコの阿呆《あほう》どものせいで艦内はめちゃくちゃだ」と不平をもらしていたにもかかわらず、この狂乱した動きであふれた日々を楽しんだ。さらに、この機会を利用してライト中佐に仕事をまかせ、彼女のなめらかに磨かれた表面にひびが見つかりはしないか試してみた。二日目が終わるころには、彼女はすっかり疲弊してくたくたのように見えた。各部門の仕事を調整するメインの折衝役を彼女にまかせたためだ。ある集団に作業の開始や終了を告げ、作業のさまたげになる連中についてほかのクルーが文句をいってきたときも、彼女は耳を傾けないといけなかった。

　そうしたすべてを、彼女はうまくとりつくろったプロフェッショナリズムでもって対処して、どの部門長にも脅《おど》されたり好き勝手にはさせなかった。彼女《ＸＯ》が〈ブルー・ジャケット〉に乗艦してまだほんの数日にしかならず、これまで一度も副長として務めたことがない点を考えてジャクソンは感心したが、そのことを口には出さず、まだまだ向上の余地があると彼女には思わせておいた。意味もなく厳しく接しているわけではなく、指揮官の役職が簡単に彼から手渡されるものでないことを彼女の頭にはっきりとたたきこんでおきたかった。彼女に艦長としての資質があるとすれば、自分が指揮する艦は自分の手で勝ち取らないといけない。

「これまでのいきさつをすべて考慮に入れるなら、〈ブルー・ジャケット〉ははるかにひどい状態であってもおかしくなかった」とジャクソンはいって、会議室のテーブルに足をのせ、コーヒーのマグからひと口すすった。

「本気でそういってるんじゃないだろうな？」

シン少佐が応じて、椅子にすわったまま少し身を乗り出した。ステータス報告が終わるとほかの部門長は全員が出ていき、ジャクソン、ダヤ・シン、そしてセレスタ・ライトの三人だけが室内に残った。セレスタはこの二人のカジュアルなやりとりに強い関心をもって見守っていた。明らかにこの二人は、艦長と機関長という立場を超えた友人同士なのだろう。

「本気だとも」とジャクソン。「どれもこれも、ごく些細な問題ばかりだ。コネクターをまちがって留めていたり、逆止弁を反対に装着していたりといった程度で、どれも予備は豊富で、それに副次的なシステムでしかない。航行のための主要なシステムはすべてうまく機能しているように見える」

「この骨董品《ブルー・ジャケット》がいつもそうである程度には」とシンがブツブツこぼす。「それで、われわれはここで何をしているのかな、ジャック？　これは実際のミッションなのか、それともウィンタース大将はわれわれを宇宙空間で始末して、事故に見せかけるつもりなのかね？」

ジャクソンはセレスタのほうにちらっと落ちつかない視線を向けたうえで答えた。

「きみもわたしと同じくらいよくわかっているだろう、少佐」ジャクソンは機関長の階級をことさら強調していった。「このように作業をいろいろとショートカットして出航したのは、本当に重要な何かのためなのだ、とわたしとしても願うしかないことを」

シン少佐のつづいての質問は、最初の単語が実際に口にされる前にさえぎられることになった。アストン・リンチが会議室に勢いよくとびこんできたからだ。怒りか、それともここまで駆けてきたためか、顔を紅潮させている。

「この星系を離れる前にスタッフ・ミーティングが招集されたことを、なぜわたしは知らされなかったんだ？」彼が激昂《げっこう》して問いただし、顔が赤い理由が前者であることを明かした。

「わたしが気づかないうちに、あなたの立場に何か変化があったんでしょうか？」とジャクソンは冷静に尋ね、足を床におろした。「わたしの理解するところでは、あなたはいってみれば要人の、わが艦に相乗りしている旅行者です。あなたがわがクルーとして配属されたのなら、その指令書を見せてもらわないといけません」

リンチの顔がさらにどす黒く染まり、どうにかして怒りを抑えられるようになるまでむっつりと黙りこんでいた。

「わたしはこのミッションの作戦指揮官だ」ついに彼が、食いしばった歯のあいだからもらした。「実質的に、きみはわたしに報告すべき立場にある」

ジャクソンは指令書を含めて関連文書のすべてに目をとおし、この傲慢ないけすかない小男には、〈ブルー・ジャケット〉やその人員を指揮する権限など何ひとつないことをわかっていた。それのみならず、リンチの態度——部屋にとびこんでくるなり、クルーの面前で、艦長である彼に怒鳴りちらしたこと——にもジャクソンはひどく腹がたっていた。彼は息を吸いこんで、同じような口調で応じようとしたが、その直前にセレスタが割りこんだ。

「わたしの責任です、ミスター・リンチ」と彼女が心から申しわけなく思っているように聞こえる声でいった。「ウルフ艦長はこのステータス報告会議の段取りをわたしにまかせていました。メンテナンス上の問題点を検討することに、あなたは興味がないだろうと思いまして。この会議の主題はそれだけでしたから、あなたのことは除外したのです。申しわけありませんでした」

リンチはハッチの前に立ち、口を開けて舌鋒《ぜっぽう》鋭くさらにつづけようとしかけたところだったが、その出鼻をくじかれた。彼は背筋を伸ばして、服の乱れをなおし、横柄な、退屈したような顔つきを取り戻した。

「うむ、中佐」少し間《ま》があいたあとでリンチがいった。「今後は二度とそのような思いこみをしないように願いたい。この艦にとどまりつづけるあいだ、わたしがどの情報を必要としているかはこのわたしが判断する」

「もちろんそのようにします」

彼女は相手としっかり目を合わせ、落ちつきはらって応じた。なんの罪もないことを副長が自分から謝罪したことに、ジャクソンはなおも怒りをたぎらせていた。一方のシン少佐は、そのあいだじゅう高みの見物を心から楽しんでいるようだった。

「ほかに何か用件はありますか、ミスター・リンチ？」とジャクソンは顎をきつく噛みしめたまま尋ねた。

「それだけだと思う」補佐役の男はそういうと、背を向けて立ち去ろうとした。

「これから五時間以内に、ワープ航行に移ります。そのさいには、必ずあなたにも声をかけましょう」

「そうしてくれたまえ、艦長」

リンチはそういうとハッチをくぐり、ジャクソンがそれ以上何かいう前に出ていった。

「魅力的な若者だな」とシンがぼそりといった。

「少佐、わたしとライト中佐だけにしてもらえるかな」とジャクソンは告げた。頼んでいるわけではない。

「もちろんだとも」

シンはそういって、片方の眉をぴくりとつり上げつつも会議室をあとにした。出ていくさいにハッチのキーを押して、閉じていった。ジャクソンはさらに少し待ってからセレスタに向きなおった。

「説明してもらおうか、中佐」

「なんのことでしょう？」彼女が明らかに驚いて尋ねる。

「この会議に参加すべき者について、誤解の生じる余地はまったくないはずだ。なぜきみはそうではないふりをしたのかな？」

「サー」彼女はこの質問に不意をつかれ、立ちなおるのに苦労した。「わたしは単に、リンチがあなたの邪魔にならないようにと配慮したのです。わたしの態度が行きすぎたようでしたら、謝罪します」

「中佐、どこぞの上院議員の偉ぶった補佐役をあしらうこともできないようなら、わたしはこの地位を捨ててすぐにでも辞任する。明らかに、当艦を指揮する者として適任ではないために」ジャクソンはいった。「そのときがくるまでは、自分で対処したい。はっきりとわかったかな？」

「はい、はっきりと」セレスタは身をこわばらせていった。「お話はそれだけでしょうか？」

「それだけだ」ジャクソンはいって、椅子の背にもたれた。「きみはブリッジに戻って、現在の速度と針路を確認してくれ。もうじき、さらに加速してからワープ・ドライヴを作動させる。きみにはあそこで、ラプター級の戦闘艦の手順に慣れてもらいたい」

「アイアイ、サー」

彼女はなおも不満げに、一語ずつはっきりといった。彼女が部屋を出ていくと、ジャクソンは声に出してくっくっと笑いだした。本物の激しい口論になる直前に、彼女がうまくリンチをあしらったことをおもしろく思った。だとしても、彼女のとった行動を正しておくのは有益だと信じていた。いらだたしい男を艦長に近づけずにおくため、代わりに自分が怒りを引き受けようとした彼女のとっさの機転には感謝したものの、ふさわしいときを知り、口をつぐんでおくべきときを知るのは、彼女にとって役に立つだろう。

「操舵手、艦を安定させよ……全速前進」ジャクソンが命じた。「指令担当《OPS》、時計を進めろ……はじめ」

「全速前進、了解です」と操舵手がいって、スロットルを最大まで押しこんだ。

「イエッサー」と第二当直のOPS担当であるピーターズ大尉も応じた。

すぐさま、ブリッジの前方〝窓〟の全面につづいている細長いディスプレイに時計表示があらわれた（窓というのは、実際のところ超高解像度ディスプレイで、ブリッジをぐるりと囲む壁にはめこまれている）。時計が経過時間を刻みはじめ、メイン・エンジンがフルパワーに達するあいだ、〈ブルー・ジャケット〉はガタガタとエンジン音をたてて揺れつづけた。

「現在の針路と加速を十五分間維持せよ」とジャクソンは命じて、自席のディスプレイでデータを確認しなおした。「秒読み開始から十五分で推進をゼロに戻し、メイン・エンジンのシャットダウンをはじめよ。航法《ナヴ》！　ワープ転移の計算は？」

「いますぐそちらに送ります」航法ステーションのそばに立っていた航法長が応じた。がっしりした体格の男で、ごま塩頭のクルーカットだ。現在のところ、不安げな表情をした三等宙兵の肩ごしに作業を見守っていて、相当な年齢差があるために、祖父と孫であってもおかしくないように見える。「アルファ・ケンタウリからタウ・セティまでのワープ転移データをそちらのステーションに送ります」

ジャクソンはいくつかの異なる針路データを頭の中で検討しはじめ、OPSステーションからもたらされたテレメトリー・データと比較した。このとおりに進めたばあい、ワープ・ドライヴを作動させるときに〈ブルー・ジャケット〉はいくらか速度が余分に出すぎていることになるが、低すぎるよりはましだ。わずかな考慮のすえに、はじめに設定した針路と速度をたもつことに決めた。

「航法《ナヴ》、転移針路B《ブラヴォー》でいくことにする」ジャクソンは残りのデータもざっと確認したあとで告げた。「そっちの計算が完了したら、適切な部署にデータを送っておいてくれ。機関部がワープに必要な出力を供給できるように確実にしておこう。アステリアの件をくり返したくはないからな」

「もちろんです、艦長」と航法長がぶっきらぼうにいった。この言及をおもしろがってはいないらしい。

「アステリアの件?」とセレスタがジャクソンに顔を寄せ、小声で尋ねる。

「あのとき、われわれはアステリア星系を離れるところだった。ニュー・ヨーロッパ連邦が建設中だったコロニーを。そんなとき、機関部が受けとった出力データは……本来そうあるべきものから……ずれていたんだ」ジャクソンは気が落ちつかないままいった。「そのため、ワープ航行に転移したものの、わずか四光秒あまりの距離を進んだだけで現実の宇宙空間に戻るはめになった」

「おお、なるほど」とセレスタがつぶやく。

「そうなんだ」ジャクソンはつけ加えた。「それでもまだ足りないとでもいうように、ちょうどそのとき、星系内には第五艦隊のフリゲート艦が二隻存在していた。彼らはくり返し、オープン・チャンネルを通じて、支援の必要はあるかと尋ねてきた。なにしろ、われわれは百万キロと少ししか進まなかったのだから。最上の成果とはいえない」

「その――」セレスタは口ごもった。このようなお粗末な話にどうコメントしていいのか、まったくわからなかった。これほど重大なしくじりを、第一艦隊から転属になるときに聞かされてもいなかったことにむしろ驚いた。

「おそらく、リンチをここに呼ぶべきだろうな」とジャクソンがいって、彼女の気まずさを救った。「われわれがここから転移しようとするあいだ、きっと彼はブリッジをふんぞり返って歩きまわり、全員の邪魔をしたがるだろうから」

「イエッサー」彼女はほっとして応じた。「海兵隊員の誰かに彼をここまで案内させます」

「わざわざ案内させることはない」とジャクソン。「コムリンクで彼にメッセージを送るだけでいい」

「推進ゼロまであと三十秒」とOPSが報告して、セレスタが答えようとしたのがなんであったにしてもそれをさえぎった。

「了解」と操舵手。「スタンバイします」

ディスプレイに表示された経過時間をジャクソンが見守りつづけるうちに、表示が十五分に近づいていった。彼は黙ったままで、クルーたちが邪魔されることなく命令を実行していくにまかせた。

「はじめ！」とピーターズ大尉が声を上げた。「推進ゼロ。メイン・エンジンを確認し、シャットダウンの準備を」

「推進ゼロ、了解です」と操舵手がいって、スロットルをゼロの状態に戻した。すぐさま、この二日間にわたってつづいていた不快な振動と音が消え、奇妙な静けさがとって代わった。

「メイン・エンジンが無事にとまったと機関部から報告がありました」とピーターズ大尉が告げた。「プラズマ室《チェンバー》と推進ノズルを格納しています」

「ワープ・ドライヴ・エミッターの作動を準備せよ」とジャクソンが命じる。「艦首と艦尾のハッチを開け。前方の高解像度スキャンをはじめよ。ここからジャンプ・ポイントまでのデブリをすべてマップ化しておきたい」

ブリッジのクルーから次々に了解の声があがると、彼は椅子の背にもたれ、コーヒーのマグから大きくひと口飲んで、セレスタにそばに来るよう手まねきした。

「いつもこのような手間をかけるわけではない」と彼は小声で説明した。「当座のところは、きみとそれに訓練中の若いブリッジ・クルーのために正確な手順を踏んでいる。通常時は、わたしからもっと大まかな指示を出すだけで、クルーたちがそのとおり実行してくれるものと信用しているんだ」

「わたしもその点を不思議に思っていたところです」とセレスタが認めた。「作業がこんなふうに何度も指示によって分断されるのは見慣れていませんでしたから」

「通常時はちがう」とジャクソン。「もっとも、きみとわたしのあいだでは、こうしたほとんどはまったく不要なんだが。通常の作業状況では、きみはコンピュータがまったく同意していないとき以外に、何もする必要はない」

「おっしゃるとおりですね。ただし、自動制御が不能になったときに備えて、ブリッジ・クルーをうまく訓練しておくことはいつだって損にはなりません」

「そのために、われわれは可能なときに訓練しているんだ」とジャクソンも認めた。

「現在の速度でジャンプ・ポイントまで四十五分」と航法長が声を上げた。

「われわれの航路は？」ジャクソンはOPSに尋ねた。

「長距離のデータはまだ確認中ですが」とピーターズ大尉がいう。「残る距離の半分以上は良好です。あと数分で完全なマップが描けます」

「よし」とジャクソン。「ワープ・ドライヴ・エミッターを作動させ、ドライヴ・コンデンサーに充電をはじめよ」

長さ十メートル、直径三メートルほどもある漆黒《しっこく》の円筒形のものが全部で八つ、〈ブルー・ジャケット〉の艦腹に開いたハッチから伸縮式のひょろ長いアームの上に載ったまま突き出され、各エミッターはそれぞれ対《つい》になっているものと二百五十メートルほども距離が離れた。この艦の外形は楕円形であるために、真ん中のアームは上面や下面のものよりもアームの長さが短い。エミッターは艦体を三つの部分に分け、前に四つ、艦尾側に四つあって、それぞれが厚いシールドで覆われた電力ケーブルにつながっている。

「エミッターが準備できました」とピーターズ大尉が告げた。「コンデンサーの充電状況は六十パーセントでなおも上昇中、完全に充電されるまでにあと七分かかります」

「そっちはどうだ、航法《ナヴ》？」

「ジャンプ・ポイントまで十五分です」

「このまま近づくとしよう」とジャクソン。「すべてのシールドを作動させ、熱交換ハッチを閉じよ。メイン・バスからエミッターの充電をはじめよ」

「外部シールドを作動させます」とＯＰＳが復唱した。

その直後、金属と金属がこすれる不快な音がして、合金製の大きなシールドが、あらゆる繊細な電子機器や、艦腹に何カ所か実際に存在する窓を覆うために動きはじめた。外部熱交換器も同じく引っこんで覆われた。ほとんどが補助的な使用のためのもので、〈ブルー・ジャケット〉は四基の原子炉やエンジンをすべて艦内で完全に冷却できる閉回路の冷却系を採用している。

「航法《ナヴ》、ワープ転移の指示権限はそちらにまかせる」ジャクソンはいった。「好きなときにはじめてくれ」

「アイ、サー。われわれが指示権限を預かります」と航法長が応えて、スクリーン上の何かを強調して指さし、部下の宙兵の頭を肘で小突《こづ》いた。

「エミッターは充電され、準備完了しました、艦長」とピータース大尉が告げた。

「よし、よし」ジャクソンはうわのそらでいって、残り時間のカウントが五分を切るのを見守った。

ワープ・ドライヴ・エミッターは人類がつくり出した宇宙船で五世代目の装置だが、驚くほど短時間のうちに充電できる。ジャクソンとしては、最後の瞬間まで荷電を保留するやり方を好んだ。それなら、ドライヴのコンデンサー・バンクに電力が押し寄せる前に艦首と艦尾の配列のあいだでばらつきが生じる可能性を減らすことができる。なんらかの理由で完全に充電されなかったばあい、艦は単にジャンプ・ポイントを行きすぎてしまい、旋回して戻るか、それとも原因の解析をはじめるためにいったん針路をそれるかしないといけない。このような手順は艦隊内で共通したものではないが、ほかにもジャクソンが独自に取り入れている二十あまりの作業基準のひとつだ。

「そのままつづけて、艦内の重力を〇・五Gに落とせ」

時計があと三分を示すと、ジャクソンは命じた。OPSが適切な指示命令を入力すると、すぐに艦内の重力が弱まるのが感じられた。

「重力を〇・五Gに定めました」とピーターズが報告した。

ワープ・ドライヴは重力波をいじくる原理にもとづいているため、標準的な手順は主要な重力フィールド発生装置だけにパワーを減らすことだ。そうすれば、ふたつのシステムがたがいに干渉しあうリスクを排除できる。ワープ中、艦内のほとんどの場所では名目上の〇・

五Gを感じるのに対して、艦首や艦尾付近の部屋では五分の一G程度を感じることになる。仮にフィールド内の重力を下げるのをクルーが忘れたとすると、艦内のコンピュータが代わりに実行するか、またはワープ転移そのものを許可しない。

「ワープ転移をスタンバイ！」

航法長が辛辣《しんらつ》な大声で怒鳴ったため、ブリッジ内のほかのみんながわずかにびくっとしたほどだった。ジャクソンはひそかににやりとした。航法長の熱がこもった大声はインターコムごしに艦内全域に聞こえると知っていたからだ。鋭いクラクションの警告音が一度鳴りわたり、そして前方のエミッターが明るいブルーに輝きはじめた。コンデンサーが信じがたいほど大量のエネルギーを送りこんだためだ。画面に映って見えている三つのエミッターの周囲でメイン・ディスプレイが自動で暗くなるあいだにも、輝きは急速にブルーからまぶしい白色へと変わり、それらのあいだでゆがみが弧を描くのが見えはじめ、艦首のまわりに重力エネルギーのリングをつくり出した。艦尾で起きているのと正反対のものだ。

それから一秒もしないうちに、メイン・ディスプレイがすっかり暗くなり、激しい揺れとともにワープ・フィールドが安定化し、〈ブルー・ジャケット〉はアルファ・ケンタウリ星系からふっつりと消え、そのあとにはワープ転移の残余の陽子によるまぶしい閃光だけが残された。

# 5

つづく四日間はすみやかに過ぎていき、ジャクソン、セレスタ、ダヤ・シンの三人は艦内をくまなく視察してまわり、ジェリコ・ステーションでおこなっていた各部署の作業のやり残しをすっかり確認しなおすとともに、新任の副長《XO》が艦内のクルーと顔を合わせる機会にもなった。四日目が終わるころには、顔を合わせたクルーの名前を彼女が十分の一も覚えてはいないだろうとジャクソンは確信があった。なにしろ、この視察のあいだに、彼女はおそらく千百人以上と握手を交わしたろうから。

ジャクソンはセレスタに感心していた。彼女が休息時間にラプター級の仕様を予習していたことは明らかだったし、艦内のどこよりもすすけたハッチにでも、一瞬のためらいもなく進んでもぐりこんでいったからだ。彼女はクルーの話に注意して耳を傾け、艦内の技術スタッフが口にしたごく些細なことでさえもよく覚えていた。ジャクソンはようやく自分の下にまともな副長がやってきたかというほんのかすかな希望を抱いた。ただし、彼女がこの艦に配属になったときの経緯だけが、彼にその期待をためらわせた。前任者のスティーヴンソンは身なりがだらしなく、怠け者で、言いわけばかりして士官としてはどうにもひどい男だったかもしれないが、ばかがつくほど艦長には忠実で、ジャクソンのあまり……因習的でない……指揮の仕方を邪魔することもなかった。実際、考えてみればみるほど、スティーヴンソンが転属を願い出たという話は疑わしく思えてくる。あの男にはとにかく野心などなかったし、第四艦隊に転属になるということは、艦隊の厳しい基準にかなった生活をはじめる必要があることを意味している。たとえば、風呂に毎日入るといったような。

「いまいましい雌狐め」彼は小声でつぶやいた。

「なんとおっしゃいましたか?」とセレスタが尋ねてきた。目をとおしていた報告書から上げた顔には、衝撃を受けたような表情が浮かんでいる。

「いや、なんでもない!」ジャクソンは急いでとりつくろった。「すまなかった、中佐。ただのひとりごとだ」

「そうですか」彼女はそういったものの、明らかに納得してはいない。

「それで、〈ブルー・ジャケット〉やここのクルーたちをどう思う?」彼は話題を変えたくなって尋ねた。

彼女はさらに少しのあいだ、冷たい沈黙をたもったあとで答えた。「全長がおよそ六百メートル、高さはてっぺんまで百メートル以上もありながら、正直いって下のデッキがあれほど窮屈であることに少し驚きました」

「うむ、外殻は厚さが二メートル近くもある固い合金だ。そこから内殻に到達するまでに、さらに十メートルぶんの、幾層にも重なった保護部材が詰まっている。そしてさまざまな機械装置や倉庫のためのエリアが空間の大半を占めているため、クルーはかなり狭い空間で暮らさないといけないことになる」

「それはわたしもわかっています。ただの個人的な感想です。わたしがこれまで乗っていた巡航艦のほうがはるかにスペースがありましたし、あれの任務はこの艦がたどることになる日数の半分でさえもありませんでした」

「きみが乗り組んでいた巡航艦については、わたしも報告書で目にしている、中佐」とジャクソンはいって、くっくっと笑った。「ほんの五年前に就役になったばかりだ。この駆逐艦がつくられてから、多くの点で設計上の進歩があった。重要なシステムの変化はいうまでもなく」

「どういう意味でしょうか？」

「きみが乗っていた巡航艦は、ブリタニアが支配する惑星に本拠を置いた企業によって契約され、設計され、建造された。義務として中央司令部《CENTCOM》やヘイヴンに従ってはいるかもしれないが、一度たりともブリタニアの宇宙空間を離れることを目的としてはいない。一方でこの艦は、実際にわずかな可能性だとしても、まだ戦闘をおこなうことが想定されていた時代に設計されたものだ。ただ単に旗を掲げるだけではなく」

「あなたのおっしゃっている原則には賛成できませんが、それがどこに由来するのかは納得できるように思います」彼女はそういって、眉をひそめた。「第一艦隊の新しい艦艇のほとんどは、見た目にも美しく、大きさやテクノロジーの進歩はたいしたものですが、〈ブルー

・ジャケット〉で見られるような、堅固で、過剰なくらい幾層も重ねられた装甲や防護システムはありもしませんから」
「わたしとしては、必ずしも新しい手法に反対というわけでもないが」ジャクソンはそういって肩をすくめた。「好きなように惑星や資源を取り放題であったために、人類は数世紀にわたってたがいに戦う必要もなかった。ほかに敵対する可能性のある種族が存在する証拠はどこにもなく、通信ドローン・ネットワークの拡大は有人船の行き来がますます減少することを意味している。われわれが生きているあいだに、ＣＥＮＴＣＯＭが解体され、艦隊が担《にな》ってきた任務が個人の請負業者に受け渡されるのを目にすることになるかもしれない」

セレスタはそれを聞いて、ぶるっと身を震わせた。「そうならないことを願いたいものですね。艦隊が崩壊して、最高値をつけた者に売られていくのを見たくはありませんから」

「わたしもだ」とジャクソンは同意した。「しかしながら、その兆候はすでにある。年々、上院で艦隊の運営予算の承認を得るのは難しくなっているし、兵器の研究開発《R&D》に少しでも関係したものは忘れたほうがいい。だがそれは、わたしの給与等級をはるかに超えた問題のようだ」

「だとしても、興味ぶかい意見ですね」とセレスタ。「ほかにご用がないようなら、わたしは次の当直時間まで寝てこようと思います」

「かまわんとも、中佐」とジャクソンはいってうなずいた。「退がってよい」

彼女も会釈を返し、艦長室を出ていった。ジャクソンはキーを押してハッチをロックし、彼がそこにいることを示す表示ランプを消した。そうして、検討があとまわしになっていた適性報告書を取り出して、文面を読み進むふりをはじめた。気がそれたまま、デスクのいちばん下の引き出しの鍵を開け、ホルスターにおさめられたピストルの奥に手を伸ばし、ずんぐりした、重たいボトルのネックをつかむ。取り出してデスクの端に置き、実際にそれに目を向けることなく、報告書の文字に目をはしらせつづけ、そのあいだじゅう、目の隅で時計を気にしていた。

第一当直の勤務時間が正式に終わると、彼は椅子の背にもたれて伸びをして、大きなあくびをした。肩をすくめ、デスクのわきの棚からプラスティックの小さなカップをつかむと、ボトルからたっぷりとツーフィンガーぶん注ぐ。カップの底で液体をまわし、鼻先に近づけて、そのにおいにぶるっとかすかに身を震わせた。本物のケンタッキー・バーボンで、彼の故郷である地球からの輸入ものだ。下のデッキで機関部の連中がこっそり密造しているのではないかと疑われるようなまがいものではない。明らかな理由から、艦隊所属の宇宙艦内ではアルコールは厳しく禁じられているが、いったん航行がはじまると、それが不足することはけっしてないようだった。

ジャクソンはおずおずと最初のひと口を飲み、琥珀《こはく》色の液体を舌でころがしてから頭を後ろにのけぞらせ、液体がまっすぐ胃袋まで食道を熱く灼《や》きながら流れ落ちていくにまかせた。もういっぺん、今度はもっと寛大に飲んで、デスクにカップを置いた。彼の部屋のケースにはあと四本しかボトルが残っていないため、手もとにあるものを大事に消費していく必要がある。さらなる持ちこみの手だてを思いつくか、少なくともどこか途中の文明化した惑星で、許容できる程度にまともな商業用の酒が手に入るまでは。

彼はそれから一時間近くもキーをつつきつづけ、そして気づいたときにはボトルの三分の二を飲み干していた。とうとう仕事をしているふりをよそおうことにうんざりすると、艦内の個人サーバーとのインターフェースをシャットオフし、ソフト・ジャズのプレイリストを表示させ、天井のスピーカーに接続してからヴォリュームを絞って音を出した。ボトルをつかみ、歯をきつく食いしばって覚悟を決め、キャップを閉じなおしたうえで、鍵つきの引き出しに戻した。心地よい音楽に浸《ひた》りながら、自分を抑制できないことに対するおなじみの自己嫌悪が身体のうちでふくらんでいく。彼は深いため息をつき、音楽をとめ、壁のロッカーから枕を引っぱり出して、隔壁沿いに置かれたソファーに身体を横たえた。目を充血させて、危なっかしくよろけながら自室のベッドに戻るところをクルーに見られるのはうまくない。

「これが新たなミッションの指令書だ」

アストン・リンチがいって、またしても封印された封筒をジャクソンに手渡した。その中にプリントした指令書が入っている。

「こういうものはアルファ・ケンタウリを離れる前に渡すことができなかったんですか？」

ジャクソンは皮肉をにじませて尋ねながら封をちぎった。

「作戦遂行上の機密の問題だよ、艦長」とリンチが見くだした声でいったために、ジャクソンはきつい目でにらんだ。「通信ドローン・ネットワークの範囲内にいるうちに渡していたら、ミッションが漏洩《ろうえい》する怖れがある」

「ミスター・リンチ、あなたがタウ・セティに旅することを、誰かが本当にそこまで気にかけているとはどうにも信じがたいのですが」ジャクソンはそういって、紙にプリントされた小さな文字を読もうとしたせいでこめかみがズキズキした。「これはただの航行上のアップデートですよ。これのどこが、そこまでの機密事項になりうるというんですか?」

「よく見てみるといい、艦長」とリンチがいう。「そこに到着したなら、さらに排出物保全プロトコルと、とても明確な通信指令がある」

ジャクソンはあきれて、ただ目をぐるりと上に向け、紙片をセレスタに渡した。

「目をとおしておいてくれ、中佐」と彼女に告げる。「何か通常を大きく逸脱しているようなことがあれば、わたしに知らせてほしい」

「すぐにそうします」とセレスタはいうと、文書を読みはじめた。

「われわれが通常のルートをたどらずに、針路をはずれて星系の外でとまるのには、何か特別な理由でも?」ジャクソンは尋ねた。

「それは機密情報だ、艦長」とリンチ。

「なるほど」とジャクソンはいって、左手でこめかみをもみほぐした。「ですが、ブリッジは安全な場所ですし、クルーたちにも遅かれ早かれ知れることになる……彼らを居室に押しこめて、あなたが自分で操縦するのでもないかぎりは」

「いいから命じられたとおりに従うんだ、艦長」とリンチがいって、冷笑した。「きみが知るべきことはすべてそこに書かれてあるし、それ以上は何も知る必要がない」

「この針路変更によって、星系外の深宇宙に出ることになりますが、航行上の障害となるものが何もないほど遠く離れるわけではありません」ジャクソンは自分が感じている以上の辛抱づよさを声にあらわしていった。「そのためにこそ、われわれは星系に出入りするルートを前もって決めているのです。あなたの要請が当艦を不要な危険におちいらせることになると感じたなら、この指令を無視して本来の針路にとどまることにします。もちろん、その心配はないというなんらかの確証をあなたが提供できるのなら話は別ですが」

「われわれが入りこむエリアに障害は何もない」リンチが小声でいった。ブリッジの全員が耳をすまして盗み聞きしようとしていることには、なおも気づいていないらしい。「以前にもこうした受け渡し任務のときに使われたことがある。ライト中佐が手にしているデータが、その詳細を保証してくれよう」

「いいでしょう」ジャクソンはいった。これ以上、会話を長引かせる気になれなかった。「指令書を見なおしてみて、必要なら調整しましょう。ほかに何か不明な点があれば、あなたに連絡します。そうでないなら、およそ三十六時間後に到着する準備をしておいてください」

「ありがとう」

リンチはいって、横に一歩踏み出してセレスタに近づき、耳もとで何かささやいてから、ブリッジをすたすたと離れていった。ひりつくほどの好奇心に駆られたものの、ジャクソンはあの男が何をいったのかとあえて尋ねなかったし、彼女のほうも自分から打ち明けようとはしなかった。

「指令は通常のものと少しちがうようですが、あまり心配することはなさそうですね、艦長」とセレスタがいって、指令書を彼に返した。「われわれはこのエリアで別の船とランデヴーすることになるようで、障害は何もないと考えていいと思います」

「かもな」彼は確信がないままに応じてから、声を張り上げた。「指令担当《OPS》！　この指令書をスキャンして、適切な部署に拡散しておくように」

「イエッサー」

とデイヴィス少尉が応え、ジャクソンから紙片を受けとると自分のステーションに戻った。指令書のスキャンコードを使って、各部署が実行するうえで必要なデータはジェリコ・ステーションにロードされている安全なサーバーから入手できる。プリントされた指令書というのは、必要がないかぎり簡単にサーバーにアクセスできないようにするための昔からの手法だ。

「これがそう思えるとおりの単純な指令なら、リンチをそこに運んだあと、われわれは次の目的地に向かうことができます」

セレスタがジャクソンに少し身を寄せて、声を高めずにすむようにしていった。彼は顔が近づきすぎないように意識して距離をとり、セレスタの意見に無言でうなずいた。彼女の顔に酒のにおいのする息を吐きかけたくはない。

「アップデートされた指令書の概要をまとめて、わたしの受信トレイに送っておいてくれ」彼はそういうと、立ち上がった。「われわれがつきあわされているスパイ小説じみたたわごとの裏で、誰と出くわすことになるのかについてヒントが隠されていないか掘り返してみてくれ。わたしは艦長室にいる」

「アイ、サー」

そういった彼女がいぶかしげに目を細めるのが、ジャクソンにもかすかに見てとれた。彼はそそくさとブリッジをあとにした。

# 6

「航法《ナヴ》、転移までのわれわれの位置と時間を確認せよ」ジャクソンは声をかけながら艦長席につくと、コーヒーマグを慎重に置いた。

「位置が確認できました。現実空間に転移するまでにあと十分です」

航法ステーションから二等宙兵が報告した。まだ二等宙兵にとどまっているには少し年齢が高いように見えるが、袖の隠しようのない痕が最近までの階級から降格させられたのだと明かしている。見たところ、線が二本だ。ワープ転移のような繊細な作業をともなう第一当直の担当になぜ懲戒記録のある者がついているのか、あとでライト中佐に尋ねてみようとジャクソンは心のうちに書き留めた。

「指令担当《OPS》？」と彼は尋ねた。

「確認できました、艦長」ディヴィス少尉がきびきびとした声で応じた。問いかけの答えとして、彼女はカウントダウン時間と艦の相対的な位置をメイン・ディスプレイに表示した。

「航法《ナヴ》のデータは冗長検査に合格しました。予定どおりの場所に出られるでしょう」

迫りつつある転移に備えて緊張が高まり、ブリッジの誰もが黙りこんでいた。アストン・

リンチでさえも、観覧席にストラップで身体を固定して、口をつぐんだまま、なにやら考えこむ顔つきでディスプレイを見守っている。

「あと五秒！」

デイヴィス少尉が大声で叫ぶと、クラクションのけたたましい響きが艦内に二度にわたって鳴りわたった。数秒後、艦体が激しく揺れ、生命維持に必須でないシステムのパワーがかすかに下がり、周囲の照明も薄暗くなった。

揺れがおさまると、メイン・ディスプレイがクリアになって、あらためて艦外を映す窓に変わり、明るく輝くワープ・ドライヴ・エミッターの向こうのひらけた空間に点在する星が見えるようになり、〈ブルー・ジャケット〉が現実空間に無事にあらわれ出たことがわかった。

「全部署から確認連絡がありました」とデイヴィスが報告する。「位置の確認を待っているところです」

ジャクソンが辛抱づよく待ちつづけるあいだに、航法担当の宙兵が星の引力やこのエリアの重力異常を測定することで位置座標を判断していった。

「予定していた転移位置より一万五千キロずれています」と宙兵が報告した。「こちらからOPSと機関部にデータを転送します」

ジャクソンは眉をひそめた。ジャンプした距離を考慮すれば想定範囲内ではあるが、もっと目標に近いところに出現できるものと期待していた。宇宙艦がワープするときは文字どおり目隠しをしたまま飛ぶようなもので、艦内の装置に頼って予定どおりの位置にあらわれるようにするしかない。たいていのばあい、〈ブルー・ジャケット〉のクルーは長距離の転移時にも目標地点から五千キロ以内に誤差をとどめることができたため、クルーの側の失敗というよりは、ジェリコ・ステーションで装置をいじくりまわしたせいだと思いたかった。

「次のジャンプでは誤差を縮小できるように期待しておくぞ」とジャクソンはいって、なぜ艦内の航法システムがこれほど大きくずれたのか理由を解明する必要があると全員に正当な警告を発しておいた。「ランデヴー予定の位置座標に針路をプロットして、操舵手に送ってやれ。OPS、ワープ・ドライヴ・エミッターを格納して、外部ハッチを閉じよ。それが片づいたら、メイン・エンジンに点火して、航行可能になったら教えてくれ」

「アイ、サー」

デイヴィス少尉が応じて、ジャクソンが命令を終える前にエミッターがゆっくりと艦腹に引き戻されはじめた。彼が見守る前で、繊細な装置は注意ぶかく格納用の穴におさめられ、重厚な外部ハッチが揺れながらふさがり、デブリの衝突や敵の攻撃の可能性からも保護された。地球人がつくり出した初期世代の宇宙船では、巨大なリングがふたつ、艦首と艦尾にひとつずつ設置され、それがワープ・ドライヴの機能を果たし、つねに艦外に固定されていた。これまで過去にどれくらいの数の艦艇が、微小隕石の衝突でエミッター・リングにダメージを負い、遭難して失われたのだろうかとジャクソンは普段から漠然とそのことが気になっていた。

「この区域の能動《アクティヴ》スキャンを許可されていないというのが、どうも気に入らないな」ジャクソンは小声でセレスタにいった。「きみには戦闘指揮所《CIC》に行って、周辺の宇宙空間の受動《パッシヴ》スキャンをはじめてもらいたい。すべてにおいてだ」

「アイ、サー」と彼女はいうと、ストラップの留め金をカチャリとはずし、急ぎ足でブリッジを出ていった。

正式には〝コンバット・オペレーションズ・センター〟というこの部署は、航行、追跡、攻撃のさいに艦艇の中心になる場所だ。艦体の中央付近に位置し、十五名程度の専任者が常駐して、〈ブルー・ジャケット〉のすべての装備に目を光らせ、必要とあればいつでも情報をブリッジに伝えられるように準備している。そこには指揮ステーションさえもあって、緊急時には艦長がそこからでも艦を指揮できるようになっていた。この〝作戦指揮所《COC》〟は人類のつくり出した船が宇宙を飛んで移動できるようになる以前は〝コンバット・インフォメーション・センター〟と呼ばれていたため、〝CIC〟という略称だけは現代の宇宙船でも生き残った。〝COC《コック》〟——〝陰茎《コック》〟というのは、艦隊内の用語として発音するには適当でないためにこうなったのだろう、とジャクソンはなかば確信していた。

ライト中佐をCICに向かわせたかったのは受動スキャンだけが理由ではない。自分の出した命令に完全に確信があるわけではないため、彼女を艦の中枢に置いておけば、情報をじかに入手するもうひとつのチャンネルになる。これまでのところ、リンチは落ちつきはらって、何も気にしていないようだが、これをよい兆候と見るべきなのかはよくわからなかった。

ライト中佐は急いでCICに向かい、ウルフ艦長の命令を伝えた。運よく、〈ブルー・ジャケット〉が現実空間に転移して戻るあいだ、OPSの第二当直士官であるピーターズ大尉がCICの指揮をとっていた。この艦に乗り組んで三度の航行を経験してきたために、彼はセレスタがくわしく説明しなくとも艦長の要望をすぐに理解してくれた。

ピーターズはセレスタに指揮官席をゆずると、すぐに各部署をまわって担当者に正しい方向を指示した。作業のほとんどは単なるデータ解析で、それはこの艦の受動スキャンがデータをつねに記録しているからだ。担当者は艦が現実空間にあらわれ出た瞬間の記録に戻って、なんらかの異常を探し出せばいい。コンピュータは一定のパターンや急な変化を見つけるのが得意だが、人間が直感的に見つけられるようなわずかな変化を見のがしてしまいがちだ。

彼らがデータをさらいなおすのを辛抱づよく待つあいだに、セレスタは艦の内奥から低いとどろきがはじまるのを感じた。作動しはじめたメイン・エンジンの振動は、ブリッジよりもここCICのほうがかなり大きい。音や上下動が高まるのを感じて、指示されたとおりのランデヴー地点に移動しはじめたのだろうと推測した。ウェリントン上院議員の補佐であるあの政治工作員は、単に第四艦隊所属の別の艦に運んでもらい、誰にも気づかれずひそかにニュー・アメリカ政府と接触するつもりなのだろうと彼女はみなしていて、このミッションについてジャクソン・ウルフが偏執的傾向をつのらせているのがどうにも理解できなかった。

とりわけ、アストン・リンチが乗艦して以来、こちらが望んでもいない騒ぎを何度となくもたらしたことを考えてみれば、あの男をやっかい払いできるのは彼女としてもありがたいことだが、新たに仕えることになった指揮官の不安定な言動を見聞きするにつけ、少なからず不安を覚えるようになっていた。

「何かを見つけました、中佐」とピーターズ大尉が報告してきた。「異常な熱のかたまりが、艦首左舷側二十万キロ、仰角二十二度の方向に」

「見せて」セレスタは椅子から立ち上がり、センサー・ステーションのほうに近づいていった。

「このふたつの光の点は完全に赤外線帯域にあり、ぴったり七十三メートル離れています」とピーターズが告げた。「これらの点はわれわれのセンサーが転移から現実空間に戻ったときにはすでにそこにあって、そのあと少しして消えました」

「これが何かについて、推測は？」とセレスタ。

「イエス、マァム。これはディセンダント級の駆逐艦の逆推進ノズルで、現在のところ第四艦隊だけに配備されているものです。あの新型のやつはメイン・エンジンが四基でなく二基しかありませんから」ピーターズが答えた。「あと少し時間をもらえれば、どの艦なのかまで調べがつきます」

「結びつきはそれほどはっきりしているものなの？」セレスタが驚いて尋ねる。

「艦のエンジンの概略を知るには充分です」

センサーの担当者が口を挟んだ。若い一等特技官で、左頬に長い傷痕がはしっている。セレスタは汎用制服の上着の胸につけたネームタグを読みとった。

「できるかぎり早く艦の名前をさぐりあてて、ジェイコブズ特技官。艦長はこの情報をすぐにでも欲しがるだろうから」

担当者がエンジンの概略からデータベースで検索していくあいだ、セレスタは背後に立ったまま辛抱づよく待ちつづけた。

「見つかりました」とジェイコブズがついにいった。「〈オスカー・マークス〉、艦籍番号はDS‐八一〇一です」

「でかしたわね、特技官」とセレスタがねぎらう。「現在時のデータをスキャンしなおして、もう一度捕捉できないか試してみて」

「アイ、マァム」

「連中はあそこでずっとわれわれを待ち、われわれが転移してあらわれると逆推進ノズルをとめたにちがいありません」ピーターズがいった。

「わたしもそう考えていたところよ」とセレスタ。「向こうも受動センサーを使っていたから、われわれが到着したときのデータを向こうが受けとるまでに、こっちでもエンジンの熱をすでに記録していたのね」

彼女は指揮官席に戻り、端末を引き寄せると、ウルフ艦長にじかにメッセージをタイプしはじめた。

第四艦隊駆逐艦〈オスカー・マークス〉が〈ブルー・ジャケット〉の転移時に艦首左舷二十万ＫＭに存在し、直後に姿を消しました。ＣＩＣで再捕捉の作業中。追って知らせます。ライト中佐

ジャクソンはもう一度読み返してから、そのまま作業をつづけるようにとセレスタに返信した。リンチにちらっと目をやって、この男の顔つきを読みとろうとする。リンチは席にすわったままで、いつもと同じように、退屈してかすかにいらだったような表情を浮かべている。

「ミスター・リンチ」とジャクソンは大声で呼びかけた。「到着しました。次に何が起こるんでしょうか？」

「もうじきわかるよ、艦長」とリンチはいって、艦内時刻をもう一度確かめた。「そのあいだ、排出物保全プロトコルをたもつように」

「エンジンから発する熱放射《サーマル・ブルーム》は、目をこらして探せば誰にでも見えるものです」とジャクソンはいって聞かせた。「われわれは完全に真っ暗というわけではありません」

「何者かが調べてみようとするころには、われわれはとっくにここを去っているはずだ」とリンチがいって、怒った目でジャクソンをにらむ。「ミッションでは、向こうからコンタクトしてくるまで待つ手はずになっている。そのときまで――」

「コンタクトがありました」とデイヴィス少尉が告げた。「たったいま、艦首のセンサーが

タイトビーム通信レーザーを受信しました。暗号解読ルーチンを実行しているところです」

「ほらな、艦長？」とリンチ。「心配することは何もない」

「われわれの本来のミッションに戻るのがいつになるのかといらだっているのを、心配と取りちがえないように願いたいものですね」ジャクソンは相手の気どった態度にうんざりしはじめていた。

「向こうからの暗号コードは正式なものです、艦長」とディヴィスがいって、リンチの返事をさえぎった。「メッセージ全体を受けとりました」

「こっちに転送してくれ」

「アイ、サー」

ジャクソンが見守る前で、テキスト・メッセージがディスプレイ上にスクロールしはじめた。メッセージは短く、要点を押さえたものだった。


民間人の乗艦者、アストン・リンチをシャトルに乗せ、事前に取り決めた位置座標に向かわせよ。このメッセージを受けとってから一時間後に、当艦に迎え入れる。返答の必要にはおよばず。

以上

地球連合艦《TCS》〈オスカー・マークス〉指揮官《CO》、アシリ大佐

「どうやら、あなたはほかにも秘密の位置座標をご存じのようですね、ミスター・リンチ」

ジャクソンはいった。

「そのとおり」

「では、歩哨に案内させましょう。シャトル格納庫まで降りて、出発の準備をはじめてください。デイヴィス少尉、下のファレス中佐に連絡して、シャトルを出す用意をさせ、乗客を乗せて別の艦まで送り届けるようパイロットに命じてくれ」

ジャクソンは告げた。艦内で起きている出来事を、艦長でありながらあまり掌握できていないことを、なおもおもしろく思ってはいない。

「アイ、サー」とデイヴィス。「いますぐファレス中佐に伝えます」

「われわれはしばらくここにとどまることになりそうだ」ジャクソンはリンチがブリッジを離れると、クルーたちに呼びかけた。「艦内の重力を通常に戻し、転移時の警戒態勢を解いて、追って知らせるまで通常の当直勤務とする」

「アイ、サー」

了解する声があちこちで起こり、担当のクルーが艦長の命令を全部署に伝えていった。

「まだこれが、ヘイヴンとニュー・アメリカのただの政治的ないがみあいだときみは考えているのかな？」

ジャクソンはセレスタに訊いた。士官食堂に入ってきた彼女が、コーヒーマシンの前に立っていたジャクソンを見つけたところだ。

「これが少し普通でないことは、わたしもすでに認めています」セレスタは新しいマグを手に取りながら同意した。「ですが、これを邪悪なたくらみと呼ぶつもりはまだありません。それはともかく、もうじき作業がはじまります」

「あなたはこれまでに、第一艦隊でこのようにこそこそした作戦遂行を目にしたことがおありなんですか、中佐？」デイヴィス少尉がテーブルから声をかけてきた。ペストリーをぱくつきながら、若い士官が好む大きすぎるコムリンクで何か読んでいる。

「今回のようなドラマじみたものは一度も」とセレスタは若い士官のほうを向いて応じた。ブリッジは公的な仕事場だが、士官食堂での会話はもう少しリラックスした、親しいものになりがちだ。「秘密の乗客を乗せたり、奇妙な指令を受けるといったようなことは何度かあったけれど、わたしはこれほど星系の外に出たことが一度もないから。少し気がかりなことは認めておくわ」

「政治家という連中は各国家がたがいに争っていた遠い昔を懐かしんでいるのではないかと思えることがときどきある」とジャクソンはいって鼻を鳴らした。「われわれはやんわりとした冷戦と呼ぶべきものさえも、数世紀にわたって経験していないというのに」

「なぜそう思われるのですか、艦長？」

とデイヴィスが尋ねた。この若い女性少尉が、敬意を払ってはいても、これまで目にしてきたほかの大半のクルーほどウルフ艦長を煙たがっていないことにセレスタは気づいた。

「距離が離れていることと、誰も何も欲しがっていないからだ」ジャクソンはいって、カウンターにもたれたままコーヒーに口をつけた。「主要な各領域は、いずれも自分たちが千年かかっても消費しつくせないほど莫大な資源や空間を所有しているし、チュウヨー社が開発した最新世代のワープ・ドライヴがあるにしても、わざわざ遠くまで出かけて侵略しようという考えはばかげているようだ」

「それに」とセレスタが別のテーブルに腰かけながらつけ加えた。「チュウヨー社のオフィスが全世界のテクノロジーの流れを統制していて、ヘイヴンが連中の取締役会をしっかりと牛耳《ぎゅうじ》ってる。ちゃんと仲よくしていないと、そうした最新の技術から閉め出される怖れがあるから」

「それは逆かもしれないぞ、中佐」とジャクソンはいって、おもしろくもなさそうに笑った。「チュウヨー社の会長のほうがヘイヴンのお偉がたをしっかりと牛耳っているのかもしれない。それに、われわれの代表者たる上院議員の大半までも」

「かもしれませんね」セレスタがいった。「ただし、正しくない人物の耳に聞こえるようなところでわたしがそれを認めることはけっしてないでしょうけど」

ジャクソンはただ肩をすくめた。

「本当の意味で、それは秘密というわけでもない」彼はそういって、カウンターから離れた。「このシステムは長いあいだうまく機能してきたために、多かれ少なかれ、制度になっていて、誰もそれを変えようと本気で思ってはいないようだ。チュウヨー社は、最初のコロニー船がアルファ・ケンタウリに送られる前からすべての宇宙飛行を統制してきた。彼らは各国の人々が最大の利益を確実に得られるようにテクノロジーを割り当ててきたから、われわれはおとなしく彼らの統制を認めてきた。知っていたかな、この艦にも艦隊の人員が作業することはおろかアクセスすることさえ許されていないシステムがあることを?」セレスタが首を横に振ると、彼はつづけた。「あまり多くの者が知っているわけでもない。副長《XO》として、きみはシン少佐のところに行ってそれらについてくわしく知りたいと思うだろうな。中央司令部《CENTCOM》との同意にもとづいて、そうしたシステムは連合にリースされていて、究極の緊急時以外はチュウヨー社の技術者だけが扱えることになっている」

「確かに、それについてもっとくわしく知りたいですね」とセレスタがいった。腹をたてつつも、あとでシン少佐と話すことを忘れないようにコムリンクにメモを書き留める。

「この艦のように古い駆逐艦のばあいは、たいした問題でもない」ジャクソンはそういって肩をすくめ、ハッチに向かって歩きだした。「だが、新型の艦艇のばあい、違反したら聴聞委員会に立たされることになるだろう」

彼は通路に出て、ブリッジへと戻っていった。

海兵隊の歩哨にうなずいて、ブリッジに入ると自席につき、ディスプレイのステータス報告を確認する。すべての部署から転移後の報告がブリッジに送られていた。予想していたとおり、比較的短い航行のあいだに問題は起きておらず、対処の必要がありそうな心配ごともなかった。

「艦長、シャトル3がミスター・リンチを乗せて戻ってくるところです」と通信士官が報告した。「およそ十五分後にドッキングします」

「シャトルから報告してきたのか、それとも〈オスカー・マークス〉から、またタイトビームで?」

「タイトビーム通信です」

「OPS、ファアレス中佐にパイロットから報告を入れさせて、〈オスカー・マークス〉の最後に知られている位置座標をわたしのステーションに送るようにいってくれ」ジャクソンは告げた。リンチをブリッジに呼びつけて、じかに報告させることも考えてみたが、あの政治工作員を簡単に屈服させることなどできそうにないとわかっていた。あの狡猾な男がさまざまな状況に対応可能な指令書を手にしていることはほぼ確実で、答えたくない質問には答えなくてもかまわないという許可をもらっているだろう。「それと、ミスター・リンチが〈ブルー・ジャケット〉に戻ったら、彼の動きをわたしに随時知らせるように」彼は代わりにこう命じておいた。

三十分ほどたったころ、彼の端末が音をたてた。シャトルの飛行責任者のハビエル・ファアレス中佐からのメッセージだった。〈オスカー・マークス〉は艦首から八万キロ、そして艦の水平位置から十二度下がったところにいた。アシリ艦長はなおも明かりを消して暗いまま、艦身を隠して潜む対抗手段をとり、〈ブルー・ジャケット〉の受動センサーでは大きな艦の姿がぼんやりとしか見えず、ジャクソンはすっかり困惑していた。さっきの通信ですでに正体を明かしているのに、なぜ彼らは隠れつづけているのだろう？

さまざまな可能性について彼が考えているうちに、ファレスの部下とわかる特技兵がブリッジに入ってきて、またしても別の公式パケットを彼に手渡した。ウィンタース大将の署名がある。

「ミスター・リンチが、これを艦長にお届けするようにと」若者は口ごもりつついった。普段からブリッジに詰めているわけではなく、士官たちの領地には近づいたこともないため、艦長の前に立ってはっきりと気おくれしている。

「ありがとう」ジャクソンは簡単に特技兵をねぎらい、手を伸ばしてパケットを受けとった。

「退がってよい」

宙兵はまさに神と向きあったかのように、基礎訓練のとき以降は誰もやらないようなすばやい動きでくるりと踵《きびす》を返すなり、出口をひたと見据えたまますたすたとブリッジを出ていった。ほぼ確実に悪い知らせをもたらすにちがいないパケットを手にしていなかったなら、ジャクソンは声を上げて笑っていただろう。

「デイヴィス少尉、ライト中佐が戻るまできみにブリッジを預ける」彼はそう告げて、艦長席を降りた。

「アイ、サー」とデイヴィスが応じた。

端末のスクリーンに映し出されたビデオ映像から、ウィンタース大将がジャクソンに語りかけた。

ウルフ艦長。このメッセージは、あなたの正式な指令変更にともなって、ミスター・リンチがあなたに渡したパケットに入っていたものと思う。

最高ランクのセキュリティが必要なことは、この時点ですでに明らかなはずだから、なぜその必要があるのか説明して時間を無駄にするつもりはないわ。率直にいって、あなたは命令どおりに従うだけで、そのために全体の大きな絵を理解する必要はないから。それに……このメッセージの理由は、あなたの新しい針路変更の指令とは何も関係がないし。

このことをあなたにじかに話せたら……喜ばしいことだったろうけど……このやり方で満足するしかないようね。これは〈ブルー・ジャケット〉の最後の航行になる。実際、第七艦隊のすべてが解体されることになる。〈ポンティアック〉と〈クレイジー・ホース〉はすでにシエラ造船所に向かっていて、退役して廃棄されるところ。そして、第七艦隊所属の駆逐艦が新たな艦と置き換えられることはない。現在も、将来の可能性としてもなんらかの脅威と向きあうことなどありそうにないため、CENTCOMでは〈暗黒の艦隊〉の作戦計画を縮小し、予算をよりよい投資先に振り向けるべきだと感じていて、わたしとしてもその点ではこれ以上に同意のしようがないほど賛成してる。第二世代のチュウヨー通信ネットワークの導入によって、〈暗黒の艦隊〉の存在理由がなくなったということ。けれど、話がちょっと脱線したようね。

あなたの適性試験の成績や出身から考えてみても、あなたが新たな指揮官として別の艦に任命される機会はかなりわずかだということはおたがいにわかっていることと思う。そこで、失礼ながら先まわりして、あなたの辞表願いをこちらで書いてあげて、それがジェリコであなたの帰還を待っているように手配しておきました。あなたには、残された航行のあいだに、できるかぎりライト中佐に指揮をまかせる機会をつくってほしい。必ずしもあなたに指南役になってほしいという意味じゃなく、できるだけ彼女に宇宙艦のブリッジで指揮官席につく時間を与えてやってほしいだけ。

ウィンタースはいったん口をつぐみ、カメラをじっと見つめた。口もとがかすかにゆがみかけたものの、正式な記録ビデオであるために、にやけた笑みを浮かべずに自然な表情をたもとうと抑えている。どうやらほかにメッセージを締めくくるうまい文句が見つからなかったらしく、ビデオはそのまま単に終了した。

「くそったれな雌狐め」

ジャクソンはののしりの言葉といっしょに疲れたため息をもらし、椅子の背にもたれた。つまり、これでおしまいだ。彼のこれまでの人生は、たったひとつの、短くて、まるで感情のこもっていないビデオ・メッセージによって粉々に砕け散った。いままでの苦闘は正式に終わりを告げた。艦隊内でなんとか受け入れられ、認められようとしてきたつらい戦いの日々は、艦隊本部のデスクにふんぞりかえってすわっている者が、この平和と繁栄の時代に、もはや古びた戦闘艦四隻を維持する価値などないと判断したため無に帰した。

どれくらいのあいだ、こうしてすわって虚空を見つめていたのかはっきりしないが、チャイムが鳴って、誰かが艦長室のハッチの外にやってきたことを告げた。それと、訪問者が民間人であることも。クルーなら、習慣どおりに一度ノックするだけだ。

「どうぞ、ミスター・リンチ」彼は絞首台に引き立てられていく受刑者のような熱意で呼びかけた。

「どうしてわたしだとわかったのかな?」リンチがぶらりと入ってきながら尋ねた。「チャイムのせいだ、そうだな? いまいましい船ごとに習慣がちがう。古い慣習にこだわっているのもあれば、そうでないのもあって」

ジャクソンはぽかんと口をあけ、困惑して相手の男を見つめた。目の前のこれがジェリコ・ステーションから相乗りしてきたのと同じ人間なのか、はっきりと確信がもてなかった。

「あなたは……ずいぶんちがって見えますね、ミスター・リンチ」

着古したカジュアルな服装に着替え、すっかり変わってしまった態度を注意ぶかく観察しながら、ジャクソンは慎重にいった。リンチの表情には、それまでなら思い上がったせせら笑いが浮かんでいたはずだが、いまはリラックスした大きな笑みが貼りついている。

「それで?」とリンチがうながす。この瞬間を心から楽しんでいるらしい。

「あんたは中央司令部情報局《CIS》のスパイだな」ジャクソンはいった。急に事態が呑みこめてきた。

「悪い推測でもないな、艦長！ 最初の推測で、しかもすばやく思いついたにしては」リンチがいって、笑みがいっそう広がった。「CENTCOM情報局のパイク捜査官だ。以後お見知りおきを」

「今日という日がこれ以上おかしなものになりうるだろうか？」ジャクソンは誰にともなく問いかけた。

「ふむ……ウィンタース大将からのささやかなラヴレターを目にしたんだと受けとっていいのかな？」パイクがいって、デスクの前の椅子のひとつに腰をおろした。

「そのことを知っているのか？」

「わたしはスパイだということは覚えてるかな？ わたしはきみの指令書や、ほかのすべてに目をとおしたうえで、封をしなおして届けさせたんだよ」とパイクがいう。「運がなかったな、艦長」

「ああ」とジャクソンはどっちつかずにいった。「人生とはこんなものだ、と思う。それで、なぜいまになって演技をやめたんだ？」

「横柄で傲慢なお偉いさんに仕える、思い上がったいけすかない男を演じるのはくたびれるものだという事実のほかに？」

「そう、そのほかに」

「もうその必要がなくなったからだよ」パイクはそういって、肩をすくめた。「演技していたのは、アシリ艦長や〈オスカー・マークス〉に乗っていたニュー・アメリカの代表者たちをあざむくためだ。それに、本当の自分でいたほうが、ライト中佐とうまくやる可能性が高まりそうに思えたんでね」

「その点は確かなのか？」

ジャクソンはそういって、片方の眉をぴくりとつり上げた。パイクが本当の自分をさらけ出し、心から純真な大笑いをした。

「きみのことが気に入ったよ、艦長。そして、それがどうしたっていうんだ？　確かに、やってみて損はあるまい。彼女はどうも、ミスター・アストン・リンチには感心していないようだったからね」

「彼女がリンチとしてのあんたをけちょんけちょんにけなしていたために、わたしは彼女を少し見なおしたくらいだよ」

「わたしもだ」パイクが気をそらしたようにいった。「とにかく、わたしがここにやってきた本当の理由は、艦長、きみにちょっとしたアドバイスをあげようと思ってね」

ジャクソンは男の真剣な顔つきに気づき、室内には二人きりだというのに、少しだけ背筋を正してすわりなおした。

「これから受けとる新たな指令によって、きみは辺境へと向かうことになる。まさしく宇宙の端に。わたしがいっているのは、アジア連合の正式な境界を越え、最新のコロニーが存在する世界に新たに切り開かれたワープ・レーンのことだ。きみは単に、測量スキャンや大気の状況を調べるよう求められることになる、通常のとおりに……だが、そこには当地のメディア放送や通信状況をモニターせよという指令も含まれる」

「その目的は？」

「辺境で何かが起きている。とりわけ、アジア連合とワルシャワ同盟の境界付近で」パイクが慎重に言葉を選んでいった。「わかっているだろうが、このことをきみに話すだけでもわたしにも大きなトラブルが降りかかりかねない。だが、きみは目を大きく開けてそこに入りこむ必要があることを知っておいてもらいたい」

「〝何か〟というのは、正確にいってどんなことなんだ？」ジャクソンはＣＩＳ捜査官が打ち明けたことに疑念をもって尋ねた。

「まさにそこなんだ」とパイクがいって、また椅子の背にもたれなおした。「われわれにもさっぱりわからない。疑わしい状況下で船が二隻姿を消したという確実な証拠がある。だが、誰のしわざか、なぜなのか、そしてその船がどうなったのかについてさえも、確実な証拠はない」

「その件について、わたしは何も聞いたことがないんだが」ジャクソンは急にとても興味がわいてきた。

「機密情報だからだ。ひとつは自動操縦の探索船で、居住可能な惑星が三つある新たな星系に向けて、確実かつ安全な針路をたどっていた。もう一方は商船隊の輸送船で、無人の探索船に何があったのか確かめに向かった。ＣＩＳや探索活動を統括する上院委員会は、この件について固く口を閉ざすことにした」

「もっとも有力な仮説は？」

「アジア連合がヘイヴンに対して強硬な行動に出る準備をしているというものだ」パイクがなんの前置きもなしにいった。

「なんだって⁉」ジャクソンは叫び、ほとんど笑いだしかけたほどだった。「どうにもばかげてる」

「そうかな？」とパイクが声に力をこめた。「第三艦隊は武装を強化しているし、アジア連合の議会に忠実だ。ヘイヴンでCENTCOMの会計屋《ビーン・カウンターズ》たちが数字をよく見せるために、〈暗黒の艦隊〉がかなりの割合で予算を削られていることは、向こうの連中も知っている。おたがいの距離が遠く離れているために、数世紀にわたって平和がもたらされてきたことにはだまされないように、艦長。われわれはなおも本来の人間と変わらず、隣人たちが所有しているものに貪欲だ」

「オーケイ、話に調子をあわせておくとしよう。そのばあい、アジア連合がヘイヴンを襲ったところでなんの得があるんだ？　それは地球連合に宣戦布告するも同然の行為だ。ほかの領域が味方するはずもないぞ」

「戦争ではない、略奪だ」とパイク。「ヘイヴンには何がある？」

「連合の上院、CENTCOMのオペレーション・センター、それからチュウヨー社の本部も」とジャクソン。

「ひとつ抜けてるぞ」とパイク。「チュウヨーの研究開発部門《R&D》もだ。広く宣伝されてるわけじゃないが、あれもあそこにある。あの施設を略奪することで、アジア連合はテクノロジーの面において圧倒的有利になる。それと、彼らの人口的な優位性や産業基盤の大きさを考えてみれば……わたしが何をいいたいのかはわかるだろう」

「もっともらしい話のようだ」とジャクソンは認めた。こう言葉にするだけでも、肉体的な痛みが感じられる気がした。「だが、なぜ辺境探索用ドローンや貨物輸送船を攻撃する必要があったんだ？」

「明らかに、なんらかの秘密を隠しとおすためだ」とパイクがいって、肩をすくめた。「さっきもいったように……これはもっとも有力な仮説のひとつだ。もっともとっぴなものでないことはいうまでもない」

「そうなのか？」

「そうなんだよ」とパイクが認めた。「ある意味でこれは意味がとおる。地球に本社があった当時から、チュウヨー社が日本の流れをくんでいることを考えてみれば、アジア連合は自分たちにその所有権があると感じているかもしれない。ほかの仮説では、新たな惑星に人を移住させないための陰謀といったものから、はては異星人《エイリアン》による攻撃というものまで、かなりの幅がある」

「エイリアンの？」ジャクソンは笑い声を上げた。「ずいぶんと踏みこんだもんじゃないか、ええ？」

「少なくともこれまでに一種、われわれは知性のあるエイリアンを発見している」パイクが指を立てて制しながらいった。

「ああ、メタン・ガスを吸って暮らしてる種族だ、われわれなら数秒で死に至るような世界で」とジャクソンは応じた。「われわれは連中と意思を疎通させることさえできない。この百年間に、あの星を訪れた人間が一人でもいるのか？」

「ときおり、科学遠征隊が出かけてるよ」パイクはあきれたというように首を振った。「では、警告してくれたことに感謝すべきだろうな」とジャクソン。「今後はどうなる？あんたもいっしょに行くのか？」

「いや、わたしはあまりクルー向きの人間ではないもんでね。〈オスカー・マークス〉はすぐに出発するだろう。われわれはあと少し待ってから、通常の出力で少し進んだところでわたしを降ろしてくれればいい。そのあとは、きみたちはワープして最初の調査地に向かえばいい」

「なら、とりあえずはただ待つだけか？」ジャクソンは尋ねた。少し離れたところに何が待っているというのか、工作員に尋ねようとさえしなかった。

「うむ、きみのデスクの下段左の引き出しに入ってるボトルから、長旅に疲れた旅人に親切にも一杯ふるまってもらえるなら、この時間をよりすみやかに過ごせそうだ」パイクはそういって、にんまりした。

「いったいどうやってそのことを知ったのか、尋ねてみる気にもなれない」ジャクソンは辛辣にいった。この告発を否定しようとさえしなかった。デスクの下に手を伸ばし、キーを入力して引き出しを開け、まだ封を切ってもいない貴重なケンタッキー・バーボンのボトルを一本取り出す。「あそこの棚からグラスをふたつ取ってきて、ハッチをしっかりロックしてくれ」

# 7

「〈オスカー・マークス〉が離れていきます」

デイヴィス少尉が報告し、そのあいだも横目でパイクのほうをうかがっていた。外見や態度がすっかり変わってしまったために、彼がジャクソンといっしょに戻ってきたとき、ブリッジ内のざわめきがしんと静まりかえったほどだった。ジャクソンとしては、この変化の理由をクルーに説明する気にもなれなかった。

「タイトビームで〝無事な航行を〟と送ってよこしさえもしないでか」とパイクが観覧席からつぶやく。「アシリはじつに傲慢なやつだった」

この発言の最後の部分に、周囲のクルーは開いた口がふさがらなかった。ジャクソンはただあきれて目を上に向けたが、何もいわずにおいた。

「新たな位置座標は？」彼は代わりに尋ねた。

「ほら、これだ」とパイクがいって、自分のコムリンクを航法ステーションの担当者に示す。

「半速で十五分の距離です」デイヴィスがディスプレイから位置座標をインプットしたあとでいった。

「それと、きみにはこの周波数帯で艦隊の標準時の呼びかけを送ってもらう必要がある」

パイクがそういって、通信ステーションに歩いていくと、自分のコムリンクに別の画面を表示した。そのステーションを担当していた少尉が振り返って承認を求めてきたから、ジャクソンはうなずいた。呼びかけに対する反応はすぐに返ってきた。

「新たなコンタクトが入りました！」ディヴィス少尉が鋭い口調でいった。「発信元は……われわれの新しい目標位置座標から百五十メートルのところです」

「わたしの乗り物だ」とパイクがいいながら観覧席に戻った。「この四カ月間、あれはそこに隠されていた。コンピュータがあれを正しい位置に置いてくれたことに感謝すべきだな」

「矢じり型《ブロードヘッド》だ」ジャクソンはディスプレイのセンサー・データをのぞきこみながらいった。「これほど間近でお目にかかったことは一度もない。くそっ、じつのところはただの噂でしかないのかと思っていたくらいだ」

「ブロードヘッド？」とセレスタが自席から声を上げた。「上院議員の補佐が、そんな船でいったい何を？」

「人は見かけによらないものだ、ちがうかな？」

パイクが笑みを浮かべてウィンクし、そのせいでセレスタはいっそういらだった。ブロードヘッドというのは小型の宇宙船で、定員は五名、宇宙艦隊のほかのどの艦艇よりも数世代は先をいったテクノロジーの成果だ。噂によれば、このタイプの船は大気圏に突入できるだけでなく、実際にエミッターで空間にゆがみのリングをつくり出さなくともワープ転移ができるといわれている。艦隊の宇宙艦には、少なくともあと二十五年は導入される予定がないものだ。この船はチュウヨー社から中央情報局《CIS》への贈り物だった。さらに、彼らはポケットに大金をあふれさせた者になら誰にでもそれを提供する用意があるという噂もあった。そうはいっても、候補者のリストはあまり長くないだろうが。

「航法《ナヴ》、新たなコンタクトと並ぶように針路をプロットし、操舵手に送ってくれ」ジャクソンは命じた。

「アイ、サー。針路をプロットし、転送します」

「四分の一速で前進」とジャクソンがつづける。「特に急いでいるわけではない。ワープ・ドライヴのコンデンサー・バンクに充電をはじめるよう機関部に伝えておけ」

　巨大な戦艦をきわめて小さなブロードヘッドとドッキングさせるのは、ばかばかしいほど簡単だった。〈ブルー・ジャケット〉は数百メートル手前で完全停止し、パイクがコード化した指令シグナルを送ると、ブロードヘッドのスラスターが息を吹き返し、コンピュータの誘導によって小型船が〈ブルー・ジャケット〉の右舷の上陸用ハッチにすんなりとやわらかに固定された。

「それで、これからどこに向かうつもりなんだ？」ジャクソンは尋ねた。セレスタとパイクとともに、まだ閉じているハッチに近づいていくところだ。

「それは極秘の機密情報だよ」とパイクがいって、いたずらっぽい笑みを浮かべた。「正直いうと、次の通信ドローンがほかの星系から飛んできて、指令をアップデートするまでわたしにもわからないんだ。推測するなら、ニュー・ヨーロッパ連邦に戻って、あれやこれやの集団に目を光らせることになるんだろうな」

「ふうむ……興味ぶかい」とジャクソンはいって、手を差し出した。ハッチの前に立っていた海兵隊員がセキュリティ・コードを入力してハッチを開いた。

「中をちょっとのぞいてみるかい？」

パイクが提案し、ブロードヘッドまで伸びている伸縮式の渡し通路を示した。ジャクソンは習慣から〝けっこうだ〟と断りかけたが、パイクの口調のどこかに返事を思いとどまらせるものがあった。

「かるくのぞいてみようか」少し間《ま》があいたあとで、彼は同意した。「ライト中佐、きみに艦を預ける」

セレスタが反対の声を上げるよりも先にパイクが動いて、彼女の腰に腕をまわした。

「わたしたちのせっかく芽生えかけた交流をこれ以上深められないのは残念だよ、中佐」と彼が意味ありげにいう。「おそらく、またどこかで出会うこともあるだろう」

いきなり彼が近づいて身体に触れたことにセレスタは驚き、セキュリティの詳細を確かめもせずに艦長が艦を離れることについてのあいまいな規定を指摘できずにいるあいだに、ジャクソンは急いでハッチをくぐった。

「〈ブルー・ジャケット〉から艦長が離れます」彼がハッチから姿を消した瞬間に、コンピュータが告げた。

「心配はいらない。きみを無理やり連れ去《シャンハイ》るつもりじゃないから、艦長」とパイクが小型船のハッチを抜けて入りこむジャクソンにいった。

「わたしを無理やり水兵《シャンハイ》にすることはできないぞ。わたしはすでに宇宙艦隊の一員なのだから」ジャクソンはそういいながら周囲を見まわした。「単なる誘拐だ」

「おお、その言葉の本当の意味をわたしはわかっていなかったらしい」

「それで、なぜわたしをここに？　それとも、ぴかぴかのおもちゃを見せつけたいだけなのか？」

「こいつは確かにたいしたもんだが、そういうわけじゃない。詮索する目のないところで、きみにこれを渡したかったんでね」パイクは前面のコンソールのスロットからデータカードを抜き取ると、ジャクソンにそれを渡した。「さっきのあれは通信ドローン・ネットワークの副次的なプロトコルでね。通常の通信トラフィックのひとつ下の階層の。興味ぶかい秘密の情報コードがいくつかある。だが、これをきみに渡すのは、わたしがどこにいようと、きみがわたしに連絡をとれるようにするためだ」

「それは重大な規則違反だな」とジャクソンはいって、手のひらの上でカードをひっくり返してみた。ＣＩＳが通常のシステム内にどれほど安全な情報インフラを構築しているかについて、彼もうすうす感じとってはいた。それと、そのネットワークが厳重に保護されているという知識も。「こういうものを所有しているだけで、告発されかねない」

「いつからそんなに気むずかしくなったんだ？」とパイク。「いまさら、きみが将来を気にかける必要があるわけでもあるまいし。それに、この情報にアクセスできるかどうかは、これからきみが向かうところでは生死を分けることにもなりうる」

「まだ向こうで何か深刻な事態が起きていると信じているのか？」

「はっきりと確信があるわけじゃないが、疑いは残っている。〈ブルー・ジャケット〉をあそこに派遣して情報を集めることにウィンタースがあれほどこだわったのは、つまり中央司《CENT》令部《COM》も同じくらい疑念をもっていて、同じくらいなんの推測もついていないということだ。何が起きているのかはっきりと情報をつかんでいるなら、わたしのような者をじかに派遣してさぐらせるか、それとも〈暗黒の艦隊〉の残るふたつの戦闘群を動員して対処させるだろう」

「ありがとう」とジャクソン。「だが、あんたが考えているような大胆なことをアジア連合が目論《もくろ》んでいるとは、いまだに信じがたい」

「そうじゃないかもしれないし、そうじゃないものと願いたい」パイクは肩をすくめた。

「ともかく、別れのときだ、艦長。今回の旅は……いろいろと勉強になったよ。無事な航行を」

「そっちもな」

「〈ブルー・ジャケット〉に艦長が到着しました」

彼がハッチをくぐって戻ると、またしてもコンピュータが告げた。彼は歩哨にうなずき、ハッチを閉じてロックするようにうながした。ハッチが完全に閉じたことをインジケーターが示すと、すぐにドスンという衝撃があって、伸縮性の渡し通路がブロードヘッドのほうに戻りはじめて格納されていった。

「中佐、最初の目的地の座標を設定して、わたしがブリッジに戻るまでに出発の準備をととのえておいてもらいたい」彼はセレスタにそれだけ告げると、彼が駆逐艦を離れたことについてまだ何かいいたそうな副長《XO》をあとに残してさっさと歩きだした。

急ぎ足でリフトに戻り着き、それを降りると艦長室に駆け戻る。ハッチをしっかりロックしてから、デスクの奥の隔壁に近づいていってキーを入力し、秘密の隠しパネルを開く。パネルの奥にはいかにも頑丈そうな金庫の扉があって、不要なようにも思えるが、さらに生体認証ロックがついている。パネルに手を押し当てると、それが彼の指紋と心拍数を読みとり、ストレス・レヴェルを測定した。それから網膜スキャンをおこない、ようやくガチャッと音をたてて扉が開いた。

その中には、データカードが何枚かと、デスクの引き出しに入れてあるのと同じ旧式の拳銃、そしてプリントアウトされた書類のフォルダーがいくつか入っていた。その下をまさぐって、小さな金属の箱を取り出した。正面には精妙なつくりの留め金がついている。パイクにもらったカードを箱の中にすばやく入れると、また金庫に戻した。金庫の中身をすばやく点検してから、扉を叩きつけるように閉め、ロックが自動でかけなおされるのを待った。小さな箱はシールドになっている容器で、室内を能動《アクティヴ》スキャンされても違法なカードを隠してくれる。もはや艦隊での自分の将来を気にする必要はないというのはそのとおりだが、だからといってCISのコード・カードを所有していたかどでCENTCOMの拘留施設に押しこめられて除隊扱いになることは望んでいなかった。

「針路は設定され、出発の準備ができています、艦長」

彼がブリッジに戻るなり、セレスタが告げた。

「全速前進」と命じるあいだにも、ジャクソンは席についた。「転移速度に達したら、標準航行モードからワープ・ドライヴを作動させろ」

「アイ、サー。全速前進します」と操舵手が復唱して、スロットルを最大に上げた。艦内全域に低い音がゴーッと響き、メイン・エンジンがすみやかに全速力に上がって、〈ブルー・ジャケット〉はタウ・セティから転移ポイントめざして駆けはじめた。ジャクソンは座席の背に深々ともたれ、口を挟まずに自身のディスプレイで進行状況を見守り、セレスタがちらっちらっと絶えず送ってよこす視線のことは無視した。

三十分もしないうちに、メイン・エンジンのゴーッという音がやみ、ワープ・ドライヴ・エミッターが艦腹から外に突き出された。さらに十分後、〈ブルー・ジャケット〉は誰にも気づかれることなく、タウ・セティ星系をはるかにはずれた宇宙空間から姿を消した。

「シン少佐」原子炉1を格納している部屋に入っていったセレスタが、機関長に声をかけた。

「いまは忙しいかしら？」

「いつもと変わりませんよ、中佐。何かご用ですか？」

「二人で少し話したいの、そうしてもかまわないなら」

神経はすっかりすり減っていたが、いまの彼女の声には落ちつきがあり、安定していた。

艦がワープ転移してすでに三日がたち、もうこれ以上は懸念を胸のうちにとどめておくことができず、しかし中佐に許された以上の行動に着手する前に立場をはっきりさせておきたかった。

「機関長室はひとつ上のデッキです」とシンがいって、そばに立っていた少尉にそれまで自分が作業していたコンソールを受け渡した。「大半の時間はシミュレーションのトレーニングをしていたところです。超光速《FTL》で航行中に、なんらかのメンテナンス作業を実際におこなうのは危険すぎますから」

二人で次のデッキまで階段を上がり、無言のまま機関長室にたどり着くと、シンは彼女に中に入るようにすすめたうえでハッチを閉めた。

「それで、どんなトラブルが？」と彼が尋ねて、椅子にすわりこむ。

「ウルフ艦長とは知りあってどれくらいになるの？」彼女はなんの前置きもなく切り出した。

「いっしょに乗り組みはじめて、もう九年近くになりますかね」彼が不安を覚えつつ答えた。

「それが何か？」

「べつに深刻なことじゃないの」彼女は急いで説明した。「艦長が期待している仕事ぶりや、指揮のとり方を把握しておきたいだけで。ヘイヴンから急いで出発したせいで、慣らし運転中に準備できるような期間が充分にとれなかったから」

「それはこっちも同じですよ」とシンがいって鼻を鳴らす。「うちにも新任の士官が五、六人は入ってるんですが、そいつらが破滅的な失敗をしでかさないように、普段の倍も当直につかなきゃならないんですから。あなたの質問については……わたしからいえるかぎり、あなたは明らかにまちがったことを何ひとつしてません。あなたとわたしの関係でいえば、前任者のスティーヴンソン中佐と同じくらい役立たずでいるには、かなりがんばらないといけませんからね」

「ウルフ艦長はいつもあんなふうに用心ぶかいの？　それとも、いずれは心を開くようになるのかしら？　こんなふうに何も打ち明けられずにいることにわたしは慣れていなくて。彼はわたしを相談相手に含めるつもりもなさそうだから」

「艦長がどこの出身かはあなたもご存じですよね？」シンが急に落ちつかなくなったように尋ねた。

「彼が地球の出身だということは知ってる。北アメリカ大陸のどこかだとか」

「そう」とシンはいって、奇妙な顔つきで彼女を見た。「地球出身者に必ずつきまとう烙印《らくいん》については気づいてませんでしたか？」

「わたしはブリタニアでもいちばん古いほうのコロニーの出だから」彼女は肩をすくめた。

「ありとあらゆる冗談や偏見を耳にしてきたけど、そのことについてはあまり深く考えたこともなかった」

「ふむ、これは信じてもらってかまいませんが、地球で生まれ育った者が艦隊内で階級のはしごをよじのぼっていくのはけっして楽しいものじゃありません。ジャックは自分が手に入れたものを手ばなさずに守るために、全力で戦わないといけなかった。そうではあっても、CENTCOMの連中は彼がつまずいて倒れるのをつねに待ちかまえているんです。この艦のクルーの中にさえ、艦長への軽蔑心を隠すのに苦労しないといけない者がいることには、あなたもきっと気づいておいででしょう」

「実際にそこまでひどいとは思いもしなかった。どの程度まで公然と許されているの？」

「正式には許されてません」とシンはいって、おもしろくもなさそうな笑い声を上げた。「ですが、いつから人が偏見をもつのを禁じる規則や法律ができたんですか？　彼がそれを報告してみたところで、彼のほうが批判の標的になるだけです。そこで、彼は固い外殻をまとうようになって、まわりの者をなかなか信用しようとしないのです」

「なんだか、孤独なように聞こえるわね」

セレスタはいって、〈ブルー・ジャケット〉の役職を受ける前にウィンタース大将と交わした会話のことを思い返した。ダヤ・シン機関長は自分でも知らないうちに、最初の面接のときの会話で彼女が忘れていたことをいくつも思い出させてくれた。

「これであの人の人生を、わたしが耳にしてきたどんなこととも同じくらい要約したも同然です」シンが悲しげにいった。「中佐……副長としてより効率的に務めを果たすために艦長をもっと理解したいという純粋な意図はわたしにも理解できますが……わたしがもらした情報については配慮してもらえるとありがたいですね。彼は自分をさらけ出すのをひどく嫌う人ですから」

「もちろんよ、シン少佐」セレスタはそういって立ち上がった。「わたしとしても、そうした配慮が報《むく》いられることを期待してる。まちがいなく、よけいな詮索を彼がありがたがりはしないだろうから」

「あなたがここに降りてきたことさえ、彼が知ることはけっしてありませんよ」シンが請けあって、彼も立った。

「ありがとう、ミスター・シン」

「どういたしまして、中佐」

セレスタがここに降りてきたのは、ウルフが艦内で必要な手つづきを無視したことや、飲酒癖のために指揮をとるのに不適格の一歩手前の状態にあるのではないかと彼女が疑っていることをシンに打ち明けて、問題と向きあうためだった。しかしながら、会話をはじめてみて、何がウルフ艦長を突き動かしているのかその一因を垣間《かいま》見たとき、彼女はその勇気がなくなった。これからも彼をしっかり監視しておこうと決意したものの、まだ彼を告発する段階ではないように感じられた。

# 8

現実空間に転移して戻った〈ブルー・ジャケット〉は、通常よりもはるかに激しく揺さぶられた。ジャクソンはコーヒーマグが床に落ちて割れる音やブリッジ・クルーの抑えぎみに毒づく声などすべて無視した。

「機関部」彼は肘掛けのインターコムのキーを押して呼びかけた。「何があったんだ？」

「いま調べているところです、艦長」というダヤ・シンの声が返ってきた。「ダメージ報告は入っていませんから、通常航行が可能な状態にしています。何かわかったら知らせます」

「急いで頼むぞ、少佐」とジャクソンはいって、インターコムのチャンネルを切った。「指令担当《OPS》、全部署に確認して、深刻なダメージや負傷者がないかあたってみてくれ」

「ワープ・ドライヴ・エミッターは格納しますか？」デイヴィス少尉が全部署の部門長に問いかけを送信しはじめるあいだにも尋ねた。

「いや、少尉」とジャクソン。「ドライヴの設定を変える前に、機関長に少し時間をやろう」

アジア連合の辺境にあるコロニー、シーアン星系の外縁に近い宇宙空間で二時間ほど停滞しつづけたころ、通信士官がようやく声を上げた。「艦長、シーアンからはなんの信号もありません。通信ノード・プラットフォームも、いかなる船の往来も」

「つまり、通信センサーがすべて壊れたということか？」ジャクソンは信じがたいというように尋ねた。

「こちらの内部診断では、すべて正常に機能しています」士官がいった。「アンテナまでループバック・チェックをしてみることもできますが」

ジャクソンは席を立ち、通信ステーションに近づいていった。任務についているのが第二当直の中尉であるのをジャクソンは見てとった。

「診断データを見せてみろ、ケラー中尉」

ケラーはいわれるままに、それまで実行していた広範なテストのログ・データを映し出した。はじめに自分のところの装置が誤作動しているのではないかと疑ったのだった。若い士官がじつにぬかりなく、論理的にアプローチしていることは認めないわけにいかない。

「問題を突きとめようとしたのはいい判断だったな」彼はケラーに告げた。「だが、このようにシステム全体の問題があったときは、自分ひとりでトラブルシューティングをはじめる前に、少なくともわたしに報告するように。このまま作業をつづけ、これを通信セクションに受け渡して、通信センサーの検査にとりかかるんだ。すべての無線がすべての帯域で同時に失われるとは信じられない」

「アイ、サー」

「通信センサーの不調とワープ中の航法システムの誤作動でしょうか？」戻ってきて席にすわりなおしたジャクソンに、セレスタが尋ねた。

「それはありそうにないし、そうだとすれば不運なシナリオだ」

ジャクソンは同意した。彼がさらにつづけるより先に、端末が音をたてて注意をうながした。ダヤ・シンからのメッセージを読んで、安堵のため息をついた。ワープ・ドライヴは艦首と艦尾のゆがみをつくり出すリングのあいだでわずかな差異が生じただけで、機関部が原因を特定して修正できた。わずかな差異のばあいは激しい振動があり、大きな差異だと艦体が半分にちぎれることになる。

「OPS、ワープ・ドライヴ・エミッターを収納し、メイン・エンジンを作動させよ。機関部が艦を完全に通常航行可能にした。戦術《タクティカル》……戦術《タクティカル》担当！」

「イエッサー」

戦術担当の当直士官が驚いたようすで応じた。ブリッジで何もすることがないのにすっかり慣れきっているため、あわてて身体を起こして指揮官席を振り向こうとして、あやうく椅子からころげ落ちかけた。

「振り返らなくていい。だが、まわりで起きていることに耳をすまして、よく聞いておく必要がある」ジャクソンは彼にいって聞かせた。「OPSが艦内のシステムを再設定するのに忙しくしているあいだに、きみにはこの星系と周囲の宇宙空間の能動《アクティヴ》スキャンをはじめてもらいたい。いまのところは、航法用のセンサーだけを使うんだ」

「アイ、サー」

戦術担当士官はそう応えると、おそるおそる自分のディスプレイを操作して正しいコントロール・メニューを表示させた。ただし、何度か戻ってやりなおさないといけなかったが。ジャクソンがセレスタに目をやると、彼女はうなずいて、操作に苦労している当直士官のほうに歩いていってその背後に立った。

「艦長、通信セクションからの報告では、個別のシステムになんの問題も検知できませんでした」ケラー中尉が報告した。「無線を使ってそれぞれのシャトルと話せるかまでわざわざ試してみたんですが。受信と送信はすべて正常に機能しているようです」

「それは興味ぶかいな」とジャクソン。「航法《ナヴ》、われわれはいま、シーアン星系にいる、そうだな？」

「イエッサー」と航法ステーションについている宙兵が即座に答えた。「転移して戻ったときに星を三点測量して、位置座標を確認できています。われわれはシーアン星系の第九惑星の公転軌道の少し内側にあり、目標のポイントからは二十八キロずれています」

「よし」ジャクソンは大声でいった。「われわれの手にはちょっとした謎が残されているようだ。周囲にどんな異常があるのか戦術《タクティカル》がはっきりさせるまで現在位置にとどまり、通信状況をモニターしつづけよう。ケラー中尉、艦隊内の標準的な呼びかけをはじめて、それをくり返してくれ」

セレスタのほうを振り返ると、彼女は戦術担当の当直士官に向かって、お粗末な作業状況や注意不足について厳しい口調で伝えていた。

ついに長距離のレーダー・スキャンからの反応が戻ってきはじめ、メイン・ディスプレイにさまざまな変数や識別子があらわれはじめた。しかしながら、表示されたデータは彼らをいっそう困惑させるものだった。

「どれをとってみても、過去の記録に照応していません」いちばん最後にこの星系を通過した〈暗黒の艦隊〉の艦艇のスキャン・ログを参照しながらセレスタがいった。「局所的なデブリはたくさん見てとれるものの、知られている構造物や人工衛星はどれも判別できません。それに、シーアンにはいまのところ軌道上の船の交通がまったくないようです」

「そんなことはありえない」ジャクソンはいった。「別のシステムが誤作動しているのか、それともこのスキャン結果は正しいのか？」

「正しいようです、艦長」

「高解像度《ハイ＝レゾ》センサーをオンラインにしろ」ジャクソンは命じた。「〈ブルー・ジャケット〉を動かす前に、可能なかぎりクリアな映像で確認しておきたい」

ハイ＝レゾ・センサーというのは、高感度レーダー、レーザー《ライダー》光観測器、そして光学結像器からなるシステムのことで、通常の航行時にはめったに使われることもない。このレーダーはあまりに強力で、付近のほかの船に影響を与えかねないため、通常、〈ブルー・ジャケット〉では比較的感度の低い航法用のレーダーを使っている。

「アイ、サー」とセレスタが応じた。不運な戦術担当の当直員をなおも叱責しながら、あれこれ指示している。

「ライト中佐、もっと作業に慣れた者を呼び出して、戦術《タクティカル》を交替させろ」

ジャクソンは命じた。この状況にしだいに不安がつのりはじめ、戦術ステーションをこのような素人同然の男にまかせておきたくなかった。通常、この部署はほかの部署を補佐する以外にめったに名前を呼ばれることもないために〝無能な置物〟が担当していて、ジャクソンとしてもこの男を叱責するつもりはなかった。操作に慣れたほかの宙兵がなんとか対処してくれるだろう。

下級士官が恥じ入った顔でこそこそ逃げるようにブリッジを離れ、まともな戦術担当士官が救援にやってくるのを待つあいだ、セレスタが席にすわってセンサーをオンラインにしはじめた。いくら強力だとはいえ、物理学はあくまで物理学の法則にもとづいているため、その後数時間は星系内の新たなデータは何も得られそうにない。レーダーが発する電波は星系の端まで到達して戻り、受信機に集められ、コンピュータが解析してブリッジのディスプレイに表示されるのにたっぷり数時間はかかる。

「みんな、一度深呼吸して、リラックスすることにしよう」とジャクソンは声をかけた。

「無闇に突撃する前に、星系の外縁にとどまって、できるかぎり多くのデータを集めるんだ。どんな噂や早まった結論にもとびついたりしたくない。ライト中佐、きみにブリッジを預ける。通常の当直間隔をたもつように」

ジャクソンはマグにコーヒーを注ぎなおし、リフトに乗って下のデッキに降りていった。

セレスタは一人で充分にブリッジを統制できるし、彼としてはほかの部署の説明をじかに聞いておきたかった。とりわけ、通信セクションと機関部から。

「艦長がデッキにお見えです」ジャクソンがハッチをくぐって通信セクションに入るなり、二等宙兵が叫んだ。

「そのままでよい」彼は自動的に応じた。「ユー大尉はいるか？」

「ノー、サー」宙兵が答えた。「大尉はハーパー特技官と艦首の航宙電子機器格納室におられます。主要な通信センサーの伝送回線をみずから点検してくるといいまして」

「よし」ジャクソンはそういって、通信セクションを見わたした。室内は少しちらかっているものの、さっきの危機のときにあわてて作業した結果のようだったから、その点は不問に付した。「わたしも艦首に行って確認してこよう。作業をつづけてくれ」

艦首方向への道のりはゆっくりとしたものになった。艦長が誰も付き添わせず、前もって訪問を告げることもなく下のデッキを視察してまわることにほとんどのクルーは慣れていなかったから、どう反応していいのかよくわからないようだった。その場で気をつけの姿勢をとる者もいれば、捕食動物にらまれた獲物のように、その場で凍りつく者も、そしてそれ以上に多くの者が、開いたままのハッチにすばやく逃げこんで姿を隠した。

ラプター級の駆逐艦には主要な通路が右舷と左舷にそれぞれ一本ずつ通っていて、クルーはそれを使って艦首や艦尾に向かうことができる。右舷側の通路が艦首方向、左舷側の通路が艦尾方向だ。この区別の必要性はドリル訓練からも明らかで、寄港地でクルーが乗り降りを許されたときや、重たい機材を運びこむときにとりわけ有効だ。

艦内全体の整頓をライト中佐に厳しく取り締まってもらう必要があるのは一見して明らかだったが、前任のスティーヴンソン中佐にまかせていたときほどひどくないことは認めないわけにいかなかった。その当時は、作業部屋の奥はゴミためのようなありさまだった。通信セクションはデッキ4にあり、上部構造の真下に位置しているため、艦体の後半部にあることになる。主要な通信システムのための装置の大半は、通信回線をできるだけ短くするために艦首の航宙電子機器格納室に置かれている。高エネルギーの機材が艦首のほうにたくさん集められているため、人体に及ぼす影響に配慮して艦の前半分にはあまり人が配備されていない。

「ユー大尉」

ジャクソンは航宙電子機器格納室に通じている狭いハッチをくぐるなり呼びかけた。

「通信センサーは完全に機能しています、艦長」とユー大尉が応じた。小柄な細身の男で、明らかに中国系の血を引いている。「われわれにわかるかぎりでは、現実空間に転移して戻ってから一度も不通にはなっていません。もっとましな解答ができたらいいんですが」

「少しもきみのせいではない」ジャクソンはいった。「われわれは少なくとも、あと二時間はここにとどまりつづけることになる。ほかに何かわかったら知らせてくれ」

「もちろんです、艦長」とユーはいって、ジャクソンが入ってきたときになかばもぐりこんでいたパネルの奥に顔を戻した。

航宙電子機器格納室を出ようとしたジャクソンは、顔を上気させた最先任上級兵曹長とあやうく鉢合わせしかけた。相手はアクセス・チューブをすっかり駆けどおしてきたかのようだ。

「カゼンスキ上級兵曹長」とジャクソンが呼びかける。「これは奇遇だな」

カゼンスキは〈ブルー・ジャケット〉に乗り組んでいる最先任の下士官で、ジャクソンと下士官階級とのパイプ役とみなされている。

「艦長、下に降りてきて各部署を見てまわるときは、前もって知らせてもらえるとありがたいんですがね」カゼンスキがまだゼイゼイあえぎながらいった。艦長への反感を、ほとんど隠そうとしてもいない。

「もちろん、そうだろうな」とジャクソンのほうも、嫌悪をかすかな衣でくるんだだけで応じて、制服をだらしなく着こんだ兵曹長を見据えた。「残念ながら、現在の危機的状況にあって時間には制約があり、わたしにはきみをわざわざ探し出すひまも、そのつもりもない」

「わたしのコムリンクはちゃんと機能してたはずですよ」カゼンスキがなおもくらいつく。

「あなたが下のデッキに降りてきてわれわれを悩ませるつもりなら――」

「これはわたしの指揮する艦だ、カゼンスキ。そしてわたしは、自分の好きなときに、どこにでも足を向けるつもりだ」ジャクソンはあたりを見まわしたうえでつづけた。「きみの親族のコネのおかげで、これまでのところきみが階級をたもつ助けになってきたが、宇宙艦隊での事情はつねに流動的で、またそれが変わったところだ」

「というと？」

「というとだな、たったいまから、きみがきれいな制服を着もせずに、自分の持ち場を勝手に離れたり、寝起きで頭がぼんやりしているようなら、今回の探索行の残りのあいだ、きみを営倉にほうりこんでおくことにする」ジャクソンは顔をカゼンスキに近づけていった。「きみはこの二年にわたって、この艦の無用な底荷《バラスト》だった。それは今日をもって終わりにする」

艦長から叱責されるあいだに、上級兵曹長の目がゆっくりと見開かれていった。

「気でもちがったのか？」彼は信じられないというようにつぶやいた。

「きみは時間を無駄にしているぞ、上級兵曹長。身じたくをきれいにととのえて、司令デッキに姿を見せるのにあまり時間は残っていない」

ジャクソンはそういいわたすと、カゼンスキにくるりと背を向けてすたすたと歩きだした。手はなおも拳《こぶし》に固めたままだ。あの怠け者が彼の駆逐艦にほうりこまれて以来、ジャクソンとしてはつねにこういってやりたいと思ってきたが、この男の縁故がそれを不可能にしていた。彼の父親、ウォルター・カゼンスキ・シニア上院議員はたっぷりと力とコネのある政治家で、中央司令部《CENTCOM》にひと声告げるだけで、一介の宇宙艦艦長の人生をみじめなものにすることもできる。野心家の父親にとって、息子の若きカゼンスキはほとんどのばあい当惑のたねで、〈暗黒の艦隊〉にほうりこんだのは長期的な解決策だった。

だが、いまのジャクソンには失うものなど何もない。艦隊の方針や手つづきに沿ったものであるかぎり、ジャクソンが何をしようとも、身なりのだらしない上級兵曹長が何を申し立てたところで、彼の経歴にもはやなんの影響もない。通路を歩いて戻りながら、ウィンタース大将がすばらしい贈り物をくれたことにあらためて気づかされた。今回の航行ばかりは、関わりあいになりたくない政治家を怒らせて今後の経歴に傷をつけることを怖れる必要もなく、彼自身がふさわしいと思うとおりにこの艦を指揮できる。

「これは航法レーダーからの画像以上に意味がわからないぞ」ジャクソンはメイン・ディスプレイの前を行ったり来たりしながらいった。「シーアンには巨大な建設用プラットフォームがふたつあったはずだ。そのうちの片方にも満たないデブリのトン数しか見あたらないし、それにほかの人工衛星や、軌道を周回しているはずの船もどこにもない」

「ふたつの別々のコンピュータから集めたために、このデータは正確です」隣に立っていたセレスタがいった。「自動応答かどうかにかかわらず、なおもわれわれの呼びかけに反応はまったくありません」

「OPS、デブリのフィールド・データを航法《ナヴ》に送ってくれ」ジャクソンはそう命じると、自席に戻っていった。「航法《ナヴ》、われわれが安全に通れる針路をプロットし、シーアンの軌道上に進めてくれ。ここで何があったのかを知る必要がある」

「アイ、サー」航法ステーションの特技官が応じた。「針路をプロットし、入力しました。操舵手はいつでも好きなときに進めてかまいません」

「よし」とジャクソン。「操舵手、半速で前進し、OPSや戦術《タクティカル》と連絡をとりあって、針路上のデブリに注意しろ」

「半速で前進します」

操舵手が復唱して、スロットルを五十パーセントまで上げ、メイン・エンジンの半分のパワーで進むようコンピュータに命じた。明白なとどろきと慣性の高まりが、ジャクソンにも艦が進みはじめたことを告げた。これらすべての異常が艦内の機材のなんらかの奇妙な誤動だという非合理な希望になおもすがっていたが、それはもっともありそうにないシナリオだということもわかっていた。

「惑星シーアンに到着するまでに、まだ三十時間以上もある」ジャクソンはセレスタにいった。「きみの判断で当直を交替してくれ。ただし、惑星に接近するさいには第一当直にブリッジの任務についていてもらいたい。そのときまでに、使える戦術担当士官を見つけておいてくれ。残念なことに、当艦にはたった二人しかいない。それと、カゼンスキ上級兵曹長を任務につくのにふさわしい状態にしておくこと。彼がブリッジに姿を見せないようなら、すぐに知らせてくれ」

セレスタはカゼンスキがそもそも艦内のどの部署についているのか調べてみないといけなかった。この航行中、彼がまったく姿を見せていないことがわかると、彼女の目が驚きのためわずかに見開かれた。

「事情は複雑でな」ジャクソンは簡単にいった。「とりあえずは、ジェリコ・ステーションを出航して以来、少し事情が変わったということだけ知っておけばいい。全員が最適の任務をこなせるように、きみには自由にやってもらってかまわない。わたしが先に休息をとる。きみがブリッジを離れる必要があれば、ディヴィス少尉に指揮をまかせてかまわない」

「イエッサー」

彼女はいって、艦長がブリッジを離れるあいだに指揮官席にすわった。ジャクソンの姿が見えなくなると、セレスタはカゼンスキ上級兵曹長の個人記録を取り出して目をとおしはじめた。十分後、彼のような者がほかにどれくらい艦内をうろついていて、もしそうだとしたら、本当にその事実を知りたいだろうかといぶかしんだ。

ジャクソンはデスクの前にすわり、この星系が荒廃しているように見えるのはなぜなのか、説明がつけられそうなシーアンの情報がサーバーにないかと調べはじめた。そして、この惑星の通信ドローン・プラットフォームからの最新の通信ログを要求した。自動制御の巨大な建造物だが、いまはすっかりなくなってしまったようだ。

情報はわずかだった。はじめから人類にとって生存しやすい安定した環境であったという事実を別にすれば、シーアン星系はアジア連合にとってかなり重要性の低い世界だ。ごく最近になって、彼らは宇宙船の造船所計画をこの星に移しはじめ、人々がこの星に移住して、少しだけ軽い重力を有効に活用できるようにと奨励していた。政治的な不和はまったくなかった。それというのも、この星の人口は二百万人にも満たず、大半は宇宙船建造施設の期間労働者だったからだ。

通信ログのほうも同じくらい解明の助けにはならず、惑星から飛ばした最後のドローンが到着し、データがダウンロードされたのはわずか一週間前のことだった。そのドローンが積んでいた情報パケットには、惑星がなんらかの危機的状況にあったと示すようなものは何ひとつ見つからなかった。ジャクソンにいえるかぎり、シーアンは八日前まで何もかもが正常だった。

ふとした思いつきから、彼はこの付近の星図を開き、アジア連合とワルシャワ同盟のあいだに横たわる境界を調べはじめた。ふたつの領域は確かに不仲ではあったが、あからさまに挑発されてもいないのにいきなり戦争行為がはじまったとは考えがたかった。シーアンは一般に認識されている境界にほど近いことがわかったが、それでもアジア連合が支配する宇宙空間のかなり内側だ。それに、数世紀にわたって比較的平和な時代がつづいたあとで、ワルシャワ同盟がまずは連合上院に陳情をすることもなく、本当にこれほど壊滅的な攻撃を仕掛けたりするだろうか？

こうして思考の筋道をたどるうちに、彼はワルシャワ同盟側でいちばん近いところにある惑星を調べてみた。オプロトムという星だ。同盟の大半の世界と同じように、そこも重工業と資源採掘の痕跡を示している。彼が見つけ出したオプロトムについての中央情報局《CIS》の概要によると、そこは第八艦隊の主要な兵器製造のために発展した世界で、さらに気がかりなことに、その兵器というのは地球連合またはＣＥＮＴＣＯＭの命令系統に属さずに、ワルシャワ同盟が独自にたくわえはじめたものだという。ほかの多くの領域でも、自領内の治安のために小規模な防衛組織をもっているが、この造船所でつくられているような規模の艦艇には誰もがとまどうことだろう。いったいなんのために武装しているのだろうか？

ジャクソンは艦長室のカウチの上で身体を伸ばし、数分間だけ目を休めるつもりだったが、一日の緊張にとらわれ、次に気がついたときにはコムリンクが鳴り、あと一時間でブリッジに戻らないといけないことを知らせていた。彼はうめきながら立ち上がり、敵対的な存在の可能性のある宇宙空間にいるというのに、うっかり何時間も眠りこんでしまった自分にいらだった。制服のしわを伸ばし、自室に急いで戻って、シャワーを浴びて制服を着替えることにした。ブリッジでこれからかなり長くとどまることになりそうな当直につく前に、士官食堂に寄って何か腹におさめる時間くらいはありそうだ。

ジャクソンがブリッジに戻ってから六時間後、長距離光学機器によってシーアンがはじめて見えはじめた。残念ながら、この距離ではまだ本当にこまかいデータまでは集められない。雲の覆いが増えていくように見えるが、ひどくおかしなものはどこにもなかった。

「この距離なら初期のセンサー・スイープによる調査が可能で、惑星の大気が通常時の平均より十度ほど高いことがわかりました」とディヴィス少尉が告げた。「惑星の表面温度は通常よりもばらつきが少ないようです、極地でさえもあまり変わりません」

「それがなんのせいだとしても、雲の覆いをつくり出している説明にはなるな」ジャクソンはいった。「われわれのセンサーでは雲を貫いて惑星の表面までは見えない。戦術《タクティカル》、もう一度ハイ＝レゾ・スイープをやってみてくれ。デブリのフィールドをマップ化して、あれがどこから生じたのかさぐってみよう」

「アイ、サー」

「あと三時間で移行軌道に入ります」とセレスタが指摘した。「あと十分で減速燃焼をはじめます」

「了解」とジャクソン。「デイヴィス少尉、メイン・エンジンの逆推進がはじまって光学センサーをゆがめるまでに、熱データを集め終えるのにあと十分やろう」

「イエッサー」デイヴィスが、少しも心配していないかのようにいった。

磁気プラズマ・ドライヴ《MPD》のエンジン・ポッドには、実際のところエンジンが二基ずつおさめられていて、前方と逆方向の推進モーターがどちらも同じパワーを出せるようになっている。たいていの宇宙船は単に旋回して、船尾に搭載したメイン・エンジンで減速するが、大型の戦闘艦のばあいは加速データがどうであろうとも、標的に対してセンサーや兵器を向けつづけておかないといけない。そのために、ラプター級の設計者は艦首と艦尾に合計四つのエンジンを搭載して双方向の推進を可能にし、パワーの供給に必要な磁気圧縮リングやノズルをプラズマが通過できるようにしている。この仕組みの欠点のひとつは、軌道に入るために減速すると、エンジンが三十パーセント以上で稼働していたばあい、前方に噴き出す熱い排気がノーズの熱センサーの感度に影響することだ。八十パーセント以上だと、完全に破壊されてしまう。

「減速燃焼まであと十秒」とセレスタが艦内全域のインターコムで呼びかけた。「全クルーが逆推進に備えること」

少しして、メイン・エンジンのとどろきが一秒ほどおさまってからまたはじまり、音の強さもピッチも増して、巨大なエンジンが惑星シーアンに向けた降下をゆるめはじめた。身体が前に投げ出されそうになる衝撃は、人工重力発生装置が調節するにつれ相殺されていった。いまや惑星にかなり近づいていたから、雲の覆いは実際のところ粒子物質であって、水滴ではないことが見てとれた。この原因について可能性を考えるあいだに、ジャクソンの口が薄く引き結ばれていった。地上で何かとてつもない力をもったものが爆発したか、それとも何かが軌道上から惑星を攻撃したかだ。戦術ステーションからの修正されたデータに目をとおしていくうちに、軌道上の建設用プラットフォームふたつが地表に同時に落ちたのではないかと仮説づけることができた。しかし、そのようなありえない事象であってさえも、軌道上のほかの建築物や、星系内のもっと離れたところにあった通信ドローン・プラットフォームまで消えてなくなった説明にはならない。

「標準の軌道突入をおこなう」とジャクソンが命じた。「デブリはまばらで、問題にはなるまい。高度六百三十キロ、軌道傾斜角四十六度。航法《ナヴ》、必要な調節を操舵手に伝えろ」

「アイ、サー」

「OPS、これでわれわれは二時間ごとに軌道上を一周することになる」とジャクソン。

「そのあいだ、記録を残してもらいたい、すべてにおいて」

「惑星からはいまだなんの通信も受けとっていませんし、電力源も探知できません」とセレスタが小声でいった。「おそらく、自然災害でしょうか？」

「いや」ジャクソンはほとんどひとりごとのようにいって、クルーから向けられた視線は無視した。「シーアンは攻撃されたんだ。これについては確信がある」

「攻撃された？　誰によってですか？」とセレスタが尋ねる。

ジャクソンは彼女の問いかけを無視して、メイン・ディスプレイを注視しつづけた。惑星の大きさが増して詳細に見えるようになり、恐ろしい状況がはっきりとわかりはじめた。

「軍曹！」彼はなんの前置きもなしに怒鳴った。「ブリッジを封鎖しろ！　ディヴィス少尉、下のデッキに流されているテレメトリーやセンサー・データをすべてオフにしろ。データはすべてブリッジにだけ流すんだ。サーバーをすべて閉鎖して、データ・センターの各端末を操作できないようにしろ。通信《コムズ》、ブリッジとの内部リンク接続をすべて遮断し、ブリッジの各個人のコムリンクも不通にしろ」

「サー？」とセレスタが問いかけた。ブリッジの入口の重たい防爆扉が音をたてて閉じたことに衝撃を受けたようだった。

「追って命じるまで、ブリッジを封鎖する」ジャクソンは啞然としたクルーたちに向けていった。

# 9

「シーアンには北半球に主要な都市が四つあり、南半球には新たな製造および生産施設に隣接して数十の小さな支援集落が存在していました」

〈ブルー・ジャケット〉が二度目の軌道周回を終えたあとで、デイヴィス少尉がいった。

「存在していました？」とジャクソンが聞きとがめる。

「イエッサー」とデイヴィスが答えて、ごくりと唾を呑みこむ。「いまはなくなっています。惑星の表面にはなんの痕跡も残っていません」

「そんなわけあるか」

カゼンスキ上級兵曹長があざけった。ジャクソンは振り向いてこの男をにらみつけたが、自分も同意見だと認めないわけにはいかなかった。

「普通ならそう思うかもね、上級兵曹長」とデイヴィスがいう。まだ顔が青ざめていて、声も一定していない。「けれど、軌道上から撮影された画像は嘘をつきません。この惑星にかつて居住者がいたという痕跡はどこにも残っていません」

「画像をメイン・ディスプレイにアップしてくれ」ジャクソンはそういうと、指揮官席を降りてブリッジの前方に近づいていった。「これとこれを見くらべてみろ」彼はふたつの画像を指さして示した。「表面の傷痕に注目するんだ。この世に知られたどのタイプの兵器による破壊の痕とも一致しない。まるで、誰かが単に都市をまるごとこそげとってしまったかのようだ」

「大気中の放射線レヴェルは正常です」とデイヴィス。「いまのこの高度からでは、生物学的因子が使われたのかどうかまでは判断のしようがありませんが、このダメージの原因が核兵器でないということは確実にいえますね」

「何か提案は？」とジャクソン。

「惑星にドローンを飛ばしましょう」と副長《XO》のセレスタがためらうことなくいった。「われわれはフル装備の偵察用ドローンを十機積んでいて、軌道上から惑星におろすことができます。ここにとどまっているあいだにできるだけ多くのデータを集めるべきだと思います」

「同感だ」とジャクソン。「指令担当《OPS》、ファアレス中佐に連絡して、偵察ドローン二機をいますぐ飛ばす準備をしてくれ。フル装備のセンサーを載せるようにいうんだ。なおもブリッジの封鎖プロトコルは継続する。ドローンのデータ・ストリームは暗号化し、ブリッジにじかに送信するように。必要が生じたときには別の解析を追加する。追って伝えるまで、この規定を継続する」

「アイ、サー」とデイヴィスが応じて、ヘッドセットをつけなおし、エンジン・パイロンのすぐ後ろにあるフライト・オペレーション・センターと話しはじめた。

それから二時間のあいだに、センサーを搭載したドローン二機をはなち、それぞれが惑星の反対側をめぐり、データが入ってくるのを彼らは待った。かつて主要な都市があった場所の近接画像は見るも恐ろしいものだった。建物のコンクリート材か路面のように見えるかたまりが、なんの計画性もなく、粘着性のなんらかの物質からあちこち突き出ている。その物質というのは、まるでまだ濡れているかのようにぬめぬめと光っていた。そして何よりも奇妙なのは、惑星の平均気温がかすかに上昇していて、大気中のメタンの数値がどうにか測定できる程度に高いほかは、猛烈な爆撃や、たとえ容赦のない一方的なものだったにしても、なんらかの形で戦闘があったような証拠は何ひとつ見られなかったことだ。

「ドローンの燃料が、安全な帰還に必要な最低限の量に達しました」とデイヴィス少尉が報告した。

「搭載したメモリをすべて消去して、センサーを使用不能にし、帰還命令を送れ」ジャクソンはいらだちつついった。「大気圏を出たら、フライト・オペレーションに操作を受け渡すんだ」

「ここで何が起きたのかについて、われわれは四時間前よりもあまりくわしく解明できたわけではありませんね」とセレスタがいった。「次はどうしますか？」

「みんな、よく聞け！」ジャクソンは彼女の問いかけにじかに答えはせずに、大声でいった。「われわれはこのままシーアンの軌道上をまわり、しばらくのあいだデータ収集をつづける。もちろん、いずれはブリッジの封鎖を解いて、みんなが食べて休めるようにしないといけないが、情報規制はなおも継続中だ。この星で何が起きたのかはっきりわかるまでは、艦内であれこれ噂が広まるのをほうっておくわけにいかない。きみらは士官食堂で食事をとり、一デッキ下の当直待機室で休むことを許可するが、誰一人として自室に戻ったり、艦内のほかのクルーと交わることはならん。全員、わかったか？」

了解という声が次々に上がり、彼がブリッジじゅうを歩きまわって一人ひとりとアイコンタクトしていくと、各人が顔をうなずかせた。

「よし」とジャクソンはいった。「軍曹、ブリッジの封鎖を解いて、きみはハッチの外で歩哨をつづけるんだ。ディヴィス少尉、きみにとりあえずここの責任《ホット・シート》をまかせる。軌道上を旋回しつづけ、余すところなく記録をとるように。通信《コムズ》、シン少佐を艦長室に呼んで、オーティズ少佐には海兵隊の歩哨に司令デッキへのアクセスを制限してほしいといってくれ。ライト中佐、きみはわたしといっしょに来てくれ」

彼女は艦長につづいてブリッジを離れ、そのさいにディヴィス少尉にうなずいた。ジャクソンは艦長室に着くまでひと言も口をきかず、先に入るよう手ぶりでうながした。

「なんて惨状だ！」

彼はハッチが閉まるなり大声を上げた。その声に、セレスタはとび上がるほどびっくりした。

「本当にそのとおりですね」

「すわってくれ、中佐」ジャクソンは疲れたようにいった。「これからどうしたらいいか、対策を考える必要がある。ゆえに、礼儀は気にしなくていい。何かアイデアがあれば、どんなものでもいいからいってみてくれ」

「本当に、これが攻撃だとお考えなんですか？」

「その点は確信している。問題は、いったい誰がこんなことをできるのか、まるで確信がないことだ」

そうして、これまでにわかったわずかな事実を二人で話しあううちに、オーティズ少佐の部下の海兵隊員がシン機関長を案内してやってきた。

「ありがとう、伍長」とジャクソンは海兵隊員をねぎらった。「用はこれだけだ」

「イエッサー！」若者はきびきびと応じてから、ハッチのキーを叩いて閉め、その外側で歩哨に立った。

「連中は確かに興奮してますよ」シンが椅子にすわりながら慎重にいった。

「連中にとって、何か実際にやることができたのはこれがはじめてだからな。密造酒の蒸留所をさぐり出したり、下のデッキの賭けボクシングの試合や賭場をガサ入れして摘発するほかには」とジャクソン。

「それで、本当のところは何が起きてるんですか？」とシンが尋ねた。「訓練以外の理由で司令デッキが封鎖されたのは、何か理由があるんだと思いますが」

「おお、そのとおりだとも。そしてわたしが説明したあとも、きみは信じようとしないだろうな」

つづく四十分間に、彼らは自分たちの知る事実をすべてシンに伝え、ドローンや艦内のセンサーからのデータをつけ加えた。シンはすべてを文字どおりの意味で受け入れたらしく、何度か質問を挟んだ以外は黙って耳を傾けていた。

「われわれにわかっているのはこれですべてだ」ジャクソンはこういって話を締めくくり、両手を広げた。「あまり多いわけでもない。こうしたすべてをきみはどう思う、ダヤ？」

「それほど多くの民間人の命が失われたらしいという事実を、もっと時間をかけて分析してみないと。虐殺ですよ、実際」とシンがいった。「最初の質問をさせてもらうなら、なぜわたしをここに？　これまでのところ、艦内はうまく統制されているようだし、わたしは調査屋でもなければ戦術家でもありませんよ」

「なぜなら、艦内の全員に戦闘の準備をさせる必要があるからだ」ジャクソンはいった。

「正直にいおう……このばあさん《ブルー・ジャケット》の銃砲は十年以上も発射したことがないし、それさえも、低出力のレーザー砲を第四艦隊とのあのばかげた演習のときに使っただけだ」

「理論上は、第七艦隊と中央司令部《CENTCOM》の指示によると、戦闘時には六十秒以内にすべての兵器を使う準備ができるはずですね」シンがまじめくさった顔でいった。

「それで、現実的には？」

「予備の弾薬は、数を把握している以外に十五年以上もまともに確認したことがありません」シンが説明をはじめ、指を一本ずつ折りながら数えていった。「それはたいした問題でもありませんがね。なにしろ、ミサイルを発射管に運ぶ装填装置《ローダー》が機能するかどうかだって、十年も確認したことがないんですから。電磁キャノン砲はうまく発射できるかもしれませんが、ろくに点検もせずに何度もワープ転移したあとで、加速レールはきっと劣化してるでしょうし、砲塔の作動装置《アクチュエーター》は正確性に問題が生じるでしょう。

艦首レーザー砲は、あなたもさっきいったあの演習時に発射したことがあります。わずか五パーセントのパワーでしたが。投射機《プロジェクター》のうち四基の電気系統は劣化していて、フルパワーのビームを使おうとしたら、実際には敵よりもわれわれのほうに危険がおよぶだろうと事実としてわかっています。つまり、核兵器のほかに当てにできるものは、あまり多くないというわけです」

「われわれは核兵器など保有していない」ジャクソンが小声でいった。

「なんですって⁉」シンが声を高めた。「まちがいなくあるはずでしょう。艦体中央の武器庫に、何十年も安置してあるんですから」

「あれは六年前に、シエラ造船所のドックに入ってエンジン1と4のプラズマ発生装置を交換したときに、訓練用ユニットと積み替えた」ジャクソンはいった。「この十年あまりのあいだに、CENTCOMはひそかに〈暗黒の艦隊〉の戦術兵器をすべて奪い去ったんだ。この取り組みは高度の機密事項で、ダミーの核兵器はメンテナンス時に専門家が検査してもだませたろう。微量の放射線まで放出していて、数値が同一のものはふたつとない」

「いったいなぜ、連中はそんなことを――」セレスタは誰に向かって問いただしているのか思い出す前に尋ねていた。「――したんでしょうか?」

〈暗黒の艦隊〉の各艦に乗り組んでいるクルーの質の低下を見るにつけ、CENTCOMでは本物の核兵器を搭載していることに不安を覚えはじめたんだろう。われわれが誰にも邪魔されずにあらゆる領域を行き来しているという事実をもってすれば」ジャクソンは彼女の憤慨したようすなど気にせずに肩をすくめた。「個人的にいえば、わたしはあれがなくなってうれしいくらいだ。いまの状況にはまりこむまではな、もちろん」

「では、われわれはどんな状況におかれているんでしょうか?」彼女が尋ねた。

「困った状況にだ」とジャクソン。「単に自己防衛の観点から見れば、われわれはこの惨状をつくり出した何者かがまだこの付近にいるのか、それともふたたび戻ってくるのかについても何ひとつわかっていない。戦術面からいえば、敵である可能性のある何者かをおびえさせるものが何か欲しい。辛辣な言葉や卑猥《ひわい》なジェスチャーといったもの以外に」

「あなたを責めるわけではないんだが、ジャック」とシンが呼び慣れた艦長のファーストネームで呼んだため、セレスタはまたしてもはっとした。「われわれは大急ぎでジャンプ・ポイントに向かって、ワープ転移してヘイヴンに駆け戻るべきじゃないのかな?」

「ここを離れるつもりはない」とジャクソン。

「なぜ?」とシンがくいさがる。

「なぜなら、わたしがそういったからで、きみが必要としている理由はそれで充分だ、少佐」とジャクソンは声を高めていうとともに、身を乗り出した。「誰がこの星を攻撃したのか、われわれは何もわかっていない。そして、その理由についても。何か報告できる、もっとはっきりとしたものをつかむまでは、しっぽを巻いてすごすごとヘイヴンに逃げ帰りはしない。さあ、機関長、わたしがきみに訊きたいのはただひとつ、当艦の兵器を、少なくとも使用可能な状態に近づけるプランが何かあるかという点だ。できるか？」

「イエッサー」シンが顎をきつく嚙みしめて答えた。

「よし」とジャクソンはいって、椅子の背にもたれなおした。「必要な検査と修理の工程表も含めて、きみからの報告を一時間以内に期待しておくぞ。退がってよい」

シンは何かいおうとして口を開きかけたが、思いなおして艦長室を出ていった。

「そんな手ごわい任務に取りかからせる前に、彼を怒らせるのは得策だったのでしょうか？」セレスタが慎重に尋ねた。

「ダヤのことか？　彼なら大丈夫だ。碇《いかり》を上げて最寄《もよ》りのジャンプ・ポイントにダッシュしたいという考えから、彼の注意を少しそらす必要があっただけだ。彼は叱責されて腹をたて、そのことだけで頭がいっぱいになって、わたしが頼んだとおりすべて実行してくれる」

「こういったからといって、かろんじるつもりはないのですが――」

「中佐、新たな任務規定にもとづいているあいだ、われわれ二人だけのときは、許可を得ずとも自由に意見してもらってかまわない。この状況下ではきみに最善をつくしてもらう必要があり、ほかに誰もいないときにまできみが習慣や礼儀にとらわれて、おそるおそる足を進めているようでは、成功はおぼつかない」

「イエッサー」と彼女が応じた。「シン少佐は兵器の問題について気づいていたのに、わたしの理解するかぎりでは、どうして十年以上も対処しようとしなかったんでしょうか？」

「予算だ。各艦の経費は注意ぶかく監視されているし、〈ブルー・ジャケット〉は古びた駆逐艦だ。この艦の修理に必要な材料や部品をすべて要求したら、CENTCOMはわれわれをすぐにでも呼び戻して、そのまま退役させるだろう。〈暗黒の艦隊〉であるわが第七艦隊の艦長は、必要最低限のシステムをたもちつつ、そのほかはなんとかごまかしながら任務をつづけるという非公式の同意にもとづいているんだ。そのため、兵器の電気ケーブルや電磁キャノンのアクチュエーターの交換といったようなものは、エンジンの駆動装置や生命維持システムよりもあとまわしにされる。これがばかげて聞こえるだろうことは認めるが、ほとんどの戦術システムはこの艦が建造されて以来一度も使われたことがなかったために、その当時はそれがもっとも実用的な解決策のように思えたのだ」

「その当時は？」

「この二十四時間内にそれを後悔したことは認めよう。ダヤには機関部のクルーにむち打たせてでも、必要とあれば敵に応戦できるように準備をしてもらわないといけないが、きみにはシーアンで何が起きたのかについて、必要な事実だけを知らせるように情報を確実に統制してもらわないといけない」

「いつまでも隠しつづけるのは不可能ですよ。どれくらい長いあいだ、秘密にしておこうというのですか？」

「われわれが惑星の軌道を離れるまで、というのが理想だ」ジャクソンは苦々しくいった。

「だが、閉ざされた宇宙艦内で噂がどれほど早く広まるものかということはわたしもよくわかっている。いずれは情報を公開しないといけなくなるだろう。そうでないと、実際に真実よりもひどい噂がきっと広まりはじめるだろうからな。

故意にクルーから事実を隠すつもりはない。彼らには命じられたとおり任務に集中してもらう必要があって、このような事態は彼らがこれまで働いてきたあいだに、一度として起こったためしがない。テラフォーミングの失敗でさえも、これほど破滅的なものではないだろう。いまこのときまで、この艦は彼らが暮らし、働きつづけてきた場所だった。〝戦闘艦〟という言葉は、彼らの語彙《ごい》にありもしない」

「理解できたように思います」セレスタがいった。「お話はこれですべてでしょうか？」

「いや。きみには極秘の状況報告会議の準備をしてもらう必要がある。全部署のチーフや部門長を集めて。報告はかなりあいまいなものにとどめるんだ。シーアンが攻撃されたものとわれわれは見ていると告げるのはかまわないが、あそこの表面がどれほどひどいありさまかは、いまのところ打ち明けずにおこう」

「イエッサー」

「退がってよい」

# 10

「ドローンが集めたデータから、空気中に生物学的因子は存在しないことが確認されました」とデイヴィス少尉が報告した。「あの……ぬめぬめした……あれについては、かつて都市があったはずのところを覆っていて、何かおかしなガスを放出しているわけでもありません。二酸化炭素とメタンだけです」

「だが、サーモグラフィック・スキャンや地中探知レーダーでも、われわれが軌道上からすでに集めていた以上のデータは得られなかったわけか」ジャクソンはいった。「ドローンはすぐれた機能があるが、飛びまわるスピードが速すぎて、本当に意味のある詳細なデータを得ることまではできない」

「すみません、艦長」とデイヴィス。「われわれには固定翼のドローンしか持ちあわせがないものですから。地上に降り立ったり、ホヴァリングできるものはないんです」

ジャクソンは手で払うしぐさで彼女の言葉を打ち消した。「たいして重要な問題でもない、少尉。最初に軌道に入ったときから、次の行動がどういうものになるか予想できてはいたんだ。通信《コムズ》！ オーティズ少佐をブリッジに呼んでくれ」

「アイ、サー」

十分後、中央司令部《CENTCOM》海兵隊のジェザ・オーティズ少佐がブリッジにやってきた。海兵隊が兵士に広く浸透させているらしい、頭をぴんと立てて胸を張った歩き方で、アース・カラーのカムフラージュ服を着ている。明らかに、彼がくり返しジムで鍛え上げてきた肉体を最高に引き立てることができるように仕立ててある。ほとんどすべてが鋼鉄材からなる艦内にあって、茶色と緑色の服で身を隠す助けになると少佐が実際に思っているのか、それとも単に艦隊のクルーと自分たちを区別するための手段なのか、ジャクソンにはどちらともつかなかった。

「お呼びでしょうか、艦長！」とオーティズが声を上げ、気をつけの姿勢で小気味よく敬礼した。

「楽にしてよい、少佐」とジャクソンは応じて、敬礼を返した。「シーアンの地上で起こった状況について、簡易報告は受けたかな？」

「イエッサー」オーティズはうなずき、手を後ろで組んだ休めの姿勢で立った。「ライト中佐が、部門長クラスによる初期の簡易報告会議にわたしも呼んでくれました」

「そこでは機密の必要上から詳細をはぶいたが、主要な点はすべて強調して話している。きみをここに呼んだのは、軌道上からの可能なデータ収集をやりつくしたためだ」

「地上に降りるんですか？」オーティズは唇にかすかな笑みをたたえていった。

「そのとおりだ、少佐。一時間以内に総勢十名からなる上陸チームを組織してもらいたい。

ほかに、最低でも五人は同行することになる。わたし自身と、医療班と機関部からの特技官が数名だ」

「アイアイ、サー」とオーティズが応じた。「シャトル発着用格納庫でお待ちしています」

「よろしい」ジャクソンはうなずいた。「退がってよい、少佐」

「ちょっと二人だけで話をさせていただけますか、艦長」とセレスタが彼の左肩の後ろからいった。あまりに小さな声で、彼にもほとんど聞きとれないほどだった。

「ちょうどコーヒーのお代わりを注ぎにいくところだ」ジャクソンはブリッジの出口のほうを身ぶりで示した。「ほら、本当にブリッジ内にコーヒーマシンを設置することを検討すべきだな」彼はそういって、マグのふたを開けた。

「その要望は艦内ログに記入しておきます」セレスタが声にいらだちをにじませていった。

「ですが、いまはあなたが海兵隊といっしょにシーアンの地表に降りるという計画について話しあいたいのです」

「それがどうしたんだ、中佐？」

「艦長であるあなたが緊急時に艦を離れることを厳しく禁じている規定について、本当にわたしに引用させたいのですか？」彼女はかるく憤慨しつつも尋ねた。

「いや、規則のことはわたしも知っている。それと、今回のケースではそれがあてはまらないこともな。きみがいっているのは、ＣＥＮＴＣＯＭの服務規定にある、戦争時や敵との積極的な交戦中に艦長の移動を制限する規定のことだろう。どちらも今回のケースにはあててはまらない。どちらかといえば、戦闘後のダメージ評価だ」

「艦長――」

「この点は議論するつもりもない、中佐」とジャクソンはいいわたした。「このような状況に先例はなく、わたし以外の者を代わりに送りこむ危険は冒せない」

「イエッサー」

彼女はそう応じたものの、まったく同意してはおらず、彼が許可するなら喜んで議論をつづけたいという意思を声にはっきりとにじませていた。


「艦長がデッキにお見えです！」

「そのままでよい！」

ジャクソンは洞窟のようなシャトル発着格納庫の集合エリアで叫んだ。ここにやってくる前にまずは海兵隊の滞在エリアに降りていって、それまで着ていた艦隊のダークグレイの汎用制服よりも少しましなものに着替えてきた。さらに、武器庫から小銃まで調達していた。

海兵隊はすでに全員そろっていて、シンが送ってよこした機関部の特技官二名の姿もあった。あとは医療班の技術者二人の到着を待つだけだ。特技官はかすかにおびえた顔をしているが、海兵隊員は格納庫内を自信たっぷりに歩きまわり、仲間うちであざけりの言葉を投げかけながら、これからはじまる観光がてらのミッションにひどく興奮しているように見えた。

「艦長」ここの責任者のハビエル・ファアレス中佐が、近づいてきた彼に声をかけた。「シャトルには燃料を積み、準備ができています。ベストの飛行クルーを用意しました」

「ありがとう、中佐。乗船予定の者があと二人やってきたら、すぐに出発する」

「けっこうですとも」とファアレス。「そちらがよければ、いつでも準備はできています」

さらに三十分ほども所在なく歩きまわったすえに、医療班であることを示すバッジをつけた技術者二名が、どうやらいやいやながらのようだが、格納庫に入ってきた。

「医療技術者二名を指定の時刻にここによこすようにという艦長命令がはっきり伝わらなかったようだな？」

ジャクソンは待たされたことにかるくいらだちつつ尋ねた。正直にいって、地上に降りることについて、彼の神経も少し逆立っていた。

「ノ、ノー、サー」

上級の技術者が口ごもった。ジャクソンは彼ら二人に背を向け、残りのチームに呼びかけた。

「これで全員そろったな、みんな。乗りこもう」

シャトル発着格納庫は、実際のところ集合エリアの外にあった。積みおろしのためにいちいちシャトルがエアロックをくぐる代わりに、〈ブルー・ジャケット〉の着陸用シャトルや補給船、ほかの艦艇からの移送船などは外づけでじかにつながれ、発着格納庫はつねに真空状態でたもたれている。そのため、フライト・オペレーターは駆逐艦のアウター・ハッチを開け、ドッキング・クランプをはずすだけで、あとはシャトルが自力で艦を離れることができる。

開いたエアロック・ハッチのほうに上陸チームが移動すると、シャトルのクルー・チーフが彼らを招き入れ、シャトル内の両側に並んだ衝撃吸収シートを手で示した。海兵隊員はてきぱきと列をなして入り、シートにすわるとストラップで身体を固定した。一方の技術者たちは、ハーネスをどう使うのかわからずに手こずっていた。楽にすわれるように彼らがいろいろ調節しているあいだに、パイロットがやってきて、クルー・チーフにメイン・ハッチを閉めるように指示した。

「短時間のフライトになるでしょう」パイロットが告げた。「それでも、自由落下に慣れていない者は、軌道を離れて惑星の地表をめざすさいに少し不快な経験をするかもしれません。あなたがたの胃袋がどうにか昼食をたもちつづけることを拒否しそうだとわかったら、シートのすぐ下に用意されている袋を急いで使ってもらえると幸甚《こうじん》です。艦長、ご搭乗いただき光栄です。快適でスムーズな降下と着陸となることをお約束します」

「楽しみにしているよ、大尉」とジャクソンは応じた。「きみらはベストの人材だとファレス中佐がいっていた」

パイロットが操縦室に戻っていくと、彼は上陸チームの全員に呼びかけた。「ひとつ警告しておくぞ……気分が悪くなってシャトルの床を台なしにした者は、戻ったあとで、クルー・チーフの監督のもと、自分で後始末することになる。気分が悪くなったら、とにかく袋に手を伸ばせ。わかったか？」

「わかりました！」

海兵隊員が声をそろえて叫んだ一方で、技術者たちはおたがいに不安げな顔を見合わせた。クルー・チーフは彼らににんまりした笑みを向けただけで、艦長に感謝の意をこめてうなずき、前のほうの自分のシートにすわってストラップで固定した。

「スタンバイを願います」パイロットの声がインターコムごしに響いた。「いまから〈ブルー・ジャケット〉とのドッキングを切り離します」

ガコンという鋭い音に揺れがともない、位置制御ジェットが点火するシューッという音が聞こえはじめると、彼らはドッキング格納庫から離れ、ひらけた宇宙空間に出ていった。シャトルの乗船室には窓がひとつもないため、人工重力が急に失われたこと以外に駆逐艦から出たことを確実に告げる兆候はなかった。

ジャクソンは胃袋が宙返りするのを感じ、口の中に胃液がこみあげた。艦長としての自尊心から、ゆっくりと、一定した呼吸を心がけ、前庭系の急な衝撃から無理にも身体を落ちつかせようとした。周囲を見まわすと、技術者たちは少しげっそりした顔をしているが、海兵隊員のほうは実際に楽しんでいるようだ。

ジャクソンは鋭い揺れを感じた。シャトルのエンジンが作動しはじめ、軌道を離れるさいに横加速度を感じた。〈ブルー・ジャケット〉は軌道上で必要とされるよりもはるかに高速で周回しているため、小型のシャトルは降下をはじめるために外気圏用エンジンに点火して速度を落とさないといけなかった。燃焼は永遠につづくかに思えたが、ようやく勢いがやわらぎ、高層大気圏での乱気流《バフェティング》による振動を感じられるようになった。

そのうちに、ますます濃くなっていく大気中を飛ぶシャトルは揺れて跳ね、摩擦による熱で乗船室の温度管理システムに負担がかかるようになった。さらに五分ほどたつと、飛行はなめらかなものになり、大気中飛行に使われるタービン・エンジンが回転する音が聞こえるようになった。端を切り落とし、ずんぐりした形をした四枚の翼の端には、前にふたつ、後ろにふたつ、全部で四基のエンジンが搭載されている。エンジン・ポッドは垂直着陸と離陸ができるように上下に向きを変えることができ、スラスト・ノズルをさらに三十三度まで調節できる。

惑星のどのエリアに突入したのかジャクソンには確信がなく、そのために飛行がどれくらいつづくのかもよくわからなかった。手を振ってクルー・チーフの注意を引き、ヘッドセットを貸してくれと手ぶりで要求する。クルー・チーフはうなずいて、シートの下から予備のヘッドセットを取って彼にほうった。ジャクソンは頭にそれを装着して、マイクを調節してから、自席の挿しこみ口にコードの先を挿しこんだ。

「こちらはウルフ艦長だ」彼は船内チャンネルで呼びかけた。「予定到着時間は?」

「すでに目標地点の真上にいますよ、艦長」とパイロットの声が返ってきた。「ゆっくりと、大きな弧を描きながら降下しているところです……影響を受けた……あのエリアに。異常現象の外縁から東に一キロの地点に着陸します。あと二十分で到着です」

「了解」とジャクソンはいうと、ヘッドセットをはずし、クルー・チーフにほうって返した。

「あと二十分だ」彼は上陸チームに向けて告げた。

そのほかに飛行中の残りの時間で興味ぶかい出来事といえば、エンジンが下を向くとシャトルが炎を浴びたことと、機体の下で圧縮された空気のせいで何秒間か骨がきしむほどの振動があったことくらいだ。車輪が地面に触れると、パイロットはスロットルを下げてエンジンを上に向けなおした。上陸チームがジェット排気を浴びて焼かれることなく外に出られるようにするための配慮だ。

クルー・チーフが部屋の後方に戻って後部ハッチの留め金をはずし、ハッチを開く制御装置を押した。じつのところ後部隔壁全体がハッチになっていて、それが開いて地面に降りるための傾斜路になった。クルー・チーフが承認すると、海兵隊はドカドカと出ていってすぐに防御線を築き、技術者がそのあとからつづいて、重たい測定機器を運び出した。

「軍曹！」ジャクソンは部隊を率いている海兵隊員に呼びかけた。「西に一キロ移動する必要がある。速度よりも安全にたどり着くことのほうが重要だ」

「了解しました」と軍曹が応じた。「われわれ海兵隊員をふたつに分けて、あなたと技術者をそのあいだに挟みます。とまる必要があれば、声をかけてもらえば、われわれが防御線を築いて周囲を警戒します」

ジャクソンは手を振って出発しろと示し、傾斜路を降りたすぐそばで固まりあって当惑しているらしい技術者たちを振り返った。

「先頭の海兵隊の集団のあとにわれわれがつづく。影響を受けたエリアが見えてくるまでに、一キロ歩くことになる。そこにたどり着いたら、計測をはじめるんだ。何か質問は？」

「ノー、サー」と数人が口ごもりつつも答えた。

「オーケイ、だったらぐずぐずするな」とジャクソン。「何を予想すべきなのかはっきりわかっていないゆえに、警戒をつづけて、普通でないものや危険に見えるものがあれば、声を上げて知らせろ」

およそ二百メートル手前まで近づくと、目標としていたものが目に入った。異常現象のぎらつく外縁がはっきりと見え、それが動いているのも見てとれた。かたまりが波打ってうねり、溶岩の流れのように進んでくるのを、ジャクソンはおぞましくも魅了されて呆然と見入った。

「いうまでもないことだが、測定器具以外には前方のあのかたまりに触れるな」ジャクソンは念のためにいって聞かせた。「採取したサンプルは厳重な隔離プロトコルをたもつように」

「われわれは何をすればいいでしょうか？」海兵隊の軍曹が尋ねた。

「離れていろ」とジャクソンはいって、歩調をゆるめた。「これまでの分析では、空中を浮遊する病原体は検出されていないが、きみの部下たちが誤って触れてしまう危険は冒さずにおこう」

海兵隊の面々は粘着性の物質から離れていることにまったく異論もなく、たっぷり二十メートルは離れたところでゆるやかな防御線を築いた。

ジャクソンは左右に目をやって、ぬめぬめしたものの巨大な広がりに啞然とした。いまやこうして近づいてみると、悪臭で吐き気がするほどだった。いやな甘ったるさと、朽ちたようなつんとするにおいが強烈に混じりあっている。技術者は器具を取り出し、保護用の防具を身につけていく。検査するために、彼らはぬめぬめしたものにかなり近づかないといけないからだ。

「なんらかの生物兵器にちがいない」とジャクソンは考えをつぶやいた。

「おそらくはそうなんでしょうね」と左わきに立っていた海兵隊軍曹がいう。「ですが、失われた建物やインフラはどう説明がつくんですか？　かなり大きく発展した都市だったはずですよ」

「ぬめぬめしたものの中に、ところどころ建物の破片が埋もれているのが見える」ジャクソンはいって、舗装路の一部のように見えるものを指さした。「都市をすっかりなぎ倒してから、生存者にこいつをはなったのかもしれん」

「だとすれば、ものすごい攻撃ですよ」と軍曹。「普通の戦争のやり方じゃない……これは殲滅《せんめつ》です。個人的な怨恨ですよ」

ジャクソンはうめいた以外に何も答えなかった。彼としては政治的な動機にもとづく行動だろうと見ていたが、軍曹が示唆したとおり個人的な何かだとすれば、容疑者のリストは……誰にも広がらない。そう考えたことで、彼の調査は歓迎できないねじれが生じた。もはやいちばん近い星の住人がもっとも疑わしいとはいえなくなったからだ。

アジア連合がおそらくヘイヴンに対して戦争を仕掛けようとしているのだろうという、パイク捜査官の入り組んだ推測が頭の中でなおもしきりにとび跳ねていて、さらに考えを混乱させている。差し迫った攻撃の気配をチュウョー社が嗅ぎとって、もしも先制攻撃する気になったら? シーアンは有効な部隊の集結地になるだろうし、チュウョーには確かにそうするだけの力がある。あの企業は現存する最大の私的な軍隊をひそかに抱えていて、無数の艦艇はテクノロジー的にとても先をいっているし、そういったものは連合に何十年も売られることがなかった。ただし、それらは厳密に研究のためで、強力な艦艇は試作品にすぎないと彼らはいい張るだろうが。こうした惑星をすっかり破壊できるような戦略兵器を彼らが隠し持っているというのも、まったく考えられないわけではない。

状況についての彼の思考は、技術者チームの一人から上がった悲鳴によってさえぎられた。顔を上げると、機関部の特技官二人が医療班の技術者をつかみ、そして彼のほうは先端に探針がついた伸縮式の棒をつかんでいる。騒ぎのほうにジャクソンがあわてて駆け寄ろうとするあいだに、医療班の技術者がぬめぬめしたもののほうに引きずられていくのが見えた。

「その探針を離せ!」

ジャクソンは駆けながら叫んだ。海兵隊も彼のあとからつづく。声が技術者に聞こえたとしても、そのことを示す反応はなかった。機関部の特技官二人は懸命にクルー仲間を引き戻そうとしているが、その成果は見えなかった。彼らのもとにジャクソンがたどり着く前に、探針のストラップがはずれ、それを技術者がつかんでいたため、助けようとしていた二人は手がかりを失った。探針をつかんでいた技術者は、気味の悪いビチャッという音をたてて、ぬめぬめしたものの中に引きずりこまれた。かろうじて彼の頭と肩だけが、どろどろした液体にうもれずに出ている。

彼らは恐怖とともに見守るしかなく、技術者のもがきと悲鳴はしだいに弱まっていき、ついには喉を詰まらせたゴボゴボいう音とともに消えていった。あまりにもあっという間の出来事で、残された彼らは救出策を考え出すひまも、ロープを投げて彼を引っぱり出そうとするひまさえもなかった。

「全員、退がれ！」

ジャクソンは怒鳴り、彼らを衝撃から呼び覚ました。安全と思えるところまで三十メートルほども全員が退却し、そこから見守るうちに、クルー仲間はぬめぬめしたものの中にゆっくりと沈んでいき、探針の棒だけが突き出たまま、彼の終焉の場所を不吉に示していた。

「艦長、あれはなんだったんでしょうか？」

技術者がガタガタ震えながら尋ねた。ジャクソンが顔を振り向けると、シンの部署から派遣された男だった。

「わたしにもまったくわからん。だが、この惑星の住民に何が起こったのかははっきりしたといってもいいと思う。彼が呑みこまれる前に、何かわかったか？」

「探針が読みとったデータは、すべてこの箱に送信されています」残った医療班の技術者がいって、これといって特徴のない、黒い衝撃耐久ケースを掲げた。「それと、サンプルも少し採取できました。あれがいきなり伸びてきて、ロットのやつをつかんで引きずりこむ前に」

「よし」ジャクソンはほかになんといっていいのかわからずにそういった。いまこのときまで、彼は自分の指揮下でただの一人も犠牲者を出したことがなかった。上陸許可中の事故であっても。「ロット特技官が集めたデータを無駄にはすまい――」

「艦長！」

海兵隊の一人が声を上げ、ぬめぬめしたもののほうを指さした。ジャクソンが顔を上げると、ぬめぬめしたかたまりの横枝が勢いを増して彼らのほうに近づいてきはじめ、地面をすばやく這い進んでくる。

「シャトルに戻るんだ！　二倍速《ダブル・タイム》で！」ジャクソンは命じた。「軍曹、われわれが戻りしだい出発できるように、パイロットに連絡しろ」

「アイアイ、サー」

軍曹が応じた。ジャクソンが駆けるペースに合わせながら、パイロットに連絡をとるのになんの問題もないらしい。ジャクソンはいらだたしさをちらっと感じた。彼のほうはすでに息が切れはじめ、そしてまだシャトルまでの距離を四分の一もたどってはいないというのに。

彼らを待つシャトルに向けて駆け戻るあいだに、タービンがまわる音が聞こえはじめ、クルー・チーフが必死に手招きしているのが見えた。ようやく戻った彼らは後部の傾斜路をドカドカと駆け上がり、シートにどさりと倒れこんだ。後部ハッチが勢いよく閉じてロックされるよりも先に、エンジンのパワーが高まるのが感じられた。ジャクソンがストラップで身体を固定するころには、タービンがうなり、シャトルは急上昇して、ぬめぬめしたものから離れはじめていた。

ジャクソンはシャトルで駆逐艦に戻るあいだのことを、ほんのかすかに覚えているだけだった。通常よりも長くかかっていることにはぼんやりと気づいていた。小型のシャトルはコースを変えて、惑星上の軌道をめぐる〈ブルー・ジャケット〉に近づく前に速度をかなり上げる必要があったからだ。シャトルが駆逐艦の発着格納庫の大きく開いた口にゆっくりと入りこむと、急にシャトル内の重力が増すのを感じとり、彼の注意は引き戻された。艦内のドッキング・メカニズムがシャトルをがっちりとつかんでエアロックのほうに引っぱりはじめた激しい揺れこそは、ロット特技官が失われ、ジャクソンの指揮下ではじめての犠牲者となった恐ろしいミッションの終わりを告げることになった。

「サンプルには隔離プロトコルを継続しろ」彼はシャトルが引っぱられていく騒音に負けない程度の小声でぼそりといった。「一時間後に、デッキ1-B《ブラヴォー》の会議室でミッション報告会議を開く。追って許可するまで、地上で起きた出来事はすべて機密扱いだ」

彼は全員が同意する返事を待ちもせず、シートから立ち上がると、シャトルを出られるようにクルー・チーフに後部ハッチを開けるようしぐさで伝えた。

「〈ブルー・ジャケット〉に艦長が帰還しました」

どうしてか、艦長の帰還を告げるコンピュータの無感情な声さえも、彼を責める調子を帯びて聞こえた。ジャクソンは実際に駆けたりはせず、できるだけ平静に見えるようにつとめながら、急いで小型のシャトルと集合エリアをあとにした。心の目では、クルーからの彼を責める視線を感じていた。

〝おまえが彼らを惑星に連れていったんだ。おまえが彼を殺したんだ〟と。

ちょっとした奇跡のおかげで、彼は誰にも呼びとめられることもなければ、コムリンクで呼び出されることもないまま自室に戻り着いた。ハッチを乱暴にロックして、襟の階級章を引きちぎり、それに劣らぬ荒々しさで制服を脱ぎ捨てる。洗面所に入ると、シャワーの温度を最大にして湯を流し、その下に入って、皮膚が責めを負うのもかまわず、たじろぎさえしなかった。

頭を突き出してシャワー室の硬い合成壁に額を打ちつけ、やけどするほど熱い流れが背中をつたうにまかせる。はっきりとわからないほど長い時間がたったあとで、シャワーをとめ、湯気であふれた洗面所に出た。真っ白なもやは渦を巻いて小さな換気扇に吸いこまれていき、環境システムが水分を分離して取り出そうと奮闘する。熱すぎる湯に打たれた部分の皮膚が鮮やかな赤色に染まっていたが、そのことにはほとんど気づきもしなかった。頼んでもいないのに、ロット特技官の悲鳴が何度となく頭の中でよみがえり、彼はあわてて振り返ってトイレに嘔吐した。

しばらくして、ようやく身体を乾かし、きれいな制服に着替えられる程度には気分が回復した。ベッドルームに入っていくと、コムリンクが点滅しているのを見つけた。ライト中佐と、ロット特技官の上司である医務長のオーウェンス中佐からのメッセージだった。

すばやく両者に返信し、ミッション報告会議に出席するようにとだけ頼んで、あとの問いかけはそのままにしておいた。着替えを探してロッカーをかきまわすあいだに、いちばん下に隠れていた箱が目に入った。十二の小区画に仕切られたケースから、小さな丸いキャップ四つが彼を見つめ返してくる。彼は右上隅の一本を切望とともにたっぷり一分は見つめつづけ、会議室に向かうまでにあとどれくらい時間があるだろうかと自分自身と議論した。つまるところ、自分は艦長だ。報告会議は彼の到着を待てないものだろうか？

決意がゆらぐなか、彼は制服だけを取り出して、しっかりとロッカーを閉じた。死んだロットのことはよく知らなかったし、乗艦名簿から彼を名指ししたわけでもないが、ミッション報告会議に酔ってどんよりした目で出席し、特技官の死について語って彼の記憶を汚すつもりはない。二十三年間にわたって毎日くり返してきた習慣からくる機械的な手ぎわのよさで、彼はすばやく制服を着こんでいった。ブーツを履いて靴ひもを結ぶと、鏡の中の自分の姿を確かめて、襟の片方に階級章をつけなおし、もう一方には〈ブルー・ジャケット〉の徽《き》章《しょう》を留めた。

そうして覚悟を決め、ハッチのキーを押して開けると、がらんとした通路に出ていった。

「いまは全員の感情が高ぶって、神経をとがらせていることはわかるが、何も漏らすことなくこれに対処していこう」

出席を求められた全員がぞろぞろと会議室に入ってくると、ジャクソンがはじめた。ハッチが閉じると、彼は大きく息を吸いこみ、地上でのミッションのもようについて説明をはじめた。誰からもさえぎられず、指を突きつけて責められることもなく、彼はその日の出来事を語り終えることができた。

「では、あなたはこれがなんらかの生物兵器だと推定したわけですか？」オーウェンス中佐がジャクソンの説明のあとで口を開き、技術者のヘルメットに装着していたカメラからの記録映像をみんなに示した。

「推定したというのは言葉が強すぎるかもしれない」とジャクソン。「いまのところは、つじつまのあう仮説だ」

オーウェンス中佐は部下の死よりも、医務室に置かれているサンプルをジャクソンがどうするつもりでいるのかのほうに興味があるようだった。

「ご存じのとおり、艦長、われわれのスタッフには持ち帰ったサンプルを正しくテストできる者がいません」オーウェンスがいった。「あれを投棄するか、ヘイヴンに戻るまで極低温保存することを提案します」

「それは厳密にいって正しくありませんよね、中佐」とセレスタが、ジャクソンよりも先に口を挟んだ。「あなたのスタッフには微生物学者と感染症の専門家がいます。さらに、あなたはISO-2クラスの無菌室を使うことができるし、空中を浮遊しない病原体ならそれで充分でしょう」

オーウェンス中佐はテーブルをとび越えてセレスタの首を絞めてやりたいような顔つきでにらんだ。

「きみの部下である専門家は、上陸チームが集めてきた探針データを見なおすだけでもやることがたくさんある」ジャクソンが議論をとりなした。「いまのところサンプルをじかにテストする必要はなさそうだが、極低温保存しておきたい。あれを艦外に投棄するつもりはない」

「もちろんです、艦長」とオーウェンスが怒りをどうにか抑えていった。

「ほかに質問がなければ、会議はこれくらいにしよう」とジャクソンは告げた。「ロット特技官の追悼式はライト中佐が手配し、わたしはクルーに報告する準備をしよう。いま起きている事態をどうするか、みんなが知っておくべきときだ」

「ピーターズ大尉」ジャクソンはブリッジに入っていきながら呼びかけた。「通信ドローンを一機、準備してもらいたい。まっすぐアルファ・ケンタウリ星系に飛ばしたい。パケットの内容はすぐにこちらからアップデートする。わたしが認可しない通信ファイルをドローンに載せたりしないこと。そして、わたしみずから最終的に確認する」

「イエッサー」とピーターズ。「いますぐドローンを倉庫から出すように伝えます。発射準備がととのうまでに二、三時間かかるでしょう」

「それでいい」とジャクソン。「大尉、きみにブリッジを預ける。わたしは艦長室にいる。もうじきライト中佐が戻ってくるだろう」

彼は艦長室に引っこむと、すべてのミッション・データが保存されている安全なサーバーにアクセスした。ざっと内容をさらってみたあとで、単にすべてを圧縮フォルダーに入れることにした。ロット一等特技官の死を映した恐ろしいビデオ映像記録までも。それを通信パケットに加え、指令担当《OPS》に転送するつもりだ。あとはそのまま通信ドローンに載せればいい。

またしても、彼はウィンタース大将がくれた〝贈り物〟について考えをめぐらしはじめた。彼の艦長としての経歴の終わりをあざ笑うため、あの女はかえって彼を自由にすることになり、彼はこれまでできなかったようなやり方で返答できるようになった。たとえば、以前の彼ならまちがいなくロットの死に関連した映像を伏せようとしたろう。彼の判断が部下の死に結びついたとわかれば、彼の経歴に影響するか、指揮権を取り上げられる怖れもある。もはやそのような考えは、死刑執行者の斧のように彼の頭上に振りかざされていないため、くもりのない視点で問題を考えることができるようだった。地上でのミッションについて、すべてを含めて送るつもりだ。むごい死の詳細までも。それと、そのあとで彼が立案した計画の概要も。彼としては、百光年のかなたで椅子にふんぞり返ってすわっている大将よりも、彼が次に計画していることに対してクルーたちがどう反応するかのほうがよほど心配だった。

# 11

「この伝達はできるだけ短くすますつもりだ。われわれはやることがたくさんあるうえに、そのための時間はあまり多くない」

ジャクソンはデスクの奥にすわり、目の前にセッティングされたカメラに向かって語りかけた。

「さぞかし、噂がとび交っているものと思う。われわれがこの星系、シーアンで何を見つけたのか。それと、クルー仲間の死についてさえも。

五日前、われわれはシーアン星系に転移して、ここが荒廃しているのを見つけた。行き交う船もなければ、人工衛星もなく、通信ドローン・プラットフォームまでもなくなっていた。われわれが軌道上を周回しつづけるあいだに、破壊は徹底的で、惑星の地表にまでおよんでいることがわかった。シーアンの住人は一人も生き残っておらず、いまでも残っている建物はひとつもなく、誰のしわざかわれわれに告げる証拠もほとんど残されていない」

前もって用意しておいた、惑星上の破壊のようすを映したビデオ映像がモニターに映し出されていくあいだ、彼は口をつぐんでいた。

「そして、残念ながら、われわれの仲間を一人失ったことも報告しておかねばならない。デイヴィス・ロット一等特技官は、地上で見つかった異常を調査するさいに、事故に巻きこまれて死亡した。今夜の彼の追悼式の詳細は、艦内共有のメッセージ・ボードに投稿されている。ロット特技官は〈ブルー・ジャケット〉の医療スタッフのメンバーとして、同僚たちから大いに敬愛され、彼を失ったことは何よりも惜しまれる。

　何が、または誰がこの崩壊を引き起こしたのかについては何もわかっていないため、われわれはさらに調査を押し進める。発見した事実を中央司令部《CENTCOM》に知らせ、われわれはまもなく軌道を離れて次なる目的地に向かう。正直に、包み隠さずいおう。われわれが知りえた証拠と情報から、嫌疑はワルシャワ同盟内の一派をさし示している。この疑惑を確認するか反証を見つけるために、シン機関長がこの艦の戦闘準備をととのえしだい、われわれはオプロトム星系に向けて旅立つ。一般に認められている境界のすぐ向こう側にある世界に。われわれは亡くなったシーアンの市民一人ひとりのために、敵がまた別の星を襲う前に、誰のしわざなのか見つけ出す必要がある。

　これは人類が地球を離れて宇宙に旅立ち、ヘイヴンにたどり着いて以来、かつて前例のない出来事だ。この難局において諸君らが存分に力を発揮してくれるものとわたしは期待しているし、そうなるとわかっている。以上だ」

　カメラの上の赤い光がぷつりと消えると、ジャクソンは椅子の背にもたれて、ふうっと大きく息を吐き出した。

「正しいトーンで伝えられたと思います」

セレスタがいった。ジャクソンといっしょに艦長室にいるのは彼女とデイヴィス少尉だけで、前者は艦内放送を黙って見守り、後者はジャクソンがプレゼンに挿入することにした映像の操作を担当していた。

「これ以上の新たな疑問がもちあがることなく、これまでの疑問に関して充分な答えになっているといいんだが」彼はそういって肩をすくめた。「噂はかなり勢いづいていて、ほぼすべてを打ち明けないかぎり、かえって炎をあおることになるだけだ」

「確かにそのようですね」セレスタが同意した。「どちらにしても、各部門長にはとりわけ目を光らせておくようにと警告しないといけないように思います。惑星をまるごと荒廃させるほどの攻撃といったような信じがたい話は、クルーたちのあいだで予想外の反応を引き起こしかねません。とりわけ、〈暗黒の艦隊〉の宙兵は連合のあらゆる領域から集められていますから、シーアンの出身者が当艦に乗り組んでいる可能性も充分にありえたわけですし」

「だが、一人もいなかった、そうなのか？」ジャクソンは尋ねた。そのことを思いつかなかった自分の尻を蹴とばしてやりたいくらいだった。

「イエッサー」とデイヴィス少尉が口を開いた。「はじめにこの星系に入って、惑星に何か異常が起きたかもしれないとわかったとき、クルーの個人ファイルを調べてみたんです。シーアン出身者が一人も乗り組んでいないことを、わたしからライト中佐にお伝えしておきました」

「ありがとう、少尉」ジャクソンはそういって、頭を下げた。「すばやい機転だったな」

「ありがとうございます、艦長」とディヴィスがかすかな笑みを浮かべて答える。「ほかにご用はありませんか？」

「ああ、少尉、退がってよい」

「では、失礼します、中佐」

ディヴィスはセレスタにも会釈して、ハッチの外に出ていった。ハッチが閉じると、セレスタは考えこむ顔つきでジャクソンを見た。

「彼女は本当によく気がつきますね」セレスタがいった。「なぜ彼女を昇格させて、副長《XO》をやらせてみないのですか？ 彼女には充分な経験がありますし、どのみち以前からブリッジの監督もしていますし」

「わたしからも推薦してはみたんだ」ジャクソンは少しもおもしろくなさそうな笑みを浮かべた。「だが、却下された」

セレスタは急にひどくばつの悪そうな顔になって、椅子の上で身体をもぞもぞと動かした。

「そのことは知りませんでした――」

「もちろんそうだろう」とジャクソンはいって、手で払うしぐさで打ち消した。「どのみち、不可能だったろう。彼女のことは、少なくともまずは少佐に昇格させないといけないし、そうなるとピーターズをとび越えることになる。きみの推薦についていえば、少し艦隊内の政治と関わりがある。が、それはきみのせいではない。そのことをきみにいわずにおいたのは、きみが副長として最初の期間を務めはじめるにあたって、部下から恨まれ、やっかみの対象になっていると感じてほしくなかったからだ。きみはとてもよくやってくれているし、前任のスティーヴンソンよりも副長としてはるかに有能だ……きみは実力でこの地位を手に入れたんだ」

「ありがとうございます」彼女はそっけなくいった。何よりも話題を変えたいらしいのは明らかだった。

「シン機関長からの報告には目を通したかな？」

「ええ、修理に少なくともあと四日はかかりそうですね」

「わたしもあれを読んでそう見積もった」ジャクソンは同意してうなずいた。「それはそれでかまわん。われわれは一時間以内に軌道を離れ、とりあえずゆっくりとジャンプ・ポイントをめざす」

「この星系のジャンプ・ポイントは、比較的遠く離れています。機関部がスケジュールどおりに作業を仕上げるのに充分な時間があるでしょう」

「そのとおりだと思う」ジャクソンはいった。自分と相手のどちらを納得させようとしているのか、自分でもよくわからなかった。

ロット特技官の追悼式が終わってさらに十二時間後、〈ブルー・ジャケット〉はメイン・エンジンに点火して重力井戸を抜け出しはじめ、シーアンの軌道を離れた。ジャクソンはブリッジでじっと考えこんで腰をおろしたまま、頭の中でまたしても計算しなおした。最終的な燃焼で速度を上げ、最低限の補正速度で転移ポイントに入りこむまでに、兵器の少なくとも五十パーセントは使えるように願っていた。

クルーたちは気が張りつめていて、不安げだが、残念ながらジャクソンにも彼らを安心させてやる手だてはなかった。なにしろ、彼も同じ不安を共有しているのだから。これまで長年にわたって宇宙艦のブリッジで過ごしてきたが、おびえたクルーをなだめたり、自分で感じてもいない見せかけの落ちつきを提示する必要など一度もなかった。いらだたしいことに、ライト中佐はとにかくそれができるようだった。メイン・エンジンのとどろきがブリッジ周辺の計器類のたてる物音をかき消していくあいだ、彼女はほとんど穏やかといっていいほど落ちつきはらって席にすわっていた。

星系の端までたどる四日間の航行はたいした出来事もなく過ぎていった。クルーは唐突に仲間の一人を亡くした衝撃から落ちつきを取り戻しかけているようで、この十年ではじめて、本当の意味での挑戦と向きあうことになったシン機関長の配下の者たちは、もっとも楽観的と見ていたスケジュールよりをもはるかに先行して、その効率のよさにはジャクソンも驚いたほどだった。彼らは創造性に富んだ解決策を取り入れ、〈ブルー・ジャケット〉の艦首にある兵器をすべて使用可能な状態にした。地点防空兵器はなおも問題があり、艦尾については実質的にまったくカバーできていないが、それまでの状態を考えてみれば、ジャクソンとしてもこの結果に不満はなかった。

「どうやら、クルーにとって、はっきりした目的ができたことがとてもよい効果をもたらしているようですね」ある晩、士官食堂にすわって軽食をぱくつきながらセレスタがいった。

「わずか数日だ」とジャクソンがいう。「技術スタッフが予想をはるかにうわまわって作業を達成したことは認めよう。だが、その判断はオプロトム星系に入ったときに何が起きるのか見てからにしよう。人類の飛ばした宇宙船が意図して敵を攻撃したことは、この二百年以上にわたって一度もなかったように思う」

「まだワルシャワ同盟のしわざだと確信しているんですか？」ピーターズ大尉が、自動サーバーのドリンク・メニューをスクロールしていきながらいった。

「いまのところは、もっとも論理的な仮説だ」ジャクソンはいって、コーヒーマグをすすぎながら、このところろめったにこすって洗っていなかったために内側に汚れの膜が残っているのを見て眉をひそめた。「だが、それがまちがっているなら、これほどうれしいことはない。数百年もの長きにわたってつづいた平和をみずからの手で破るというのは、わたしがキャリアを終えるさいに思い描いていたものではない」

セレスタがこのコメントに鋭く反応して顔を上げたため、ジャクソンは軽率な口をきいた自分を蹴とばしてやりたくなった。ウィンタース大将からのささやかなラヴレターのことは、今回の航行がヘイヴンに戻る最後の行程にさしかかるまで、彼女に打ち明けるつもりではなかった。

「ウルフ艦長、ブリッジにお越しください」艦内コンピュータの単調な呼び出しの声がインターコムごしにつぶやいた。

「すぐに向かう」と彼はいって、自動メッセージがそれ以上くり返されるのをとめた。「ピーターズ大尉、きみにはどちらの転移のさいにも戦闘指揮所《CIC》に詰めてもらいたいが、特にワルシャワ同盟側の星系に入りこんだときには必ずそうしてもらいたい」

「わかりましたよ、艦長」とピーターズが気軽に応じて、セレスタからのいらだった視線を引き寄せた。

「どうしたんだ、少尉？」ジャクソンはブリッジに戻ると尋ねた。

「ジャンプ・ポイントまで二時間以内の距離に達しました」とディヴィスが報告した。「転移速度まで加速し、メイン・エンジンを切ってワープ・ドライヴを使う準備ができています」

「よし」とジャクソン。「わたしをここに呼んだのは、通信ドローンをはなつ準備ができたからでもあると思うが」

「イエッサー」と彼女が肯定する。「ドローンにはすでにパケットを積み、それ以外のデータの流入は遮断しています。最終的なロックにはあなたの承認コードが必要です」

「そのまま少し待っていてくれ」ジャクソンはそういいおいて、自分のディスプレイからコレクト・メニューを表示させ、ディヴィスのいったとおりであることを確認した。

すべてそこにそろっていた。CENTCOMに向けたデータ・パケットとともに、CENTCOMのとある情報部門のコムリンク・アドレスに発信する、隠されたバースト転送用のデータも。このメッセージは、それが正しいアドレスに受信されて承認されるまで、通信ネットワークを次々に伝達されていくことになる。彼は生体認識の読み取り装置に親指をあてて、同時に左手でパスコードを入力した。問題なく認証され、スクリーンが空白になった。

「ありがとうございます」とディヴィスが礼をいうあいだにも、パネルがしゃべりだした。

「十五分後にドローンが発射されます。行き先はヘイヴン」と。

「予定到着時刻《ETA》は？」

「二日後です」彼女が答えた。

　ジャクソンは頭の中で計算してみたが、小型のドローンにのみ可能な超高速のスピードにあらためて驚かされた。最速の宇宙船よりも数倍は速い。彼は席にすわって機関部の報告を見なおしはじめた。何時間も前にすべて目をとおしてはいたのだが。ジャンプ・ポイントまであと二時間しかないいま、わざわざブリッジを離れる気にもなれなかった。

「副長をブリッジに呼んでくれ」

　彼はインターコムに向けていった。もうじきワープ・ドライヴを作動させ、転移に取りかかる。セレスタにもその経験を積ませてやってもいい。ウィンタース大将の要求どおりに従うのは、熱したナイフを腹に突き立てられるようなものだったが、どちらにしても彼はそうするつもりだった。

「あの女が、恐ろしい、ゆっくりした死にぎわを迎えればいいが」彼はつぶやいた。

「何かおっしゃいましたか？」ディヴィスが不安そうに尋ねる。

「おお、なんでもない、少尉」彼はすばやく否定した。「考えを口にしてしまっただけだ」

「なるほど」とだけ彼女はいった。つぶやかれたコメントそのものよりも、そのあとの説明のほうがよけいに気になったようだ。

セレスタがブリッジに入ってくると、ジャクソンは指揮官席を手ぶりで示してすわらせ、すみやかにこの場の指揮をまかせた。ブリッジの第一当直のクルーが任務についていることも助けにはなったが、彼女が自作のチェックリストをたどってよどみなく〈ブルー・ジャケット〉のワープ航行を再構成していくようすを見て、彼はまさしく感心した。セレスタはこの任務のための準備がとてもよくできていて、彼がひと言も発する必要はなく、クルーの能力を最大限に発揮させ、なんの事故も起こさずに駆逐艦をシーアン星系からまばゆい閃光の中へと転移させていった。

# 12

「報告しろ！」

ジャクソンが怒鳴った。メインのディスプレイが正常に戻るのを待っている。

「すべての部署から報告が入りました」とデイヴィス少尉が告げた。「無事に転移が完了しました。航法《ナヴ》が現在の位置座標を確認中です」

「位置が確認できました」航法ステーションにすわっている宙兵が報告した。「われわれはオプロトム星系のはずれにいます。第七惑星の軌道のすぐ外側です」

「ワープ・ドライヴを格納して、メイン・エンジンをスタートさせろ」ジャクソンは命じた。

「通信《コムズ》、何か聞こえるか？」

「何も聞こえません」ケラー中尉が張りつめたようすでいった。「星系内の会話も、通信ドローンのプラットフォームからのクロック信号も聞こえません」

「また同じことが起こるなんてありえない」操舵手がみんなに聞こえるほどの大声でいった。

「自分の任務に集中しろ、諸君」とジャクソンがいって聞かせる。「通信《コムズ》、この前と同じ手順を……そっちの機器が正しく機能しているか確認してみろ。ただし、この艦から信号は何も送るな。艦内のループバックと目視による確認だけだ」

「アイ、サー」とケラー中尉がいって、機器の確認をはじめた。どこにも悪いところがないことは誰もがわかっていたのだが。

「ワープ・エミッターが格納されました。いまはメイン・エンジンの出力を上げています」デイヴィス少尉が告げた。「あと十分でメインの推進が可能になります」

「高性能の光学機器で星系内のヴィジュアル・スキャンをはじめろ」ジャクソンは命じた。

「いま見えている光が過去のものだということはわかっているが、前もって少しはわかることがあるかもしれない」

それからの張りつめた二時間あまり、駆逐艦は星系の外縁に腰を据えたまま、ひたすらに観察し、耳をすましていた。メイン・エンジンが艦体をかすかに振動させ、最低限の推進でジャンプ・ポイント・エリアから離れるのに充分なだけ艦を押しはじめた。転移したときの閃光は、注意して目を向けていた者があればはっきりと見えたろうが、エンジンを光らせ、あらゆる帯域で通信しながら星系内をうろつきまわることをジャクソンは望んでいなかった。少なくとも、周辺の宇宙空間の受動的《パッシヴ》偵察を終えないうちは。

「こうして見ると、ワルシャワ同盟にシーアン攻撃の責任があるというあなたの仮説に少し矛盾が生じたようですね」セレスタが唇をほとんど動かすことなくささやいた。

「ああ」ジャクソンは同意した。「それが間違いだと判明したらうれしいといったのは覚えているかな？　いまのわたしには、あまり確信がもてない。チュウヨー社のしわざだという可能性は？」

彼女はただ肩をすくめただけで、中央司令部情報局《CIS》の諜報員が提案したとっぴな仮説をそれ以上検討しようとはしなかった。

「艦長、長距離光学機器を使ったオプロトムの初期スキャンは、あまりはかばかしいものではありませんでした」とデイヴィスが呼びかけた。「われわれは惑星の夜側に向かって近づいているところですが、光はまったく見えません」

「ここは十億以上の人々が暮らしている惑星だぞ」とジャクソン。「惑星の半分のエリアで、すべての都市が同時に電力を喪失するなどあるわけがない」

「どうしますか？」とセレスタが尋ねる。

「通信《コムズ》、ドローン・プラットフォームに信号を送り、軌道交通管制官にも信号を送れ」ジャクソンは命じた。「どちらも一度ずつ試してみるんだ。一定の時間が過ぎても反応がなければ、わたしに知らせてくれ」

「どちらも一度ずつ信号を送る、ですね」ケラー中尉が復唱した。

またしても張りつめた数時間を過ごしたあとで、送った信号に反応がありそうにないことが明らかになった。

「反応はありません、艦長」

「操舵手、オプロトムに針路をとれ」ジャクソンは命じた。「四分の三速で前進」

「四分の三速で前進します」

操舵手が応えてスロットルを押し上げると、エンジンが耳ざわりなとどろきを発しはじめた。〈ブルー・ジャケット〉は前進し、ブリッジ内の誰もがそれぞれに程度の異なる不安な表情でたがいに顔を見あわせた。またしても、荒廃した惑星と向きあうことになりそうだとわかっていた。

「第五惑星の公転軌道を通過しました」数時間後にデイヴィスが告げた。「オプロトムが近づいています」

「ヴィジュアル・スキャンで何か目につくものは？」とジャクソンは尋ねた。

「いまのところ、まだ何も見えません」と彼女が応じる。「惑星を後ろから追いかけているところで、もうじき明暗境界線に追いついて、昼側が見えてくるでしょう」

「目視をつづけろ」とジャクソン。「ここにいるのがわれわれだけだと確信できるまでは、騒がしい音をたてずにおく」

「兵器をオンラインにしておくほうが賢明ではありませんか？」セレスタが小声で尋ねた。

ジャクソンはただ首を横に振った。「艦首のビーム投射機はフルパワーにしたばあい、待機状態でも光がもれる。たいした量ではないが、見ている者がいれば気づくことは可能だ」

「そんな問題があるとは驚きました」

「この艦特有の問題だ」ジャクソンは苦々しくいった。「投射機は十年以上前のものだ。設計の問題ではなく、劣化の問題だ」

「予算の関係で？」

「予算の関係だ」

「どうやら……何かが……惑星の地平線上から上がってきます」デイヴィス少尉が告げた。

「かなり大きなものです」

「総員配置！」とジャクソンは鋭く告げた。「1－SSコンディションに！」デイヴィス少尉の声が艦内全域
「総員配置、総員配置！　1－SSコンディションに！」デイヴィス少尉の声が艦内全域にに響きわたった。自分の持ち場のそばですでに待機していたクルーたちは、警告を受けてすぐさま戦闘配置につき、対船戦闘の準備をはじめた。

「戦術《タクティカル》、作業をはじめろ」ジャクソンはつづけて指示した。「標的《ターゲット》の解像度を調節しろ。可能な兵器すべてをオンラインにして、発射準備を進めるんだ」

「標的へのスキャン・レーダーをアクティヴにします」と戦術担当士官が告げた。「兵器を作動させ……ステータスを画面に表示します」

　ジャクソンがメイン・ディスプレイを見上げると、使用可能な兵器のリストがずらりと浮かび、パーセンテージと準備状況が加わりはじめた。彼としてはレーダー・スキャンのほうに興味があった。前方に大きくあらわれはじめた惑星オプロトムの姿が、ディスプレイに新たに表示されたウィンドウに映し出されている。

　それはまさしく巨大だった。いびつな形をしていて、そのためにはじめは小惑星か、それとも惑星の重力にとらえられた、自然に形成されたその他の物体かもしれないと思えたほどだった。

「艦長、標的が動いています」と戦術士官が報告した。「旋回して、われわれと向きあおうとしています」

そうでもなかったらしい。

「標的を捕捉しろ、メイン・ビームだけで」とジャクソンは命じた。「通信《コムズ》、地球連合の標準的なあらゆる身元確認メッセージを発信し、それと同時にファースト・コンタクト時のパッケージも送るんだ」

「まさか、本気でそれを考えて——」セレスタの声は、ディスプレイ上の巨大な物体がゆっくりと彼らに向きあおうとするようすを見つめるうちに尻切れになった。

「どう考えていいのか、わたしにもわからん」ジャクソンは鋭くいった。「わたしにわかっているのは、人類ならあんな形状の船をつくりはしないということだけだ。距離は？」

「六十万キロで、さらに接近中です」戦術士官が報告した。「標的は軌道を離れてはいません。軌道上の位置をたもったまま、近づいてくるわれわれに向きあおうとしています」

「操舵手、推進をとめろ」ジャクソンはいって、ディスプレイを見つめた。「速度を半速に」

「アイ、サー」

と操舵手が応じて、エンジンを逆推進に切り替えた。艦がいきなり減速したために、全員が瞬間的に前に投げ出された。軌道上の物体はただ回転をつづけ、〈ブルー・ジャケット〉との距離をたもっている。

「距離は？」

「まだ五十万キロ以上あります」戦術士官が報告した。「われわれの現在の減速曲線だと、あと七時間はヘビービーム砲の射程に入りません」

「となると、少しは考える時間があるわけね、少なくとも」とセレスタ。

「それと同時に、向こうにも攻撃されることなくわれわれをじっくりスキャンできる時間を与えることになる」とジャクソンは指摘した。「向こうは身元確認メッセージにもまったく答えず、連合の支配する惑星の軌道上にとどまって、さらには惑星のほうからも返事はない。自動メッセージによる返答さえも。戦術《タクティカル》コンピュータで解析した標的のステータス・アップデートを。いまからあれを敵とみなす」

「アイ、サー」戦術士官が報告していった。「標的のステータスをアップデートします。いま現在、兵器の照準をロックし、距離を計算中です」

「アヴェンジャー・ミサイル四発を艦首の発射管に装填せよ」ジャクソンは命じた。「敵対的な標的に照準を定め、メイン・ディスプレイに距離のカウントダウン表示を」

「向こうからなんの挑発行為もないのに、本当にこちらからミサイルを発射するつもりですか？」セレスタが驚いて尋ねた。

ジャクソンは彼女を振り返った。相手の目に恐怖を見てとれたし、声には不安が聞きとれた。

「すでに全滅した惑星がふたつある、中佐」と彼は小声でいった。「このふたつの星で、十億以上の人間に対して虐殺がなされた。これは艦長としての務めだ。難しい判断ではあるが。このままとどまって、向こうが攻撃してくるつもりか待つこともできる。そのばあい、これまで目にした事実にもとづくなら、われわれはおそらく粉々に破壊されることになるだろう。それとも、こちらから先制攻撃することもできる。わたしにとっていちばんの責任は、クルーの安全にある。この判断がまちがっていれば、結果にはわたしが責任をもつ」

セレスタはごくりと唾を呑みこんだものの、うなずいて席にすわりなおした。

「艦長、標的がわれわれのほうにただよって近づきはじめました。まっすぐに」と戦術士官が報告した。

「〝ただよって〟というのを、もっとはっきり説明しろ」ジャクソンはぴしゃりといった。

「軌道を離れたというのか？」

「ノー、サー」戦術士官が肩ごしにジャクソンを振り返りながらいった。「単に方向を変えて、インターセプト・コースをゆっくりとこちらに向かってきます。推進の手段は探知できません」

「非反応型のドライヴか？」ジャクソンはいって、立ち上がるとメイン・ディスプレイのほうに近づいていった。

「わたしの推測ではそうなります」戦術士官が認めた。

「いったい誰が、そんなテクノロジーを？」デイヴィス少尉が不安げにもらす。

「われわれ人類でないことは確かだ」とジャクソンはいった。この状況のありえない真実がさらに明らかになりはじめた。「デイヴィス少尉、急いで通信ドローン発射の準備を。前回と同じ通信アドレスに。未知の敵に遭遇したことを、中央司令部《CENTCOM》に知らせておかねばならない。そして、敵は人類ではない」

# 13

「アイ、サー」いつもはうろたえることのないジリアン・デイヴィス少尉が震え声で応じた。「ドローンの準備ができ、メッセージとともに事前のセンサー・スキャンもアップロードしました」

「発射しろ。いますぐに！」

　ジャクソンは命じた。総員配置の状態で、艦長がブリッジにとどまっているかぎり、通信ドローン発射のような一般的な命令に承認のパスコードをいちいち入力する必要はない。中央司令部《CENTCOM》にこの状況が確実に伝わるようにする必要がある。たったいま判明した新たな情報の中身なしには、前回のメッセージは意味がない。

「ドローンがはなたれました」とデイヴィスが告げた。「エンジンが点火するまで浮遊していますが、〈ブルー・ジャケット〉からは出されました」

「よし」とジャクソン。「戦術《タクティカル》、敵との距離は？」

「三十八万キロでさらに接近中です。ヘビービームの射程は二千キロですが、その距離だとかなり拡散してしまいます」

「わかった」ジャクソンはいった。敵を近づけずにおける兵器が手もとにないことにいらだっていた。「アヴェンジャーの最適な射程は？」

「すでに一般的な有効範囲内にいます」戦術担当士官がいった。「発射時に初期燃焼したあとで、五万キロ以内に入るとあらためて標的に向けて加速します」

「四発すべてを標的にロックして、発射しろ」ジャクソンが顎をきつく嚙みしめたままいった。「発射したらすぐに再装塡するんだ」

　これを聞いて、ブリッジの全員が凍りついたかのようだった。

「サー？」戦術士官がためらいがちに問いなおす。

「**発射しろといったんだ‼**」ジャクソンは怒鳴りつけ、席から立ち上がった。「ミサイルをさっさと発射するか、さもないときさまを反逆罪で逮捕して、艦長の命令に従う者をほかに見つけてくることになるぞ！」

「ミサイルを発射します！」戦術士官があわてていった。震える手で発射コントロールを操作する。

「再装塡して、追跡しろ」ジャクソンはそういって、すわりなおした。誰かを逮捕すると怒鳴る声を聞いてブリッジに駆けこんできた海兵隊員には、手を払うしぐさで追い返した。

「ミサイル《バード》は点火して、問題なく飛んでいきます」完全に固まってしまって反応のできない戦術士官に気づいて、デイヴィス少尉が代わりにいった。「標的からの反応はありません。最終の軌道修正は一時間後で、着弾予定時間は一時間半後です」

「ありがとう、少尉」

ジャクソンはいって、メイン・ディスプレイに映し出された痛ましいほどのろのろと這い進んでいくように思えるミサイルの進路を見守った。ディスプレイ上にコンピュータが別のウィンドウを開き、〈ブルー・ジャケット〉と敵の……〝構造物〟との相対的な位置関係を示している。あれほど大きなものを〝船〟と呼ぶことに彼は困難を感じていた。ディスプレイのデータが示すかぎり、それはいびつな非対称形で、大まかにいえばアーモンドに似た形をしている。縦の長さは三キロあまり、横幅は二キロもある。これほど大きなものを惑星にあれだけ近づけて、どうして単に空から墜落せず安全に静止していられるのか、彼には想像もつかなかった。それでも、あれが惑星の重力井戸など気にもかけずにそこにとどまったまま、旋回を遂行するのをたったいま目撃したところだ。

「標的が動いています！」ふたたび声を取り戻した戦術士官が告げた。「当初の針路を加速しています。われわれに向かって、二百Gの加速でまっすぐに」

「あれは見た目ほどのろまでもなかったようだな」とジャクソンはぼやいた。惑星を破壊したやつらが駆逐艦めがけて猛然と駆けて迫ってくるのをまじまじと見つめながら、自分がやけに落ちついていることに驚いた。「ミサイルは標的の分析データをアップデートしてきたか？」

「イエッサー」と戦術士官が答えた。「ミサイルは二分前に標的の動きを補正して、エンジンに再点火しました。衝突はいまから十分後です」

「あれほど大きなものに対して、アヴェンジャーはどれくらい効果があるんだろうか？」ジャクソンは小声でつぶやいた。

「まったくうんざりだぜ」

声が右のほうから聞こえた。ジャクソンが振り向くと、そこにはカゼンスキ上級兵曹長が立っていて、その目はメイン・ディスプレイに釘づけにされている。気まぐれなこの下士官のことなど、ジャクソンはほとんど忘れていた。

エイリアンは猛烈に迫ってくるミサイルをよけようとも、迎撃しようともしなかった。兵器の硬いノーズコーンが標的の有機的に見える船腹に衝突し、モーターが最後にもう一回転して貫入を最大にしようとしてから、二成分系爆薬が発火した。閃光がおさまると、エイリアンの船腹のノーズ部分がめくれ上がっているのを〈ブルー・ジャケット〉の光学センサーでとらえることができた。だが、船はあまりにも巨大で、ほんのかすり傷のようにしか見えない。しかしながら、視覚をあざむき、アヴェンジャーはその設計どおりに少し深くもぐりこみ、衝突した部分以外にもダメージを与えていた。

「ミサイルは標的のノーズにかなりのダメージを与えました」と戦術士官が報告した。「あと二分でレーザーの射程に入ります」

「ミサイルが最大のダメージを与えたところを狙え」とジャクソン。「すべてのビームを船腹の開口部に集中させたい」

「アイ、サー。標的のデータをアップデートしています」

「操舵手、こちらのノーズを右舷に三度振って、やつの尻を蹴とばしてやれ」ジャクソンはいった。「全速前進せよ」

「全速前進します」操舵手が応じた。艦体が振動しはじめ、エンジンがフルパワーに達して、〈ブルー・ジャケット〉は標的めがけて勢いよく前進していった。

「速度が変化したために、敵との距離がせばまりました」戦術士官が告げた。

「だったら、狙いそこなうな」とジャクソン。「航法《ナヴ》、標的のわきを通過したら、惑星をスイングバイして反対側にまわりこむ針路をとる必要がある」

「このまま逃げるおつもりですか」セレスタが尋ねた。

「われわれははかりしれないほど価値のあるデータを集めている」ジャクソンは意図をはっきりさせた。「われわれの二十倍もの排水トン数がありそうな船を相手にこのまま戦って、輝かしい栄光に包まれつつ死んだところで誰の得にもなりはしない。われわれはわきを通り抜けるさいに鼻っ柱にもう一発お見舞いして、そしてすぐに逃げるんだ」

「通過を無事に生き延びることができるとすればですが」とセレスタがいった。

「無事に生き延びることができるとすれば、だな」とジャクソンも同意した。「だが、敵はわれわれに気づいて目を留め、向こうの推進装置のほうがわれわれよりもはるかに発達していることをまざまざと見せつけた。最初の交戦はどのみち避けられない」

「同感です」彼女がいった。

「ディヴィス!」とジャクソンは呼んだ。「通過するさいに、敵をいちばんはっきりとらえたセンサー画像を必ず得られるようにしてくれ。もう一度チャンスがあるとは思えない。あらゆるセンサーで、あらゆるスペクトルを必ず記録できるようにするんだ」

「アイ、サー」と彼女が応じた。それまで声ににじんでいた恐怖心は、あわただしい作業のせいでほかのことなど考えるひまもないために薄らいでいた。

彼ら全員がディスプレイをじっと見守るうちに、エイリアンの……船……がますます大きく詳細に映し出されていった。熱光学スキャンは非対称な船腹のあらゆる奇妙な特徴を示していたが、ドライヴからの排出物や兵器に類したものは何ひとつ映っていない。これによって人類は蜂の巣をつついたような大騒ぎになるだろうことを、ジャクソンは疑いもしなかった。この数世紀にわたって、人類はトラブルを起こす隣人がどこにも存在しないという事実に満足しきっていた。たったいま、その思い違いは終わりを告げた。しかもはっきりと。

「ヘビービームを発射します」

戦術士官がいきなり声を発し、距離のカウントダウンに注目していなかったすべての者を驚かせた。艦首のヘビービームを発射するための消費電力はすさまじいもので、どこの部署がもっとも電力を必要としているのか多重回路《MUX》が判断するあいだ、ほかのシステムへの供給ががくんと落ちた。ビーム投射機が連続発射によって熱せられ、ビーム砲一基につき数テラワットぶんのパワーが、さっきのミサイルによって生じた裂け目に集中して注がれ、エイリアン船のノーズがゆがんで熔けていくのをジャクソンは黙って見守った。

「標的の左舷側の温度が急上昇しています」とデイヴィスが声を上げた。

「それなら、もう一発お見舞いしてや――」

ジャクソンの命令は、エイリアン船からまぶしい閃光がはじけ、〈ブルー・ジャケット〉の艦首にまともに命中したためにいきなり途切れた。メイン・ディスプレイの表示が消えて、そこが窓であるかのような幻想は、何もない空白を見つめているように砕け散った。ほかのセンサー・フィードも瞬時にして遮断された。ブリッジ内に警告が鳴り響き、まだ機能しているディスプレイにはいつまでもつきることなく警告のリストがずらりとスクロールしていった。

「なんらかの高エネルギーの噴射を艦首にまともにくらいました！」デイヴィスがブリッジの混沌に負けないように大声で叫んだ。「センサーの大半がダウンしています！」

「バックアップを」ジャクソンは目が慣れるまでまばたきをくり返しながらいった。「ダメージ・コントロール・チームを艦首に派遣して、被害状況を報告させろ。われわれはまだ生きていて、それはつまり、駆逐艦が敵を飛び越えたということだろう。われわれがどこに向かっていて、周辺に何があるのか知っておく必要がある」

上部構造の前面の装甲ハッチが開き、予備のレーダーと光学センサーが投入された。少しして、メイン・ディスプレイがまたたいて戻り、〈ブルー・ジャケット〉が事前の針路どおりに進んで惑星をまわりこみ、なおも全力で離れていく針路を進んでいることが示された。

「なぜわたしたちはまだ生きてるの？」とセレスタが誰にともなく問いかけた。

「なぜなら、向こうもわれわれに負けず劣らず、相手に関心があるからだ」ジャクソンはいった。「われわれはやつらを攻撃したはじめての人類であることは賭けてもいい。われわれにほかにどんなことができるのか、やつらは見てみたかったんだ」

「できることはあまり多くなさそうですね」とディヴィス少尉がいう。「敵の船はそのままの針路をたどりつづけていますが、六百G以上で加速しています。旋回して戻って、もう一発撃ちこもうという意図はないようです」

「それはよい知らせのようだな、どうやら」とジャクソン。「センサーで標的をモニターしつづけ、総員配置を継続する。ワープ・ドライヴのコンデンサー・バンクに充電をはじめるよう、機関部に伝えるんだ」

「戦闘は終わったと思いますか？」セレスタが、自席に戻ったジャクソンに尋ねた。

「いまのところはな。だが、これよりもはるかにひどい何かが、たったいまはじまったように思う」


オプロトム星系からの脱出はかなりあっけないものだった。惑星から加速して離れはじめると、彼らはじきにエイリアン船とのコンタクトを失ったが、最後に把握できていたときには信じがたいスピードで彼らから離れて飛んでいた。彼らはバックアップのセンサーを使っていちばん近いジャンプ・ポイントを特定すると、直線の針路を設定した。エイリアンが心変わりする前に、この星系からワープして離れておきたかった。

「いったい何がぶつかってきたんだ？」

シンは艦首で作業中のクルーからの報告に目をとおしながら問いかけた。彼とジャクソンはいま、戦闘指揮所《CIC》につづくハッチの外に立っている。

「推測するとすれば、なんらかの高エネルギーのプラズマを放出したようだな」ジャクソンはいった。「たった一発だ」

「たいしたもんだ」シンが平然といった。「艦首のアンテナのほとんどすべてを鉄くず《スラグ》に変えて、隔壁の圧力金具をひとつ残らず破壊した。このダメージをどこまで修理できるか、確信がもてないほどだ」

「新たな圧力金具に付け替えたらどうだ？」とジャクソン。「複製するのはそれほど難しくもなかろう」

「それほどはね」とシンも同意した。「だが、われわれを襲ったあれがなんであれ、その熱が外側の装甲を変形させてしまったために、どうやってすべてを張りなおせばいいのか対策を考える必要がある」

「最初の交戦で、われわれは相手に与えたのと同じくらいのダメージを自分たちもくらったようだな」ジャクソンはそういって、ため息をついた。「だが、このデータが示しているのは、やつらはハエを打ってつぶす程度の注意しかわれわれに払っていないということだ。別れのあいさつ代わりにささやかな一発をはなって、それでわれわれは、手足をもがれて失明しかけたようなものだ」

「われわれはヘイヴンに引き返すのかな？」

「いや」とジャクソン。「われわれはポデレ星系に向かう。あそこは文明の比較的進んだ世界で、ヘイヴンに戻る長い帰路に取りかかる前に、少なくとも基本的な修理はできるだろう」

「かもな」シンが納得せずにいった。「まだあいつを追いかけるつもりなんだな、そうじゃないか？」

「いや」ジャクソンは正直にいった。「駆逐艦一隻では、あれがなんだったにしても、まともにやりあうことなどできもしない。われわれは少しでもましな装備をととのえて、急いで逃げ帰るつもりだ」

「それを聞いて、少し安心したよ」シンが認めた。「こういうのは第一艦隊や第四艦隊にまかせておいたほうがいい」

「ああ、そうだな」ジャクソンは冷笑した。「もしもCENTCOMがブリタニアやニュー・アメリカからあまりにも熱心に艦隊を展開させようとしはじめるなら、われわれは地球連合の瓦解のはじまりを見ることになると思う」

「本当にそう思うのかね？」

「ヘイヴンがいずれかの政府に呼びかけて、新たな、きわめて強力なエイリアンの脅威に備えるために、アジア連合やワルシャワ同盟の領域内に艦艇を展開させようとしたら、それがどういう結果になると思う？」

「わたしとしては、艦隊を各領域間の政治論争の一部として見たことは一度もなかったように思う」とシンが認めた。「CENTCOMには〈暗黒の艦隊〉の古びた数隻しか呼びかけに応じる艦艇が残っていないかもしれないが、人類にとってすべての世界が危険にさらされかねないんだぞ」

「あまり先ばしるのはよそう。たった一隻の船が……または、あれが本当はなんだったにしても……あれが各領域の辺境付近で動きまわっている。これは相互理解の不足が不運にもこじれただけなのか、戦争の布告なのか、それとも単に思い違いから生じた信じがたい大失敗だったということもありうる」

「どれがいちばんありそうだと思う？」シンは周囲を歩きまわるクルーのことなど無視して尋ねた。

「正直いってわからん」ジャクソンはため息をついた。「だが、われわれ人類は、これまで二百年にわたって宇宙で領土を拡大しつづけてきた。われわれの探索手法はまだまだ不充分な点が多く、自分たちが獲得したテクノロジーのレヴェルに比べてあまりに薄く、あまりに遠くまで広がりすぎたように思う。われわれは数世紀前に深宇宙探索船を一隻送り出し、それが戻ってこないとわかると、単に簡単な標的にだけ目を向けることにした。ワープ・ドライヴを使って手が届く範囲の、居住可能なあらゆる世界に。きみの質問に答えると、わからんな……今回のこれは、どのみち避けられないことだったように思える」

「まったくだ」とシンが皮肉をこめていった。「あなたがそこまで哲学的な人間だったとは知らなかったよ」

「いまのわたしは、おびえて逃げまどう、手ひどいダメージを負った駆逐艦の指揮官《CO》だ」ジャクソンはそういって鼻を鳴らし、友人の辛辣な意見のことは無視した。「きみがいうような哲学論議については、政治家たちにまかせるとしよう。バックアップのセンサーだけを使って無事に転移できるだろうか？」

「もちろんだとも」シンが自信をもっていった。「こいつは艦首に少し打撃を受けるかもしれないという前提で設計されてる。敵とやりあう前に照準用のセンサー以外は格納しておいてもよかったろうが、エイリアン船が放出したパワーの大きさを考えてみれば、どうやったところで大差はなかったろう。外部装甲があまりにひどくひん曲がってしまったために、センサーを艦内に格納する仕掛けまであやうく台なしになるところだった」

「恐ろしいほどの威力だな」とジャクソン。「可能なかぎり最短時間でジャンプ・ポイントに向かうつもりだ。とにかく、きみらは修理をつづけて、部下のクルーたちを忙しくさせておくように。何があったのか、彼らがあれこれ考えはじめる時間が少なければ少ないほどありがたい」

「その点は問題なさそうだ」とシンはいって、艦長に会釈しながら仕事のために忙しく通り過ぎていくクルーたちを見守った。「これだけは認めておこう……あなたがこのばあさん《ブルー・ジャケット》を、未知の敵対的なエイリアン船と真っ向からやりあわせる気になったと聞いたとき、わたしはかるい卒中を起こしかけたくらいだ。だが、艦首のダメージを別にすれば、われわれはまだかなりましなようだ。発電施設や推進装置の機能は百パーセントたもたれているし、センサーのバックアップも機能していて、なおも少しは嚙みつける歯が残ってる。艦首のビーム投射機は失ったが、うちのクルーに舷側のビームを使えるように取り組ませてるところだ」

「どれくらいかかりそうかな？」

「左舷側の並びをあと二日以内には使えるようにできる」シンはタイルを調べて確認しながら答えた。「向こうですでに作業にあたらせてた連中に、そのままつづけさせる。艦首の作業場に大勢を派遣したところで、ダメージをそのぶん早く修理する助けにもならないだろうからな」

「それで、電磁キャノンは？」ジャクソンは尋ねた。自分でも骨董ものの兵器とみなしているようなものについて、あまり過度に期待してはいなかった。

「各砲の加速レールは完全に機能してるよ、驚いたことに」とシンがいう。「砲塔の作動装置《アクチュエーター》を調整してるところで、もうすぐ完全に使えるようになるだろう。それはともかく、本当にあんな短距離用の兵器が必要になると考えているのかね？」

「宇宙空間での戦闘における通常の距離を考えてみれば、われわれのすべての兵器が多少の差こそあれ短距離だ。あれが機能するようになったら知らせてもらいたい。兵站《へいたん》部に兵器庫から弾をひとそろい運ばせて、装塡させる」

「そうしよう」シンがうなずいた。「ワープ航行の時間を使って、できる範囲であちこちの修理に励み、ポデレに着いたら、軌道上プラットフォームでノーズを少し修理できることを願うとしよう」

「そのとおりつづけてくれ」ジャクソンはいって、コーヒーマグを飲み干した。「わたしはこれから、転移して現実空間に戻るまでブリッジにとどまることにする」

「長い監視時間になりそうだ」シンがうなずいた。

「まったくだ」

「カゼンスキ上級兵曹長」とジャクソンが大声で呼びかけた。「少し話がしたい」

呼ばれた下士官兵はきれいにアイロンをかけた制服を着ていたが、それでもだらしなく、乱れた格好に見えた。

「なんですか、艦長?」

「いまのところ、きみがブリッジにいてできることはほとんど何もない」ジャクソンはいった。制服や外見についてあらためて指導するのはやめておくことにした。これほど重大な状況に直面していながら、些細なことにこだわっても仕方がない。「下のデッキのきみの部署や作業場で、きみの姿を部下に見せるようにしてもらいたい。クルーたちには安心できる支えが必要で、それはきみがもたらすべきものだ」

「連中になんといったらいいんですかね?」とカゼンスキが尋ねた。

この男のどうしようもない愚かさにいらいらさせられ、ジャクソンは気を落ちつけるために大きく息を吐き出してから答えた。

「彼らには真実を話すべきだ。われわれは敵意のある未知の存在と短い交戦をし、いまはそれぞれに別の針路をたどっている。われわれはもうじきワープ空間に転移し、そしていずれヘイヴンに戻る」

「それだけですか？」

「ほかに何があるというんだ、上級兵曹長？」ジャクソンは問いただした。「交戦の詳細は高度な機密事項だ。きみが部下の下士官たちに交戦についての情報を少しでももらしたとわかったら、きみを懲罰から救う手だては何もない」

こうしてほのめかされた脅《おど》しは、つねにカゼンスキの頭につきまとっているらしいもやをも突き通したようだった。

「ええと……わかったように思います」ついに彼がいった。

「よし」ジャクソンはいって、男の肩ごしにその先を見やった。「退がってよい」

「彼はいつもあんなふうに――」といいかけて、セレスタの言葉は尻切れになった。その先をなんとつづけたらいいのかよくわからなかった。

「役立たずなのか？」ジャクソンがおぎなった。ブリッジの誰が聞いていようが気にしてもいなかった。「そう。だが、家族のコネのおかげで、あの男をわが艦に押しつけられてきた」

セレスタは衝撃のあまり口をぽかんと開けたまま彼を見つめた。艦長がこれほど遠慮なく意見を口にしたことはこれまでなかった。ましてや、ブリッジのただ中では。このコメントを耳にしたデイヴィス少尉がくすくす笑いを押しとどめようとこらえているほうを彼女は振り向いた。どうやら、聞こえたのは指令担当《OPS》の当直士官だけだったらしい。

「なるほど」

「OPS」ジャクソンはセレスタの何かいいたげな口調を無視して呼びかけた。「このエリアで何か新しい情報は？」

「ノー、サー」とデイヴィスが応じる。「能動《アクティヴ》センサー・スキャンをおこなっているところですが、敵船の位置は依然としてつかめません」

「敵がこの星系を離れたという可能性は？」セレスタが尋ねた。

「われわれは向こうの推進がどのような仕組みなのかさえもわかっていないから、連中がまだこのあたりにとどまっているのか、近辺の星系を離れたのか、推測することもできない」ジャクソンはそういうと立ち上がり、足を伸ばした。「わたしの推測では、連中はまだ小惑星帯にとどまっていて、コンピュータのフラグが立つような動きひとつせずに、われわれを見張っているのではないかと思うが」

「ひきつづき、能動センサーで探査しますか？　われわれの位置を敵に教えることになりますが？」とデイヴィスが尋ね、ジャクソンがするどんなことであれ、珍しく疑問を口にした。

「われわれはメイン・エンジンをフルパワーで稼働させている」ジャクソンは彼女に向けて告げた。「われわれのほうをなんの気なしに見ている者でも、エンジンが放出している光や熱エネルギーが見えるだろう。やつらがふたたび近づいてくるとすれば、可能なかぎり早く気づくようにしたい。ゆえに、いまのところはアクティヴ・スキャンをつづけることにする」

「イエッサー」

「ジャンプ・ポイントまではあとどれくらいだ？」ジャクソンは尋ねた。

「あと三時間です」航法ステーションの当直士官が答えた。

「ワープ・ドライヴのコンデンサーは完全に充電されました」とディヴィス。「機関部からの報告では、ワープ・ドライヴは完全に機能していて、いつでも使用可能とのことです」

「よし、よし」ジャクソンはほかのことに気をそらしたままいった。「これから緊急のワープ転移を遂行する。これにはワープ・ドライヴのすばやい稼働が含まれる。この作業は二年以上も実行していなかったため、きみら全員が手順を復習しておくべきだな」

ブリッジのクルーは彼の言葉をそのとおりに受けとめ、実際にそのときがやってくると全員の準備ができていた。ワープ・エミッターが展開され、五分以内に充電が完了して、〈ブルー・ジャケット〉はすみやかにワープ航行のために再構成されていった。艦尾の戦術用センサーからの数値を最後にもう一度すばやく〝確認〟したうえで、駆逐艦はまぶしいエネルギーの閃光に包まれ、荒廃したオプロトム星系から姿を消した。

それとほぼ同時に、大まかにいって不均等なアーモンド形をした、巨大な小惑星のように見える物体も回転をやめて安定し、人類がつくり出す宇宙船にはとうていなしえないような加速でオプロトムとポデレ星系間のジャンプ・ポイントをめざして動きだした。先に旅立った、細長くてすらりとした鋼鉄製の船とはちがい、この巨大な物体はエネルギーを無駄に放出しながらまぶしい閃光の中に消えはしなかった。まわりの宇宙空間にしわが寄ってちぎれたように見え、それは単に開口部からするりともぐりこみ、それがくぐったしるしとしては、ただよう光子ひとつ残さずに姿を消した。

# 14

「本当なんだ……やつはなんにもわかっちゃいない」

「黙れ、カゼンスキ。あんたが空《から》にした密造酒がどっかにころがってるんじゃないか？」

「そうしたけりゃ、好きなだけおれをあざけるがいい」エド・カゼンスキがいった。髪は乱れ、目は血ばしっている。「おれは上のブリッジにいたんだが、ウルフの野郎があのばかでかい怪物にこの艦《タブ》をまっすぐに向けさせやがったんだ。先に攻撃さえ仕掛けて！　おれたちの知るかぎり、やつはついさっき、星間戦争をおっぱじめやがったんだぞ！」

「シーアンとオプロトムのコロニーはどっちも全滅したって、ついさっきいってなかったっけ？」集団の中の下級宙兵の一人が尋ねた。

「だが問題なのは、おれたちが何も知らされてないってことなんだ」とカゼンスキが訴える。

「やつがいうには、ヘイヴンに戻る前に、おれたちはワルシャワ同盟のどっかほかの惑星に助けを求めに向かうんだとさ。実際のとこ、おれたちをたった一発であんなにひどく打ちのめしたあの怪物を追いかけてるんだとしたら？」

彼の問いかけは、まわりに集まった少人数の宙兵に期待どおりの効果をもたらした。ほとんどは下級宙兵で、決まった職種はない。彼らが話になびきかけているという事実にカゼンスキは気づいたようだった。

「ジェイムズ」彼はそういって、まだ十代のように見える三等宙兵を指さした。「おまえは彼女にプロポーズしたばっかりじゃなかったか？　もう一度フィアンセに会いたかないのか？」

「おれたちとしては、とにかく――」

「そこまでよ」

命令し慣れた声のしたほうに、全員がさっと首を振り向けた。用具棚をまわりこんで〈ブルー・ジャケット〉の女性副長《XO》が姿をあらわし、後ろには海兵隊員二名を従えているのが見えると、大半の宙兵は顔が青ざめた。

「当艦は総員配置を継続中で、緊急事態を宣言しているところなのよ」セレスタ・ライト中佐がいった。「それなのに、ここにぼんやりと突っ立って、あなたたちは何をしているの？」

明かりがついたとたんにゴキブリがささっと逃げ出すように、下級下士官のほぼ全員が、足の動くかぎりすばやくこの場所から身をひるがえして逃げ去った。

「ライト中佐」とカゼンスキが冷静さをよそおっていう。「艦長に頼まれたとおりのことをしているだけですよ……クルーたちの気持ちを感じとろうとして」

「エドワード・カゼンスキ上級兵曹長」彼女は相手の言いわけを無視してつづけた。「地球連合宇宙艦隊行動規範第六条-B項の違反により、あなたを摘発して逮捕する。こちらの兵曹長を身体検査したうえで拘束して、軍曹」

「イエス、マァム」

彼女の左側に立っていた大柄な軍曹が、ぽかんと口を開けたままのカゼンスキを手荒につかんだ。同じくらい手荒に身体検査をして、表示のない錠剤が入った小さな小瓶をひとつと、血流にじかに注入するのに使う違法な噴霧器《アトマイザー》が見つかると、カゼンスキは背後で両手を縛られ、引き立てられて中佐の前に立たされた。

「すべての調べがつくまでに、さらにいくつか罪状が加わることになりそうね」セレスタは海兵隊の軍曹から受けとった小瓶に目を落としながらいった。

「説明はできますよ」

「その必要はないわ」彼女は手で払うしぐさで相手の弁明を封じた。「違法薬物の使用はあなたの問題のなかでもいちばんどうでもいいことだろうから。あなたは今回の出来事の詳細を漏らさないようにと事前に警告されていた。それなのに、直接の命令にそむいたばかりか、あなたは艦内で反乱を起こそうとかなり忙しく動きまわっていた」

この言葉を聞くと、カゼンスキの顔が恐怖にゆがんだ。艦隊内での反乱行為は、彼の家族でさえも払いのけることのできない重罪だ。

「ちがう！　絶対にそんなことしてません！」

「艦長のいうとおり、あなたはあまりに愚かなために、もっとも基本的な自分の任務さえも理解できなかったという可能性もあるけれど、緊急の会合を開いて、技術者たちが必要な修理をおこなうのを意図的に遅らせ、上司の命令に逆らうようにそそのかすというのは、実際、反逆以外のなにものでもないはずよ」彼女はそういって前に進むと、目の前の男と鼻が触れあわんばかりに近づいた。「あなたが麻薬常用者であるという事実は、こうした告発を受け入れやすくするだけ。あなたにとっては、とてもとても悪い展開になるでしょうね……そのことはわたしが保証する」

彼女は男の前から離れ、連れてきた海兵隊員にうなずいた。

「この男をまっすぐ営倉に連行して」彼女は命じた。「牢屋に入れる前に、階級章と艦の徽章を取り上げるのを忘れないで」

「イエス、マァム」

軍曹はそう応じると、カゼンスキのわきの下に手を入れてつかみ、この場所から連れ出していった。元兵曹長はそのあいだじゅう泣きわめき、懇願しつづけた。

「ハン特技官、通報してくれてありがとう」セレスタは自分が到着したあとも逃げずに残っていた宙兵の一人に声をかけた。「当艦や艦長に対するあなたの忠誠心のことは、必ずあなたの勤務記録に加えておくから」

「ありがとうございます」ハン特技官はそういって、かるく頭を下げた。「当然の務めを果たしたまでです。あの男は今日、おもな部署をすべてまわって、この艦が修理されなければ、われわれがまたエイリアン船と出くわすこともありえないとみんなに触れまわっていたんです」

「みんなはどう受けとめたの？　彼の意見に同調しているようだった？」

「はっきりどちらともいいがたいですね」ハンが正直に答えた。「クルーはみんなおびえてますし、何が起きているのか誰もよくわかってないようで」

「正直に打ち明けてくれてありがとう、特技官。もう退がっていいわ」

彼女がもうしばらくそこに立って考えにふけるあいだに、宙兵はせかせかと作業場に戻っていった。

「〈暗黒の艦隊〉はいまもなお軍の組織なんだぞ、中佐」とジャクソンがいらだちをあらわにのぞかせていった。「クルーがびくついているからというだけで、十もの作戦保全《OPSEC》規則を無視するつもりはない。エイリアンとの遭遇の詳細はもうしばらく伏せておく必要がある。きみが鋭い嗅覚で反乱の気配を嗅ぎつけ、カゼンスキのくそ野郎を営倉にほうりこんだことは賞讃に価《あたい》する——そしてわたしもその場にいられたらよかったのにと思う、心から——だが、わたしが艦内全域のインターコムを使って、彼らに懇願してなだめすかし、仕事をさせるつもりはない」

「それはわたしも理解できます」セレスタがいった。「ですが、あなたでさえお認めになったでしょう……この艦、というかこの艦隊は、何十年もの長きにわたって荷物や人の運び屋とあまり変わらなくなっていたと。このような状況で必要な決意とやる気が、とにかくここでは足りていないようです。詳細まで打ち明けるようにといっているのではありません。単に現在の作戦計画は少しまわり道することになるかもしれないとみんなに知らせるだけです」

「それこそは、カゼンスキの阿呆《あほう》がやろうとしていたことだ」とジャクソンがこぼす。「わかった。各部門長の情報報告会議を手配するといい、わたしが了承しよう。そして全員に流布するポスターをきみが張り出すんだ。それで満足か？」

「そう思います」彼女はいって、椅子の背にもたれた。

「話がこれだけなら」ジャクソンはそういって立ち上がり、自分の端末をロックした。「わたしは艦首に出向いて、機関部のクルーの修理状況を視察してくるとしよう」


身体に感じられる揺れは前回よりもはるかに少ないまま、〈ブルー・ジャケット〉はポデレ星系に入りこんだ。ダヤ・シンのチームは、ドライヴ・エミッターを少なくともジェリコ・ステーションのドックに入る前の状態まで調整できていた。

「通信《コムズ》？」とジャクソンは声をかけた。口がからからに渇いている。

「通信ドローン・プラットフォームからのクロック音を受けとりました！」とケラー中尉が告げた。声にはっきりと安堵がのぞいている。「プラットフォームのステータスは平常どおりです。それと、人が居住している世界で予想できるような、標準的な通信のやりとりもです」

「それはいい知らせだな、本当に」ジャクソンはいった。「われわれの到着を、第八艦隊の聴音哨とポデレ政府に伝えてくれ」

「アイ、サー。標準の通信パケットを送信します」

「航法《ナヴ》、惑星への針路を定めてくれ。標準の軌道突入で。操舵手、推進を許可したら、半速で実行してよい」ジャクソンは告げた。「総員配置を解除する。艦内のコンディションを1‐B《ブラヴォー》に」

1‐Bというのは通常の当直で交替するが、艦内全域で警戒を高めた状況を意味する。命令を了承する声が各部署から上がり、ワープ・ドライヴがすみやかに艦腹に収納されていった。

「この惑星について、何か知っていることは?」彼はセレスタに尋ねた。「わたしは概要に目をとおしただけだが」

「ここは二二〇五年にワルシャワ同盟によってコロニー化されました」と彼女が説明をはじめた。「大半は地球のイタリアからの移民でした。彼らはまずニュー・ジョージアに渡りましたが、自分たちの世界が欲しくなったようです。植民する権利のためにかなりの額を気前よく支払いましたが、このセクターの入植者の半分をまかなえるだけの食物を耕作できたために、ポデレはすぐに利益を生むようになりました。事実、ここの惑星はほぼすべての土地を農業に注ぎこんでいます」

「くそっ」とジャクソンがつぶやく。「彼らに大きな造船所を期待するのは無理な話のようだな」

「彼らはかなりの規模の軌道上修理施設をもっています」とセレスタがいって、ジャクソンから疑わしげな視線を向けられると、さらに説明していった。「日頃から行き来している収穫物用の巨大な輸送船をサポートしていますから。そうした商船が欠航になると、彼らにとっては商売になりませんから。施設はかなり現代的です」

「どれくらい喜んでわれわれを手助けしてくれるだろうか。われわれはいかなる正規の資格ももっていないし、いまのところはまだ、惑星を破壊するエイリアン船から逃げてきたのだと話すつもりもない」

「だとしたら、興味ぶかい問題がもちあがりますね」とセレスタがいって、デイヴィス少尉がかなりあからさまに聞き耳を立てているのに気づくと、声をひそめるようにした。「われわれとしては、彼らの玄関口に何かが姿をあらわすかもしれないと警告してやる義務があります」

「そうだな」ジャクソンはいって、この問題について考えてみた。

「艦長」とケラー中尉が呼びかけて、彼の思考をさえぎった。「通信プラットフォームから三通のメッセージが転送されてきました。どれも暗号化されていて、優先度の高い、あなた宛のメッセージです。そして、機密扱いでもあります」

「ありがとう」とジャクソン。「わたしの個人アドレスに送ってくれ。艦長室で受けとる」

艦長室の椅子に腰をおろして端末のロックを解除するなり、ジャクソンはこれから不快な時間を過ごすことになるのだろうとわかった。メッセージのひとつは匿名のアドレスで、これはあまり一般的ではない。あとの二通は彼がよく知っているアドレスからで、まずはこちらから再生をはじめることにした。

口をすぼめた、ユーモアのかけらも感じとれないウィンタース大将の顔がスクリーンいっぱいに映し出された。

「ウルフ艦長、あなたが送ってきたあれ……報告……を見なおしたあとで、この返事に着手するのに少し時間が必要だった。首尾一貫しないデータや、とち狂ったたわごとでしかないごった煮を読み進むのはかなりつらい作業だったから。あなたが許可なしにシーアンの地表に降りて、あげくにクルーを一人死なせたことだけはわかったけれど。このどちらの行動をとってみても、規約に照らしあわせて懲罰に相当すると思う。残りについては……シーアンの地表のすべてが抹消されたというあなたの主張する事実は信用できない。通信プラットフォームが存在しないという事実は、〈ブルー・ジャケット〉がどうしてか見当違いな星系に転移したのか、それともあなたが話さずに伏せていることがもっとほかにあるのではないかと想像できる。どちらにしても、いずれ真相を明らかにするつもり。

こちらからヘイヴン守備隊の巡視艇〈コンスタンティン〉を派遣して、実際は何が起きているのかわたし自身の手で調べてみることにした。だから、追って通達があると思って。この大失敗の真実が明かされたなら、あなたが退役するさいにきっと否定的な影響があるでしょう。ウィンタースからは以上。

「このふざけたたわごとはどういうことなんだ？」

ジャクソンはまさしくあっけにとられてつぶやいた。彼のほうからは、未加工のデータといっしょに、簡潔にして詳細な報告を送っていた。それなのに、この女はいったい何をまくしたてているんだろうか？　困惑しつつも、彼は次のメッセージを開いた。

ウィンタースがまたしても話しはじめた。

ウルフ艦長、今度のあなたは、とにかくやりすぎたようね。あなたもうすうす予測がついたかもしれないけれど、わたしは〈ブルー・ジャケット〉からの作戦報告をすべてアーカイヴに送るより先にわたしにじかに届くようにフラグを立てておいた。あなたにとって最後となる航行の任務分析は、わたしがおこなうつもりだったから。

エイリアン？　エイリアンですって、ウルフ艦長？　そしていっそうの侮辱を加えるために、あなたはさらなるでたらめのデータ・ファイルを送ってよこした。表向きは、あなたのばかげた、浅はかな報告を裏づけるために。情報をざっと拾い読みしてわかるかぎり、あなたはオプロトム星系に寄り道していたようね。本来のミッションからは遠く離れた、そしておそらくはその前から微妙なものだったワルシャワ同盟とヘイヴンの関係にいっそうのダメージを負わせて。あなたの艦からの報告は、どれもまだアーカイヴには送っていない。あなたの扱いをどうするか、まだ決めかねているから。どうやらあなたは、正気を失っているようで、残念ながらあなたにこのまま〈ブルー・ジャケット〉の指揮をまかすことはできない。このメッセージを受けとった時点から、あなたは任務を解かれたものと思って。今後はライト中佐が艦長代理を務め、新たな指令を実行する責任を負うことになる。〈ブルー・ジャケット〉をただちにジェリコ・ステーションに戻すこと。いまの時点であなたはまだ逮捕されないものの、戻ってきたら刑事責任に直面するものと覚悟しておいて。ウィンタース大将からは以上。

画面のウィンタースが笑みを押し隠そうとして、うまく隠しきれていないのをジャクソンは見てとれた。

「ふうむ……こいつは興味ぶかい」と彼はつぶやいた。端末のモニターを拳で打ち砕こうとしかけたそのとき、ハッチを一度ノックする音が彼をさえぎった。「入れ！」

「艦長」とセレスタがいいにくそうに声をかけた。

「すわってくれ、中佐」彼は疲れたようにいった。「きみのほうも通信プラットフォームから時間差で受けとったメッセージについて、わたしに報告しにきたんだろうな。ウィンタース大将からの」

「イエッサー」彼女は椅子に腰をおろしながらいった。

「それについて、きみはどう思う?」

「なんといっていいのかよくわかりません。大将からのメッセージでは、あなたが送った報告の最初の要約だけを読んで、データ・ファイルは開こうともしなかったと認めていました。あなたがこのすべてをでっちあげていると考えているようで、彼女が報告をブロックしてデータ・アーカイヴに送らないつもりなら、艦隊専属の情報分析家の目には一度も触れることがないでしょう」

「要点はそこだ」とジャクソン。「誰もが口をはばかる、巨大な悪《あ》しき存在について話しあうとしようか?」

「おお……はい」彼女は落ちつかずに身体を揺すった。「わかってます、わたしがこの艦に乗り組んだのは、彼女とわたしがこっそり手を結んでいて、あなたを踏み台にしてわたしが艦長になれるように、便宜をはかる口実を探していたのだろうとあなたが考えていることは」

「そんなふうなことが、頭にちらっとよぎりはした」彼は冷《ひ》ややかにいった。

「ウィンタース大将は確かにわたしに近づいてきました」セレスタが認めた。「彼女はあなたを文字どおり嫌悪しています。つまり、信仰のごとき熱心さであなたを心から憎んでいます。彼女があなたについて話したことは、それが本当かどうかは別にして、わたしとしても気持ちのいいものではありませんでしたが、副長として仕える機会が得られるというだけでも、そのことを聞き流すには充分でした。あれは明らかに権力を振りかざしたとんでもない横暴で、確執のある部下に上司が罰を与えようとしているのだろうと」

「簡潔な評価だな」ジャクソンは疑念が正しかったとわかってうんざりしつついった。

「わたしとしては彼女の指令に従うつもりはなく、この艦の指揮権をあなたから奪うつもりもありません。〈ブルー・ジャケット〉はあなたの艦です。あなたのやり方を知っていればこそ、わたしを職からはずすのが最善だと思うのでしたら、こちらとしても理解はできます」

「腹を割って話す段になって、きみはすっかり打ち明けてくれた」ジャクソンは少ししてからいった。「きみはすぐれた副長で、今回のこれがすべて片づくまで、きみの力が必要になるだろう」

「ありがとうございます」

「ただし」といって、彼は指を一本立てて制した。「きみがウィンタースに楯突いて自分のキャリアを危険にさらしたくないというのなら、それも理解できる。きみを職務からはずして、ヘイヴンに戻るまで居室に閉じこめておくこともできる。そうすれば、もっともらしい言いわけになるし、きみの勤務記録に疵《きず》はつかない」

「わたしを逮捕するという親切な申し出には感謝しますが、わたしとしては持ち場にとどまりたいと思います」

「前もって警告しなかったとはいわないでくれよ」彼は笑いながらいった。「そうそう……メッセージがもう一通あって、送り主が誰かはわかっているような気がする。おそらく、きみもここにとどまって、いっしょに見たいだろう」

ジャクソンはモニターの向きを変えて彼女にも見えるようにしてやってから、キーを叩いて次のメッセージをスタートさせた。彼がにらんだとおりの人物からのものだった。それが誰かわかると、セレスタがかすかに息を呑むのが聞こえた。いまでは身だしなみや衛生観念が明らかに以前より欠けているにしても、この顔は見間違えようがなかった。

画面では、諜報員のパイクが口を開いた。

やあ、艦長。きみからのメッセージを受けとったよ。つまり、ほんとにくそいまいましいエイリアンが？　わお。そんな展開は予想してなかったよ。ともかく……きみもすでに気づいてるだろうが、そっち方面にはあまり艦隊の艦艇がいない。こっちでいろいろチャンネルを駆使して第八艦隊のケツを蹴とばして急《せ》かそうとしてるんだが、あいにくとニュー・ヨーロッパの便所の穴みたいな世界にはまりこんじまっててね。ニュー・ヨーロッパ連邦はドローン・ネットワークを維持することにあまり熱心じゃないもんで、このメッセージがうまく伝わるか、星系をふたつも越えた先で途絶えちまうのかよくわからない。

それと、ある筋《リトル・バーディ》から聞いたんだが、きみはもうじき深刻なトラブルに見舞われるようだな。ウィンタース大将がジェリコの廊下を足音荒く歩きまわって、ようやくあの地球生まれ《アーサー》めをふさわしい場所に押しこめられるとかつぶやいてたんだそうだ。〝地球生まれ〟というのはきみのことだと思うし、きみがどこに属するべきだと彼女が考えてるのかは想像するしかできない。わが情報源が正しいなら、そして彼女はたいてい正しいんだが――少なくとも、仕事に関しては――ウィンタースは〈ブルー・ジャケット〉の指揮権をライト中佐にまかせるつもりだろう。

今回のこれが、きみがヘイヴンに報告したことのせいなのか、それとは関係ないのかまではわからないが、どっちにしても、きみがその艦の指揮権をたもてるように何か手を打てることを祈っておくよ。戦術が不足してたにしても、きみはオプロトムであれに突っこんでいくだけの本物の度胸を示した。そっちであの怪物とさらなる大殺戮とのあいだに立ちはだかることのできる艦艇は、きみの〈ブルー・ジャケット〉だけってことも大いにありうる。プレッシャーをかけるつもりはないが。

とにかく……こっちからもツテを頼ってはたらきかけてみる。きみはそっちにとどまらないといけない。どんなことでもいいからやってみて、あれがこれ以上地球連合の支配する世界に、恐ろしい血まみれの傷痕を残していかないようにしてくれたら、あとでビールでも一杯おごってやろう。きみがそのときまで生きてるとすればだが。以上。

「この男はいったい誰なの？」ビデオがぷつりと消えると、セレスタがもらした。

「ほら、ミスター・アストン・リンチだ、オーガスタス・ウェリントン上院議員の補佐の」ジャクソンはすました顔でいった。

「艦長――」彼女がかっとなっていいかける。

「パイク捜査官だよ」ジャクソンは手のひらを突き出して彼女を押しとどめながらいった。

「彼は中央司令部情報局《CIS》のスーパー諜報員《エージェント》だ。ミスター・リンチというのは、彼のたくさんある変装のひとつのようだ、わたしの知るかぎりでは」

「つまり、彼は最初からCISのエージェントで、われわれの艦にただ乗りしてたわけですか？」とセレスタが問いただした。この件すべてにとても怒っているようだ。ジャクソンはいぶかしげに目を細めて相手を注視した。

「彼はリンチとして別のメッセージをきみにも送ってきた、そうじゃないか？」彼は抜け目なく尋ねた。「われわれはネットワークを利用できない状況にあったため、ついさっきやってきたわけか」

セレスタは動揺して、頬を真っ赤に染めた。

「答える必要はないぞ、中佐。そしてそう、彼はまさしくエージェントで、今回のミッションの助けにもなってくれた、ある意味で」

「それで、われわれの次の一手は？」セレスタが尋ねた。「もしもパイク捜査官が――」彼女はこの名前をまさしく吐き捨てるようにいった。「――信頼できるとすれば、ここにいるわれわれは、最初にして最後の防波堤かもしれません」

「考えただけでも恐ろしい見込みだな。いまのわれわれはとうてい戦える状態ではないし、今度出くわしたとき、あの怪物が手心を加えてくれるとも思えない」

「本当にあれが手加減していたとお考えですか？」

「それについては疑いの余地もない。あれはわれわれを近づけて一発撃たせ、われわれがどの程度の脅威なのかさぐろうとした。結果的に、たいした脅威でもないことがわかった。もしまたあれと出くわすことがあれば、命を懸けて戦わないといけない気がする」

「艦長、ブリッジにお越しください」とコンピュータが告げて、セレスタが次の質問をしようとする前にさえぎった。

「またあとで話しあおう」ジャクソンはそういって椅子から立ち、汎用制服のしわを伸ばした。

「惑星ポデレの軌道に入りました、艦長」ブリッジに入ってきた二人に、デイヴィス少尉が告げた。

「ここの政府とのコンタクトは？」

「イエッサー」第二当直の通信士官が答えた。女性の声であることに気づいてジャクソンは振り向き、通信ステーションのクルーが交替したことを心に書き留めた。「彼らはわれわれを歓迎してくれ、高軌道にとどまり、港に入ってくる貨物船には近づかないようにと頼んできました」

「まずまずのはじまりのようだな」とジャクソン。「惑星の代表者と、緊急の繊細な問題について話しあう必要があると伝えてくれ。彼らを代表して決断できる権限のある者と」

「アイ、サー」

「少なくとも艦首のダメージを修理できないと、われわれは困ったことになりますね」とセレスタがいった。

「必ずしもそうというわけではない」とジャクソン。「この艦はノーズでパンチを受けとめられるようにつくられている。艦首の照準レーダーをなくしたことは少し不便ではあるが、左舷側のビームはほぼすべて機能している。通り過ぎざまにはなつのにはなかなかの威力だ」

「確かにそうですね。だとしても、またセンサーが使えるようになるとありがたいですが」

「その点に異論はない」とジャクソン。

「艦長、惑星の代表者は九時間後にあなたと話せるそうです」通信士官が、ほとんど謝るような口調でいった。「現地では夜の時間帯に入ったところで、みんな帰宅してしまったというんです。状況の緊急性を強調してみたんですが、向こうはまったく受けつけずに無視しているようでして」

「ありがとう、少尉」とジャクソンはねぎらって、椅子の背にもたれた。「九時間も高軌道にとどまったまま待たされないといけないのか？　向こうの誰かが夕食に遅れたくないというだけのために？」

「そして、あと九時間は〈ブルー・ジャケット〉を修理できないことはいうまでもなく」とセレスタが同じくいらだったようすでいった。

「通信《コムズ》、可能なかぎり早急に連絡をもらいたいといってくれ」ジャクソンは告げた。「彼らの惑星について、信憑性《しんぴょうせい》のある脅威が迫っていることを話しあう必要があるとくり返すんだ。デイヴィス少尉、認証コードを使って、通信ドローン・プラットフォームとのチャンネルを開いてくれ。いまのところは、アクセスをわたしの個人コードだけに限定するんだ」

「少しお待ちください」とデイヴィス。

「データ・パケットと送り先のアドレスは、もうじききみに転送する」

そう告げたときには、ジャクソンはすでにシートの肘掛《ひじか》けに据えつけられている端末を猛烈にタイプしていた。今回のメッセージはビデオにする必要はなかった。デイヴィス少尉が通信プラットフォームとの交渉を終えるころには、ジャクソンは通信文書を書き終え、適切なデータ・ファイルを添付して、暗号化したデータ・パケットに封入した。

「ファイルをきみに送っておいた」ジャクソンは彼女に告げ、指令担当ステーション《OPS》のほうに歩いていった。「艦隊のオーバーライド権を使って、ドローンをいますぐ発射できるようにしてくれ」

「イエッサー」とデイヴィスがいって、端末画面に忙しく指をはしらせた。「ドローンは五分以内に発射されます」

「われわれの通信ドローンは、あとどれだけ残っているんだ？」

「艦内のドローンはあと八機です」

「オーケイ、みんな」ジャクソンはこう呼びかけながら、ブリッジの中央に歩いていった。「交替の当直要員を呼んで、きみらは少し食べて休むといい。ポデレ政府はわれわれを一日の三分の一以上も待たせるつもりらしく、きみらには交渉がはじまるときにしっかりと休息をとって戻ってきてほしい。われわれは修理のためにドッキングするか、この星系を急いで離れるかになるだろう」

これを聞いて、ちょっとしたざわめきがはじまり、交替の当直要員が呼ばれ、ブリッジ・クルーが長いシフトのあいだにそれぞれに持ち寄ったコーヒーマグやほかの私物を集めはじめた。ジャクソンが見守るうちに、彼らは交替要員に手短に任務を引き継ぎ、食事や仲間としゃべったり、睡眠をとるためにブリッジを離れた。おそらく、惑星の政治家たちがすべての問題を処理して、艦隊所属の駆逐艦がこの辺境の星系に滞在する許可が得られるまで、彼らはこのエリアを離れられそうにない。その点を告げずにおいたことに、ジャクソンはちくりと罪悪感を感じた。

しかしながら、罪悪感以上のにぶい痛みがすべてに影を投げかけていた。エイリアン船がこの星系を見つけるのではないかという不安や、シーアン星系を離れて以来、ろくに睡眠も食事もとっていなかったせいで、肉体的な不調があらわれはじめていた。さらには、この同じ不安のせいで、違法のバーボンを隠してある引き出しからはここ数年で記憶にないくらい長いあいだ遠ざかっていたために、アルコールの禁断症状にも苦しめられていた。このふたつが合わさって、かすかな頭痛が絶えずこめかみにとどまりつづけ、宇宙船のブリッジ内ではごく日常的に聞こえているビープ音や話し声までが、ほとんど耐えがたいものになっていた。

少し飲めば正常な自分に戻れるとわかってはいたが、駆逐艦を指揮する能力に支障をきたす怖れのあることをするのが怖かった。自分が過去二百年でただ一人の、実戦経験がある艦長だという事実が恐ろしかった。たとえ、たった一度通過したさいに、敵と一発やりあっただけだとしても。その現実が心に染みこむにつれ、最後の瞬間に騎兵隊が救援に駆けつけてくれることなどありはしないのだと気づいた。この付近にはどこにも戦闘艦など存在しないし、未知の敵と対峙してもまったく動じないような、経験豊かで気むずかしい元帥などどこにもいない。彼だけだ。

「大丈夫ですか？」とセレスタが小声で尋ねて、考えこんでいた彼を現実に立ち返らせた。

「もちろんだ、中佐」と彼はいって、咳払いをした。「なぜかな？」

「急に顔が青ざめたうえに、ひどく汗をかいておいでです。あなたも少し睡眠をとってくるべきかもしれませんね。わたしが最初の当直を引き受けて、その次はピーターズ大尉を呼ぶことにしましょう」

「悪い考えでもないな」彼はほっとした気持ちを隠そうとしていった。「きみにブリッジを預ける、中佐」

ブリッジを離れていくあいだ、背中にじっと注がれる彼女の視線を感じとれた。急いでいると見えないようになんとかよそおった。

予定していたように艦長室に戻るのではなく、気づいてみると彼はリフトで二デッキ降りて居室に戻っていた。汎用制服を脱いで椅子にほうると、疲れてベッドにすわりこむ。何も考えずにブーツを脱ぎ捨てると、そのままばたんと横になった。

「タイマーをセットする」彼はコムリンクに告げた。「いまから五時間後に」

コムリンクのかん高い音がして、彼の指示を了解したことを艦内コンピュータがやわらかな声で知らせた。重要度の低いメッセージは遮断して、邪魔の入らない数時間の眠りを彼に提供してくれる。

こうして彼は、全滅した惑星のイメージであふれた、安らげない眠りにまたしても落ちていった。

# 15

ピーッ、ピーッ——

コンピュータがどれくらいのあいだ彼の注意を引こうとしていたのか、ジャクソンにはわからなかった。ぐったりと身体を起こしたものの、眠りについたときよりもさらに疲れて感じられた。時計を見て、わずか三時間しか寝ていないことがわかった。

ピーッ、ピーッ——

「なんだ？」彼は目をこすりながら呼びかけた。

「艦長、こちらはピーターズ大尉です」そこには実体のない指令担当士官《OPS》の声が、天井のスピーカーからただよい出た。「お邪魔して申しわけありません。ですが、少し妙なことがありまして」

「〝妙なこと〟というのを明確にしてくれ、大尉」

「外縁の小惑星帯にある自動採掘装置の追跡信号が、ついさっき急に消えたのです。惑星の連中にコンタクトしてみたのですが、こんなふうに断続的な不具合がときどきあるそうです。六時間以上信号が復旧しないのでもないかぎり、確認する予定はないとのことです」

ジャクソンの血の流れが凍りついた。

「それがばかげていることはわれわれのどちらもよくわかっているはずだな、ピーターズ」彼はそういうあいだにも、ブーツをつかんだ。「総員配置を命じろ。1‐SSコンディションで。わたしもすぐに向かう。ディヴィスがそこにたどり着いたら、きみは戦闘指揮所《CIC》に向かえ」

艦内全域に呼びかける声が響きわたった。


**総員配置！　総員配置！**

**総員に告ぐ！　戦闘配置につけ！**

**1‐SSコンディションで即時の戦闘活動に備えよ！**


ジャクソンはピーターズの派手な呼びかけにあきれて目を上に向けつつも、汎用制服の上着を羽織り、ブーツがひとりでに収縮して足にフィットするのを感じた。一日ぶんの無精ひげが顔にざらついて感じられるし、息はゴミ箱のようなにおいにちがいないとわかっていた。不合理なことながら、シャワーを浴びて何か食べるひまもなく攻撃してきたエイリアンに対して恨めしさを感じながら、居室をとび出すとブリッジをめざして駆けだした。

「報告せよ！」彼はブリッジに足を踏み入れるなり怒鳴った。

「いまのところ、エイリアン船の姿はありません」とディヴィス少尉が告げた。彼女のほうも、まだ汎用制服の上着のボタンを留めようとしているところだ。「採掘場のプラットフォームからの信号もまだ復旧していません」

「通信ドローン・プラットフォームはまだ応答があるのか？」

「イエッサー」とケラー中尉が報告する。「クロック信号やステータス信号はなおもしっかりと安定しています」

「賭けてもいいが、やつらはあそこを最初に狙うはずだ」ジャクソンはそういって、メイン・ディスプレイにインポーズされた、星系を二次元で表現した略図を見ながら、猛烈に頭を回転させはじめた。「少なくとも、惑星を攻撃するさいに、まずは長距離通信施設をつぶしておくべきことくらい、やつらは学んでいるにちがいない」

彼はさらに少し思案して、自分の考えが正しいと確信した。

「操舵手！ メイン・エンジンの出力を上げて、軌道を離れる準備にかかれ。通信《コムズ》、ポデレの地上で呼びかけに応える者がいれば、敵である可能性のある船がこの星系に入りこみ、われわれはそれをインターセプトするため軌道上から移動すると報告しろ。航法《ナヴ》、通信プラットフォームに向かうもっとも効率的な針路を教えてくれ」

「やつらを迎え撃つんですか？」とディヴィス少尉が尋ねる。「われわれのこの状態で？」

「われわれのこの状態はな、少尉、われわれこそがこの星系内で反撃できる牙をもった、人類側の唯一の艦艇だということだ」ジャクソンは自分でも感じていない自信をこめていった。

「あれとの最初の戦いでがつんと一発殴られたからといって、ここで暮らす人々が確実に死ぬことになるとわかっていながら置き去りにするつもりはない」

「針路をプロットし、メイン・エンジンもオンラインになりました」と操舵手が報告した。

「よし」ジャクソンはそわそわと歩きまわらずにいるために、自席に腰をおろした。「全速前進」

「全速前進します」操舵手が復唱し、スロットルをスムーズに最大限まで押し上げた。ブリッジは激しく振動し、メイン・エンジンが〈ブルー・ジャケット〉を推進させ、軌道を脱出できる速度へと高まっていった。

「OPS、すべての兵器を充電して準備しておく必要がある」ジャクソンは告げた。「原子炉四基すべてを八十パーセントで稼働させ、コンデンサー・バンクすべてに充電してもらいたいと機関部に伝えろ。戦術《タクティカル》、兵器が使用可能になったら、ステータスを承認しろ。艦首砲塔の発射管にシュライク・ミサイルを装塡するんだ」

「シュライクをですか？」戦術士官が困惑して尋ねる。「アヴェンジャーではなくて？」

「アヴェンジャーが強力なことはわかっているが、シュライクのほうが速くて射程距離も長い」ジャクソンはこう説明しながら、クルー全員が実戦経験を欠いていることを思い出し、艦長の命令に部下が疑問を投げかけたことを頭ごなしに叱責しないようにつとめた。「小型のミサイルで試してみてから、もっと大きなやつを装塡しなおす時間は充分にある」

「イエッサー。使える艦首砲塔すべてにシュライクを装塡するよう命じます」

ジャクソンはもう一度メイン・ディスプレイを見上げ、軌道を離れて通信プラットフォームに向かうまでに惑星をスイングバイしないといけないことを見てとった。予備のターゲット捕捉レーダーであの呪わしい船をスキャンできる範囲に入るだけでも、少なくとも九時間半はかかる。

「通信ドローン・プラットフォームを失う前に、あそこからドローンをいくつか発射させましょうか？」

セレスタが尋ねた。ブリッジ内のほかの誰とも同じく、彼女の顔がげっそりとやつれていることに気づき、総員配置が呼びかけられたとき、彼女はシフトを交替したばかりだったことをジャクソンは思い出した。

「誰に向けて？」彼は声を中立にたもとうとしながら尋ねた。「われわれのコードを載せた通信はすべて足どめをくう……隘路《チョークポイント》で。それに、これが誤報だという可能性もある」

「本当にそうお考えですか？」

「いや、本当に思ってはいない」彼はため息をついた。「わたしがやつらをこの星系に引き連れてきたようなものだ。わたしの軽率さのせいで、ポデレで暮らしているすべての男女、そして子どもまでも死なせることになるかもしれない」

ケラー中尉が告げた。

「通信ドローン・プラットフォームからの信号が、ついいましがた停止しました」彼らはそこをめざして三時間あまりも急いでいたところで、メイン・エンジンをフルパワーで稼働させつづけることによる激しい振動のため、座席にすわったままの彼らはぐったりしていた。

「針路をアップデートせよ」ジャクソンは告げた。「敵はプラットフォームから最後に報告があった位置を中心として半径十万キロ以内にいると推定できる。操舵手、針路を調節しろ。ノーズをやつらに向けておきたい」

「アイ、サー」

「航法《ナヴ》、われわれの加速度は？」

「五千百メートル毎秒デルタVです、艦長」航法ステーションについている航法長が報告した。

「操舵手、メイン・エンジンをとめろ」ジャクソンは頭の中で計算しながらいった。「ゼロ推進にして、針路を維持せよ」

「ゼロ推進、了解です」と操舵手が応答した。「メイン・エンジンはアイドリング状態になりました」

「われわれが燃焼している推進剤では、これ以上の速度はあまり見込めない」ジャクソンはセレスタに説明した。「そればかりか、エンジンをこれだけ激しく燃焼させつづけることで、われわれはみずから小型新星《ミニノヴァ》なみに明るく照らしている」

「すでに見つかっているものと考えておく必要がありますね」とセレスタ。

「おお、向こうもわれわれがここにいることは知っているとも、もちろん。われわれの知るささやかな行動パターンをやつらが踏襲するとすれば、通信プラットフォームが破壊されたあとで、すぐにわれわれのもとにやってくるだろう」

「気の休まる予想ですね」と彼女が応じた。ひきつった表情は気楽な口調と相反している。

「戦術《タクティカル》、予想される交戦域の六万キロ以内に近づいたら、能動《アクティヴ》スキャンのセンサーを入れていいぞ」ジャクソンはいった。「惑星ポデレから離れるのにあれだけ猛烈な加速をしたんだ。当然敵に見つかったにちがいないが、移動のあいだじゅう、われわれの正確な現在位置を教えてやる必要はない。OPS、初期の航行状況と戦術システムすべてのステータス報告を、十五分以内にわたしの端末に送っておくようシン機関長にいってくれ」

それからの二時間は、通信プラットフォームが最後に確認された位置座標に向けて駆逐艦が近づいていくあいだ、これといった出来事もなく過ぎていった。クルーたちが自分の任務に忙しく取り組むあいだ、ジャクソンは彼らの背後からのぞきこんだり、うろつきまわったり、不要な命令をくだしたり、激励の言葉をかけたくなる衝動を必死で抑えこんだ。シン少佐から送られてきた最新のステータス報告は、ダメージを負っているにしても、おそらくオプロトムで敵に遭遇したときよりも〈ブルー・ジャケット〉の戦う準備ができていることを示していた。

「反応がありました！」と戦術士官が声を上げた。「通信プラットフォームの予想位置付近に、デブリのちらばったフィールドがあります。密度の測定値はプラットフォームの建材と一致していますが、建築物すべてを説明づけるだけの量はありません」

「これまでのどの例とも同じだ」とジャクソン。「少なくとも、これでわれわれが誰を相手にしているのか百パーセント確実になったわけだな。能動スキャンのセンサーをすべてハイパワー・モードにしろ。あの化け物を見つけるんだ」

「ハイパワーにします」

「操舵手、ノーズを七度下げて、メイン・エンジンを使え。半速前進で」ジャクソンはこう命じるあいだにも、デブリのフィールド分布を確認した。「あれに近づきすぎて動けなくなる前に、下にもぐろう」

「半速前進します」操舵手が復唱した。「操舵は新しい針路に対応しています」

ジャクソンが黙って見守るうちに、新たに投影された針路がメイン・ディスプレイのコンピュータ上に点線として加えられ、艦が余裕をもって航行上の障害物を回避できることを示した。

「新たな反応がありました」戦術士官が少しためらいがちにいった。

「ふむ」ジャクソンが、あまり鋭くなりすぎないように注意していった。「それというのは？」

「コンピュータはデータを解析するのに苦しんでいます。どうやらあれは、なんらかの合金でつくられているのではなさそうです」

「とにかくディスプレイに表示してみろ」ジャクソンは命じた。

ステーションのデブリ分布の背景にインポーズされた、センサーの回答値によるぼんやりした姿を彼は注視した。正確に距離をたもち、デブリの向こう側を進んでいる。そして彼らが予想していたよりもはるかに近かった。もっと早く警戒すべきだったとジャクソンは悔やんだ。

「センサー値の異常箇所を狙って、シュライクを撃て！」

彼は怒鳴った。その大声が戦術士官を動揺させたらしく、この男の指が端末の上でぴたりと凍りつき、まさしく顔面蒼白になった。

「さっさと撃つんだ、ばかめ！」ジャクソンは実際に叫んでいた。それでも士官が反応しないのを見てとると、ジャクソンは椅子からとび上がって立ち、戦術ステーションに駆け寄って士官の肩をつかんだ。「おまえを任務からはずす。どけ。いますぐに！」

動揺した士官はほとんど席からほうり出され、ジャクソンはそこにすわりこむと、シュライクの照準システムで異常な存在を挟みこみ、有効な標的ではないと抗議するコンピュータをオーバーライドした。それから十秒もたたないうちに、発射コントロール・スイッチを覆っていた保護用の赤いカバーをさっとめくり上げ、兵器の使用を認可した。

高速で威力の低いシュライク・ミサイル四発が、艦腹の発射管から二発ずつ、標的めがけて猛烈な勢いでとび出していった。ミサイルが飛んでいくそのあいだにも、ジャクソンは発射管にアヴェンジャーを装填しなおすよう要求した。

「標的が動きはじめました」デイヴィス少尉が告げた。「デブリの下をくぐってわれわれのほうに加速してきます」

「操舵手、緊急全速前進！」ジャクソンはこう呼びかけながら、戦術ステーションのコンソールごしにディスプレイを見やった。「あの船よりも下にもぐりこめ」

「緊急全速前進」と操舵手が復唱して、スロットルの安全のためのロックをオーバーライドし、許容限度を越えてエンジンを押し進めた。ブリッジ内の振動と騒音はすさまじいものになった。

「標的が速度を落とし、ノーズ部分に熱が高まっています」セレスタが声を上げた。ジャクソンが戦術ステーションに移動したときに、すかさず彼女は指揮官席に移って、艦長に送られてくる情報の流れを制御し、彼が敵船を相手に戦うことに集中できるようにしていた。

「あれはシュライクを破壊するつもりだろう」

ジャクソンは〈ブルー・ジャケット〉のさまざまなセンサーを調節し、猛然と飛んでいくミサイルからできるだけ多くのデータを記録していった。確かに、エネルギーの閃光で艦首のセンサーが一時的に使用不能になり、ミサイル四発にリンクしていたセンサーも、標的に衝突するかなり手前でミサイルが消滅したことを告げていた。

「二度も同じ手はくわないか」と彼はつぶやき、アヴェンジャーの標的データを入力していった。

「われわれはまだヘビービームの射程に達していません」ディヴィス少尉がOPSステーションからできるかぎりジャクソンをアシストしながら告げた。

「了解」と彼は応じた。「操舵手、エンジンに注視しておけ。プラズマ室《チエンバー》の温度が変動しはじめたら、わたしに警告する必要もない。パワーを落とすんだ」

「イエッサー」

「標的の右舷側で、またプラズマの熱が上昇しています」

デイヴィスが警告した。ジャクソンが距離を確認すると、まだ七万キロ近くあった。〈ブルー・ジャケット〉は緊急加速しているため、このまま進めば数分以内に四万八千キロの距離で最接近し、それ以降はまた遠ざかることになる。たとえ化学反応のまったく見られないドライヴを使っているにしても、彼らがかなりの距離を広げるまでに巨大なエイリアン船がすばやく向きを変えて追ってくるとは考えにくい。

「そのままの針路を維持せよ」

彼は告げた。艦首のミサイル発射管にアヴェンジャーが装塡されたという報告を受けたが、いまでは標的との距離がちぢまりすぎて、発射したあとでミサイルに追尾させる余裕がない。アヴェンジャーは迎撃タイプのミサイルで、向かってくる標的の針路をまっすぐに横切るときがもっとも有効に機能する。ジャクソンが使用可能な兵器の表示を確認すると、艦首右舷側には使えるヘビービームがひとつもなかった。敵が何をしようとしているにしても、彼のほうでは応射できそうにない。

「標的がそれまでの針路から逸脱した方向に加速しています」セレスタが警告を発した。

「すみやかに距離を詰めてきます！」

「操舵手、右舷のスラスターを使え。艦首と艦尾の両方を！」

ジャクソンは命じた。迫りくる怪物の針路から〈ブルー・ジャケット〉を横にずらして離れたかったが、小型の姿勢制御スラスターは艦の向きを変えるためのものでしかなく、まったく別の位置に押しやるためのものではない。

「効果はありません、艦長」と操舵手が報告した。「慣性が大きすぎます」

「推進をとめろ」ジャクソンはいらだっていった。「ライト中佐、右舷側の区画に局所限定の警告を出せ。そこを脱出して、ダメージ・コントロール・チームを準備するように指示を出すんだ。今度のやつは、前回のようなさぐりを入れるジャブとはわけがちがう」

「敵船からプラズマがはなたれました」

ディヴィスが告げた。恐怖で声がひきつっている。ジャクソンはディスプレイを注視した。センサーに映し出された高エネルギーの熱のゆがみが、猛烈な勢いで迫ってくる破壊的なプラズマの襲来を知らせていた。ジャクソンはどうすることもできず、いらだちつつ見つめるしかなかった。迫りくる筋を避けようにも、衝突前に〈ブルー・ジャケット〉が針路を変えることなどできるはずもない。

「七秒後に衝突します！」

「警報を出せ」ジャクソンはクラクションが艦内全域に響きはじめるあいだにもいった。

数秒の静けさのあと、それは復讐の神の怒りが駆逐艦の中央部を襲ったかのようで、この一撃によって艦腹がかん高い音をたて、装甲がゆがんだ。ブリッジ内に警報が鳴りわたり、すべてのディスプレイに警告がスクロールしていく。

「右舷に直撃しました！」ディヴィスが警報に負けない大声で叫んだ。「影響を受けたエリアから、艦腹の亀裂が報告されました。デッキ4から7のセクション27から35までが宇宙空間に剝き出しの状態です！　すでに内部ハッチが閉じて、ダメージ・コントロール・チームに通報されました」

「犠牲者は？」ジャクソンは敵船の動きを追うほうに意識を集中しようとしたまま尋ねた。

「クルー九名の安否が不明です」

ジャクソンは喉にこみあげてきた苦い液体を呑みくだした。

「戦術センサーが示しているものを確認してみろ。敵は速度をゆるめて、旋回しているのか？」

「確認しました」とセレスタが指揮官席からいった。「旋回するだけでなく、われわれには不可能なほどの加速をしています。現在のところ五百Gで、さらに加速中です」

「ありえない！」航法ステーションの当直士官が耳ざわりな声を発した。

「そうでもなさそうだ」ジャクソンがけわしい口調でいった。「デイヴィス少尉、兵器班の誰かに連絡をつけて、艦尾の発射管がまだ使用不能なのか確かめてみてくれ。わたしのディスプレイにはステータスが表示されていない。操舵手、エンジンは無事だったか？」

「スロットルを八十パーセントに戻さないといけませんでした、艦長」と操舵手が申しわけなさそうにいった。「プラズマ室《チェンバー》の温度が危険域に達して、エンジン2の出力が不安定化しはじめましたので」

「よし」とジャクソン。「引きつづき、状況を知らせてくれ」

機関部はすでにエンジンの状況をわかっているだろうから、交戦のさなかにわざわざシン機関長を呼び出して作業の邪魔をするつもりもなかった。〈ブルー・ジャケット〉はたったいま、ブリキのツナ缶のように艦腹がめくれあがったところだというのに。艦を指揮しながら戦術ステーションの操作に集中しようとすることのストレスのツケがまわりはじめていた。はっきりわかっているのは、この戦闘がもうじき終わりを迎えるだろうということだけだ……どちらが勝つにしても。

「敵船はインターセプト・コースで近づいてきて、あと二分でわれわれの右舷から離れはじめます」セレスタがあらゆるセンサーの供給値を確認しながらいった。

「操舵手、ゼロ推進に」とジャクソンは命じた。「〈ブルー・ジャケット〉をZ軸に対して百八十度旋回させ、エンジンを全速後進にせよ」

「イエッサー」

操舵手が必死に旋回を実行しつつ、通常の返答を省略して告げた。〈ブルー・ジャケット〉は重たげに旋回をはじめ、ついにはすっかり後ろ向きに飛んで、いまや追ってくるエイリアン船のほうをノーズが向いた。エンジンが回復するにつれ音のピッチが変わり、それまでの推進がいまでは駆逐艦を全力で後ろに加速させていた。

「もう少し右舷に振ってみろ」ジャクソンはそう命じるあいだにも兵器を選択した。「できれば、やつらの左舷を狙いたい」

「イエッサー」

「敵船があと七十秒でわれわれに追いつきます」

ディヴィスが張りつめた口調でいった。ジャクソンは左舷のヘビービームをすべて選択した。全部で十八基のパルス・レーザー投射機で、舷側に二百ペタワット近いレーザーを放出できる。厚さが数メートルはある宇宙船の船腹用素材を数秒でどろどろにできるほどの威力だ。投射機は巨大なコンデンサー・バンクから電力を供給され、二度の発射でたくわえがつきるはずだ。そのあとは、いったん交戦をやめて、ほかの兵器を使ってなんとか敵を寄せつけずにたもち、原子炉からもう一度充電されるのを待つしかない。

残念ながら、コンデンサーも艦内のほかのすべての装備と同じくらい古く、残りの兵器と同じくらい長いあいだ放置されてきたため、どうにかあてにできそうなのは、システムがダウンするまでに一発、しかも不完全な一撃だけだ。そうだとしても、これは彼の手中にあるもっとも有効な兵器で、何があってもこれを使うつもりだった。彼はカスケードファイヤー・モードを選び、迫りくる標的をハイライト表示した。とりわけ、プラズマの熱が高まったところとおぼしき、左舷のエリアを。

「やつらとすれちがうさいに撃つつもりだ」ジャクソンはいった。「推進を反転させてブレーキをかける準備をしておけ」

「艦長、エイリアン船が減速しています」

セレスタが告げた。彼も自分のディスプレイを確認すると、敵船が猛烈に減速しはじめたのが見えた。このままいけば、彼らの左舷側わずか千五百メートル程度の距離で相対的に並ぶことになる。

「悪い予感がする」ジャクソンはつぶやいた。「やつらはこの艦を捕獲しようとしているのかもしれない」

「なぜですか？」

「敵の戦術についてはあとで話しあえばいい、中佐」とジャクソンはそっけなくいった。「一撃離脱《ヒット・アンド・アウェイ》作戦に備えて、あらかじめオーティズ少佐に警告しておいたほうがいい。乗り移ってくる敵を海兵隊が撃退しないといけなくなるかもしれない」

彼らが黙って待ちつづけるうちに、敵が射程内に入り、じりじりと近づいてきたが、注意ぶかくミサイル発射管の少し後方にとどまっていた。

「操舵手、ゼロ推進に」ジャクソンは告げた。「できるだけ艦体を安定させ、強烈なブレーキングの準備をしろ」

「イエッサー」

操舵手がかすれた声で応え、おびえた顔つきでディスプレイを見つめた。エイリアン船が暗闇のかなたから近づいてきて、大きく立ちはだかるのがまさしく見てとれるようになったからだ。

「サー？」とセレスタがささやき声で呼びかけた。非合理的なことだが、声が敵に聞かれかねないとでもいうように。

「発射！」とジャクソンは告げて、またしてもスイッチをはじき、強烈な一斉射撃をくらわせた。

敵船のノーズ部分に閃光がはじけ、そして新たな警報の嵐がはじまった。端末にすばやく目をやると、投射機のうちわずか二門が、それぞれ一度ずつパルス・レーザーをはなっただけで電力が途絶えた。標的に向けられていた光学センサーからの映像を目にした彼は、心が沈んだ。はなたれたパルスは、奇妙に繊維のように見える敵船の素材にわずかなくぼみをつくっただけだった。

「左舷のコンデンサー・バンク用の送電ケーブルが不具合を起こしたと機関部から報告がありました」セレスタが小声でいった。「コンデンサーのうち十五基が爆発し、もうひとつからは強烈なアーク放電が生じて、技術者が一人死に、艦内中央のスラスター制御システムも破壊されました」

ジャクソンは〈ブルー・ジャケット〉から少し離れたところに浮かぶ船を見つめたまま、珍しくかっとなって戦術ステーションのコンソールに拳を打ちつけたため、クルーがびくっとして身をすくめたほどだった。目の前にはもっと大きな危険が潜んでいるというのに。

「何か提案は？」

彼は椅子を回転させ、クルーたちに向きなおって尋ねた。長いあいだ、誰も口を開こうとはしなかった。

「われわれを生きたままやつらの手に渡さないでください、艦長」と航法のコンソールについていた航法長がいった。

「いまのわれわれは、尻をまくって逃げることもできないのよ」とセレスタが異議を唱えた。「われわれには核兵器もない。あの船を爆破できるようなものも」

「それは正しくないかもしれないぞ」ジャクソンはディスプレイにサブメニューを表示させ、彼以外に誰も知らないシステムにアクセスするのに必要な認証情報を入力していった。

「艦長、敵がまた動きはじめました」とデイヴィス少尉が告げた。「われわれのほうにゆっくりと近づいてきます。接近率は毎秒十メートルです」

「この傲慢なやつらは、われわれがこれ以上ダメージを与えられないことがわかっているんだ」

ジャクソンは歯ぎしりして吐き捨てた。慎重にコマンド・シーケンスを入力していくあいだ、クルーがいぶかしげに向けてくる視線のことは無視した。そのうちに、ディスプレイの左端に緑色のインジケーターが点滅した。彼は顔を上げ、自分でも信じられない思いで目をしばたたいた。

「いったい、なぜだ?」彼はつぶやき、右の端末に入力していたスクリプトの手をとめた。

「サー?」とデイヴィス少尉が問いかけた。声は力強くて安定しているが、彼女の目は大きく見開かれ、手が小きざみに震えている。

「操舵手、スタンバイを」ジャクソンは告げた。「あと数分で針路変更の数値を送る」

「スタンバイします、艦長」

ジャクソンはかなりの疑念を抱いたまま、兵器ステータス・パネルの緑色に点滅するインジケーターを選んだ。このシステムが実際に動くかどうかは疑問で、もし動くとしても、相手になんらかのダメージを与えられるかはさらに疑問だ。メイン・ディスプレイの〝窓〟を見上げると、システムに電力がどっと押し寄せた上面の電磁キャノン砲の発射管二本がぴくっと動いた。希望のもてる兆候で、下面の砲台もそれにつづいてくれることを祈った。

四つのキャノンすべてに深く貫通する弾を選択し、敵船のとりわけ狙いたい部分を選択した。巨大な船はなおもゆっくりと近づいてくるところで、船腹から触手が伸びはじめるのが見えた。引っかけ鉤《かぎ》だろうとジャクソンはみなした。彼のアイデアがうまくいかなければ、あと数分で〈ブルー・ジャケット〉はあれにつかまれることになる。

「なんだろうとかまわないから、きみらが信仰している神に祈れ、みんな」

ジャクソンは実行ボタンの上に指を浮かべたまま告げた。ボタンをしっかりと押しこみ、上面砲塔がすばやく左に旋回して、銃口がわずかに下がるのを見守った。まぶしい閃光がひらめき、途方もないとどろきとともに駆逐艦が揺さぶられ、一五〇〇ミリ砲から硬いシェルで覆われた弾が極超音速で敵船めがけて吐き出された。両者の距離があまりに短いため、よけたり防御することなどできるはずもなかった。

ダメージは信じがたいほどすさまじいものだった。敵船に命中した砲弾はどれも、きれいな円形の射入口をうがった。四門の電磁キャノン砲から標的の左舷に十六発以上打ちこまれた一五〇〇ミリ砲弾は、最初の炸裂弾の時限信管に発火すると榴弾がはじけた。これが先触れとなって、滝《カスケード》のように爆発が起こり、船腹が内側から波打ち、爆発した光が外からでたりとおさまって、発電装置が再充電をはじめた。全部で二十発の砲弾がはなたれたあとで、キャノンは轟音がぴたりとおさまって、発電装置が再充電をはじめた。

すさまじい威力だったにもかかわらず、あまりにも大きな船体に比べると、影響を受けたエリアはわずかでしかなかった。しかしながら、どうやらそれで考えなおすには充分だったらしく、敵船は〈ブルー・ジャケット〉からよろよろと離れはじめ、そのあとになんらかの粘性の物質が筋を曳き、宇宙空間に吐き出されるなり、たちまち凍りついていった。

「標的が移動しはじめました！」ディヴィス少尉が安堵のあまり、ほとんど叫び声になりながら告げた。「あれの表面に、プラズマの高まりは探知できません。向こうから撃ち返すつもりはないようです」

「警戒をつづけろ！」ジャクソンはブリッジ内で広がりはじめたささやかな歓喜の声をさえぎった。「あれはどこに向かっているんだ？」

「追跡しているところです」とセレスタがいって、センサー・データを確認した。敵はすでに駆逐艦とのあいだにかなりの距離を広げていて、さらに加速していく。「どうやら、惑星ポデレに戻ろうとしているようです」

「確信はあるのか？」とジャクソンは尋ねるあいだにも、戦術ステーションを離れた。

「完全に確信があるわけではありません。ですが、あれの軌道の延長上にあるのは惑星ポデレだけです。われわれとのあいだに距離をとりたいだけなら、それまでの針路に沿ってそのまま加速したほうが簡単だったでしょう。われわれが向こうの加速に太刀《たち》打《う》ちできないことはきっとわかっているでしょうから」

「操舵手、われわれも引き返すぞ」ジャクソンは命じて、手を払うしぐさでセレスタを指揮官席からどかした。「航法《ナヴ》、われわれがすでに得ている速度を利用して、ポデレに戻る針路をプロットしてくれ。いったんとまってから惑星に向けて加速しなおす余裕はない」

「針路をプロットしました、艦長」と航法長が応えた。「弧を描いて加速し、第五惑星の重力の助けを借りる必要がありますね。そうすれば、スイングバイしてポデレにインターセプト・コースで戻れます」

「よし。操舵手、その針路で移動しよう。全速前進せよ」

「全速前進します」操舵手が応じた。〈ブルー・ジャケット〉は旋回を終えて、進んでいた方向にノーズが向けられた。

「標的の位置座標を確認せよ」ジャクソンは命じた。

「標的との距離は七万キロで、さらに広がっていきます」とデイヴィス少尉が告げた。「向こうの加速度は、われわれがさっき目にしたものと比べればわずか十五パーセントですが、まっすぐ惑星に向かっています」

「それでもわれわれより先にあそこに着くでしょうが、あまり差はつきません」セレスタがいった。「やつらのドライヴにダメージを負わせたんでしょうか？」

「わたしに理由がわかったらいいんだが」とジャクソン。あれほど大量のアドレナリンが駆けめぐった興奮状態のあとで、高ぶりはおさまりかけているものの、まだ頭がくらくらする。

「さっきくらわせた砲弾は、あの距離でかなりうまく貫入したようだ。向こうが応射してこなかったという事実からも、内部の何かをめちゃめちゃにできたのだと思う。おそらくは、連中の動力系を」

「最後の瞬間に思いついた、見事な戦術でしたね」セレスタが小声でいった。「ですが、あれはあなたが戦術ステーションで最初に取り組もうとしていたものではなかった、ちがいますか？」

「そのことについては、あとで話しあうとしよう」ジャクソンはそういって会話をさえぎった。「いまは敵と少し距離が開いたわけだから、当直を交替して、みんなに休憩をとらせよう。惑星ポデレに戻りつくまでにかなりの時間があるからな」

「なんてこった、ありゃラッキーでしたよ」オーモンド特技官が短い休憩のため作業場を離れながらいった。

「おまえの意見には同意したくもない、命を落とした宙兵が少なからずいるだろうな」カレン上等兵曹が隣を並んで歩きながらいった。最初の爆発が艦腹に穴をあけたとき、二人は右舷の機関室から運よく脱出できたのだった。「あの無能な地球生まれ《アーサー》の野郎がこの艦を圧倒的に力のまさる相手との接近戦に追いこんだのは、これで二度目だ。おれにいわせりゃ、あいつはあれを追いかけまわしてるのと変わらねえ」

「彼はじつにうまくやってるようですけど」

オーモンドはあまり確信がないながらもいった。もう三十六時間近くも起きたままで、そのほとんどの時間は戦闘がはじまる可能性に緊張して過ごしてきた。それがどれほど恐ろしい時間であるか、彼はこれまでわかってもいなかった……下のデッキに閉じこめられているあいだに、いきなり攻撃をくらう音を聞いて、実際に何が起きているのかわかりもしないうちに艦がダメージをくらう恐ろしさを。

カレン上等兵曹が彼の肩に腕をまわしてつかみ、乱暴にワークセンターのわきの小部屋に連れていった。そこには両側にロッカーが並んでいて、ベンチがひとつ置かれている。

「本気でそう信じてるわけじゃないよな？」上等兵曹がオーモンドをじっと見つめて尋ねた。

「わたしがいえるのは、くたくたに疲れていて、何か食べるものがあればありがたいってことだけです、上等兵曹」オーモンドはこの場を逃げ出したい気持ちでいった。

「ウルフがカゼンスキ兵曹長を営倉に押しこめたことは知ってるよな？」とカレンが尋ねる。

「ええ……彼が反乱をはじめようとし――」

「彼はなんにもはじめてなんかいねえ」カレンがぴしゃりとさえぎる。「彼は自分の務めを果たそうとしただけだ。ゴロツキの指揮官がこの艦を、それとおれたちの命のことはいうまでもないが、危険な状況におとしいれようとしたら、それをやめさせるために行動に出るのが彼の責任だ。そうじゃないか？」

「そうかも……しれませんね」オーモンドはどっちつかずにいうあいだも、あたりを見まわして、ほかに誰もこの会話を聞いていないか確かめた。

「そのとおり」とカレンが顔を寄せて、ひどく力をこめてささやいたため、唾がオーモンドの頬にはねた。

「いいか、よく聞けよ……おれたちのなかには死ぬことにあまり熱心じゃない者もいて、名ばかりのあの地球生まれの指揮官が本当はあの席にすわるに価する人間なのか、自分で証明してみるがいいと考えてる。おれたちにはある計画があって、それがうまくいきゃ、誰も怪我することなく、誰もトラブルに巻きこまれることもない。おまえを信用してもかまわないか？」

「何をしないといけないんですか？」とオーモンドが尋ねる。

「はいかいいえで答える質問をしたんだぞ」

「あの……はい、上等兵曹」オーモンドはどう答えていいのかまったくわからないままいった。「いつだって、あてにしてもらってかまいません」

「ほかの連中にも話したんだ」カレンが急ににやりとした笑みを浮かべた。「多重回路制御《MUX》室で働いてるおまえには、特別な仕事がある。だが、心配するな……これだけダメージを負ってりゃ、いくらジャクソン・ウルフみたいに頭のにぶいやつでも、すぐにヘイヴンに逃げ帰って、あれとやりあうのはもっとでかい艦にまかせるときだって思い知ったろうさ」

カレンはそれ以上何もいわずに小部屋を出ていき、オーモンドはそこに立ったまま、恐ろしい選択の重荷を背負わされてとり残された。

# 16

「バレット大尉、すわってくれ」

ジャクソンはいまも震えている戦術士官が艦長室に入ってくると声をかけた。若い士官が腰をおろすと、相手が落ちつくまで話をはじめるのを待ってやった。

「わたしはやっかいな問題を避けて通ろうとする人間ではない。ゆえに、単刀直入に訊くが、あのときいったい何があったんだ、大尉？」

「ウルフ艦長」とバレットがジャクソンの目をまっすぐに見つめていった。「自分がとった行動については謝罪するしかありませんが、言いわけをするつもりはありません。わたしは任務をしくじり、その結果を黙って受け入れます」

ジャクソンはバレットのしくじりに腹をたててこの会話をはじめたが、あのとき、動揺して凍りついたことについて、若者が言いわけをあれこれ並べようとしなかったことに感心させられたことはしぶしぶながらも認めないわけにいかなかった。彼が賞讃したくなる態度だ。

「マイケル、きみの教練の成績や訓練記録を見なおしていたところなんだが」ジャクソンはそういって、タイルで開いたファイルをめくっていった。「きみは一貫してうちのトップ成績者で、〈ブルー・ジャケット〉に乗り組んでいるあいだに模範クルーとして表彰されたこともある。懲戒処分が一度もないというだけでも、きみは抜きん出ているといっていい」悲しいことながら、これは冗談ではなかった。

「まわり道せずにいおう……当艦にはきみと入れ替えるべき者がほかにいない。われわれはあの怪物を追いかけて星系を駆け渡り、シーアンやオプロトムと同じようにポデレまでも全滅させられる前に追いつけるように願っている。わたしが戦術ステーションにかかりきりになるわけにはいかないし、ライト中佐はまだ戦闘をまかせられるほどこのシステムに慣れていない」

「わたしは任務を果たせます」バレットが自信をもっていった。「二度とあなたを失望はさせません」

「われわれは誰もがおびえている、大尉。通常ならここで、難局にうまく対応して恐怖にとらわれるなというような、きみを奮《ふる》い立たせるスピーチをするところだが、そうしたところでよけいに萎縮《いしゅく》するだけだろう。そこで、こういっておこう。さっさと持ち場に戻って、さっきの交戦データを調べなおしてみろ。敵について学べることをすべて学んで、今度はわたしに怒鳴られても凍りついたりするな。要点は明確に伝わったろうか？」

「はっきりと、艦長」バレットがきっぱりといった。

ジャクソンはもうしばらく大尉を見据えていた。

「退がってよい」彼はついにいった。「出ていくついでに、ライト中佐とディヴィス少尉を

「呼んでくれ」

バレット大尉がてきぱきした足どりで出ていくのを見守りながら、ジャクソンは自分が正しい選択をしたような気がした。少なくとも、そうであることを願いたかった。

「ジリアン・デイヴィス少尉、お呼びのとおり参上しました」指令担当士官《OPS》が艦長のデスクの前で気をつけの姿勢をとったままいった。

「デイヴィス少尉」と彼が応じる。そのあとからセレスタも入ってきて、ハッチが閉じるあいだに背後の隔壁にもたれた。「今日はひどい一日だった、そうじゃないか？」彼はやすめともすわれともいわずに問いかけた。

「おっしゃるとおりです」デイヴィスがなおも彼の頭のすぐ上の一点をまっすぐ見つめたままいった。

「なかには、ほかの者よりもうまく任務をこなした者もいる」ジャクソンはそういって、椅子の背にもたれた。「たったいま、バレット大尉が出ていくのを見たろう。彼はうれしそうだったかな？」

「ノー、サー。そんなことはありませんでした」

「それは、戦闘の厳しい試練に直面して、彼の心がくじけたからだ」ジャクソンは声を一定にたもったままいった。「誰もが戦闘艦に乗り組むのに適しているわけではない、そうじゃないか？」

「わたしは……同意するほかにないようです」デイヴィスの声には確信のなさがにじんでい

た。

「その少尉のバッジを制服からはずすんだ、デイヴィス」

ジャクソンはいって、劇的に見せかけるためにため息をついた。立派なことに、少尉は階級章に手を伸ばし、まぶたをひきつらせることもなく取り去った。ただし、彼女の首筋に赤みが這いのぼっていくのをジャクソンは見のがさなかった。

「ライト中佐、わたしが頼んでおいたものを持ってきてくれたかな？」ジャクソンは尋ねた。

「ここにあります」

中佐は単にそういって、銀色のバッジを手のひらにのせて差し出した。ジャクソンはデスクをまわりこみ、デイヴィスのそばに立った。彼女は気をつけの姿勢のまま、なおも前方を見つめている。

「敵を前にして並はずれた任務を勇敢に果たした功績により、これよりきみを中尉に昇進させる」ジャクソンはそういうと、彼女の右襟にバッジを留めてやった。艦の徽章は左襟に残されたままだ。「副長《XO》、時間と日付を艦内ログに記録しておいてくれ」

「イエッサー」

「楽にしてよい」とジャクソンは声をかけ、デイヴィスが新たなバッジに手で触れてみるのを見てかすかな笑みを浮かべた。「おめでとう、デイヴィス中尉」

一瞬、彼女はジャクソンに腕をまわして抱きつこうとするかのように腕をもち上げかけたが、軍人にふさわしい態度を思い出し、まっすぐに背筋を伸ばした。その動きがライト中佐に気づかれずに見のがされることはなく、彼女の右眉がかすかにぴくりとつり上がった。

「ありがとうございます、艦長」とディヴィスはいって、代わりに彼と握手を交わした。

「あなたを失望させはしません」

「そう確信しているぞ」彼は寛大な笑みを浮かべた。「さて、さっさと持ち場に戻って、センサー・ログを見なおしてくるといい。何か役に立つ情報を見つけ出してくれ。退がってよい」

ディヴィス中尉は踵《かかと》でくるりとまわって向きを変え、はっきりとはずんだ足どりで艦長室を出ていった。

「戦地昇進させるには興味ぶかいタイミングですね」とセレスタが指摘した。「おまけに、部下へのいたずらまでつけて」

「正直にいって、中佐、われわれはおそらくあと一日もたたずに全員が死ぬことになるだろうから、この艦内で一人くらいはうれしく思う者がいてもいいんじゃないかと思ってな」彼はそういって、椅子に腰をおろしなおした。

「あまり楽観的ではないようですね。電磁キャノン砲が敵にあれだけ大きなダメージを負わせたあとでも」

「現実主義はいつだって楽観主義にまさるものだ」彼はため息をついた。「計算はわれわれの側に有利にはたらいていない。装塡した砲弾をあの怪物に一発残らず撃ちこんでやったとしても、われわれにはとにかくあれを始末するのに充分な戦闘力が備わっていない。あれはとにかく大きすぎる。そして、あれは交戦するたびに学習し、さらにいえば適応しているという事実もある。またあれと対峙したなら、同じ幸運がわれわれに微笑《ほほえ》むとは思えない」

「そうなると、疑問がひとつ生じますね。われわれはなぜ、まだあれを追いかけているんでしょうか？」

「ほかになんらかの防御の手段をポデレに提供できるなら、わたしとしても喜んでここにとどまりたいところだ。あの船がこの星系を離れる動きを見せたなら、そのときは状況を見なおすことにする」

セレスタはそれ以上の抗議の言葉を口にしなかったものの、すぐに部屋を離れようともしなかった。

「ほかにも何かあるのかな、中佐？」

「電磁キャノン砲をオンラインにする前に、あなたは何をしていたんでしょうか？」

ジャクソンは怖い顔でにらみつけてひるませようとしたが、彼女がたじろぎもしないとわかると、肩をすくめて降参した。

「当艦には核兵器が存在しないといったとき、わたしは心から正直にいったわけではなかった。実際のところ、四つある。とても大きなのが、四つ」

「メインの原子炉のことをおっしゃってるんですね」彼女はそういって、疑わしげに目を細くした。

「そのとおりだ、中佐」と彼はいってうなずいた。「どの艦隊マニュアルにも、そしてラプター級の艦艇の技術仕様にも載っていない手つづきがある。各艦長が実際に指揮をとることになったときに、口頭で受け渡されてきたものだ。設計者が残しておいた秘密の裏口で、最大の危急時にのみ使うためのものだ。

原子炉の安全装置をすべて無効にし、臨界にする方法がある。冷却ジャケットのポンプをとめれば、かなりすばやくそれが起こる」

「なるほど」セレスタが感情をあらわさずにいった。「それで、あなたはあの船をとめるためなら、喜んで〈ブルー・ジャケット〉を吹きとばすおつもりだったんですか？」

「ああ」ジャクソンは簡潔にいった。

「そうですか」彼女がいって、もたれていた隔壁から離れた。「さっきは、あなたが別の理由からそれをしようとしていたのかと心配していたことを認めておきましょう」

「だが、いまはそうじゃないのか？」

「いまはそうではありません」彼女は同意した。「では、ブリッジでまたお会いしましょう、艦長」

セレスタが部屋を離れてハッチが閉じたあとも、彼はしばらく天井を見つめ、いまのやりとりに少し困惑していた。電磁キャノン砲がうまくいったのはまさしく思いがけない幸運だったが、砲弾がエイリアン船の左舷を引きちぎるのを見てどれほど気分がよかったかは否定できない。彼らはまだ惑星ポデレに戻りつくのに七時間の距離にあり、一方の敵船はわずか四時間のところにある。あれが実際にどうやってほかの惑星を全滅させたのかはよくわからないが、彼としてはそれが二、三時間で終わらないことを願うしかなかった。

戦闘の短い休止を利用して、彼はクルーたちに休息と食事をとるように命じ、管理者としての簡単な仕事、つまり部下の昇進といったような雑事を片づけ、自分を忙しくさせて、クルーの士気を少しでも高めようとしてきた。セレスタは電磁キャノン砲が敵船を貫いたときのセンサー記録を、大胆にもすべての部署に送信していた。よくよく考えてみればみるほど、彼はそのアイデアが気に入った。少なくとも、下のデッキで働く技術者たちに、今回の戦闘をうまく乗り切ったという希望をもたせてやろう。艦長自身は少しも希望をもちあわせてなどいなかったが。

「艦長、何かヒントが見つかったかもしれません」

ブリッジに彼が足を踏み入れるなり、すかさずディヴィス中尉が呼びかけた。

「いい知らせかな?」

「ええと……新たな知らせではあります」

彼女があいまいに答えた。ジャクソンは中尉が何を見つけたのか確かめるために、彼女の持ち場のほうに歩いていって、その背後に立った。コンソールに私物の写真を置くという明らかな規則違反については無視することにした。

「見せてみろ」

「交戦中に集めた高解像度の光学データを見なおすことからはじめたんです」彼女がいった。

「これは最初のときに、アヴェンジャーが敵のノーズに穴をうがったあとの静止画像です」

「なるほど」ジャクソンは焦《じ》れったくなっていった。「それで？」

「これは同じエリアを撮った別の画像です」彼女が新たな映像を表示した。「さっきの交戦時に、あれが近づいてきたときのものです」

「それがいったいなんだというんだ？」ジャクソンはつぶやき、画像に目をこらした。

「ダメージは修復されたんじゃありません、艦長。これは……治癒したんです」

「これが意味するのは少し深遠な問題のようだな。そして、心が落ちつかなくなるものでもある」ジャクソンは感想をもらした。

「わたしもそう思います」とデイヴィス。「あの船、または少なくともあの船腹自体は、有機化合物でできていて、生きている兆候を見せています」

「今回のミッションは、時とともにますます奇妙なものになっていくな」とジャクソンはぼやいた。「このデータをログにおさめて、安全なサーバーに入れておけ。このことがわかったところで、何も変わりはしない……だから、いまのところは伏せておこう……戦闘の最中にやっかいな哲学論議など必要ない。そしてあの船が〝生きている〟にしても、数百万もの人間を殺したという事実は変わらない」

「イエッサー」

「データにタグをつけるのを忘れずに、すぐに探し出せるようにしておくんだ」彼はなおも声をひそめたままいった。「こいつと次のラウンドを戦う直前に、もう一度通信ドローンを発射してもらいたい。データは追って伝える特定のアドレスに送るんだ、中央司令部《CENTCOM》ではなく」

「といいますと？」

「少し……事情が複雑でな。とにかく信じてもらっていい。これに関して助けを得るつもりなら、いまのところメインのチャンネルには近づかずにいる必要があるということを」

「イエッサー」

「あとひとつ」とジャクソンはいって、コンソールから離れた。「敵船の分析をつづけてくれ。ただし、得られた知識は実用的に使わないといけない。ターゲット・パッケージにまとめて、戦術ステーションに送るんだ。たとえ船腹の素材について、われわれが気づいたとおり独特な特徴があるにしても、あれの左舷側にはまだ穴があいているものと思う。できることなら、あそこにもっと大量に砲弾を撃ちこみたい」

ポデレまであと二時間というところでもたらされた知らせによって、それでなくとも悪かった状況がさらに悪化した。

「惑星からの通信がとび交っています」とケラー中尉が報告した。「いくつかは通信ドローン・プラットフォームにコンタクトしようとしていて、さらに二件は明確にわれわれ宛で、そして残りの大半は一般帯域で助けを呼んでいます」

「エイリアン船が地上を攻撃しているのか？」ジャクソンは尋ねた。

「ノー、サー」と士官が答えた。声に恐怖がはっきりとあらわれている。「これを正しく理解できているとすれば、東半球の主要なコロニーすべてに上陸部隊が降りているようです」

「操舵手！　緊急のフル加速を！」ジャクソンが声を上げた。「戦術《タクティカル》、ターゲット・スクリプトをロードしはじめて、電磁キャノン砲の発射準備をしておけ」

両者から了解する声が上がったあとで、駆逐艦は設計者の設定した制限速度を越えて懸命に駆けはじめ、猛烈な音をたてはじめた。

「ＯＰＳ、これから敵に近づくまでのあいだ、操舵手にリアルタイムのアップデートを頼む」ジャクソンはいって、デッキが激しく振動するためにかすかに身体がぐらついた。「今回は、やりあうのは一度きりかもしれない。標的を狙える機会はわずかだろう。ポデレの軌道に入るために減速して時間を無駄にはできないから、高速でスイングバイするあいだに撃つしかない」

彼は自席に戻ると、インターコムのボタンを押した。

「機関部、シン少佐……もっとスピードを上げる必要がある」彼は告げた。

「これ以上スピードを上げたら、文字どおりエンジンがパイロンからバラバラにちぎれることになりますよ」シンが応じた。その声は機関部の機械装置がたてる轟音でほとんどかき消されている。「このばあさん《ブルー・ジャケット》はもてるかぎりの力を出してるんですから、ジャック。シンからは以上です」

ジャクソンは指で顎をとんとんと叩きながら、メイン・ディスプレイを見つめた。いらだっているのは、インターコムごしに返ってきた機関長のぶっきらぼうな口調とはなんの関係もなく、この瞬間にもポデレが攻撃されているとわかっていながら、自分にはほとんど何もできないという事実と大いに関係があった。

# 17

「このばあさん《ブルー・ジャケット》はもてるかぎりの力を出してるんですから、ジャック。シンからは以上です」

ダヤ・シンはいらだった顔で機関部のオペレーション・センターの真ん中に立っていた。これまでのところ、〈ブルー・ジャケット〉の発電設備やエンジンは要求に応えて、この数日間は高出力で酷使しつづけたにもかかわらず、個々の部品に限界を超えた負荷はかかっていないようだ。それどころか、駆逐艦を猛烈に進めているいまのほうが、記憶にあるかぎり最高にうまく機能していますと技術者たちが断言しているほどだ。

「カレン上等兵曹」とシンが呼んだ。「原子炉1までひとっ走りして、冷却ジャケットのバイパスを正しく設置できたか確かめてきてくれ。向こうの連中は一度もこの作業をやったことがないし、バルブを正しく構成しなかったせいで、高圧蒸気を浴びて誰かの皮膚が焼けただれることとなんて望んでもいないからな」

「イエッサー!」とカレンが大声で応じた。この幸運が信じられないくらいだった。彼は一等特技官を呼んで、装置をモニターする任務を代わってもらうよう伝えた。「とにかく、この数値に目を光らせておけ」彼は若い宙兵に告げた。「これがはね上がりはじめたら、必ず機関長に知らせるんだぞ」

カレンは特技官の肩をぽんと叩き、それ以上何か質問される前に部屋を駆け出した。

彼は実質的に通路を駆けどおし、クルーたちがそれぞれの任務のために急ぐのをひょいひょいとかわしていった。コムリンクを取り出し、一括送信で三十八人ぶんのリストを選んで、単に〝ジャンクション117‐3Bをチェック〟とだけ告げた。機関部内の専門用語のように聞こえる無味乾燥なこのメッセージは、じつのところ事前に示しあわせておいた符丁《ふちょう》だった。エイリアン船との前回の遭遇をどうにか生き延びたあとで、神に呪われたあの地球生まれ《アーサー》が、またあれを追いかけはじめた。カレンはみんながくり返し再生しているあの不正に加工したビデオ映像の断片にだまされたりしなかった。電磁キャノン砲が至近距離からエイリアン船の船腹をずたずたにするようすを示した映像だ。むしろ、あんな見え透いたインチキ映像でごまかそうとしたことに、彼は侮辱されたようにさえ感じた。この艦が建造された当時でさえ時代遅れだった銃砲が、どうして惑星をまるごと壊滅させられるような船にあれだけのダメージを負わせることができるというのか？

「オーモンド」彼はメインのワークセンターのひとつに顔を突っこんで呼びかけた。「そこにいるか？」

「ええ、上等兵曹」と応じたオーモンド特技官の顔がかすかに青ざめた。カレンが何をいっているのかはっきりとわかっていたからだ。

「よし」カレンは室内のほかの宙兵のことなど無視していった。「しくじるなよ」

彼は通路に戻り、はしごを一デッキのぼると、セキュリティのチェックポイントのひとつに近づいていき、海兵隊伍長に話しかけた。この男も彼らの計画に役目がある。彼がもうじき駆けつけるまでに、原子炉1のバイパス作業に取り組んでいるあの阿呆どもがへまをやらかして命を落としたり、熱い蒸気を室内にぶちまけたりしないようにと祈った。

「艦長、ここに好機が見いだせるかもしれません」

バレット大尉が戦術ステーションから声をかけた。ジャクソンは近づいていって後ろに立ち、椅子の背に手を置いた。

「何が見つかったんだ？」

「これを見ますと、標的は地上部隊を展開しているエリアの上空に静止位置をたもっています。惑星ポデレの自転を考慮すれば、やつらはこれから四十五分以内にわれわれの直線上にまた見えてくることになります、われわれがほんの少し左舷に舵をとれば」

「つづけてくれ」ジャクソンはこの話がどこに向かっているのかに興味を惹かれた。

「わたしとしては、電磁キャノン砲に徹甲弾を装塡しなおすことを提案します」バレットが説明をつづけ、計画への熱意がのぞきはじめるにつれますます早口になっていった。「〈ブルー・ジャケット〉がフルパワーで推進しつづけるあいだに、真っ正面に見えてきたあれに攻撃すれば――」

「弾が標的に達するころには、相対論的速度に近づいているだろうな」とジャクソンが代わって言葉を結んだ。「あれがどこにとどまっているのかわかったにしても、この距離で撃つことは可能なのか？」

「ぎりぎり範囲内でしょう」とバレットが認めた。「システムはこれほどの長距離で射撃するように設定されてはいませんが、装塡したすべての徹甲弾をこの線に沿って、間隔をおいて発射すれば――」彼の指が画面から仮想上の線を延ばして意図を具体的に示した。「――惑星を誤射する危険はありませんし、榴弾を装塡しなおす時間もまだ充分にありますし、コンデンサー・バンクを充電しなおす余裕もあります」

「だったら、兵器班を呼び出して、電磁キャノン砲の砲弾を取り替えさせてくれ」ジャクソンは時計が時を刻むあいだに、すばやく判断をくだした。「きみはここにとどまり、作戦をチェックして、チェックしなおし、さらにもう一度チェックしたうえで、発射計算が寸分たがわぬことを確認してくれ。この速度で一発でも弾がそれたら、ポデレの都市ひとつがまるごとなくなってしまいかねない」

「イエッサー」

バレットはすぐさまコンソールに向きなおり、コンピュータが彼の作戦のために計算をはじめるようにパラメーターを入力しはじめた。

「興味ぶかい計画ですね」席に戻ったジャクソンに向けて、セレスタが小声でいった。

「かなり確実なものだ」ジャクソンは必要以上に弁護するようにいった。「運動エネルギーを利用した兵器は人類のつくり出した信頼できる兵器だ。ただ単に、この距離からでは狙いをつけるのが難しいだけだ」

電磁キャノン砲のターゲット作動装置《アクチュエーター》は、かなり大型の船を比較的短距離で狙うように設計されている。いかにエイリアン船が大きいとしても、いまの彼らのスピードと距離であれを狙って撃つのは、一見すると不可能なように思える。だが、ジャクソンとしては、このミッションのいずれかの時点で、なんらかの幸運や、できることなら奇跡にまで恵まれてもいいころだと期待していた。

「このアイデアを評価していないわけではありません」セレスタがいった。「もしうまくいかないとしても、われわれは無用な徹甲弾を数トン失うだけのことですから。逆に、もしもうまくいけば、かなりすばらしい結果になるでしょう」

「ああ」ジャクソンはいって、それを頭の中で検討してみた。「二十発……たったそれだけでは、いかにあの怪物が大きいにしても、この距離で命中させられる可能性はあまり高くない。飛んでくる弾を向こうが見てとって、高軌道にひょいとよけたら、すべてはずれかねない」

「いまもいったとおり、やってみて損はありません」と彼女が主張した。

「かもな」ジャクソンはうめき声とともにもらした。「だが、こちらから先手を打つのは気分がいい」

それからさらに三十分がたつころには、兵器班のクルーが弾を交換し終わり、バレット大尉は計算の正確さに完璧な自信をもっていた。ジャクソンは念のためデイヴィス中尉にもチェックをさせ、明白なエラーがないか調べさせた。バレットが前回の失敗を取り戻そうとはりきっているのは評価するが、次はそうならないと証明されるまで、〝信じてはいても確認せよ〟という扱いをしておかないといけない。

「操舵手、左舷に二度、下方向に三度、針路を調節してくれ。エンジンの出力は変えずに」ジャクソンは命じた。

「アイアイ、サー」と操舵手が応じる。「左舷に振って、下げます」

「戦術士官、ここからはきみの出番だ」ジャクソンはいって、自分のコンソールのスイッチを入れた。「きみに上下の電磁キャノン砲台の発射権限を受け渡す。きみの判断でふさわしいときにやってくれ」

「アイ、サー」とバレットが応じた。「電磁キャノン砲台の向きを調節し、射撃管制をコンピュータに受け渡します」

ジャクソンは立ち上がり、上面のキャノンの発射管二本がわずかに動いて、微細な調整モーターが千分の一度きざみで狙いを調整していくのを見守った。惑星とともにめぐるエイリアン船と〈ブルー・ジャケット〉が直線上に並ぶ最適な機会があるはずで、コンピュータは彼や戦術士官の命令を待つことなく発射シーケンスをはじめるだろう。

ブリッジの大半のクルーが、魅入られたように外の航行灯に照らされた発射管を見守っていた。催眠術にかかったかのような静けさは、最初の銃砲が光ってすさまじい轟音が駆逐艦を揺るがしたときに途切れた。残りの二十発がすぐにつづき、発射の反動で艦体が揺さぶられた。システム内にとらわれていた微量のガスが発火し、発射管を抜け出てメイン・ディスプレイにまぶしい閃光がはじけると、ブリッジのクルーは手をかざして目を覆った。

「すべて発射されました」バレット大尉が自席のディスプレイを確認しながら、なんでもないことのように報告した。「榴弾を再装填します。電磁キャノン砲は四基ともまだ完全に機能しています」

「よくやった、大尉」とジャクソンはねぎらった。「次の発射に備えよ。われわれは標的に近づいている。指令担当《OPS》！　敵船をモニターして、着弾を確認しろ。あとどれくらいかかる？」

「弾は三十三分後に敵に到達します」とディヴィスが答えた。

ジャクソンは無言で眉をぴくりとつり上げた。もしも〈ブルー・ジャケット〉もこれと同じスピードを得て、少なくとも加速中にクルーを殺すことにならずにすむなら、敵船を出し抜いてポデレに先に到着し、防御することができたろう。

ジャクソンはいったんブリッジを離れて士官食堂に向かい、すばやく食事をとって、マグに水を注ぎなおした。ここ数日はコーヒーの飲み過ぎで、手が震えるようになっていたし、胃の内壁に穴があいたような感じもあった。もっとも、どちらの症状も単なるストレスのせいかもしれないが。オプロトムで最初にエイリアン船と遭遇したときのパニック発作がおさまったあとで、それまでと同じようにもちこたえている自分に少し驚いているほどだった。

絶対に口に出して認めるつもりはないが、何人かの例外をのぞけば、この艦に乗り組んでいるクルーは社会のはみ出し者や敗残者の集まりだと彼はつねにそう思ってきた。その一方で、自分に正直になってみれば、指揮官として力量に不相応な地位を運よく手に入れただけだという彼についての評判にも、ある程度の真実があると結論づけないといけない。

そうだとしても、彼らはいま、敵のノーズに一発見舞ってやったあとで、三度目の交戦に向かうべく猛烈に駆けているところで、最初のときにあれが追ってきていたらほぼ確実にやられていたろうという事実はさておき、彼はとても誇らしい気分だった。彼が、そしておそらくはほかのどのクルーにしても、本当に何かを誇らしく思えたのはじつに久しぶりのことだ。〈ブルー・ジャケット〉は四十年以上前にシエラ造船所を華々しく離れて就航したかもしれないが、実際のところは着飾ったメッセンジャー・ボーイとたいして変わらず、ほとんどの人間からはとうの昔に退役したものと思われている。ゆっくりと朽ちゆく、過去の遺物として。

冷水を浴びせられるかのようなこの思考のあとで、彼はもう一度水を注ぎなおした。この二百五十年近くにわたって、全般に、人類はあらゆる形態の戦争行為を避けてきた。種族としての彼らは啓蒙の時代へと次の段階に到達した自分たちを祝福し、無為にすわって、祖先たちの野蛮な過去について語りあいながら、かつての傷痕を掻いてきた。おそらくこれこそが、何よりも彼らが地球のことを話題にしたがらない理由なのだろう。彼らがより進歩した宇宙のさまざまな世界に踏み出していったとき、あそこにとどまった住民は不可触民《パーリア》同然にみなされるようになった。地球にはなおも過去の戦争の傷跡が残されていて、かつてのなじみある大陸塊を目にするたびに、彼ら人類がたがいに殺しあっていたのはそれほど遠い昔でもないことを、すべての者が思い起こすからだ。あまりにもあいまいで、もはや意味をなさない理由のために、無数の死者を出してきたことを。

すべてはばかげたたわごとだ、もちろん。少なくとも、ジャクソンにいわせるなら。大まかにいって現在の各領域は、コロニー化が熱心にはじまった時代にイデオロギーや民族によって分割され、それ以降もほぼ変わらずに分割されたままでいる。なんたることか、地球はいまや、銀河でいちばん多様性のある場所だ。

だが、いずれにしても、エイリアン船が惑星シーアンの軌道に入って攻撃を仕掛けてきたときから、取り返しのつかないほど決定的にルールが変わってしまった。これが隔絶した場所で起きた事象だという幻想など、彼は抱いてもいなかった。これは単独の偵察船がようすをうかがうための威力偵察活動だ。あれが〈ブルー・ジャケット〉と追いかけっこをして、さらには捕獲まで試みたという事実からも、その点ははっきりしている。同胞である人類に、これからやってくる激変の準備ができていますようにと彼は願った。単独の船が攻撃してきただけでどんな結果がもたらされることになろうとも、すでに賽《さい》は投げられた……人類は生存をかけて戦わないといけない。あるいは、少なくとも恒星間宇宙で生きていく権利をかけて。

「報告せよ」ジャクソンは指揮官席に戻りながら命じた。

「着弾まであと十一分です」デイヴィス中尉が画面から視線をはずすことなくいった。

「新しい発射スクリプトがアップデートされ、ロードされました、艦長」とバレット大尉がつづけた。「兵器班のクルーが砲塔に再装填しています」

「よし」

ジャクソンはそういって腰をおろし、無理にもそこにすわりつづけた。残りの時間は各部門長からのステータス報告をぼんやりとスクロールして過ごし、本当にこの戦いを生き延びられたなら、今後の自分はどうなるのだろうかと考えていた。彼は公然とウィンタース大将の命令にそむき、セレスタ・ライトもそれにならった。意図がいかに正しいものだったとしても、中央司令部《CENTCOM》の調査委員会から二人に裁きの鉄槌《てっつい》が振りおろされることはまちがいない。そう考えると、エイリアン船がさっさと彼らを片づけてくれるといいのだがという気持ちにもなった。

「着弾《インパクト》プラス・ワン」とデイヴィス中尉が告げた。予想着弾時刻を一秒過ぎたことを意味している。「光が届くのを待っています」

実際にそれが届いたとき、彼女の装置に知らせてもらう必要もなかった。メイン・ディスプレイに、惑星ポデレの方向からまぶしい閃光がはじけるのが見えた。

「なんてこった！」

バレット大尉が思わず声を上げ、そのあとできまりが悪そうにジャクソンの顔をうかがった。だが、艦長はすでに席を離れて立ち、畏《おそ》れにうたれつつ、薄れていく光を見つめていた。

「データをすべてかき集めてくれ、中尉」と彼はディヴィスに告げた。

「二発が命中しました」彼女がまぶしげに目を細めてディスプレイを確認しながらいった。「一発はノーズのかなりの大きさをちぎり取りました。もう一発は……もう一発は――」彼女が光学データを何度も調べなおし、さらにもう一度見なおすうちに声は途切れた。

「どうしたんだ、中尉？」とジャクソンがいらだって問いただす。

「二発目は貫通しました」彼女がようやくいって、メイン・ディスプレイにビデオ映像を映し出した。「衝突時に大きな射入ダメージがあり、見てのとおり、敵船は命中した衝撃でスピンして、そのあとで反対側の大きなエリアが吹きとばされました。敵船はまだスピンしつづけていますが、安定化しはじめたように見えます」

「なんてこった」ジャクソンが感情をこめずに、戦術士官の言葉をまねた。「OPS、戦術《タクティカル》に標的までの新たな針路をアップデートしつづけろ。戦術《タクティカル》！　きみがたったいまつくり出した大きな穴を利用できるように、発射シーケンスを順応させるんだ。アヴェンジャーも装塡しろ」

ブリッジ内で小声の歓声が上がり、手のひらを打ちあわせてハイ・ファイヴする者もあったが、ジャクソンは好きにさせておいた。

「艦長」とケラー中尉が呼びかけた。「地上からいくつか通信が入っています。われわれがいったい何をしたのか知りたがっています。空がまぶしく光ったほかに、彼らが目にしたあれ……とりあえずは部隊と呼んでおきましょうか……地上に降りてきたその連中が船に呼び戻されていくそうです」

「彼らは連中をなんと呼んでいるんだ?」

「ミミズと呼んでいます」ケラーは肩をすくめた。「ですが、ミミズどもが敵船からはなたれた小型の上陸船から出てきたことは確かです。いずれにしても、連中はいまや惑星から離れようとしています」

「帰投命令が出たんだ」ジャクソンはいった。「やつらはこの星系を離れるつもりだろう。やつらの推進装置を破壊できたんだといいが。そうでないと、われわれにはとうてい――」

「敵船が軌道を離れようとしています」大尉が報告した。「加速度プロファイルは前回の交戦時に退却していったときのわずかに十分の一です。ダメージを負ってはいるものの、まだ飛べるようです」

「ディヴィス中尉、インターセプト・コースを操舵手に送って、あれを追いつづけてくれ」ジャクソンは切迫した声でいった。「操舵手、標的を追いかけるコースに舵を切れ、全速前進」

彼らは第五惑星をスイングバイしたあとでエンジンの出力を戻した。すでに惑星ポデレの重力圏内にとらわれていて、メイン・エンジンは可能なかぎり高速で艦を押し進めている。

「操舵が針路変更に応答しません!」と操舵手が報告した。

「なんだと!?」

　ジャクソンはその言葉が信じられずにいった。いったいどうしてコンピュータが針路変更の指示を無視するのか、彼の頭は原因を考えようと忙しく回転しはじめた。コンピュータが命令を拒否するようなことは何もしていないし、関連した警告もない。どうすべきか彼が考えているあいだに、エンジン音がいきなり途絶え、ブリッジに奇妙な静けさが広がった。

「艦長、こちらからシン機関長を呼び出せません」とセレスタが告げた。「実際、艦内全域の通信がダウンしています」

「あいつか」不意に理解がきざし、ジャクソンはつぶやいた。「航法《ナヴ》、現在の針路と速度でポデレの重力を抜け出せそうか？」

「イエッサー」と航法長がいう。「問題はありません」

「歩哨！」

「イエッサー？」海兵隊伍長が応えて、ブリッジに入ってきた。

「これ以降、当分のあいだは誰一人としてブリッジに入れるな」ジャクソンはそう命じるあいだにもハッチに駆け寄った。「許可なく外の通路をブリッジに近づいてくる者があれば撃て」

「サー？」副長を含め、少なからぬ者から同じ反応があった。

「まだわからんのか？」ジャクソンは吐き捨てた。「破壊工作《サボタージュ》があった。艦内で反乱が進行中だ」

# 18

「指令担当《OPS》、艦内のセキュリティ映像を」ジャクソンは命じた。「メイン・ディスプレイに、機関部のオペレーション・センターのようすを映してくれ」

　デイヴィス中尉が呆然としたままコマンドを入力すると、映像がメイン・ディスプレイにぱっと浮かび上がった。映し出されたその光景は、まさしく混沌としたものだった。はっきりとふたつの集団が存在し、数人の宙兵が反逆者を部屋に入れまいと戦っている。だが、襲撃側が武装しているために、かなり不利な状況にあった。

「やつらは武器庫を制圧したのか、それともオーティズ少佐の部下の誰かが手を貸しているかだな」ジャクソンは特技官の一人が手にしている海兵隊のカービン銃を指さした。

「あそこにシン少佐が」

　セレスタが彼の隣でいって、床に倒れている機関長を指さした。倒れる前に意識を失ったか、死んでいるかのように手足をぐったりと広げている。その直後、映像がぷつりと切れて暗くなった。

「艦内システムの一部を制御できなくなっています」デイヴィスが、ちらっと振り向いたジャクソンにいった。

「何と何が制御できないんだ？」

「艦内のビデオ映像、艦内全域の通信、それとハッチのリモート・コントロールです」

「やつらが攻めてくるぞ」ジャクソンはいって、ブリッジを離れようと背を向けた。

「どこに行かれるんですか？」とセレスタが問いかける。

「不利な状況を対等にしてくる」ジャクソンはいった。「きみはここに残り、当艦の制御を取り戻せるかやってみてくれ」

彼はさっき呼び出した海兵隊員のほうに急いだ。歩哨はとても居心地が悪そうな顔をしている。

「わたしがここを離れたら、ハッチを閉じてロックしろ。わたし以外の誰であろうと、絶対にここを通すな。わかったか？」

「わかりました！」

海兵隊員が応じた。上官からの命令を受けたために、いまはずっとうれしそうだ。海兵隊の命令系統とコンタクトがとれなくなると、彼は自分が何をしたらいいのか、そして何をすべきでないのか確信がもてなくなっていたのだった。

ジャクソンは艦長室に駆けこむと、背後でハッチを閉ざしてロックした。端末のほうに向かい、いくつかサブルーチンを実行すると、反乱者ができるかぎりの妨害工作をしていたにもかかわらず、コンピュータにアクセスできるようになった。これまた、あまり広く知られてはいない、〈ブルー・ジャケット〉のシステム構築者が考案していた秘密の裏口だ。彼はコンピュータに接続し、まず最初に艦が安全であることを確かめた。原子炉の数値はすべて許容範囲内で、生命維持のための装置や重力発生装置も問題はなさそうだったから、いまのところそのままにしておいた。

セキュリティ映像を表示させると、名前までは知らない上等兵曹に率いられた六人の集団がぞろぞろとブリッジに向かってやってくるところだった。全員が海兵隊のカービン銃で武装している。別のメニューを開くと、彼らがどうしてこれほど早くやってくることができたのかがわかった。主要なアクセス通路の大半は気密ハッチを作動させることで遮断され、ワークセンターにいるクルーをまんまと閉じこめることになり、そのため彼らは手出しもできない。

ジャクソンはこれをよいしるしとみなした……つまり反旗をひるがえしたのは少数の集団で、いまいましいことに艦内クルーの半数が与《くみ》しているわけではない。ふと思いついて営倉の記録映像を開くと、確かに、エド・カゼンスキの姿は牢獄になかった。警備の海兵隊員が床に倒れていて、身体の下に血だまりが広がっている。一刻も早く艦内の統制を取り戻して、この男に治療を受けさせるのが間にあえばいいがとジャクソンは祈った。

「少し驚かせてやる時間だ」

彼はすごみのある声でいって、別々のウィンドウに三つのコマンドを入力していった。そうして、壁の隠し金庫に近づいてすばやく開けると、旧式の武器を取り出した。カービン銃と比較すればかなり原始的だが、充分に役に立つ。デスクの引き出しに入れてあるのと同型のものだが、ちゃんと機能する。これよりももっと現代的な、艦隊支給の小銃もあるが、それでは役に立たない。

彼はなめらかなスライドの側面に目をやって、指でなぞった。コルト一九一一、四五口径ACPの軍用ピストルで、シンが友人のために、アーカイヴで見つけてきた図面から苦労して手づくりしてくれた完璧なレプリカだ。ジャクソンが第二次大戦時代に、とりわけジョン・ブローニングの設計した武器に興味のあることを知ったあとで、機関長が贈ってくれたのだった。観賞用だが、上陸許可が出たときに、弾を手づくりして、砂漠で空《あ》いたビール瓶を試し撃ちして大いに楽しんだことが何度かあった。

ジャクソンはマガジン二本に七発ずつ弾をすばやくこめ、片方をピストルの銃把に装塡した。スライドを動かして薬室に一発送りこみ、安全装置をかけた。こうして、シングル・アクションの武器をすぐに撃てるようにした。

艦長室からそっと抜け出しながら、こうした展開のすべてがいかに非現実的なものかと思い返した。地球連合所属の宇宙艦内で、実際に反乱が起きるとは。

彼は通路の角をそっとまわりこみ、ブリッジに通じているハッチの手前に武器を持った集団がすでに到達しているのを見てとった。どうやって障壁を破るのが最善かをめぐって議論している。

「この部分をあまりくわしく計画していなかった、というわけか？」

ジャクソンはさりげなさをよそおって問いかけた。心のうちでは怒りが煮えたぎっていたが、声は一定にたもった。コルト四五口径はわきにおろしたままだ。

「そこでとまれ、地球生まれ《アーサー》」と上等兵曹が命じた。汎用制服のネームタグに〝カレン〟と書かれているのが、ジャクソンにも読みとれた。

「なぜわたしが従うと思うんだ？」

カレンはジャクソンから三歩以内まで近づいてきて、指揮官の頭にカービン銃で狙いをつけた。「なぜなら、きさまがそうしないなら、おれがきさまのいまいましい地球生まれ《アーサー》の脳みそを吹きとばしてやるからだ」

「人質交渉としてはじつに愚かな戦術だな」ジャクソンは肩をすくめた。「だが、やらずにいられないことをやってみるがいい、ほら」

カレンは目をつむり、引き金を絞る前に実際に少したじろいだ。そして、何も起こりはしなかった。カレンはカービン銃を見て、困惑した顔でさらに何度か引き金を絞った。

「カゼンスキの見張りを撃ったときには機能していたんだろうな、まちがいなく」とジャクソンはいって、ほかの五人が近づいてくるのを見守った。「だが、わたしが艦内のすべての携帯武器を使用不能にしておいた。これらはすべてメインのコンピュータに結びついているんだ、ばかめ。だが、こいつだけはちゃんと機能する」

カレンが反応するひまもなく、ジャクソンはコルト四五口径の安全装置をはずし、上等兵曹の眉間《みけん》を撃ち抜いた。

火薬が推進する銃弾のとどろきわたる銃声は、ほかの五人に期待どおりの影響をもたらした。それと、それまでカレンの頭の中に詰まっていた内容物がまき散らされることによっても。ジャクソンは彼らに武器を向け、そのあいだに上等兵曹の死体が床にぐったりと倒れ、四五口径の恐ろしい銃痕から血があふれて床にたまりだした。

「ほかに自分の運を試してみたい者は？」ジャクソンは、いまや恐怖におびえた、目の前の集団に尋ねた。全員がライフルを捨てて、両手を上げた。「床にうつ伏せに寝そべって、頭の上で両手を組め。伍長！　こっちに出てきて、このダニどもを拘束しろ！」

ブリッジのハッチが開き、海兵隊員がかるく駆け出て、カレンの死体を目にするとぎょっとした。彼の名誉のためにいえば、海兵隊員はすぐに制服の作業ズボンのカーゴ・ポケットから伸縮性の拘束具を取り出し、彼らの背中で両腕を縛り上げはじめた。

「さて、こちらの反抗的だった男はいまでは質問に答えられないため、残る諸君のなかで当艦を正常な状態に戻したいと思うのは誰だ？」

ジャクソンがそう尋ねるあいだに、セレスタがブリッジから出てきて、目にした光景のために口を手で覆った。

「わたしが話します」床から、くぐもった声が聞こえてきた。

「その男を仰向けにしてやれ」ジャクソンは海兵隊員に命じた。歩哨が宙兵の足首をつかみ、かなり乱暴にねじって身体を表に返した。ようやく、ジャクソンは宙兵のおびえた顔を見おろせるようになった。「おまえの名は？」

「オーモンド特技官です」

「階級はもう気にする必要もないぞ」とジャクソンはいって、ピストルを振ってみせ、オーモンドにそれのほうを心配させた。「話してみろ」

「すべてカゼンスキ上級兵曹長がはじめたことなんです」オーモンドがいった。「カレン上等兵曹がわたしに近づいてきて、わたしの手助けが必要不可欠だと誘いました。わたしはおもに多重回路《MUX》制御室で作業しているからです。彼がいうには、あなたはとんでもない悪漢で、あなたの個人的な恨みのためにエイリアン船を追いかけていると。われわれが生き残るためには、あの船を追いかけるのを力ずくでとめる必要があると」

「エイリアン船がいまも向こうにいることはあなたも知ってるわよね？」とセレスタが口を挟んだ。彼女の目は冷たく、憐れみはまったくない。「あなたたち腰抜けどもは、強力な攻撃力のある敵対的な船に向けてわれわれが速度を上げて接近しようというまさにそのときになって、この艦の機能を無力化したのよ」

自分たちが実際に何をしでかしたのかについて、現実が頭に染みこむにつれオーモンドの顔が青ざめていった。

「あなたとお友だちは、われわれ全員を殺すことになったかもしれないのよ。ポデレの住人たちのことはいうまでもなく」とセレスタが言葉を結んだ。

「反乱者はどれくらいいるんだ？」ジャクソンは男に尋ねた。

「艦隊宙兵が三十八名です」オーモンドがいった。「海兵隊員のほうはどれだけいるのかわかりません」

「オーティズ少佐は？」

「ノー、サー。武器庫の見張りをしていた連中だけです。これをはじめる前に、残りの海兵隊の詰所をハッチで封鎖しましたから」

「おまえらはこの艦に何をしたんだ？」

「はじめに操舵装置を使用不能にして、主要な推進剤連結管のバルブを手動で閉じました」オーモンドがいった。「そのあとで、個々のサブシステムもシャットダウンしていきまして」

「艦内のすべての機能を回復できる者は？」ジャクソンが問いただした。オーモンドがためらうと、コルト四五口径の銃口を相手の鼻に押しつける。「誰なんだ？」

「ピーターズ大尉です」オーモンドが白状した。顔に涙が筋を曳いて流れはじめた。「あの人がわれわれの側を代表して戦闘指揮所《CIC》に詰めていて、ブリッジからのコマンド機能を別の経路に切り替えることができます。推進剤のバルブと姿勢制御用ジェットのブレーカー以外は、彼がすべて戻すことができます。われわれがブリッジを制圧したあとで、彼が指揮をとる手はずになってました」

ジャクソンは立ち上がり、オーモンドをうんざりした顔で見おろした。

「おまえの頭をいますぐここでぶち抜いてやっても、艦隊内の行動規範に反していないことはおまえもわかっているだろうな？」オーモンドがこくりとうなずくと、ジャクソンはつづけた。「われわれが操作不能の状態でただよっていることにエイリアンどもが気づく前に、わたしがこの艦の制御を取り戻せるように祈っておいたほうがいい。わたしはＣＩＣに向かう。きみときみも……いっしょに来い」

彼はセレスタと海兵隊員の歩哨を指さしたうえで、くるりと背を向けてリフトに向けて早足で歩きだした。

「ピーターズが艦内システムをすべて制御しているのだとすれば、彼はわれわれがあそこに向かっていることも知っているはずですよ」セレスタがハッチの隅のセキュリティ・カメラを指さしながらいった。

「わたしがカメラをすべて不能にしておいた」ジャクソンはいった。「ピーターズが知らないシステムの裏口がほかにもある」

「これまた、艦長のみぞ知る秘密というわけですか」セレスタがいって、うなずいた。「なかなか役に立ちますね」

「いつの日かきみ自身がそれを駆使できるようになるまで、われわれが生きつづけられるように願うとしよう」

ジャクソンがそういうあいだにもリフトのドアが閉じた。

「ピーターズ大尉、ブリッジからまだ何も連絡がないんですが、誰か使いにやりましょうか？」

「いや、やめておけ、特技官」

ピーターズが応じた。顔が紅潮し、やたらと汗をかいている。ウルフを拘束したか始末したとカレンが報告してきてもいいはずの時間をすでに二十分は過ぎている。艦長がブリッジを駆け出て艦長室にとびこむようすを、ピーターズは監視カメラで見ていた。この幸運が信じられないほどだったが、カレンに艦長の居場所を知らせようとすると、上等兵曹のコムリンクは通じなかった。艦内コンピュータのブラックアウトの例外になるアドレスを入力したにもかかわらずだ。艦内のカメラ映像がいっせいに消えたあと、彼はパニック発作の最初の苦しさが迫りつつあるのを感じはじめた。

少しでも安心しようとして、彼はCICの入口を見張っている武装した海兵隊員二人のほうをちらっと見た。この二人を計画に引き入れるのは簡単なことでもなかったが、カゼンスキはなんとかうまく彼らを取りこんで、チェックポイントのひとつで武器を収納した小さなロッカーを開けさせることまで成功していた。

「大尉、機関部を呼び出せません」別の特技官が告げた。「実際、艦内のどこにもアクセスできません」

「一時的なシステムの異常だ」とピーターズが大声でいって聞かせる。「みんな、自分の持ち場にとどまって、問題が解決されるまでおとなしく待て」

見張りの片方が何か意味不明な言葉を叫ぶのが聞こえ、ハッチのすぐ向こう側で大声が上がったために、室内の全員がとび上がるほど驚いた。海兵隊員の一人が床にぐったりとくずおれ、作業用制服に血の染みが広がっていく。

「武器をおろせ、海兵隊員、さもないと、おまえも撃つ」

ピーターズは聞き慣れたこの声を聞き、卒倒しかけた。彼が何か反応する前に、ジャクソン・ウルフとセレスタ・ライトがCICにどかどかと入りこむのが見えた。艦長はなにやらごつい拳銃を手にしていて、銃口からはまだ煙が渦を巻いて上がっている。

「フランシス・ピーターズ、おまえを、反乱、反逆、そしてほかにふさわしい罪状がなんであれ、その罪により逮捕する」とジャクソンが告げ、ガタガタ震えている士官のほうに近づいてきた。「戦闘中におけるそうした罪の処罰は、すみやかな処刑執行だ」彼はピストルを掲げてみせた。「ただし、処罰を遅らせることもできる。ただ単に、おまえをしばらくのあいだ営倉に押しこめておくだけにしてやろう。おまえが寝返って、この艦の制御をブリッジに戻すなら」

「何をいっているのか、さっぱりわかりま――」

「あと五秒やる」

ジャクソンがいって相手をさえぎった。CICに詰めていた残りのクルーはすわったままこのやりとりをまじまじと見つめ、驚きのあまり口をぽかんと開けている。ピーターズは無言で自分の端末のほうに移動して、コマンドを入力しはじめた。ジャクソンはそのようすを見守り、OPSがどうやって通常のフェイルセーフ機構をバイパスしたのかすぐに見てとった。本来、それは技術上の誤作動を防ぐためのもので、人間の意図的な破壊行動から守るためのものではない。そうしたコマンドを帳消しにするスクリプトが実行されると、ジャクソンはあまりやさしくない手つきでピーターズをどかし、そこから先は自分で端末をあやつって、自身の指令コードを入力し、艦内の機能を完全に復旧させた。

「ブリッジ」と少ししてから呼びかけた。「こちらは艦長だ。そちらの状況は？」

「艦長！」ディヴィスの声がインターコムごしに聞こえてきた。「ブリッジの機能はすべてオンラインに戻りつつあります。ですが、あの船がまたスピードを落として、われわれのほうに旋回しはじめました」

「距離は？」ジャクソンは尋ねながら、二デッキ下でなおも閉じこめられている海兵隊のハッチを解放するコマンドを入力していった。

「二十五万キロでさらに接近中です」ディヴィスがいった。「まだ傷を負っていますが、向かってきます」

「もうじき、そっちに戻る」とジャクソンは告げた。「電磁キャノン砲の準備をしておけと戦術《タクティカル》にいってくれ。CICからは以上」

「あなたはいますぐブリッジに戻るべきです」とセレスタがいった。「わたしがオーティズ少佐を連れて、操舵装置と推進装置を取り返してきます」

「よし」とジャクソン。「このクズ野郎と、外にいるもう一人の海兵隊員を拘束しろ。オーティズと合流したら知らせてくれ。彼らの武器をふたたび使用できるようにする。何があったのか彼に知らせるんだ。そして、ダヤを医務室に頼む！」

「イエッサー」と彼女がいって、ピーターズとまだうつ伏せに倒れているもう一人の見張りを縛るように、ブリッジから連れてきた歩哨に手ぶりで示した。

ジャクソンはリフトに駆け戻っていった。上部構造へと戻り、引き返してくるエイリアン船を相手にふたたびブリッジで向きあえるように。彼はコルト四五口径を低く構え、個人が携帯する武器について彼が受けたわずかな戦闘訓練の教えを思い出そうとした。ＣＩＣを奪還したにしても、まだ反乱側の協力者が通路をうろついていて、ためらいもせず彼を撃とうとしていないか確信がなかった。反乱に関わった全員の名前を得る唯一の手だては、カゼンスキを生きたまま捕らえることだ。あの男がどこに隠れているにしても。

# 19

「距離は？」

ジャクソンはブリッジに駆け戻るなり叫んだ。ピストルの安全装置を留めなおしてポケットに突っこみ、自席の端末に向かってコマンドを入力しはじめる。

「十九万キロです」バレット大尉が答えた。「電磁キャノン砲にはすでに砲弾を装塡し、標的に向けて照準を合わせています。コンデンサーにも充電されていますから、あなたの命令がありしだい、撃つ準備はできています」

「すばらしい」この艦が少なくとも自衛できるとわかって、ジャクソンの心に安堵の気持ちがよぎった。「わたしはこれから操舵と推進を取り戻すほうに取り組む。まだ機関室の区画に反乱者の一味がいる」

「人類の支配する宇宙空間でエイリアン船と遭遇したうえに、この反乱騒ぎにも対処しないといけないなんて、自分でも信じられませんね」とデイヴィス中尉が皮肉をこめていった。

「わたしもだ、中尉」ジャクソンはメニューを下にスクロールしていって、艦内のセキュリティ・システムを再稼働させようとしながら、うわのそらで応じた。

「艦長、こちらは副長《XO》です」セレスタの声がインターコムから聞こえてきた。「オーティズ少佐とその部下たちを解放しました。彼らは武器を手にして、戦う準備ができています」

「彼らの武器をいますぐ使用可能にする」とジャクソンは応じた。「できるだけ早くメイン・エンジンを取り戻してくれ。いったんあのシステムにパワーが戻ったら、姿勢制御用ジェットはあまり長くもたない」

「イエッサー。こちらから何か報告することがあれば、すぐに伝えます。XOからは以上です」

　ジャクソンは艦内の銃を使用可能にするのを少しためらった。海兵隊が突入すれば技術者を制圧できるという確信はあったが、反乱者もばかではないうえに、固く決意している……連中がどんな急ごしらえの武器や罠を仕掛けているかもわからない。それに、機関室での乱闘を望んではいなかった。だが、ここはオーティズ少佐にまかせて、この艦を掌握するのに必要な道具を彼にすべて与えてやったほうがいい。

「ディヴィス中尉、敵がゆっくりと近づいてくるこの機会を利用して、あれの詳細なデータ記録を入手できたものと思うが？」ジャクソンは問いかけた。

「イエッサー」

「よし。だったら、そのデータをパケットにまとめて、わたしがすでに渡しておいたものに加えてくれ。それをすべて通信ドローンに載せて、用意ができしだい発射するんだ」

　彼は椅子の背にもたれ、敵が近づいてくるあいだにリラックスして集中しなおそうとした。

あのいまいましいプラズマ兵器の射程距離がどれくらいあるのかわからないが、彼らがこしらえた巨大な穴は敵船にマイナスの影響を与えているにちがいない。〈ブルー・ジャケット〉が自力で動けるようになるまでは、彼にできることは何もない。そのため、部下たちが状況を正そうとつとめるあいだ、彼は無理にもじっとすわって待ちつづけた。

「中佐、前方の区画に集団がいます」オーティズ少佐が、手にした小さなタイルからセキュリティ映像を見ながらいった。「そのうちの三人は武装しています。どう進めましょうか？」

「カゼンスキ上級兵曹長もいるの？」とセレスタが尋ねる。

「ノー、マァム」

「あなたが最善と思う方法で部屋を制圧して、少佐」と彼女はいって、ごくりと唾を呑みこんだ。「殺傷力のある兵器の使用を許可する」

「イエス、マァム」オーティズのほうもこの状況を少しもうれしがってはいない顔でいった。

「A《アルファ》部隊、作戦にかかれ。標的は三名、人質はいまのところ見あたらない。部屋に侵入して、敵対する三名を片づけろ。室内の機材にはダメージを与えないこと」

海兵隊員八人からなるアルファ部隊は、ほとんど音をたてることなく、すみやかに部屋の入口のハッチのまわりに展開した。ハッチは大きく開いたままだったが、艦内の環境雑音によって彼らの接近はうまくかき消されたはずだ。部隊長の合図で、ハッチの両側から一人ずつ、一歩退がったうえで室内に武器を向け、それぞれに部屋の中の標的を一人ずつ片づけた。別の二人がそのわきから部屋にとびこみ、呆然と立っていた残りの敵を片方の海兵隊員が殺し、もう一人は敵を見のがしていたときの用心に銃をぐるりと室内に振り向けた。

「確保しました！」十秒もせずに、こう叫ぶ声が聞こえてきた。

それを聞いてセレスタとオーティズが部屋に駆けこむあいだに、アルファ部隊のほかのメンバーが室内に潜んでいた宙兵をさらに三人拘束した。彼らがたったいま制圧したのは機関部のオペレーション・センターで、ここなら反乱者が使用不能にした残りのシステムを再起動できるだろう。

「少佐、シン機関長を確認して」セレスタは反乱者が正確に何をしたのか確認していくあいだに命じた。まだここのシステムに完全に慣れてはいないため、ダヤ・シンの助けなしに情報を解読するのに少し手こずり、いらいらがつのっていた。「それと、二等機関士のコールドウェル大尉がどこに幽閉されてるのか探してみて。彼にここですべてを復旧してもらわないといけないから」

彼女が苦労して操舵システムをリスタートさせようとあれこれ試しているあいだに、海兵隊員の一人が拘束した技術者に荒っぽく問いただすのが聞こえた。

「ここにいないクルーは、一デッキ上の倉庫に押しこめられているそうです、中佐」泣きわめく二等特技官の頬を何度か張りとばしたすえに、海兵隊員が報告した。

「よし、解放してこい」とオーティズが命じた。「中佐、われわれはエンジンを始動させるために、閉止弁のところに急がないといけません。シン少佐はまだ息があります。ドクター・オーウェンスのところに送り届けさせましょう」

「そうして、少佐」とセレスタはいって、コンソールの前から離れた。「はじめましょ」

「B《ブラヴォー》部隊、行くぞ！」オーティズが叫び、オペレーション・センターを出ていった。

「艦長、メイン・エンジンの推進剤の圧力が戻ってきています」デイヴィス中尉が報告した。「五分以内にエンジンをスタートできるでしょう」

「すんでのところで間にあったか」ジャクソンが張りつめた調子でいった。彼らは敵がじりじりと近づいてくるのを見守っていたところだ。エイリアン船はあまり加速しておらず、それはこちらにとって好都合だった。最初にエネルギーを激しく燃焼させて方向を変えたあとで、あれは彼らのほうにのろのろと近づいてくるだけだった。「あれの傷口はどんなふうに見える？」

「まだ開いていますが、急速に閉じあわさりかけています」とデイヴィスがいった。

ジャクソンは小声で毒づいた。バレット大尉のいちかばちかの一発《ヘイル・メリー・ショット》が敵の船腹に穴をうがったとき、彼らには本当にあれを片づけるチャンスがあった。が、あの奇妙な船がいったいどんな普通でないダメージ・コントロールをしているにしても、それがすでに魔法のように効果をあらわしはじめている。

「バレット大尉」と彼は呼びかけた。「遠慮なくアヴェンジャーを発射しろ。このまま残りの距離の大半をゆっくりと近づいてこさせてから、右舷側のひらけた空間に加速するんだ」

「イエッサー」とバレットが応じる。「いますぐミサイルのプログラミングをアップデートして……発射します」

四つの光の点が駆逐艦から勢いよく離れていくのが見え、やがて距離の大半を惰性で進むうちに暗くなっていった。戦術士官を信頼してもう一度やらせてみたことをジャクソンはうれしく思った。パニック発作を起こしてあやうく壊滅的な打撃になりかけたあとで、この若い大尉はためらうことなく任務を遂行し、作業に熟達しているだけでなく、ダメージを負った駆逐艦で可能なかぎり、わずかな兵器を使ってうまくいく作戦を描いた。

「エンジンがオンラインになりました」とディヴィスが告げた。「プラズマ室《チエンバー》はすべて限界近くまで温度が上昇し、磁気圧縮リングは完全に機能しています」

「指令担当《OPS》、アップデートした針路を操舵手に伝えて、標的がもっともひどいダメージを負っている箇所に銃砲を向けられるようにしてくれ」ジャクソンは命じた。「操舵手、エンジンが使用可能になったら、すぐに四分の一速で前進をはじめ、標的のノーズを攻撃したら全速前進にするんだ」

「アイアイ、サー」

操舵手はそう応えて作業に戻り、あれこれ変更して制御装置を調節した。メイン・エンジンが点火したことを告げるとどろきが床を振動させはじめた。この瞬間のジャクソンにとって、これ以上に甘美な調べなどほかにありはしなかった。〈ブルー・ジャケット〉はダメージを負ってぼろぼろかもしれないが、もう一戦交《まじ》える準備ができている。

　操舵手がスロットルをそっと押しこみ、標的のノーズに真正面から向かうように針路を変更して、ダメージの大きな右舷側に向けた。デイヴィスがメイン・ディスプレイに映し出した情報をジャクソンは見上げ、敵との距離がいまではわずか四万キロになったのを確認した。操舵手がいったん〈ブルー・ジャケット〉の尻を叩いてうながせば、比較的短時間でその距離を渡りきれるはずだ。

「標的が動いています」とデイヴィスが告げた。「針路を変えて旋回しています」

「くそっ！」ジャクソンはつぶやき、立ち上がった。「われわれがまたエンジンに点火したために、やつらは逃げ出そうとしはじめたぞ。戦術《タクティカル》、アヴェンジャーにシグナルを送れ。船のどこにでもいいから命中させて、電磁キャノン砲をくらわせてやる準備をしろ」

「まだ距離がありすぎます」とデイヴィスがいった。「この距離で電磁キャノン砲を命中させることはできません」

「遠すぎるということはない」ジャクソンは食いしばった歯の隙間からもらした。「操舵手！　あれとの距離を詰めるんだ！」

「イエッサー！」操舵手が熱意のこもった声でいって、スロットルを限界まで押しこんだ。〈ブルー・ジャケット〉はとどろいて応え、メイン・エンジンがフルパワーになって、逃げていく船を追いはじめた。

「距離がちぢまっています」とデイヴィスが告げる。「操舵手、右舷に四度振れば、敵に追いつくショートカットになるわ」

「右舷に針路を調節します」と操舵手が指示に従っていった。

「距離が詰まる割合が減少していきます」とディヴィス。「いまや向こうも、われわれの加速にほぼマッチしています」

それを聞いてジャクソンは眉をひそめた。

「あれはどこに向かっているんだ？」

「わかりません。ポデレのほうに戻っているわけではありません……ひらけた空間に逃げていくように見えますが」

「それとも、超光速航行《FTL》の準備をして、この星系を離れるつもりかもな。傷をなめて癒《いや》し、また戻ってくるために」とジャクソン。「ミサイルの進行状況は？」

「標的に届く前に燃料がつきました」バレットが報告した。「自動で爆発するように命じておきましたから、航行のさまたげにはなりません」

「よく思いついたな」

ジャクソンは気をそらしたままつぶやき、標的が加速して彼らと速度を同期させ、膠着《こうちゃく》状態になるのを見守りつづけた。セレスタがブリッジに戻ってくると、彼は目を転じた。

「反逆者全員を拘束しました」と彼女が報告した。「死なずにすんだ者はということですが。シン少佐は医務室に運ばれ、オーウェンス中佐がいうには致命傷ではないそうです」

「どれもいい知らせだな」ジャクソンは明らかにほっとした。「見事な手ぎわだったぞ、中佐」

「ありがとうございます」彼女は礼をいったものの、明らかに驚いていた。デイヴィスのときの戦場昇進を別にすれば、部下が要求以上の仕事をやり遂げてもほとんど認めようとしなかった指揮官から、これほど寛大なねぎらいの言葉をもらうとは思ってもみなかった。「オーティズ少佐こそは、手柄の多くを受けとるのにふさわしい人です。彼と部下の海兵隊員は、反乱を鎮圧するうえで犠牲や艦内のダメージを最小限にとどめてくれましたから」

「艦内ログに記録しておくとしよう」ジャクソンは約束した。「ヘイヴンに戻り着いたなら、彼の功績が認められるように、できるかぎりのことをしよう」

セレスタはうなずいた。彼がいわずに残した部分は彼女にもわかっている。彼らは二人とも、部下の功績を認める立場にはないかもしれない。〈ブルー・ジャケット〉があそこの宇宙港に牽《ひ》かれていけば、二人とも即座に逮捕されることになりそうだからだ。

「艦長」とデイヴィスが呼びかけ、両者の心に去来した思いを破った。「針路の先に何があるのかわかりました。ポデレからヌオヴォ・パトリアへのジャンプ・ポイントです」

「ワルシャワ同盟でいちばん古株のコロニーのひとつね」とセレスタ。「あそこには数千万の人々が暮らしている」

「われわれがくらわせたダメージのあとで、やつらは本当に別の星系に転移する運だめしをするつもりなのか？」ジャクソンは誰にともなく問いかけた。「自分たちの故郷に逃げ帰るつもりかと思っていたが。人類の支配する領域にさらに深く入りこむのではなくて」

「あれのミッションが何かによりますね」とセレスタ。「もしかして、あれはわれわれの決意のほどを試すために送りこまれたのかもしれません。われわれが効果的な防御を築くまでに、どれくらい多くの破壊と死をもたらすことができるか調べるために」

「特攻して自爆する覚悟の戦略か？」

「簡単にいえばそういうことですね」

「このばあさん《ブルー・ジャケット》にもう一度だけ戦う力が残っているか、試してみるとしよう」ジャクソンはいった。「操舵手、フルパワーの緊急加速を」

「アイアイ、サー」

逃げるエイリアン船に追いつこうとして〈ブルー・ジャケット〉がもてるかぎりのすべてを振りしぼるうちに、ふたたび差がちぢまりはじめるのがジャクソンにも見てとれた。

「きみたち二人のいうとおりだとすれば、われわれには別の問題があるようだ」ジャクソンはセレスタとディヴィス中尉にいった。「われわれが使っているジャンプ・ポイントは、宇宙に浮かぶ無作為なポケットにすぎない。ワープ・レーンが行き先のジャンプ・ポイントにつながっていると知っているほかには何もわかっていない。自動操縦の船を送りこんで、短いジャンプをくり返し、ターゲット・ポイントを確かめるか、なんらかの障害を取り除くことによって、レーンはつくり出されてきた。やつらがワープ・レーンについて知っているとすれば、われわれのことを予想以上にいろいろと知っていることになる」

「あれは上陸部隊をおろしただけで、ふたつの惑星を荒廃させました」とディヴィスが指摘する。「あれはわれわれのコンピュータ・ネットワークにもアクセスできるという可能性もあります」

「かもな」とジャクソンがいって、うめきをもらした。「もうじきすべてはっきりする。すみやかに差が詰まっている」

「射程内に入るまでにあと――」

「敵の右舷後部に巨大な熱の高まりが！」ディヴィスの突然の叫び声が、射程に入る時間についてのバレットの報告をかき消した。「やつらが撃ってきます！」

「取舵《とりかじ》いっぱい！」ジャクソンは怒鳴った。「針路を変えろ！　変えるんだ！」

だが、すでに手遅れだった。〈ブルー・ジャケット〉がノーズを左に振りはじめたそのとき、目もくらむばかりの閃光が彼らのほうに筋を曳いて迫り、メイン・ディスプレイ全体を覆った。すさまじい衝撃があり、全員が座席からほうり出された。ジャクソンは立っていたために、宙を飛ばされてOPSのコンソールの並びに激突した。艦内の警告が赤いストロボ光の点滅をともなってやかましく鳴りわたった。

「ダメージ状況を報告して！」セレスタはウルフ艦長がすぐに立ち上がらないのを見て、苦しげな声を上げた。

「ダメージ報告が入ってきました」とディヴィスが震え声でいう。「右舷側に甚大なダメージを負いました。後部区画で艦腹に二カ所の破損、舷側の外殻全体にダメージあり。エンジン4は……喪失しました！」

「なんですって!?」

「エンジン4がまるごと吹きとばされました」とディヴィスが認めた。「パイロンも半分はもっていかれました。緊急遮断弁が機能したおかげで、推進剤の大半は救われましたが」

「われわれはひどいありさまです、中佐」と操舵手が報告した。「艦体をまっすぐに立てなおそうとしているところです」

「敵船は？」

「センサーには表示されていません」バレットがいった。「われわれがいまのをくらったのと同時に、あれが消えたことをレーダーが示しています。光学センサーでも確認できません。われわれが何に襲われたにしても、いまので壊れてしまいました」

「あれはFTLでジャンプしたんだ」とジャクソンがいって、苦労しつつも立ち上がった。左側頭部から血がだらだらと流れ、かなりの痛みがあるようだ。「操舵手、いまいましいこの艦を立てなおせ。航法《ナヴ》、星系を旋回して惑星ポデレに戻る針路を定めよ。OPS、ヌオヴォ・パトリアに通信ドローンの準備を。何がやってくるのか、向こうの彼らに警告してやらないといけない」

「通信ドローンは使用できません」とディヴィスが申しわけなさそうにいった。「右舷に命中したことで、艦腹の上部装甲がなかば熔解してしまって。通信ドローンのハッチが溶接されて閉じてしまったんです」

「焼き切ることはできそう？」とセレスタが訊いた。

「残りのドローンのどれからもステータス信号はありません」とディヴィス。

「ファレス中佐にいって、クルーに艦外活動《EVA》スーツを着せて、内部メンテナンス・ハッチから ドローンを探させるんだ」ジャクソンは命じた。「まだあれが機能しているなら、艦腹を切り開くことを考えよう。われわれはエンジンが三機になったと理解していいのか？」

「イエッサー」とセレスタが応じた。ジャクソンが頭に手をやってうめき、手を離すと血でべっとり濡れているのを見てセレスタはいった。「あなたは治療の必要がありますよ」

「その点は議論するつもりもない」彼はいった。「応急の圧縮包帯が助けになるとは思えない。わたしは医務室に行って、そのあとでこの混乱した状況をどうやって元に戻す《アンファック》か考えるとしよう」

この汚い言葉を聞いてセレスタがあんぐりと口を開けたことには気づきもせず、ジャクソンはブリッジを離れるために背を向けた。

揺れにあらがってふらつきながら歩いていくあいだ、クルーの面前で無理にも艦長らしくふるまおうとしたが、職業意識にひびが入って剝がれはじめた。反乱騒ぎはジャクソンが自分で認める以上に彼を大きく揺さぶり、いまはこの悪夢が終わること以外に何も望んでいなかった。

残念ながら、しあわせな結末《ハッピー・エンディング》にはなりそうにない。この呪われた航行において、ひとつでも幸運が起きるなら……たったひとつでもよいことが起きるなら、何をくれてやってもいい心境だった。

「艦長！　大丈夫ですか？」

〈ブルー・ジャケット〉の医務長であるオーウェンス中佐がちょうど医務室を出ようとしたところにジャクソンが入ってきた。

「さっきまでのほうがましだったがね」彼は認めた。「きみのところの誰かに包帯を巻いてもらえないかな？」

「もちろんですとも」とオーウェンス。「こちらにどうぞ」

艦長を案内して部屋に戻り、椅子にすわるよう示すと、ドクターはすぐに傷の具合を調べはじめた。傷口のまわりを触診して確かめたために、ジャクソンは歯を食いしばってこらえないといけなかった。

「傷は深いようですが、最新型のスキン・バンデッジでどうにかなりそうですね」オーウェンスがいった。「カイ特技官に処置をしてもらって、そのあとでまた話しましょう」

「ありがとう、ドク」

カイ特技官というのは女性で、あまりにも見た目が若いため、制服を着るには早すぎると賭けてみてもいいくらいだったが、部屋に入ってくると艦長にシャイな笑みを浮かべ、傷をきれいに消毒してから包帯を巻く準備を進めていった。これは表面が有機物でコーティングされていて、治癒を促進させるはたらきがある。

出血のわりに傷口は実際のところかなり小さく、わずか二センチほどの長さで、それほど深いわけでもなかった。医療特技官が包帯を巻いてくれると、二十分もかからずに彼は部屋を出た。そのあいだ、敵船が彼らを片づけに戻ってきたことを告げるクラクションや警報は聞かれなかった。このまま医務室をあとにすることも考えたが、治療のあとでもう一度オーウェンス中佐と話そうと同意していた。ドクターが誰の診察をしているのか見つけて、ジャクソンはここに残ったことをありがたく思った。

「気分はどうかな？」

「悪くないよ、艦長」とダヤ・シンがいう。「ここの先生がたは、念のためにわたしをここにとどめているだけでね。わたしのエンジンをひとつなくしたとか聞いたが？」

「新しいのをまた用意するよ」ジャクソンは約束した。

「それで、今後の計画は？」とシンが尋ねながら、身体を起こそうとした。

「いまのところは、出血をとめることに専念するだけだ」ジャクソンは認めた。「われわれはさんざんに打ちのめされ、エンジンをひとつなくして、百カ所もの亀裂から外に空気が漏れ出ている。まずはポデレに戻って、あそこの住民の安否を確かめてみるべきだろうな」

「宇宙船というのは、いつだって空気を漏らしているもんだよ」とダヤがいって、手で払うしぐさをした。「それをおぎなうために、われわれはどの航行時にも大量の酸素や窒素を積んでいるのだから。噂に聞いたところでは、敵船はFTLでジャンプして、ワルシャワ同盟の別の惑星に向かったんだとか」

「いったいどうやって、そんな噂まで耳にしたんだ？」ジャクソンはなかば冗談めかして尋ねた。

「わたしにも自前のコムリンクがあるんでね。去年、あなたが艦内ログのアクセス権を許可してくれたから、入力された記述に目をとおすようにしている。だが、それは問題じゃない。人間が暮らしている別の星系に向かったあの船を、われわれはどうするんだね?」

「現時点でわれわれに何ができるのかはよくわからない」とジャクソンはいって、お手上げだというように手を広げてみせた。

「ワープ・ドライヴはまだ機能している、ちがいますかな?」オーウェンスがはじめて口を開いた。

「そのように思う」とジャクソン。

「だったら、何をすべきかは自明のように思えるが」とシンがいった。「われわれは艦首を返してヌオヴォ・パトリアのジャンプ・ポイントをくぐり、やつらより先にたどり着かないといけない」

「つまり、きみら二人がわたしをここに呼んだのは、艦長を叱咤激励《しったげきれい》して勇気づけ、自殺同然の特攻任務をつづけさせるためなのか?」ジャクソンはそういって、椅子から立ち上がった。「きみらがいったことは心にとどめておこう。ポデレのそばを通過して、航行をつづける準備ができているようなら、そもそも〈ブルー・ジャケット〉が転移速度に移行できると仮定してだが、そのときはわたしが判断する」

彼は二人にうなずいて別れを告げ、医務室を出ていった。

汎用制服に乾いた血をべっとりつけたまま通路を歩いていくあいだに、任務のために道を急ぐクルーに二十人ばかりも行き会った。誰もが敬意をこめて艦長に会釈し、駆逐艦を進めつづける作業のために道を通り過ぎていく。彼らの顔にパニックや不満そうなようすは見えなかった。実際のところ、恐怖さえもほとんど見られない。あえて表現するなら、通り過ぎるクルーたちの顔には厳しい決意が刻まれているというしかなさそうだ。

そんな彼らを目にするたびに、彼の決意も固まりはじめ、そのたびにうなずき返し、ただしクルーに空虚な励ましの言葉をかけはしなかった。その必要もなかった。この航行をはじめたときの彼らは艦隊のやっかい者の集まりで、ただ単に退役するまで時間が過ぎるのを待つか、気楽な勤務場所を探していただけだったかもしれないが、いまではその彼らこそが、艦隊内でもっとも戦闘に慣れたクルーだ。皮肉な者なら、最初の攻撃は怒りによって発射されただけだという事実を指摘するだろうが、下のデッキを歩いていくジャクソンには真実が見てとれた。反乱や〈ブルー・ジャケット〉がこうむったダメージはかなりひどいものだったが、クルーのみんなは彼が決断したとおりにつき従うだろう。

リフトのドアが閉まり、ブリッジへとすみやかに彼を運んで戻っていくあいだに、彼は自分が正確に何をしないといけないのかはっきりとわかっていた。

# 20

「指令担当《OPS》、ワープ・ドライヴのステータス情報を頼む」ジャクソンは大股でブリッジに入っていきながらいった。

「ドライヴのコンポーネントをいま解析診断しているところです」とデイヴィスがいって、大きなあくびをもらした。「ですが、右舷側のハッチがエミッターの上から熔けた金属で溶接されてしまっているのは確かです。それと、残りの通信ドローンはすべて修復不能なほど壊れているとファレス中佐から報告がありました」

「機関部に詳細を報告させろ」ジャクソンはドローンの知らせについては無視していった。「きれいな状態でなくてもかまわん。単にいまいましいハッチを切り取って、なんならそれを宇宙ゴミとしてほうり捨てろ。とにかくエミッターを使えるようにするんだ」

「イエッサー」

「ワープ・ドライヴをですか？」とセレスタがいった。「われわれはヌオヴォ・パトリアに？」

「そうだ」とジャクソン。

「でしたら、いますぐクルーに話したほうがよろしいかと」

「わたしも同じことを考えていたところだ、中佐」

ウルフ艦長の顔が艦内の運転に必要ないすべてのモニターにいきなりあらわれたために、誰もが作業を一時中断して注意を向けた。


ハロー、諸君。

きみら全員がよくわかっているとおり、このところわれわれは未知のエイリアン船と代償の大きな戦闘をつづけてきた。エイリアン船は地球連合の支配する宇宙空間に侵入し、アジア連合からワルシャワ同盟にかけて、想像しがたいほどの破壊の道筋を残していった。

われわれはその途中で仲間のクルーを何人も失った。〈ブルー・ジャケット〉はぼろぼろになり、足を引きずりながら、かろうじて自衛が可能な状態で、いまはポデレ星系を航行している。これからとるべき論理的な手段は、惑星ポデレの軌道上をめぐりながら助けを待つか、それとも無理してでも自力でヘイヴンまで戻るかだが、そこには問題がひとつある。敵船はこの星系を離れ、ほぼ確実にヌオヴォ・パトリアをめざしている。ワルシャワ同盟の支配する、三千万人以上の人々が暮らしている惑星に。エイリアン船はそこで第八艦隊と出くわすかもしれず、そうはならないかもしれない。そしてわれわれには、彼らにやつらの到来を警告する手段がない。

これまでの戦闘はわれわれが望むような方向に進んでいない。われわれは時代遅れのシステムで戦わなくてはならず、メンテナンスのお粗末な兵器を使い、さらには反乱者と艦内で戦わないといけなかった。だが、こうしたすべての困難にもかかわらず、きみらが難局に際してうまく対処するのをわたしは目にしてきた。無慈悲な、恐るべき敵を目の前にして、宙兵たちが恐怖を呑みこんで必死に務めを果たすのを目にしてきた。きみらがすでに見せてくれた以上の努力を頼む権利はわたしにはない。だが、これはわたしが頼んでいるのではない。ヌオヴォ・パトリアの人々が頼んでいるのだ。ポデレの人々は瓦解した街を絶望して歩きまわりながら、正義の鉄槌を叫んでいる。そして壊滅したシーアンやオプロトムの記憶が復讐を求めている。

われわれ人類が二世紀以上にわたって兵器をもちいた戦闘をしたこともなかったという事実は、いまここでは関係がない。きみらの大半が、実戦を予期し、希望して艦隊に加わったのでないという事実は問題ではない。そうしたさまざまな問題があるにしても……それでもわれわれが乗り組んでいるこれは駆逐艦だ。戦闘艦で、そして実際に戦闘がわれわれの前にもたらされた。われわれは自分の果たすべき務めからあとずさりするつもりはないし、ミッションをしくじるつもりもない。

話しつづけるにつれ、彼の声はますます高まっていき、すべての士官が、すべての下士官が、モニターやスピーカーごしにでも艦長の意志が発散するのを感じとれたほどだった。

　われわれは惑星ポデレをスイングバイして速度を上げ、ワープ転移する。

　ジャクソンはこの報告の詳細な部分の説明にさしかかると落ちついた声になった。

　われわれはヌオヴォ・パトリアへのジャンプ・ポイントをくぐり、敵の襲撃をくいとめるのに間にあうことを願う。われわれはすでにかなりのダメージを敵に与えているし、次の交戦であれを航行不能にするか破壊できると完全に自信をもっている。あとのことは各部署の部門長から説明を聞くといい。この艦の、そしてきみら自身の準備をととのえ、このミッションを最後までやり遂げるのだ。きみらの名は今後数世代にわたって語りつがれることになるだろう……地球連合艦《TCS》〈ブルー・ジャケット〉のクルーとして、巨大なエイリアン船に一隻だけで立ちはだかった駆逐艦のクルーとして。

　さあ、仕事にとりかかろう。指揮官《CO》からは以上だ。

「どうだったかな?」ジャクソンはカメラのライトが消えると尋ねた。

「とてもよかったですよ」セレスタがいった。「正しいトーンで伝えられたと思います」

「それはどうかな」彼は小声でこぼした。「連中がまた反乱を起こしてブリッジに殺到するようなら、それほどうまく鼓舞できたわけでもないということになる」

「通信《コムズ》がポデレからのメッセージを受けとっています」彼女がいって、話題を転じた。「三つの都市が完全に失われましたが、われわれがシーアンで見つけたのと同じ、あのぬめぬめしたものに覆われたほかの都市すべてから、あれについて貴重なデータがいくつか得られました」

「多少の助けにはなりそうだな。エイリアン船が軌道を離れるさいに、地上部隊を船に引き戻したのはなんとも幸運だった。われわれの艦上には地上の敵を一掃する兵器など何もないし、ポデレには抵抗できる常備軍もない」

「ときには、われわれの側に幸運が微笑むこともあるものですよ」と彼女がいって、肩をすくめた。「あなたからポデレに応答されますか？」

「いや」ジャクソンは少し考えてみたうえでいった。「各地の知事の救助願いをはねつけることなどしなくとも、われわれは充分すぎるほどたくさんの問題を抱えている。彼らのなかに頭の回転の早い者がいれば、よく知られていない些細な条約事項をもち出して、われわれは多少なりともここにとどまって彼らを手助けしないといけなくなるかもしれない」

「われわれはすでにこの時点で、規則に従って行動する段階をとうに過ぎていると思いますね」と彼女が思い出させた。

「確かにそのとおり」と彼も同意する。「たとえ〈ブルー・ジャケット〉がこの戦闘を無事に生き延びたとしても、われわれ二人のキャリアはおしまいだ」

「同感です」

「少し睡眠をとってくるといい、中佐」とジャクソンはいった。「四時間後にわたしと交替してくれればいい。それなら、転移をはじめるときに二人とも気分新たにのぞめる。そのあとは、最高速度で航行をつづけてドライヴや発電機関がもちこたえられるとすれば、五十二時間のワープ航行になる」

「クルーは右舷のドライヴ・エミッターをハッチから出す作業をほとんど終えたよ」シンが紅茶をゆっくりとかき混ぜながらいった。「エミッター自体と展開アームは、まったくダメージを受けていないように見える。艦腹の装甲を液状化させるほどの強烈な熱なら、アームのジョイントのほうも熔かしてしまうんじゃないかと心配だったが、どうやら無事につながっているようだ」

「あとどれくらいかかる?」

ジャクソンは尋ねた。これほど長い時間起きつづけているために、目がしょぼしょぼして感じられる。セレスタ・ライト中佐とバレット大尉が当直に戻るまで、彼が一人でブリッジにとどまって制御を担当していた。デイヴィス中尉にも、自分は大丈夫ですからと拒否しつづけたものの、部屋で休むようにと命じておいた。指令担当士官のピーターズ大尉が営倉に入れられているため、彼女はすでに三十六時間近くも当直をつづけていたのだった。

「二、三時間といったところか」とシンがいって、肩をすくめる。「まだわれわれは、ジャンプ・ポイントに達してもいない。なぜ急ぐんだね？」

「あれが艦腹から突き出されるまで、転移速度に向けて加速をはじめることもできないからだ」

「なぜそれほど急いで加速する必要があるんだね？」

「忘れているならいっておくが、われわれはエンジンを一基失ったんだぞ」ジャクソンは少しいらだっていった。

「エンジンが三基あれば充分すぎるくらいだ」シンがなおも心配していないような口ぶりでいった。「もうひとつなくなったとしても、われわれには補助ブースターがある」

「実際にそれが必要になったとき、四十年以上前のロケット・ブースターを信用して点火できるかは確信がもてない」ジャクソンは疲労のために視界がぼやけはじめていた。「反乱を鎮圧したあとで、どれくらい人手が足りなくなったんだ？」

「あいにくと、反乱者側にもわたしの部下がたくさん含まれていた」シンはそういって、顔をしかめた。「それはつまり、わたしの宇宙艦隊士官としての能力のなさを物語っているようだが。あなたは本当にあのコルト一九一一でカレン上等兵曹の頭を撃ち抜いたのかね？」

「ああ、そのとおり。そのことをとりたてて誇らしく思っているわけではないが、わたしが通路で六人の反逆者に棍棒でめった打ちにされて死んだために、数百万の人々までむざむざ死ぬことになったら、それ以上に誇らしく思えなかったろうな」

「それはそうだ」とシンがいう。「うむ……できるものならもっとここにとどまって話したいところだが、このへんであなたと別れて部屋に戻らないといけないようだ。ワープ・ドライヴで無事に転移するか、それともすべてが分子レヴェルまで粉々になる前に、少なくとも何時間か眠っておきたい」

「どっちがよりひどい選択肢なのか、あまり確信がもてないな」

「おやすみ、ジャック」

「よい眠りを、ダヤ」


「よし、はじめるとするか」

ジャクソンはこうつぶやきながら、自席に腰をおろした。ほんの二時間眠っただけだったが、シャワーを浴びて温かい食事をとると、はるかに気分はよくなっていた。シンがいったとおり、〈ブルー・ジャケット〉は残りのエンジン三基だけでも楽に勢いを増して、転移速度に達していた。ワープ・エミッターもうまく展開され、明るいブルーに、そしてさらに純白に輝きはじめた。

「転移まであと五秒！」

航法長が必要以上に大きな声で告げた。ジャクソンが見守るうちにゆがみのリングが艦首のまわりに生じはじめ、数秒後、激しいバフェティングを感じて、〈ブルー・ジャケット〉はポデレ星系から転移して離れた。

「現在のわれわれは転移中だ、諸君」とジャクソンはブリッジのみんなにいって、立ち上がった。「ワープ中でもできる修理をしておくように。副長《XO》、各部門長に重労働のメンテナンスや修理を控えてクルーを少し休ませてやりたいと知らせてくれ。ヌオヴォ・パトリアに入るときには、通常の当直についてもらいたい」

「伝えておきます、艦長」

「艦長、わたしには代わりの当直がいませんが」とデイヴィス中尉が口を挟んだ。

「現実空間に転移して戻るまで、きみとバレット大尉が交替で当直にあたれ」ジャクソンはいった。「向こうに出たら、もちろんきみたち二人とも任務についてもらう必要がある。きみが最初の当直を担当しろ、デイヴィス。バレット、わたしと少し歩くとしよう。XO、きみにブリッジを預ける」

バレット大尉は不安げな表情を浮かべて席から立ち、艦長に追いつくために急いでブリッジを駆けていった。

「イエッサー?」彼はジャクソンの隣に並ぶといった。

「前回、きみと話したあとのきみの活動は格別にすばらしかったといっておきたかっただけだ。きみの前回の突発的な問題を行動記録に入力するのは控えておいた。きみが言いわけなどいっさいせずに、自分の過失を認めたからだ。そのことだけでも、きみはわたしの懸念がまちがいだと証明するチャンスを得た。きみはそのとおり証明してみせただけでなく、それ以上の活躍をしてくれた」

ジャクソンは通路の途中で足をとめ、若い大尉に手を差し出した。バレットが少しびっくりした顔でその手を握る。

「若い士官についての自分の考えがまちがっていたとわかって、これほどうれしかったことはいまだかつてない」ジャクソンはいった。「この航行を終えたら、きみの昇進を推薦しよう」

「ありがとうございます」とバレット。「この航行を終えたら、引きつづきあなたのもとでお仕えする機会を希望します」

「わたしとしては、それ以上の何も望まない、大尉」ジャクソンはあえて表情を顔にあらわさずにいった。「この調子でつづけてくれ」

# 21

……荒廃の状況はとにかく言葉ではいいあらわせません。われわれは惑星着陸用シャトルを積んでいませんから、生存者が一人もいないのか確認する手段がありませんが、惑星に加えられたダメージは完全なものであるようです。現段階では、シーアンは完全に失われたと報告しておきます。周囲のエリアにほかの船の姿はなく、軌道上に残っていたデブリはラプター級の駆逐艦と一致しません。われわれはこのまま調査をつづけてオプロトム星系に向かいます。艦内に残っていた最後のドローンをこのメッセージに使うため、今後はドローン・プラットフォームがまだ存在している世界にたどり着くまで連絡はとれません。地球連合艦《TCS》〈コンスタンティン〉ジェグ艦長からは以上です。

艦長が報告映像を締めくくり、そのあとで巡視艇〈コンスタンティン〉からの映像がモニターに映し出されていくにつれ、アリソン・ウィンタース大将の腹に生じはじめた氷の玉がゆっくりと回転しはじめた。〈ブルー・ジャケット〉から一週間以上前に送られてきた作戦行動報告を彼女は震える手で開き、両者の映像を見比べた。

驚くべきことでもないが、ふたつの映像はぴったり一致していた。唯一の違いは、ウルフ艦長のほうがジェグ艦長のものよりも調査がはるかに詳細だったことだ。苦い液体が喉にこみあげてきて、こめかみがズキズキする緊張性頭痛のすみやかなはじまりが感じとれた。それは彼女が目にした悲劇的事件の深刻さのためだといいたいところだが、そういったらほぼまちがいなく嘘になる。

彼女は対応をしくじった。まさしくしくじった。

ウルフが完全に一線を越えて頭がおかしくなったのか、それともなんらかの不可解なゲームをしているものとばかり思いこみ、ファイルをしまいこむ前に〈ブルー・ジャケット〉の報告にもっと注意して目をとおそうとは考えもしなかった。ウィンタースはこの報告を自分のコンピュータの隠しファイルに保存したきり、うんざりさせられるあの地球生まれ《アーサー》が艦隊の宇宙艦に二度と足を踏み入れることのないようにして、おそらくは首に自由渡航禁止のカードをぶらさげて地球に送り返すにはこのいまいましいファイルを見ただけで充分だという事実を楽しんでいた。

それがいま……いまになってみて、地球連合が支配する惑星のうち少なくともふたつを何者かに攻撃されたという事実が、あの駆逐艦からの通信をすべて差しとめるという彼女の判断によって隠蔽されたことについて、居心地の悪い質問に答えないといけないのはむしろ彼女のほうであるらしい。何者かがシーアンを攻撃し、都市を消し去ったことを〈コンスタンティン〉が確認したいま、その事実にふたをすることはできない。アジア連合とワルシャワ同盟の境界付近の不穏な噂について、辺境からの知らせを上院情報委員会が待っているからだ。

けれど……ウルフがそこまで強力な敵を相手に勝利する可能性は？　彼女は報告書をスクロールしていき、古いラプター級の駆逐艦がエイリアン船と一度やりあっただけでどれだけ大きなダメージを負ったかを見なおした。あの愚かな男は、それを追いかけてワルシャワ同盟に入りこんだらしい。実際、〈ブルー・ジャケット〉からは五日近くも連絡が入っていない。いまごろはただの宇宙の藻くずになっているということもありうるし、さらにいえばその可能性のほうが高い。

彼女はウルフの報告ファイルを閉じ、自分の端末からデータを抹消し、すばやくデータ・アーカイヴをたどって〈ブルー・ジャケット〉が出発したときに彼女が提出した異議申し立てをすべて消去した。ウィンタース自身はデータ解析を専門とする事務方上がりで、実際には一度もヘイヴンを離れた経験がなかった。一度も宇宙艦を指揮したことはないし、実際にミッション分析官であったこともない。だが、自分の足跡をたどってアクセスした証拠をすべて消し去る方法はよくわかっていた。事実、彼女は追跡が困難な無記名の管理認証の資格を使ってシステムにアクセスしている。こうしておけば、いずれ〈コンスタンティン〉が戻ってきてすべてが白日のもとにさらされたとき、ただ単にウルフが通常の作戦報告ファイルを送るのを怠《おこた》ったように見えるだろう。あの男の過去の実績に照らしあわせてみれば、聴聞委員会が彼の側の落ち度と結論づける可能性もまったくないわけではなさそうだ。

ジャクソンは〈ブルー・ジャケット〉の通路をたどりながら、ときには足をとめてクルーに声をかけたり、この状況下でとりわけ厳しい作業を強《し》いられているように見える部署を訪ねてまわった。艦内の反乱は鎮圧されたものの、まだ少し不穏な空気が残っている気がした。後ろには海兵隊の歩哨がついてきてくれているにしても。まだ汎用制服の上着の下にコルト四五口径を携行している。銃身が薄いために、隠し持っておくのは簡単だった。艦長室に置いてきたような現代ふうの小銃は少し扱いにくく、服の上からホルスターをつけて携行しないといけないうえに、反乱者が使っていた武器を彼が使用不能にしたのと同じやり方で武装解除することも可能だ。

目についたかぎり、艦内はひどい状況だった。〈ブルー・ジャケット〉がまだ航行可能で、少しは戦闘力も残っているのは、シエラ造船所の設計者やそれを実際に組み立てた建設作業員の有能さの証《あかし》だ。彼らがヌオヴォ・パトリアに到着するまでに残りはあと一日を切り、もう一度エイリアン船と出くわすことになったなら、どちらが生き残るにしても、それが最後の戦いになるとわかっていた。駆逐艦はとにかくこれ以上のダメージに耐えることなどできそうにないし、榴弾で敵を航行不能にするか破壊できないばあい、どのみち弾がつきる。

「では、左舷レーザーは完全に使用不能なのか？」

彼はダヤ・シン機関長の隣を歩きながら尋ねた。彼らは原子炉3をおさめている大きな部屋にいて、機関長が燃料系統のメンテナンス作業を視察しているところだ。

「完全に失われた」とシンが認めた。「少なくとも、数カ月はドックで修繕しないかぎりは」

「それは残念だ」

「主送電ケーブルが爆発したとき、多重回路《MUX》やその周辺にあったサブシステムにまでひどいダメージがおよばなかったのは、実際のところ幸運だったくらいだよ」シンは肩をすくめた。「とはいえ、われわれにはシステムをうまく修理するための材料さえ充分にそろっていないし、たとえ修繕できたとしても、またぶり返さないという保証はどこにもない」

「何が原因だったのかわかっているのか？」

「設計上のミスだ」シンが自信をもって断言した。「舷側のレーザー投射機はあんなふうにパワーが供給されているため、主供給管が壊れると、その側のすべてのパワーが伝達されずにとどこおってしまう。推測するなら、この艦がつくられて以来、テスト時以外にあのシステムが許容量の十パーセント以上で使用されたことなど一度もなかったんじゃないかな」

「つまり、いまのわれわれの攻撃手段は、電磁キャノン砲しかないというわけか」とジャクソンはいって、首を横に振った。「深宇宙での戦闘を想定したさいに思い描いたシナリオではないな」

「それはどんなふうだったんだね？」シンはなおもクルーたちの作業を確認しつづけながら、あまり興味もなさそうに尋ねた。

　ジャクソンはとにかくも答えることにした。

「何十万キロも離れて対峙し、たがいに長距離ミサイルを撃ちあって、どちらかが運よく相手に命中させるという戦い方をつねに想定してきた。弾の大きさや速度の違いはともかくとして、電磁キャノン砲が吐き出す砲弾は、基本的には十三世紀当時と同じ技術だからな……かなり相手に近づかないといけないし、いったん弾を発射したあとは誘導もできない」

「その点では同感だ」とシンがいって、背筋を伸ばした。「わたしもはじめてラプター級の艦艇に配属になったときから、〝大砲《キャノン》〟などというのはまったくばかげたものだと思っていたよ。もっとも、艦対地兵器としてはなかなか役に立つだろうが」

「小さな虫を叩きつぶすのに金槌を使うようなものだが、確かにそのとおりだ」

「ワープしているあいだに、部下のクルーに電磁キャノン砲と砲塔の状態を検査させておいたよ。今度の最後の戦いにもちこたえられるだろう。艦の残りの部分については同じ約束をできないが」

「そこまでひどいのか？」ジャクソンは顔をしかめた。

「エンジンを一基なくし、艦腹の割れ目からは数十カ所も空気が漏れ出ているし、電力系統は供給量が激しく変動し、おまけに構造上の重大なダメージを抱えている。ヌオヴォ・パトリアで何が起きるにしても、これがこのばあさんの最後の航行になるだろう」

「すでにそうなることは決まっている」ジャクソンはもはや秘密にしておく必要性を感じなかった。「第七艦隊は解体される。〈ポンティアック〉と〈クレイジー・ホース〉はすでにシエラ造船所に向かっていて、退役し、スクラップにされる予定だ」

「少なくとも、われわれは堂々と戦ってから身を退《ひ》くことになりそうだな」とシンがいった。

「スタンバイせよ！」

ジャクソンの足もとで床が跳ねて振動し、〈ブルー・ジャケット〉は現実世界に転移して戻った。ジャクソンが航法士官に位置座標を確認しろと命じようとしたまさにそのとき、艦外からのまばゆい閃光に目がくらんだ。何度もまばたきをくり返して目を慣らそうとするうちに、艦内全域にドーンというものすごい爆発音が起こり、警告音声がやかましくわめきはじめた。

「攻撃されたのか？」ジャクソンは問いただした。

「いいえ、ちがいます！」デイヴィス中尉が警告音に負けない大声で叫ぶ。「艦首のワープ・エミッターが壊れて受け台からはずれ、艦腹に衝突しました！　艦腹の上部に破損箇所があります、外と内の装甲の両方に。気密ハッチは機能せず、デッキ14とデッキ15の空気が外に漏れ出ています」

「そのデッキの気密ハッチをすべて閉じろ！」ジャクソンはぴしゃりと命じた。「艦内の空気をすべて失う前に封じるんだ！」

「気密ハッチを閉じました」とデイヴィスが告げた。「十九ある部屋のうち、七つしか救えませんでした」

「そこにはどれくらいのクルーが？」ジャクソンは恐怖を声ににじませて尋ねた。

「二十七名です」デイヴィスが小声でいった。警告音がおさまっていてさえも、かろうじて聞きとれる程度の声だった。「そのうちの六名は、艦腹が破損したさいに外に投げ出されました」

「ダヤ！　いったい何が起きたんだ？」ジャクソンはインターコムに向けて、叫ぶも同然にいった。

「艦首上面のエミッターが、航行中のいずれかの段階でゆるんでいたようです」シン機関長の声がスピーカーから聞こえてきた。「ワープ・ドライヴによってつくり出されたゆがみのリングによってそこにとどめられていたんですが、現実空間に転移して戻ったときにはずれたようです。それは充電されていて、艦腹に衝突した衝撃で爆発しました。

しかしながら、もっと悪い知らせがあります……エミッターはまだ電源ケーブルにつながったままでした。それが艦腹にぶつかったとき、メインの電力分岐点を四つ吹きとばしたんです。そのせいで、上面の電磁キャノン砲は影響を受けた箇所を修理するか、そこをバイパスするまで使えそうにありません」

「いますぐ作業にかかれ！」ジャクソンは怒鳴った。「必要なら部下のクルーたちに与圧服を着せるんだ。だが、できるだけ急いでキャノンをオンラインに戻す必要がある。作業は指令担当《OPS》と調整して進めろ。ブリッジからは以上」

彼はどさりと椅子の背にもたれ、目をもみほぐしてから、ブリッジ内のクルーを見わたした。

「誰か、いい知らせがある者は？」

「位置座標を確認できました」と航法ステーションについていた宙兵がいった。「目標どおりです。予定していた進入ポイントから十七キロしかずれていません」

「それはよかった」とジャクソン。「通信《コムズ》、そっちは？」

「通常の会話が聞こえています、艦長」とケラー中尉がいった。「ドローン・プラットフォームや船が軌道上に存在し……すべてが平穏に見えます。ヌオヴォ・パトリアの軌道上には第八艦隊の巡航艦の姿まで見てとれます」

「彼らに緊急《フラッシュ》メッセージを送って、敵対的な存在がもうじきここに到着するか、あるいは、すでに到着して星系内に隠れているかもしれないと警告するんだ。向こうが尋ねてくるまでは、あまり詳細に明かすな」

「今度の戦いがわれわれ一隻だけでないのはうれしいことですね」とセレスタが口を挟んだ。

「それをあてにするな。敵の船がここにあらわれたら、彼らはあわてて逃げ出す可能性のほうが高いだろう」

「一方のわれわれには、もうその選択肢はありませんが」とセレスタがいって、メイン・ディスプレイの〝窓〟を手で示した。それまで艦首のワープ・ドライヴ・エミッターのひとつを支えていた、壊れたアームのほうを。

「ああ、ないな」とジャクソン。「われわれはここで最後の戦いをいどむ。戦術《タクティカル》！　星系内のスキャンをはじめろ。あれがこの星系のどこかにいて、自動修復しているなら、なるべく早く見つけ出したい」

ブリッジで熱狂したあわただしい作業が一時間近くもつづいたすえに、最初の通信シグナルを受けとった。

「艦長」とケラー中尉が呼びかけた。「向こうの巡航艦からわれわれに、ヌオヴォ・パトリアの惑星に降りる指定のルートをたどって、当艦に彼らが乗艦する準備をせよと要求しています」

「向こうがわれわれの信号を受けとってから返信する時間はなかったはずです」とセレスタが指摘して、眉をひそめた。「われわれがこの星系に転移してきたときに発していたビーコンから艦名を特定し、すぐにこの通信を送ったのでしょう」

「われわれはひどいダメージを負っていて、現在のところどこにも移動するつもりはないと伝えろ」ジャクソンは告げた。「そのあとは、向こうからの通信をすべて無視しろ」

「イエッサー」とケラー中尉がこの命令に明らかに気まずさを感じながらいった。

「単にわれわれがこの星系に入る予定を事前に知らせていなかったからだという可能性はありませんか？」とセレスタ。

「通常なら、その解釈にわたしも賛成するところだ」ジャクソンはいった。「だが、〈ブルー・ジャケット〉に乗艦するという要求はかなり尋常でない。ウィンタースがこのエリア全域に前もって命令を送っていたのだろうと想像するしかないな。むしろ、わたしが驚いたのは、第八艦隊の巡航艦の艦長が、中央司令部《CENTCOM》の大将からの指示に本気で従う気になっていることだけだ」

「それで、どうしますか？」

「何もしない」ジャクソンはかるく肩をすくめた。「われわれは修理を急ぎ、通信には応えずにできるだけ引き延ばす。あのくそったれなエイリアン船はここに向かっている途上か、またはこのほうが可能性は高そうだが、星系内のどこかに潜んでいて、われわれがあらわれるのを待っているものとわたしはまだ信じている」

「やつらと戦闘になったら、巡航艦は助けになるでしょうか？」セレスタが尋ねた。ブリッジのクルーが彼らのひそひそ話に興味を失うように、わざと声を高めている。

「あの巡航艦はやや新しい設計のようだが、ラプター級の駆逐艦がエイリアン船からこれだけの打撃を受けるとすれば、より小型の艦艇では相手を足どめする以上にあまりできることもないだろう。勝ち目のない状況で彼らがクルーを危険にさらすよりは、戦闘に参加せずにとどまっているほうを望みたいくらいだ」

彼らはふっつりと黙りこみ、ブリッジ内のやわらかな、リラックスしたといっていいくらいのささやき声が、状況の深刻さや機関部のクルーが大急ぎで修理に追われている状況を裏切っていた。機関部のクルーはすでに破損した艦首の区画に入り、上面の電磁キャノン砲の電力を復旧させようと努力している。

「戦術《タクティカル》！　アップデートは？」ジャクソンは呼びかけた。

「いま取り組んでいるところです」バレット大尉が答えた。「エミッターが爆発したときに、予備の高出力センサーまで壊れてしまいまして。艦腹の熔けたスラグがアンテナの大半を呑みこんでしまいましたし。残ったものだけで懸命に取り組んでいるところです」

「敵に照準を定めることくらいはできるのか？」

「イエッサー……ですが、短距離の航法レーダーで察知できるのは、われわれが望むよりも敵がずっと近づいてからになるでしょう。いまはOPSや機関部と連携して、わがステーションを彼らのシステムと統合するようにしています」

「アップデートを随時知らせてくれ」ジャクソンはあきらめを声ににじませないようにつとめながらいった。いままで以上に敵の存在を警告する能力が下がったとわかるのは歓迎すべき知らせではない。「通信《コムズ》、あの巡航艦はまだわれわれに呼びかけているのか？」

「ノー、サー」とケラー中尉。「エンジン・トラブルを起こしているというわれわれの説明のあとは、何も反応はありません」

「じつにありがたい。ライト中佐、きみにブリッジを預ける。わたしはダメージの程度をじかに確認してくる」

ジャクソンはそういい残すと、艦長席を離れた。

「部屋の隔壁に亀裂が生じたとき、爆発的な減圧によって、彼らは重力発生装置の影響からはずれて隙間から吸い出されていったんだ」とシンが説明した。「転移直後で、まだ一Gに戻っていなかったことも運が悪かった。誰の責任でもない、ジャック。これは事故だったんだ」

「事故？」ジャクソンはこの発言が信じられずに問い返した。

「そう」シンが言葉に力をこめていう。「事故だった。あのエミッターの固定金具に加わったダメージを確認してみたんだが……戦闘のダメージによって損なわれたのではない。なんとも恐ろしい偶然が重なった結果だ。たとえわれわれがシーアンに入っていって、べつだん興味のなさそうな惑星の支配者や退屈な軌道をめぐるいくつかの船以外に何も見つからなかったとしても、そこから転移するときにこれと同じ事故が起きていてもおかしくなかったろう。あえていうなら、わたしの責任だ」

そのときになってはじめて、機関長がこの不運な出来事をどれだけ個人的な責任ととらえているかにジャクソンは気づいた。

「きみを責めるつもりは少しもなかった——」

「わかってるとも」シンはそういって、手で払うしぐさをした。「だが、それがわかっていながら、わたしはドライヴの使用を許可した。ジェリコ・ステーションの阿呆《あほう》どもがこの艦に入りこんであちこちいじくりまわしたあとで、われわれが数カ月のテストや検査を省略しないといけないとわかったとき、わたしは強硬に主張してでも〈ブルー・ジャケット〉の出航を先延ばしにすることもできたはずだ。だがそうはせず、そしていま、それが致命的な失敗だったとわかった」

「すまなかった、ダヤ。すべての罪と後悔の責任が誰にあるのかと考えたのは利己的すぎたようだな。すべてわたし個人の判断からはじまったことなのだから」

「さまざまな噂がとび交っている」とシンが同意した。「復旧のための具体的な手だてができたら知らせよう。わが直感では、二セクション後方のパネルから砲塔まで新たにケーブルを引きなおすべきだという気がする。だが、ケーブルがまだすべて良好で、分岐点を交換できるとすれば、そのほうが作業は早い」

「案内してくれてありがとう」用が終わったのなら帰ってくれ、という意味合いに気づいたジャクソンはいった。「どうすべきか判断がついたら、わたしはブリッジにいる」

彼はやってきた道のりを戻りはじめ、ダメージがいちばんひどい箇所を避けてまわりこみ、左舷のアクセス・チューブを使ってリフトのほうに戻っていった。大半の人員や物資は右舷のチューブを通って艦首方向に向かっているため、この巨大なトンネルはがらんとしていてほとんど人の姿がなかった。

あの巨大な船はこの星系内のどこかにいて……彼らの到着を待っている。〈ブルー・ジャケット〉がこの星系によろめきながら入りこむより先に、エイリアン船が到着していることをジャクソンはわかっていた。本能的にそれを感じとれた。彼にもまだわかっていないのは、なぜあれがぐずぐず待っているかだ。あれがいかにひどいダメージを負ったにしても、第八艦隊の巡航艦程度では本当の意味で脅威にはならない。彼の知るかぎり、あのいまいましい船はすでにみずからの力で治癒して、準備をすっかりととのえてどこかに隠れているはずだ。考えうる唯一の結論は、あれが彼を待っているから、というものだ。または、より正確にいえば、〈ブルー・ジャケット〉そのものを。少なくとも彼が知るかぎり、あの船はこれまでにふたつの星を荒廃させて駆け抜けていった。人類からのまともな抵抗に遭うこともなく。そんなところに、彼らの駆逐艦がたった一隻で、一度ならずあれの侵攻をくいとめ、さらには船腹にぽっかりと穴をあけまでした。あれが人類の支配する宇宙空間に侵入するさいのミッション指令書には、自分たちにとって脅威になりうる存在を分析せよという一節があった可能性もある。あれがいまもどこかに潜んで彼らを待っているのだとしたら、その理由は駆逐艦を捕獲して詳細に分析するためか、それとも（このほうが可能性はありそうだが）あれがやってきたどこかの星に連れ帰るためでしかありえない。どちらの仮説もあまり魅力的には聞こえなかった。

「巡航艦が動きはじめました」

ブリッジに戻ってきた彼に、セレスタが告げた。

「方向は？」

「軌道を離れようとしています」バレット大尉が応じた。「ヌオヴォ・パトリアをめぐって少しスピードを増してから、われわれをインターセプトするコースをとるつもりのようです」

「この情報はどれくらい前のものなんだ？」

「四時間と少し前です」とバレット。「向こうはまだ自動応答信号で航法データを発信していますから、受けとりしだいディスプレイにプロット位置をアップデートしています」

「向こうから何かメッセージは？」ジャクソンは肩ごしに、通信士官がすわっているほうを振り向いて尋ねた。

「ノー、サー」と士官が答える。「向こうからの自動応答信号と通信ドローン・プラットフォームからのもの以外にはまだ何も入っていません」

「現在の加速だと、彼らが追いつくのは一日以上たってからだな」ジャクソンはメイン・ディスプレイをのろのろと這い進む道筋に目をやりながらいった。「動きに目を光らせておいて、何か変化があれば知らせてくれ。だが、いまのところ、当面の計画に影響はない」

「アイアイ、サー」

それから四時間近くたって、ジャクソンは機関長から上面の電磁キャノン砲に関する連絡をもらった。それに応じて、大きな、ゆっくりした弧を描いて最低限の推進で星系内を進んでいく針路を命じた。相手に礼儀を示すため、自動応答信号をはっきりと作動させたまま、自分たちが逃げも隠れもするつもりのないことを巡航艦に伝えた。最悪のシナリオであっても、駆逐艦はエンジンが三基しかないながら、楽に巡航艦を置き去りにできる速度があるし、彼らは〝高い位置〟にいる利点があって、恒星の重力を利用して艦を操れるのに対して、相手のほうはそれに逆らって進まないといけない。

「何か意見は？」彼はビデオ・リンクごしにシン機関長に尋ねた。両者とも、それぞれの執務室にすわっている。

「懸念していたとおり、電力分岐点のダメージがとにかく大きすぎる。修理してもそれがもちこたえられるか自信がない」とシンがいって、紅茶のカップをすすりながら、顔についた黒い汚れをぼろ布でぬぐった。

「つまり、セクション55から砲塔までの距離を、ケーブルを引きなおす必要があるということか？　それだけの長さのケーブルがそもそも艦内にあるんだろうか？」

「ないね」とシンがいう。「右舷のレーザー・バンクから拝借するつもりだ。あそこには連続した長いケーブルが使われていて、実際にわれわれが必要としているよりも長いくらいだ。それに、そもそものはじめからレーザー投射機が機能していなかったために、左舷のようなダメージも負っていない」

「実際にどれくらいの長さが必要なんだ？」

「五十メートルと少しあれば理想的だな」

「それだけの長さのケーブルを右舷から抜き取る作業が簡単にいくとは思えないな」とジャクソンはいって、またこめかみをもみほぐした。

「人海戦術でこの問題に取り組んでいるところだ」シンが請けあった。「狭いところに固定されてるんだが、あと二時間以内に取り出せるだろう。それからさらに六時間以内に、キャノンをテストできるはずだ」

「敵がそれだけの時間の猶予をくれることを願おう」

「やつらがわれわれと同じようにこの星系に入りこんでいるとまだ確信しているのかな？」

「その点は疑ってもいない。おそらく、やつらはわれわれが星系の端でこそこそ動きまわって何をしているのかわけを知ろうとしているだろう。われわれが深刻なダメージを負っていると知ったら、それ以上時間を無駄にせずに攻撃してくるという気がする」

「うむ、あなたがまちがっていることを願うとしよう」シンがそういって、冗談めかしてティーカップを掲げ、乾杯するまねをした。「クルーたちがケーブルを取り出して、それを検査するときになったらまた知らせよう。機関室からは以上」

つづく数時間、ジャクソンはコーヒーをがぶ飲みしながら、敵船との前回の交戦のときのセンサー・ログを見なおし、それまで見のがしていた何かを発見できることを期待した。敵の弱点を何か見つけ出そうと必死だった。ここで問題になるのは、あの船が運動エネルギーを利用した兵器に弱いことはすでにわかっていて、都合のいいことに、彼の手に残っていて艦内でいまも機能するのは電磁キャノン砲だけであることだ。

しかしながら、敵の巨大なサイズを考えてみれば、もう一度斉射したところで、たとえすべての弾を同じ部分に命中させたとしても、あれに恒久的なダメージを与えることができるかはあまり自信がなかった。ぼんやりと考えながら、彼は別のスクリーンを表示させ、まったく正気とは思えない作戦の計算をはじめた。カフェインの過剰摂取で混濁した頭で結果を確かめ、一見したところはどれほどうまくいかないように思えるにもかかわらず、少なくとも成功の可能性が六十パーセントあることがわかった。

彼は計算したプログラムをブリッジの安全なサーバーに保存してから、端末を消した。そろそろデイヴィス中尉が当直に出てくる時間で、また任務に戻る前に何か食べ物を手に入れて、少し仮眠をとるのに六時間程度しかない。彼は疲れたため息をつき、重たい身体で椅子から立ち上がると、よろよろとハッチに向かった。先週からアドレナリンとコーヒーを頼りに活動をつづけてきたために、ついにそのツケがまわってきたようだ。自室へと通路を歩いていくあいだ、全身の節々までもが痛んだ。

# 22

「戦術《タクティカル》、たったいま機関室からゴーサインが出た」ジャクソンは指揮官席を降りてから六時間半後にふたたび席に戻りながら声をかけた。「上面砲塔の完全な診断サイクルをはじめてくれ。兵器班にいくつか徹甲弾を装塡させて、両方のキャノンをテストしてみよう」

「アイ、サー」とバレット大尉が応じた。「上面砲塔の診断テストをいますぐはじめ、両方の電磁キャノン砲に徹甲弾を装塡するよう兵器班に命じます」

「艦長、巡航艦がまた加速しはじめています」とディヴィス中尉が告げた。「まだそれほど猛烈に進んではいませんが、どうやらわれわれの動きに反応しているようです」

「双方向通信が可能な距離に入ったら知らせてくれ。それはそうと、あの艦の名は？　艦長は誰だ？」

「地球連合艦《TCS》〈ムルマンスク〉です」とディヴィス。「アガポフ艦長が指揮をとっています」

「あの巡航艦と艦長について、ほかに入手できた有用な情報をわたしの端末に送ってくれ。あとは現在の針路をたもち、兵器テストを進めよ」

「アガポフ艦長について、以前に耳にしたことは?」とセレスタが尋ねた。

「いや、第八艦隊とはあまり接触したことがない。われわれはワルシャワ同盟の支配する宇宙空間にこれまで一度しか入ったことがないんでね。ほとんどの航行はニュー・アメリカかブリタニアなんだ。きみのほうは?」

「聞いたことがありません」彼女も首を横に振った。「わたしは辺境にこれほど近づいたこともありませんから。ですが、わたしがこれまでに出会った第八艦隊の指揮官のほとんどは、怒りっぽい、嫌な連中ばかりです」

「わたしの経験も同様だ」ジャクソンはそういいながら、上面の電磁キャノン砲の発射管が上下左右に動き、すべての方向に稼働するか確認する作業を見守った。「通信可能な範囲内に向こうが達したら話しかけてみるが、できれば彼を避けるべきだという気がする」

「これ以上事態が複雑になるのは、われわれとしても望んではいませんからね」

「わたしとしてもその意見に心から賛成だが、地球連合の艦艇に向けて砲撃をはじめたいのでもないかぎり、ほかに選択肢はあまりなさそうだ。わたしの直感が正しいとすれば、敵はいずれ姿をあらわす。ゆえに、〈ムルマンスク〉との距離をできるだけとっておけば、それだけ彼らは安全になる」

「彼らは運がいいですね」とセレスタは軽口をたたいてから、自分の画面にスクロールさせていたテスト・データに顔を戻した。

それからほぼ一時間後、電磁キャノン砲の発射管に弾が装塡され、テスト用の標的を適当に見つくろった。不均等な形をした衛星で、誰の関心も引かずに第十惑星の軌道をめぐっている。惑星のほうも興味をそそられないかたまりで、恒星の影響下のまさにいちばん外縁をめぐっている。この惑星は二億キロ以上のかなたにあるため、彼らがその衝撃をじかに目にすることはできないが、テストの意図は単に電磁キャノン砲が機能するかどうかを確かめることにある。

「射撃計算が確認され、弾が装塡されました、艦長」とバレットが告げた。

「撃て」

ジャクソンは命じて、爆発が起きるはずの方向から目をそむけた。上面の電磁キャノン砲の二本の発射管から連続してすばやく弾が発射され、ドーンという音が二度、艦腹づたいに聞こえてきた。

「発射しました」とバレットが告げた。「データを解析中です」

発射した弾を〈ブルー・ジャケット〉の航法レーダーが追いかけ、予定の速度とコースであることを確認した。

「機関部」ジャクソンはインターコムのスイッチを押して呼びかけた。「そちらのようすはどうだ？」

「二発目の弾は予定よりも少し速度が増しているものの、制限範囲内ですよ」とシンが答えた。「少し調整して、もう一度テストしてみることもできますが――」

「いや、却下する」とジャクソンがさえぎった。「これで問題ない。新たにつなぎなおした電力ケーブルを、しっかり固定しておきたい。見ばえをきれいにする必要はないが、はずれないように固定しないといけない。必要なら、床に金具で留めて溶接しろ。上面砲塔に弾を装塡しなおしたうえで、狩りに出る」

「艦長」とデイヴィスが声を上げた。「〈ムルマンスク〉がたったいま、全力でインターセプト・コースに舵をとって向かってきます」

「われわれのテスト射撃を目にしたんだろう」とジャクソン。

「少なくとも、彼らはもうじき通信範囲に入りますね」とセレスタが指摘した。

「そのときが待ちどおしいな」ジャクソンはあきらめの気持ちでいった。

「アガポフ艦長、話ができて光栄だ」ジャクソンはいった。「このビデオ通信に同意してくれたことを感謝する」

ジャクソンは自室のデスクにすわり、五十代後半と見える男と画面ごしに向きあっていた。ワルシャワ同盟と聞いて人が思い浮かべる風刺画《カリカチュア》そのものといっていい風貌だ――きれいにととのえられた濃い顎ひげにいたるまで（ひげをたくわえることは艦隊の服務規程に完全に違反してはいるが）。ジャクソンが送った信号が〈ムルマンスク〉に届くまでに数分は待たねばならず、そして向こうから返事が返ってくるまでにさらに数分待たないといけなかった。

「ウルフ大佐」とアガポフがかなりきついスラヴなまりで応えた。「われわれには話すことがたくさんある。あなたがこの星系に、なんの知らせもなければなんの予定もなくあらわれたことや、われわれの星系内の衛星のひとつに手荒に攻撃したらしいことはわきにおいて、あなたを見つけしだい拘束せよという中央司令部《CENTCOM》からの命令について話しあうとしよう。実際、あなたとは話を交わすべきでないのだが。わたしが受けた命令では、話をすべき〈ブルー・ジャケット〉の指揮官はライト中佐ただ一人だと指定されている」

「そうではないかと思っていたところだ」相手の艦長がしゃべり終えたとはっきりすると、ジャクソンはいった。「その命令は、ウィンタース大将という人物から直接もたらされたのではないかと思う。明らかに、わたしにはCENTCOMと解決しないといけない問題があるが、それはいまのところ関係がない。われわれがこうして話しているあいだにも、強力な兵器を擁《よう》したエイリアン船がこの星系に入りこみ、明白な敵意をもっていると疑うだけのはっきりした理由がある。アジア連合に端を発した破壊の道筋を発見して以来、われわれはあれと戦ってきたのだ。あなたには、ヌオヴォ・パトリアの軌道に戻り、惑星に対する攻撃を防ぐために準備をはじめるよう、こちらから敬意をもって提案する」

「そう……CENTCOMからの通信には、あなたが現実と妄想の見境がつかなくなったかもしれないと示唆していた」アガポフがいいにくそうにいった。「これは信じてもらってかまわないが、この星系への侵入者はあなたたちだけだ。どうか、おたがいに問題を簡単にして、貴艦を停止させてもらいたい、大佐。われわれがドッキングし、あなたが自分の足で艦を離れると同意するなら、ライト中佐はブリッジにとどまりつづけて〈ブルー・ジャケット〉をヌオヴォ・パトリアの軌道に移動させることを許可しよう。従わないなら、力ずくであなたを逮捕することになり、われわれ双方のクルーの命を危険にさらすことにもなる」

「あなたはわれわれが危惧していたとおりの頑固者で、目先のきかない短絡的な人間だな、アガポフ艦長」ジャクソンはおもしろがるようにいった。「このことはあなたもまちがいなく気づいていようが、貴艦ではラプター級の駆逐艦に追いつくことなどできない。この状況を考えてみれば、あなたを当艦に入れるわけにいかず、近づけることさえも許すつもりはない。あなた自身の、そしてあなたのクルーの安全のために、もう一度くり返すが、あなたがたはヌオヴォ・パトリアに戻り、われわれが敵を制圧するか、われわれ自身が破壊されるまで待つよう提案しておく」

「傲慢な、イカレた男め！」とアガポフが毒づいて、元からの赤ら顔がいっそう鮮やかな赤色に染まった。「わたしは〈暗黒の艦隊〉の豚どもにいいくるめられるつもりなどない――」

いきなりビデオがぷつりと切れ、数秒の空電のあとで端末が自動でウィンドウを閉じた。

ジャクソンは眉をひそめ、これにどんな意味があるのかわからなかった。自分たちの側のシステムが落ちたのか確かめようとした矢先、〈ブルー・ジャケット〉のメイン・エンジンがフルパワーにはね上がる耳ざわりなとどろきを聞きとった。

「艦長、ブリッジにおいでください！」

ジャクソンは艦長室をとび出しながら、ブリッジに戻ったら何を見つけることになるのだろうかと想像してぞっとした。

「どこからともなく、いきなりあらわれたんです！」野人のようにブリッジに駆けこんできた艦長にセレスタがいった。「そして、〈ムルマンスク〉を一発で仕留めました！」

「距離を知らせろ！」ジャクソンはさっき腰を上げて離れた席に戻るあいだに命じた。

「五十八万六千キロです」とバレットが告げた。「インターセプト・コースで近づいてきて、百五十Gで加速しています」

「指令担当《OPS》！　われわれがくらわせたダメージがまだどれくらい残っているか、見てとれるか？」

「コンピュータが集められるかぎりの映像をできるかぎり鮮明に拡大してみますが、この距離ではあまり鮮明には見えないでしょう」とディヴィス。

「妙な表現の仕方ですね」とセレスタが聞きとがめて、身を乗り出した。「本当にあれだけのひどいダメージを、こんなに短期間で修復できるとお考えですか？」

「あの船はありきたりな意味で自己修復しているのではない」ジャクソンは小声でいった。

「あれはひとりでに治癒している……しかも、すみやかに。外殻は有機体でできているようだ」

「なぜわたしにはそのことが知らされていなかったんですか、艦長？」とセレスタが金切り声に近い声でいった。

「わたしがうっかりしていたんだ。われわれが実際に何を相手にしているのかわかって、艦内にパニックが広がるのを防ぐために黙っていたのだが、ひまを見つけてきみに伝えるのをすっかり忘れていた」副長《XO》とすぐに情報を分かちあわなかった失敗に気づいて、ジャクソンは弁解した。

「そうですか」と彼女が冷ややかにいう。

「悪かった、中佐」彼は小声で、しかし力をこめていった。「単純な間違いで、結局のところはわれわれの現在の状況にはなんの影響ももたらしていない。このことは、ひとまず忘れてくれ。われわれはたったいま、ちょっとした危機的状況にあって、きみにはそのほうに集中してもらう必要がある」

「もちろんです、艦長」明らかに彼女はまだ納得したわけではないが、会話の内容は現在のところきわめて重要度が低いことには同意していた。

「戦術《タクティカル》、残っているセンサーで射撃計算を得ることは可能か？」ジャクソンは尋ねた。

「無理ですね、艦長」とバレットが答えた。「相手の位置情報を追いかけることはできますが、コンピュータがピンポイントの射撃計算をはじき出すのには充分ではありません」

「つまり……われわれはあれをもっと近づけて、向こうがもう一度あのプラズマの一撃をわれわれに見舞う前に、こっちからよく見て撃つ機会があるように願うしかないわけか」ジャクソンは立ち上がると、ブリッジを行ったり来たりしはじめた。

「標的が加速をゆるめました」とディヴィスが告げた。「いまはおよそ二十万キロ後方で、われわれの速度に合わせています」

「興味ぶかい展開ですね」とセレスタがいう。「向こうは戦術を変えてきた。なぜでしょう?」

「われわれがどれほどひどいダメージを負っているのか、向こうもわかっているのではないかと思う。それと、〈ブルー・ジャケット〉を傷つけずに捕獲したいのだろう。われわれがこの星系に入ってからずっと観察していたのだとすれば、おそらくわれわれがもはやここから逃げられないとわかっているんだろう。単にわれわれの推進剤がつきるまで追いかけつづけるつもりかもしれない」

「われわれの推進剤の状況は、中尉?」とセレスタがデイヴィスに尋ねた。

「残り二十パーセント以下です。長時間フルパワーで進んできたために、通常の燃焼率の四百倍で消費しています。それと、エンジン4が壊れたときにかなりの量を失っています」

「よし。あまり大量に必要はない。この戦いはもうじき片がつく。通信《コムズ》! 攻撃の可能性があることをヌオヴォ・パトリアにフラッシュ・メッセージで伝えよ。そして通信ドローンをCENTCOMに向けて発射して、この脅威のことと〈ムルマンスク〉を失ったことを伝えるんだ」

「無線帯域を妨害されています」ケラー中尉が申しわけなさそうにいった。「敵がふたたび姿をあらわして以来、惑星上の誰かに連絡しようとしてきたんですが。全帯域を強烈に妨害されていて、ダメージを避けるためにこちらの受信機の感度を下げないといけませんでした」

「向こうがまた速度を調節しました」とセレスタが告げる。「新たな戦術でわれわれについてくるかのように」

「ああ、だがとても急速に学習しているわけではない」ジャクソンはいった。「強力な帯域妨害は無線信号を乱暴に押さえこむやり方だ。妨害電波が存在すること自体が、妨害していることを相手に知らせてしまう。ヌオヴォ・パトリアの管制官のなかに機転のきく者がいれば、これが何を意味しているのか察して、とりあえずドローンを送って知らせるかもしれない。われわれの現在の状況に関連する情報を積極的にもう少し頼む、できるなら」

「イエッサー。すみませんでした」

「操舵手、現在の針路を調節して、ここの恒星を中心とした弧をたもて」ジャクソンは命じた。「このまま ついてくるだけで向こうが満足しているなら、わざわざあれを引き連れて星系内に入りこみたくない。向こうがそうするようなら調節するが、あれにせかされて性急な判断をくだすつもりはない」

「操舵、了解。たったいま、新たな針路に変更しました」

彼らは敵を引き連れて星系の外縁を十時間以上もゆるやかなペースでなんの変化もなくめぐりつづけた。ジャクソンは何度か速度の変更を命じさえして相手からの反応を引き出そうとしたが、敵は単に彼らに合わせて加速したり減速したりするだけだった。そのあいだじゅう、帯域通信妨害がつづき、そのため彼らは惑星からの自動信号も通信ドローン・プラットフォームからの信号も受けとることさえできなかった。

敵がおそらく分析データをとっていて、それまでの相互のやりとりにもとづいて人間の行動を予測しようとしていることは彼もわかっていた。残念ながらそれは、〈ブルー・ジャケット〉のクルーが相手を知っているよりも、はるかにエイリアンのほうが人間のことをよく知っているという意味になる。クルーたちはエイリアン船のことを単一の存在として〝あれ〟と呼ぶのを好んだ。可能なかぎり大勢の人間を殺すことだけに意欲をもっているらしい、無言の敵と向きあっていると考えるのはあまりに心が落ちつかなくなるからだ。あの巨大な船にもクルーが大勢乗っているのだろうという事実は、船を単一の、とめることなど不可能な化け物と考えるよりもなぜかよけいに恐ろしかった。

ここで問題となるのは、敵の新たな戦術が、長時間にわたってつづいたストレスに人間がどう反応するかについて、向こうが少なくとも多少は気づいているらしい点にある。ゆっくりとした追跡劇がつづくうちに神経がすり減って、集中力が途切れ、人間は性急な反応を起こしやすくなる。ジャクソンは一度ならず、〈ブルー・ジャケット〉に旋回と緊急減速を命じて、電磁キャノン砲の射程内に敵船をとらえられるかやってみようとしかけたが、無理にも思いとどまらないといけなかった。頭の中の理性的な部分では、そのような行動をとったとしても、エイリアンのほうも動きに合わせて急減速し、あのすさまじい破壊力のあるプラズマの一撃を見舞うのに充分な時間があるだろうとわかっていた。だがそれでも、このまま終わりを待ちつづけるのをやめにするためだけにでも、ジャクソンはこの命令について考えてみずにいられなかった。たとえそうすることで、艦が破壊される結果になろうとも。

「艦長、クルーに休息時間を与えるために、当直を交替する必要があります」とセレスタが声をかけた。彼女の目も充血していて、顔はやつれて頬がこけている。

「わかってる」とジャクソンは応じた。「そのとおり進めてくれ。短時間の仮眠ですますしかないが……あれがわれわれを攻撃してきたときに、みんなを自室で眠らせておくわけにはいかない」

「やってみま——」

「敵船が減速しています！」デイヴィスが必要以上に大きな声で呼びかけた。

「ただ単に減速しているのか、それとも針路を変えようとしているのか？」ジャクソンは問いただし、わずかなセンサー・データからコンピュータが描き出すプロットをよく見ようとメイン・ディスプレイのほうに近づいていった。

「単に減速しています」彼女がいった。「いいえ、ちがいます！　あれは星系の中心に向きを転じて、ヌオヴォ・パトリアに向かって加速しはじめました！」

「くそったれめ！」ジャクソンはつぶやいた。「これはやつらのゲームだったんだ。われわれをさんざん疲れさせてから、こっちにはまねのできないような動きで惑星をめざして猛然とダッシュする。航法《ナヴ》！　針路をプロットしてくれ。エンジン三基を最大限に稼働したときの。操舵手！　新たな針路が送られてきたら、そのとおりに加速しろ……全速前進で」

またしてもエンジンは最大限の推進を求められ、〈ブルー・ジャケット〉は艦体を震わせて轟音をあげた。時間とともに、音のピッチや振動がますます大きく、耳ざわりなものになっていくことにジャクソンは気づいた。この艦はあとどれだけ余力が残っているのだろうか。こうして全力でまたしてもエイリアン船との戦闘に向かっているという事実こそは、これの設計がすぐれていたことの証明になる。五十年近く前に設計者が図面を引いたとき、自分が考案した駆逐艦が何を相手に戦うことになるかなど想像もしていなかっただろう。

「どれくらいかかる？」ジャクソンは尋ねた。

「九時間四十分です」航法ステーションについている特技官が報告した。「これ以上短縮するのは無理です、艦長。われわれはかなりの高速で、かなり大まわりの軌道をたどっていました。できるだけ速度をたもったまま、この艦が許すかぎり角度をつけて曲がっています」

「よし、わかった」

ジャクソンはそういいながら、敵との不平等性にいらだっていた。エイリアンの核反応を必要としないドライヴと、それがどんなことまでできるかに対して、彼ら人間のほうはあくまでもニュートン物理学にとらわれている。

「OPS、戦術《タクティカル》に手を貸してやって、敵をしっかり追いつづけるようにやってみてくれ。あれはわれわれを星系内で置き去りにしようとしているのかもしれない」

「クルーを休ませるという予定もこれまでですね」席にすわりなおしたジャクソンに、セレスタがいった。

「この状況が長くつづくようなら、オーウェンス中佐に刺激剤を処方してもらうとしよう」ジャクソンはいった。「クルーの眠気を薬で覚まさせておくというのは真っ先に考えたい選択肢ではないが、ここブリッジには三名、どうしても彼らの存在なしにはすませない人間がいる。ほかの部署でも、状況はきっと同じだろう」

「いますぐ医務室に降りて、ドクター・オーウェンスに前もって知らせてきます」とセレスタがいって、席から立ち上がった。「下のデッキに降りるついでに、ほかのセクションも歩いてまわって、各部署のクルーがどうしているか視察してきても損にはならないでしょうし」

「すばらしい考えだ、中佐」とジャクソン。「頼んだぞ」

セレスタはリフトに乗りこみ、ブリッジがある上部構造からデッキ9に降りていった。左舷の作業用チューブを駆けて、艦尾方向の医務室をめざす。ウルフ艦長のストレスがつのっていくことに、彼女はしだいに心配になりはじめていた。彼はこのところの出来事の重みをすべて自分の肩に背負い、襲撃するエイリアン船の手でもたらされた死を彼個人の責任ととらえている。それが判断の乱れにつながりはしないかと不安だった。

これまでのところ、彼女が仕えることになった艦長は、ジェリコ・ステーションにはじめて到着したときにウィンタース大将から聞かされていた人物像とはまったくちがっている。彼女に教えることなどほとんどもちあわせてもいない、地球生まれの田舎者と出会うことになるものと予想していた。さらに、ウルフはあまりに無能であるために、いずれセレスタ自身が〈ブルー・ジャケット〉の指揮をとらざるを得なくなるかもしれないとまでウィンタースはほのめかしていた。この男は部下のクルーからあまりに敬愛されていないため、おそらくは彼らもセレスタが指揮をとることに疑念を挟みさえもしないとまで。ポデレ星系に到着したときに受けとったメッセージによって、自分がまんまとはめられたのではないかという疑念が確信に変わった。ウルフ艦長の権威をおとしめるために彼女がわざわざ選ばれたのだという事情を自分でも気に入ったか、セレスタにも確信がなかった。

まわりの全員が動揺しかけたときも、ウルフ艦長は自身の恐怖心を抑えて理性的に考えられるようだった。彼らがまだどうにか宇宙を航行していて、さらには攻撃力で敵よりも劣っていながら、あれだけのダメージを敵に与えることができたという事実こそは、彼の状況適応力の高さの証明だ。彼女自身があの席にすわっていたとしても同じくらい冷静に対応できたと考えたいところだが、完全な確信はなかった。どちらにしても、この戦いはもうじき片がつく。ワープ・ドライヴが完全に機能しない状態で、彼らに選択肢はふたつしか残されていない。勝つか負けるかだ。

「ライト中佐」とドクター・オーウェンスが呼びかけ、医務室に入っていった彼女を迎え入れた。「気分でも悪くなったのかね？」

「いまのみんなと変わらない程度には」

冗談のつもりだったが、医務長はわかっているよといいたげに眉をひそめてうなずいただけだった。

「それはともかく……ここに来たのは艦長のたっての頼みのためなんです。クルーの疲労を少なくともあと一日とどめておけるような、軽度の刺激剤を処方してもらえないかと」

オーウェンスの眉間のしわがさらに深くなった。「わたしとしては、必ずしもそのような薬をクルーに渡したくないんだが。限定的なメンバーが取りにくるというのであれば――」

「ドクター」とセレスタが力をこめていう。「もうじきこの艦は、敵と交戦することになるでしょう、おそらくは最後の戦いのために。われわれは主要な人員をほかの者と交替で休ませるわけにいきませんし、ほかの部署もブリッジと同じくらい人手が足りていません。あなたならわれわれがはまりこんだこの特異な状況を理解してくださるものと信じて、ここにやってきたんです」

ドクターはその点についてしばらく考えているようだった。

「わたしも潜在的な脅威には気づいていた」とオーウェンスがついにいった。「わたしがもし拒絶すれば、彼はわたしの任を解き、刺激剤のパックを喜んで配布する別の誰かを見つけるだけだろう」

セレスタが弁解しかけると、彼は手を振ってさえぎった。

「彼には艦長としての務めがあり、わたしには医師としての務めがある」ドクターがいった。「少なくとも懸念を声にしないなら、わたしは医者として失格だし、彼のほうも手もとにあるすべての可能性を活用しないなら、艦長として失格だ。とはいえ、わたしだっていまの状況を理解していないわけではない。ここのスタッフに、刺激剤をふたつの強度に分けて袋詰めする作業をはじめさせよう。各部門長や監督官が正しいほうの薬をクルーに与えてくれるものとあてにしておくよ。これでウルフ艦長は満足するかな？」

「ええ、ありがとう、ドクター」

「この艦のほかの誰とも同じく、わたしだってこの戦闘に参加しているんだよ」オーウェンスがいって、肩をすくめた。「少し待ってもらえれば、ブリッジ・クルーのぶんをきみに渡してやろう」

ライト中佐が医務室から持ち帰った刺激剤の効果があらわれはじめるにつれ、ジャクソンは指をせわしなくコツコツとデスクに打ちつけたり、足をカクカク揺らさないように気をつけないといけなくなった。薬のせいで口が渇き、胃がキリキリと痛むが、頭にかかっていたもやはすっかり晴れ、ふたたびすっきりして、すばやく考えられるように感じられた。程度の差こそあれ、ほかのクルーたちも似たような効果を経験していることにも気づいていた。

「通信帯域の妨害がやみました」とケラー中尉が報告した。「ですが、ドローン・プラットフォームからの反応はありません。惑星からの通信はいくつか受けとっていますが、データを整理するのに手間どっています」

「プラットフォームを破壊したから、すべての通信を抑制しつづける必要もなくなったんだろう」とジャクソン。「緊急通信帯域で出力を上げた信号をヌオヴォ・パトリアに送ってみろ。攻撃が迫っているとだけ告げて、上陸船を攻撃したり、地上で敵と戦える手段が何かあるなら、いまこそはそれを引っぱり出してくるときだといってやれ。われわれが重力井戸を降りていくあいだ、彼らにはそのメッセージだけをくり返し送信するんだ」

いまの〈ブルー・ジャケット〉は惑星から離れる方向に航行していて、速度を増しつつ何度かほかの惑星の重力の助けを得て旋回をくり返し、ようやくヌオヴォ・パトリアに針路を戻そうとしているところだ。逆方向にフルパワーで駆けるのは直感に反する行為だが、艦の動きをいったんとめて、新たな針路をとりなおし、まっすぐ敵に向けて加速して戻るのは時間と推進剤の無駄でしかない。そのどちらも、彼らと同じ自然の法則に従う必要のない敵と向きあうにはまさに不安要素だ。

問題をさらに複雑にしているのは、彼らがこの星系に出てきたときのジャンプ・ポイントは黄道面から三十七度も傾いていることだった。それはつまり、彼らは星系の中心方向に向けて戻るのに天体の重力の助けが必要なばかりでなく、別の機軸に針路を大きく修正して、そのあいだも速度をたもたないといけないことになる。

「第七惑星の重力にとらえられました」とディヴィス中尉が告げた。「操舵手、次の針路変更のカウントダウンをそちらのステーションにいま送ったわよ」

「確認しました」と操舵手が応じる。「パワーを落とし、新たな針路に転じる準備をはじめます」

「操舵手、これから最終的にヌオヴォ・パトリアに近づくまでのあいだ、OPSと航法《ナヴ》の指示がありしだい、針路変更することを許可する」ジャクソンは告げた。「彼らがいったことの承認を、わたしに求めて時間を無駄にすることはない」

「イエッサー」

ジャクソンはエンジンのピッチが変わるのを感じ、駆逐艦が苦しげにうめくのを聞いた。スラスターが点火され、慣性にあらがって別の方向に押し、それと同時に、猛然とわきをかすめていく巨大なガス惑星に引かれかけるのに対してもエンジンがあらがう。ここで暮らしている人々は、この星をなんと呼んでいるのだろうか、と彼はそんなことをぼんやり考えた。人類がこれまでにどれだけ多くの星系に入植してきたかを考えてみれば、人が暮らしている世界だけに正式な名前がつけられ、ほかの星は現地政府が名前をつけるか、それともつけずにほうっておくか、各自の裁量にまかされている。

やがて〈ブルー・ジャケット〉は惑星の引力に対して影響を受けはじめ、本格的に苦しげな音をたてはじめた。バフェティングがあまりに激しくなったため、ジャクソンはクルーたちにストラップで座席に身体を固定するよう命じようかと考えた。惑星のわきをさっと通過して、やがて視界から見えなくなると、エンジンの勢いが戻り、彼らは信じがたいほどの速度でガス惑星から猛然と離れていった。これによって得られた角度の差はそれほど極端なものではなく、今度は第六惑星を利用できる位置にあった。これまたかなり大きなガス惑星で、これをまわりこんでヌオヴォ・パトリアへと最終的な針路を定めることになる。

ここで問題となるのは、彼らがくだんの惑星の軌道に敵と同じ方向から近づいていくのではなく、逆の方向から追いかけていることだ。そのために、たとえ敵船を直接狙えるチャンスがあるとしても、射程の範囲はきわめて小さなものになる。この前のバレット戦術士官が使った徹甲弾のトリック・ショットをもう一度やってみることをジャクソンは少し考えてみたが、ワープ・エミッターが爆発して高性能のセンサーが使えなくなったために、この選択肢は本質的に消えたも同然だ。エイリアン船に照準をしっかりとロックするにはかなり近づいてからでないと無理だろうし、たとえどうにか発射できたとしても、榴弾を再装塡して、しかも同時にコンデンサー・バンクに再充電するには時間が短すぎる。

「戦術《タクティカル》、ほかにどのミサイルが残っているんだ?」ジャクソンは少し考えたあとで尋ねた。

「アヴェンジャーがつきたことはわかっているが、ほかにも何か残っているはずだ」

「シュライクが七発と、マークⅧの戦略核が十発あります」バレットが右側のディスプレイから得られた数値を読み上げた。

「シュライクはこの接近速度ではあまり効果的ではありませんし、核兵器が使えないことはわれわれも知っています」セレスタがいった。

「うむ、それについて少し検討してみよう」ジャクソンはそういって、頭の中で問題を解決しようとするときにいつもそうする癖で、顎を指でトントンとかるくつついた。「あれの弾頭はまがい物だが、ミサイル自体は最初に積みこまれたのと同じものだ。艦隊クルーはCENTCOMがあれを取り替えたときにも受け台から取り出すことさえしなかった」

「それがいまのわれわれにどう役に立つのかよくわかりませんが」彼女がすなおに認めた。

「あのミサイルは、われわれがこれまでのところエイリアン船に見舞ってきたちっぽけな対艦ミサイルよりもはるかに洗練されているし、そのうえにあれは多段式だ。どのミサイルも三段のブースター・エンジンを装備している」

「それは魅力的なことですけど、いくら進歩しているにしても、弾頭のないミサイルに何ができるのか、まだわたしにはわかりかねますが」

「OPS!」とジャクソンが大声で呼んだために、ディヴィス中尉がびくっとしてとび上がったほどだった。「われわれの最後の針路修正の予定時刻まであとどれくらいある?」

「十四時間です」

「機関部、こちらはブリッジだ」ジャクソンはインターコムのボタンを力強く指で押しながらいった。「ダヤ、くそったれなケツを上げて、さっさとここに上がってこい」

まるで彼の気が触れたとでもいうように、ブリッジのクルーがそろってジャクソンを振り返り、まじまじと見つめた。艦長のこれほどぶっきらぼうで、職業軍人らしくない言葉づかいを彼らは一度も聞いたことがなかった。たとえインターコムのチャンネルごしにであっても。

「ディヴィス中尉、敵の動きに注意して目を光らせておいてくれ。いまのところ、きみにブリッジを預ける」彼はそういって、一同の視線のことなどすべて無視した。「バレット大尉とライト中佐、きみらもいっしょに来い」

十分後、この三人と、目に見えて息を切らしているダヤ・シンが、ブリッジのすぐ後方にある会議室のテーブルを囲んですわっていた。ジャクソンは呼びつけた彼らを無視したまま、艦首の兵器庫に安置されているマークⅧのスペックをディスプレイに表示して調べはじめた。

「シン少佐」と彼はいった。「艦内にある爆薬、またはほかに応用可能なもののうち、直径五メートル、長さ十三メートルの円筒におさまるものを教えてくれ」

シンは相手の頭がおかしくなったかのようにぽかんとした顔で見つめた。「酒でも飲んでいるのかね、艦長？」

ジャクソンはかすかに顔をしかめた。いまのこれが冗談だとしても、あまりに身につまされる指摘だったからだ。が、そのことは無視した。

「きみのところのクルーが下の原子炉4でこっそりつくっている、ひどい味の密造酒さえも飲んでいない」彼はこう切り返した。「さあ、どんなものがあるんだ？」

それから二時間半にわたって、四人の士官が議論し、譲歩し、そしてついにひとつの計画に同意した。彼らのなかでもっとも楽観的な者は、これで戦闘の潮目を変えることができるかもしれないと考え、もっとも悲観的な者は、ヌオヴォ・パトリアに近づきもしないうちに〈ブルー・ジャケット〉のほうを破壊してしまう可能性が同じくらい高いと感じていた。

「おまえ、おまえ、それとおまえも、いっしょに来い」

シンが命じた。彼は機関室のオペレーション・センターのすぐそばにある休憩室に入っていくなり、特技官四名をランダムに選んだように見えた。実際のところは、彼が自由にできる者のなかでは聡明な部類に入る下士官だとわかっていた。彼が近づいてきたとき、この四人が機関長から身を隠そうとしたことも、いっそう都合がよかった。

「なんのご用でしょうか、チェン？」

特技官の一人が尋ねた。〝チェン〟という言葉は〝機関長《チーフ・エンジニア》〟のつづりをちぢめた俗語で、あまりに古くから使われてきたために、いまでは最初に使われはじめたのがいつなのか、誰もはっきりと思い出せないくらいだ。士官のあいだでは使われなくなっていたが、下士官たちはなおも敬愛のしるしとして呼び慣わしている。独立して存在していた各船が艦隊に組織されて急成長していった地球連合宇宙艦隊では、どの階級構造を使い、どの習慣は残して、どれは全面禁止にするかはじめに決めないといけなかったが、この呼び名も廃《すた》れずに残った名残《なごり》のひとつだ。

「これは特別なプロジェクトだ」とシンがいう。「艦長じきじきのな。さっさと艦首の兵器庫に行って、あそこでホルジー特技官と兵器部のクルーに合流しろ。何をすればいいかは彼女が教えてくれる」

「これはわれわれがエイリアンのケツを蹴とばして追っ払う助けになることなんですか？」と別の特技官が尋ねた。

「うまくいけばな」シンはうなずいた。「これはゲームの流れを変えるものになりうる。ただし、おまえたちは最善をつくす必要がある」

「その点はあてにしてもらってかまいません」

その特技官がいった。刺激剤のパックを摂取したために、この若者のブーツを履いた足がほとんど震えるほどであることにシンは気づいた。彼らの直属の上司があれの摂取量をきちんと監視していることを彼は祈った。刺激剤のパックを過剰に摂取しすぎないようにとドクター・オーウェンスは強く主張していた。あの薬はとても効き目が強力なため、乱用すると健康に深刻な問題を引き起こしかねないというのだった。

「よし。わたしもいくつか指示を出して、ほかのグループを確認したあとで、おまえたちに合流する」シンがいった。「行け。いますぐに。おまえたちのボスには、どこに派遣したかわたしから話しておこう」

彼らが通路を去っていく後ろ姿を見送ってから、シンは背を向けてオペレーション・センターに入っていった。この計画を時間内にうまく成功させるつもりなら、ほかにも三つのグループを同時に動かさないといけない。ジャックの計画にシンは重大な疑念をもってはいたが、その一方で、万が一うまくいったなら、敵に壊滅的な打撃となるだろうことも認めておかないといけない。

# 23

「ライト中佐、もうすぐ次の針路変更の時間だぞ」ジャクソンは自分で感じてもいない冷静さを声ににじませていった。

「はっきりとわかっていますよ、艦長」というセレスタのいらだった声が返ってきた。「いま、プログラムをアップロードする前に最後のテストをしているところです。パラメーターをいくつか変えるといったような簡単なものではありませんでしたから。基本的に、この兵器を完全にプログラムしなおしたようなものです」

「きみの任務の困難さはわたしもよくわかっているとも、中佐」ジャクソンは忍耐づよくいった。「しかしながら、われわれはいま、現在の状況下で予定表に縛られている」

「準備はできますよ」彼女がぶっきらぼうにいった。「副長《XO》からは以上です」

「デイヴィス中尉、貨物ハッチのクルーの状況は？」ジャクソンは指令担当《OPS》に尋ねた。

「艦尾貨物室はクリアで、最初のミサイル四発が設置されました」とデイヴィスが答えた。

「残りの六発は兵器庫から左舷アクセス・チューブを移動中です。機関部のクルーがいうには部屋が狭すぎるそうですが、順番に並べていけば、残りもすみやかに再設置できるでしょう」

信用することにした。

「よし」ジャクソンはそういって、椅子の背にもたれた。計画にはあまりに現在進行中の予測不能な部分が多すぎて、彼らにはあまりにもわずかな時間しか残っていない。彼は無理にも落ちつこうとして、成功するためにクルーたちができるかぎりの尽力をしてくれていると信用することにした。

これまでのところ、唯一の問題は艦尾の貨物室で、あそこは狭すぎてミサイル十発をすべておさめることができなかった。実際、あそこはクルーの待機用の小部屋でしかなく、物資供給船やドックから機関部に運びこまれる資材を受けとるとき、〈ブルー・ジャケット〉が艦尾からエアロックにつなぐ必要があるばあいに使われる場所だ。マークⅧのミサイルは全長が三十五メートルほどもあり、通常なら星系の外縁から発射して、すばやくジャンプ・ポイントの出口に逃げこむことを想定した兵器であるため、この小さなエリアに十発すべてはおさめきれない。あいにくなことに、通常のミサイル発射管はノーズのすぐ後ろの下面に二本あり、前方を向いていて、今回の作戦には不向きだ。クルーがミサイル自体の中身を変更するのと同時に、即興で駆逐艦の後部を調整しないといけないうえに、もうひとつ別のチームが兵器の動作コードを書き換えている。この計画はまったくうまくいかないかもしれないが、少なくとも、ヌオヴォ・パトリアまでの距離がちぢまっていくあいだ、彼ら全員の注意を別の方面に向けておく役には立った。

「通信《コムズ》、まだ惑星からの信号は受信中か？」ジャクソンは尋ねた。

「イエッサー。相変わらずほとんどは理解不能ですが、受信中です」ケラー中尉がいった。

「まだこちらからの問いかけに対する返答は得られていません」

「敵船がわれわれの通信を妨害するより有効な手段を見つけたという可能性は？」とデイヴィスが尋ねた。

「わたしもそれを考えていたところだ」ジャクソンはいった。「それはつまり、敵が飛躍的な速さで適応しているだけでなく、われわれは惑星に餌でつられておびき寄せられていることになる」

「それこそは、なぜわれわれがなおも無線信号をいくつも受けとっているのに、まともな信号や理解可能なメッセージではないのか、という疑問に対する唯一の論理的な答えになるでしょうね」とバレットが意見を口にした。「敵はほかのことでも適応しているんでしょうか？」

「たとえば？」とジャクソンがうながす。

「われわれは運動エネルギーを利用した兵器を使って、二度も敵に大きなダメージを負わせました」バレットがいって、座席をまわして艦長と向きあった。「敵が砲弾にも適応して、防御できるようになったかもしれないとは思いませんか？」

「わたしもそれは考えてみた」とジャクソンは認めた。「だが、電磁キャノン砲は文字どおりこの艦から撃つことのできる唯一の残された兵器であるために、その可能性はしりぞけた。砲弾が通用するかもしれないし、しないかもしれないが、どちらにしてもわれわれはこの作戦に賭けるしかない」

「イエッサー」とバレットはいうと座席を戻し、感度の低下したセンサーで可能なかぎり敵の正確な位置をつかもうという努力を再開した。

「ブリッジ、こちらは機関部です」さらに四十五分が経過したあとで、セレスタの声がインターコムから聞こえてきた。「準備完了です。十発のミサイルすべてが再プログラミングされ、艦尾貨物室におさめられました。クルーは艦外活動《EVA》スーツを着て、部屋を通路から密閉しました。そちらの準備ができしだい、このエリアの空気をすっかり抜いて、艦尾ハッチを吹きとばせます」

「見事な手ぎわだったぞ、中佐」とジャクソンは興奮した声でねぎらった。「作戦を進めてくれ。貨物室のクルーには気をつけるようにといってもらいたい」

「アイアイ、サー」


「アイアイ、サー」

セレスタはインターコムのスイッチから手を離すと、室内の者に向けてつづけた。「はじめるわよ！　まずはこのエリアをきれいにして！　空気を抜くときに、ここにゴミひとつ落ちていてほしくはないから」

　彼女の指示によって、十九名の宙兵が封鎖されたエリアを大急ぎで見てまわり、目につくかぎりどんな細かいゴミまでも拾いはじめた。そのあいだに、残りの五名は彼らが持ち運んだ道具を包んで片づけ、計画書とつきあわせて確認した。さらに二十分後、セレスタとダヤ・シンはこのエリアを確認し、兵器を最終チェックした。

「あなたはこの混合爆薬に自信がもてる？」彼女はステータスを確認しながら尋ねた。

「このミサイルに搭載されたソフトウェアにあなたが自信をもっていそうなのと同じ程度にはね」彼は顔を上げもせずに答えた。

「一本取られたわね」

すべてを確認し終えると、真空対応のEVAスーツを着こんだ特技官のチームに、最後にもう一度指示をいい聞かせてから、二人はこのエリアから退避して、彼らが隔壁につくりつけた応急のハッチを閉ざした。

「空気を抜きはじめろ」

シンが隣に立ってタイルを手にしている女性宙兵に告げた。宙兵がいくつかコマンドを入力すると、隣の区画から空気を抜くポンプの音が聞こえはじめた。可動式の作業台に載せてずらりと並べたミサイルをおさめるために、彼らはこのエリアも貨物室につけ足さないといけなかった。

「もちろん、空気が少しは漏れるだろうが、環境システムが充分になんとかできる範囲内だ」シンがいった。「われわれは気圧の変化さえ感じないだろう」

「われわれがすでに艦内で経験している空気漏れに比べれば、バケツにしたたる雨漏りみたいなものよね」セレスタがいった。「たぶん、右舷からあれだけ勢いよく空気を噴き出してることの艦は、不均衡な形をした彗星みたいに見えるでしょうね」

これを聞いてシンが顔をしかめたため、セレスタは軽率なコメントを後悔した。彼女は〈ブルー・ジャケット〉に配属になったばかりだが、機関長は長年にわたってこの艦に乗り組んでいる。自分の赤ん坊も同然の艦がさんざんに打ちのめされるのを目にして、二度と元に戻らないことは彼にもわかっているのだから。

「ごめんなさい」彼女はいった。

「ああ、うむ」彼は手で払うしぐさをした。「どのみち、わたしも感傷的になりすぎてたよ。〈ブルー・ジャケット〉はわれわれがミッションを終えるまでもちこたえてくれるだろう」

「室内の気圧はもう充分に下がりましたから、艦尾ハッチを安全に吹きとばせます」三十分の沈黙がつづいたあとで、手にしたタイルから室内の気圧を読みとった宙兵が告げた。

「外のハッチを吹きとばしてかまわんぞ」とシンが告げる。

「向こうのチームにスタンバイするように知らせてから、十秒後に吹きとばして」セレスタが最終的にゴーサインを出した。

十三秒後、ドンッという鋭い衝撃が床を伝わって感じられ、装甲をまとった外部ハッチが爆発して〈ブルー・ジャケット〉の艦尾からほうり出された。セレスタはさらに数秒間、張りつめた状態で待った。急ごしらえのエアロックに避難していたクルーが、状況を確認して報告する時間を与えるためだ。

「ミサイル展開チームから報告があり、室内はクリアで、兵器にダメージはありません」タイルを手にした宙兵が告げた。「そちらからの合図がありしだい、作業をはじめる準備ができています、中佐」

「命綱をつけたままスタンバイするようにいって」セレスタが告げた。「最後の針路変更がもうじきはじまるから。そのあとは、この子たちの出番よ」

「予定どおりにチームが配置につき、急造の発射室はそのままの状態でたもたれ、下のこちらは準備ができています、艦長」とセレスタがインターコムごしに告げた。

「了解」とジャクソンが応じる。「これから先の作戦遂行はシン少佐と機関部の部下たちにまかせて、きみは上に戻れ。最後の針路変更をするあいだ、ブリッジできみの助けが必要だ」

「イエッサー」

「航法《ナヴ》、最後の重力アシストのためのカウントダウンをメイン・ディスプレイに表示してくれ」彼はいった。「操舵手、きみはOPSや航法《ナヴ》と連携をつづけてくれ……わたしからの指示を待つことはない」

ガス惑星がメイン・ディスプレイに大きく映し出され、〈ブルー・ジャケット〉がうなりをあげてそのそばを通過していく。すでにかなりの速度で進んでいるため、このマヌーバによってさほどスピードが上がるわけでもないが、速度を上げすぎずに軌道を大きく変えることができるかどうかが、本当の意味でジャクソンが不安視している唯一の懸念だった。これ以上速度が増すと、敵と交差するさいに電磁キャノン砲で標的に狙いを定めることも困難になる。

「推進をとめ、いまから姿勢制御スラスターで調節します」操舵手が報告し、自身のディスプレイに表示されたプロンプトに従った。残った三基のメイン・エンジンからのとどろきがおさまり、駆逐艦のノーズを惑星に定めるために彼がスラスターのキーを入力すると、メイン・ディスプレイが映す光景がシフトした。小型の姿勢制御スラスターは現在の慣性に太刀打ちできるほど強力ではなく、そのため彼らは針路を少しだけ曲げて、メイン・エンジンがその旋回のあいだ持続するようにした。そうでないと、ガス惑星の重力が針路をわずかに変えるだけで、彼らはヌオヴォ・パトリアから離れた方向へと飛びつづけることになる。

「推進を戻すまでに、あとどれくらいかかる？」ジャクソンは尋ねた。

「一時間四十分です」航法ステーションについている宙兵が答えた。「旋回をさらに三十五分持続します」

「よし」ジャクソンはそういって立ち上がり、行ったり来たりしはじめた。これ以上、じっとすわったまま落ちつかない気持ちを抑えていられなかった。

「ミサイル・チームは準備ができています」セレスタがブリッジに戻ってくるなりいった。「シン少佐がいうには、空気漏れは許容範囲内で、技術者に引きつづき数値をモニターさせるそうです」

「ミサイルに新たなソフトウェアをアップロードするのに、何も問題はなかったかな？」

「あれは古いタイプのものですから」彼女はそういって、肩をすくめた。「おそらく、この艦自体よりも少し古いくらいでしょう。ですが、今回はそれが有利にはたらいたかもしれません。あなたに教えてもらったバイパス・コードを使うと、オ《O》ペレーティング・シ《S》ステムがあまり洗練されてないのが見てとれました。われわれの加えた変更がなんのトラブルも起こさずに機能することには自信があります。どちらかといえば、われわれはさらに単純化したんですからね」

「かもな」とジャクソン。「だとしても、これはわれわれの計画における最大の不明確な点だった」

「現時点でわれわれにできることはあまりありません。わたしはうまくいくと自信をもっています」

「わたしにはそれで充分だ」ジャクソンはいった。「ＯＰＳ、最後の針路変更が終わったら、全員がストラップを締めて備えるようにと各部門長に指示しておいてくれ。敵が何を用意して待ちかまえているかに応じて、ひどく手荒な通過にもなりうる」

「イエッサー」

スロットルを上げてエンジンが回復したとき、ブリッジは静まりかえっていた。すでに惑星の重力にあらがって、駆逐艦が揺れはじめた。ディヴィス中尉がメイン・ディスプレイに映し出した、駆逐艦を抽象化したプロットをジャクソンは見守った。彼らの進行状況を二次元マップで表示し、惑星を上から俯瞰《ふかん》している。予定針路と〈ブルー・ジャケット〉を示す緑の点滅するドットが見てとれ、弧を描きながら星系の中心に向かって進みはじめている。

荒々しい振動がはじまり、全員が何かにつかまって身体を支えないといけなくなった。エンジンがフルパワーまで高められ、駆逐艦の針路を定める大いなる戦いのために懸命に役割を果たしている。慣性は〈ブルー・ジャケット〉を直進させたがり、惑星の重力とエンジンは大きな弧を描いてスイングバイさせたがっている。旋回を三分の一ほど経過するころには、敵ともう一度やりあうどころか、駆逐艦はこの針路変更にも耐えられそうにないとジャクソンは不安になりはじめた。

「旋回を完了しました」振動がおさまりはじめたとき、操舵手が報告した。「最後の針路変更を終えて、新たな針路を全速で航行中です」

「いよいよだ、諸君！　注意して目を光らせておけ！」ジャクソンが大声でいった。「ライト中佐、ミサイル・チームに作業をはじめてよいといってくれ」

「アイアイ、サー」セレスタが応じて、コムリンクに手を伸ばした。

「やるぞ！　展開チームに開始を告げるんだ！」

シンが隣に立ってタイルを手にしている技術者に叫んだ。すぐそばでいまも溶接作業中の四名がたてるノイズに負けないようにするには、大声で叫ぶしかなかった。重力アシストによる針路変更によって引き起こされた負荷のために、急ごしらえのミサイル格納室に何カ所か隙間があいて空気が漏れるのをふさぐためだ。ブリッジに知らせるほど深刻な状況ではないが、必要不可欠な人員以外はこのエリアから退避させることにした。

真空の室内では、EVAスーツを着た特技官二名が歩いていって、最初のミサイル二発をハッチから外の宇宙空間に押し出し、ノーズコーンを〈ブルー・ジャケット〉が進んでいる方向とは反対に向けた。二人は急いで作業台を後部のわきに移動させてから、次の二発をハッチの手前に移動させ、同じ作業をくり返していった。まもなく、十本すべてのミサイルが艦尾から押し出され、すぐ外に浮かんだ。メイン・エンジンのフレアが兵器のケーシングを照らし、いまや宇宙空間をただよう物体から、駆逐艦はゆっくりと加速して離れていく。特技官二人が部屋の艦尾側の突き当たりまで歩いていって、別の気密ハッチを作動させ、チームのほかの仲間にメインの発射室から完全に密閉されたことを警告した。その直後、天井の通気口から空気が流れこみ、二人は気圧が上がっていくのをスーツ内蔵のヘッドアップ・ディスプレイの数値で確認した。

「ブリッジ、こちらは機関長」とシンがインターコムに向けていった。「十本のミサイルが無事に展開されました。ここからはそっちの出番ですよ」

「ありがとう、少佐」

# 24

「ありがとう、少佐」とジャクソンはいって、インターコムのチャンネルを閉じた。「ライト中佐、きみの判断でミサイルの点火シーケンスをはじめてくれ。戦術《タクティカル》！　標的は見つかったか？」

「ヌオヴォ・パトリアの低軌道上で見つけたように思います」バレット戦術担当士官がいった。「あらわれたり消えたりしていて、高出力のセンサーなしではっきりと確認するのは困難です。標的の位置座標まで確認できるのはこれから九十分後になるでしょう」

「だったら、さっそくとりかかったほうがいいな、大尉。そのエリアを通り過ぎるまでに、射撃計算の数値を出して交戦する時間はあまり多く残されていないだろうから」

「イエッサー」とバレット大尉が同意した。「コンピュータに必要なのは標的をポジティヴ・ロックすることで、あとは前回の交戦時のデータをもとにして、射撃計算はほぼ瞬時になされます」

「それで、きみのインプットは、ライト中佐が入れなおしたプログラムが探すことになるものを考慮に入れているのか？」

「イエッサー」バレットが自信をもっていった。

ジャクソンの心のうちでは、大尉の作業を誰かにダブルチェックさせたくなったが、あえてそのままにしておくことにした。

「十発すべてのミサイルから、最初の確認シグナルを受けとりました、艦長」と副長のセレスタが自席からいった。「初期燃焼は成功です。十発すべてが〈ブルー・ジャケット〉の後方に重なっていて、われわれのエンジン・シグネチャーに隠れているはずです。二次燃焼は十分後で、それ以降はミッションのあいだじゅう、あれとのコンタクトはとれません」

「願わくは、これがうまくいくか、せめて結果を目にできるまでわれわれがこの世に存在していますように」

ジャクソンは小声でささやいた。誰にも聞こえないようにかなり小声でつぶやいたつもりだったが、デイヴィス中尉がこの運命論的なコメントを耳にして、びくっとするのが見えた。ジャクソンはこのようなことをうっかりもらした自分に腹がたった。戦闘の終わりと思えるときがこれほど近づいたというのに……彼らか、エイリアンどもか、それとも両者にとっての終わりが。

「長距離光学センサーが標的を確実にとらえました」張りつめ、しんとした一時間の航行のあとで、デイヴィス中尉が告げた。「まだヌオヴォ・パトリアの低軌道上にいます。前回の運動エネルギーを利用した兵器による攻撃のダメージからははっきりと回復しているものの、まだ左舷側に損傷が見てとれます」

「きみもとらえられたか、バレット大尉？」とジャクソンは訊いた。

「イエッサー」とバレットが肯定する。「主要な目標はなおも敵の左舷に存在しています。副次的な目標は右舷の同じようなダメージで、弾が出ていった箇所です」

「よし、はじめよう」ジャクソンはいった。「指令担当《OPS》、艦内に警告を発して、コンディションを1－SSに引き上げてくれ……艦内の加圧ハッチをすべて閉じてほしい。ダメージ・コントロール・チームが必ずスタンバイしているように。航法《ナヴ》、あとどれくらいだ？」

「距離は三十六万キロで、なおも急速に接近中です、艦長」

「操舵手、左舷にあと二度変更して、速度を一定にたもってくれ」バレット大尉が命じた。

「コンピュータが標的にロックした。ちょうどいま、照準を合わせている」

ジャクソンはメイン・ディスプレイの映像に目をやった。上面砲塔が右舷にさっと動き、電磁キャノン砲の発射管が二本とも発射準備に入った。

「敵船のノーズに熱の高まりが見えます」とデイヴィスが告げた。「プラズマ放出兵器のようです。これまでよりもはるかに強烈です」

「きみの判断で撃て、バレット大尉」

ジャクソンは切迫した声で告げた。いわれずとも、彼らはすでに取り組んでいた。たとえ望んだとしても、敵のすぐそばを素通りして無傷で避けることはできない。

「スタンバイ！」とバレットが告げた。顔は集中した無表情な仮面で、汗の粒が額に浮かび、筋を曳いて頬に流れ落ちていく。「あと五秒……発射！」

〈ブルー・ジャケット〉が標的にぐんぐん迫っていくあいだに、上面の電磁キャノン砲からはじけた閃光がブリッジをまぶしく照らした。砲弾は駆逐艦の針路に対して真横に飛び、理想をいえば、すべての弾が敵船の側面に次々と命中して壊滅的な波をもたらすだろう。

「標的が動きはじめました！　急速に！」ディヴィスが声を上げた。「左舷後方に九発が命中」

ジャクソンは苦々しく毒づいた。それまで、標的は彼らの攻撃を避けられるほどすばやく動く能力も、その意思さえも見せたことがなかった。それがいま、あれは彼らがはなった榴弾十一発の筋道から、簡単にいえば〝跳んで〟離れたのだった。ヌオヴォ・パトリアの重力井戸のかなり深いところにとどまっていたために、彼らがはなつことのできる一度きりの斉射を避けることはできないものと考え、そう願ってもいたというのに。

「充電しなおして――」

「標的がプラズマを放出します！　衝突に備えてください！」

ディヴィスの耳ざわりな声の数秒後に襲ってきた衝撃のあまりのすさまじさに、ジャクソンの頭はがくんと前に振られ、ストラップで固定された身体が揺さぶられた。何かが肩にくいこみ、視界が赤くぼやけた。

彼は顔を上げ、なんとか息を継ごうとしてあえぎ、方向感覚をつかもうとした。メイン・ディスプレイは完全に暗くなり、警報が耳に鳴り響いた。足もとで〈ブルー・ジャケット〉が上下左右に大きく揺れるのを感じ、二次的な爆発が艦体を引きちぎるのがわかった。バレットはコンソールに突っ伏して倒れこみ、頭から血があふれ、デイヴィスもストラップに支えられたままぐったりと身体が垂れている。

「誰か――」ジャクソンは言葉をつづける前に、気道にこみ上げてきた血を吐き捨てないといけなかった。「誰か、意識のある者は？」

「わたしは大丈夫です、艦長」

操舵手が応じた。その声は驚くほど力強く、はっきりしている。操舵ステーションは広く、リクライニング式の加速対応型カウチシートで、ストラップもはるかに頑丈につくられている。どうやら、それらが役に立ったようで、一等宙兵はどこも怪我していないように見えた。

「わたしもあと一分もらえば回復します」とセレスタが隣の席からいって、うめきながら無理にも身体を起こした。

「デイヴィス中尉！」とジャクソンは呼びかけながら座席のストラップをはずした。「ジリアン！」

自分の名前が呼ばれるのを聞いて、彼女がまぶたをぴくりと動かし、意識を取り戻した。

「大丈夫か？」とジャクソンが尋ねる。

「あの……そう思います」彼女は震え声でいった。「背中が痛みますが」

「きみにブリッジ内のシステムをリセットしてもらう必要がある」ジャクソンは大声で、ゆっくりと強調していった。「艦外で何が起きているのか、知る必要がある」

「イ……イエス」彼女はいいかけ、首を左右に振った。「イエッサー」

つづいて、彼はバレットのようすを確認しに近づいていった。艦内の爆発でまたしても床が激しく揺れた。少なくとも、内部の何かが爆発したのだろう。そしてこの艦の終わりがやってきたことがわかった。〈ブルー・ジャケット〉はもてるかぎりのすべてを出しきった。

「わたしも大丈夫です」とバレットも、ジャクソンの手が肩に触れるなりいった。

「いや、そんなわけがない。頭にひどい裂傷がある。見せてみろ」

「見た目ほど中身はひどくありませんよ」

「確かにそのようだな、大尉」とジャクソン。「おい、デイヴィス!」

「いまシステムをリセットしているところです」

デイヴィスがさっきよりも力強い声でいった。その一秒後、メイン・ディスプレイの表示がぱっと戻った。さまざまな警告や警報が左側にスクロールしていくのをジャクソンは無視して、艦外の映像をじっと見つめた。

「なんてことだ」

それしかいえなかった。駆逐艦の艦首がすっかりなくなっている。艦腹の装甲はめくれ上がり、大きく変形して、裂けたふちの部分はまだプラズマの一撃によって硬い合金が熔けたところが赤く輝いている。上面砲塔はまだそこに残っていたが、発射管は熔け落ちて、スラグ化したかたまりが上部構造の基部付近まで見てとれる。

「デイヴィス……各部署にダメージ報告を入れさせて、外部センサーをオンラインにできないかやってみろ」彼はそういうあいだも、艦の前方からもうもうとわき出ていく空気を見つめていた。衝突に耐えられなかった百もの区画から漏れ出たものだ。「操舵手、全速後進せよ。駆逐艦の動きをとめろ」

「エンジンを全速後進させます」と操舵手がいった。目の前の惨状から目を引きはがすのに苦労している。

「敵船は高軌道に移動したところです」とデイヴィス中尉が告げた。「艦尾の光学センサーが、たったいま復旧しました」

メイン・ディスプレイの大部分をひとつの画面が占め、敵船がよろよろとヌオヴォ・パトリアから離れて彼らのほうに向きなおるようすを映していた。九発の弾が命中したことによるダメージは、現在の角度からは見てとれない。だが、ひとつだけはっきりしていた。

「またノーズに熱の高まりが」デイヴィスが恐怖におびえた声でいった。

「あれはわれわれのほうに近づいてきているのか？」ジャクソンは問いただした。

「イエッサー」デイヴィスが肯定した。「レーダーがオフラインであるため、正確な距離まではわかりませんが、二十万キロ未満とコンピュータが推定しています」

「これまでのところ、ダメージ報告はどの程度だ？」ジャクソンは敵を見つめたまま尋ねた。憎しみと、やり場のない怒りが腹のうちで渦を巻いていた。

「艦首からセクション52までが失われました」デイヴィスがリストを読み上げていった。声に力がない。「六十六名のクルーが行方不明で、死亡したものと思われます。使用可能な兵器はなし。動きは限定的。エンジン1は緊急停止の兆候を示し、原子炉1はセーフモードです。長々とリストがつづいていますが、艦長……もっと読みつづけますか？」

「いや、中尉、全体像はつかめた。ライト中佐、きみからは何かいい知らせをもたらすことができるかな？」

「ほかにつけ加えるべき悪い知らせはありません」セレスタがいった。「ですが、ミサイルの作戦が成功したかどうか知るすべがありません。われわれの用心にもかかわらず、敵が気づいた可能性もあります」

「加速をはじめて離れるべきでしょうか、艦長？」と操舵手が尋ねた。

ジャクソンは少し考えてみたうえで応じた。「敵がまだ推進能力を完全に備えている状態で、星系内を逃げまわることになんの利点があるというんだ？〈ブルー・ジャケット〉は壊れる寸前で、敵にはかるいひと刺ししかダメージを与えられなかったよう――」

強烈な閃光がディスプレイを白く染め、ジャクソンの声をさえぎった。彼はまぶしさを追い払おうとして何度もまばたきをくり返さないといけなかった。ディスプレイは自動で光度を下げ、光学センサーがリセットされて戻るのを待った。映像がふたたび戻ったとき、ジャクソンには目にした光景を理解する準備ができていなかった。敵船は宇宙空間にただよってゆっくりと回転し、船尾左舷側の全体がふくらんで外殻が破れ、なんらかのガスや粘性の液体が混じったものを吐き出し、それは宇宙空間にさらされるなり、たちまち凍りついていく。

「作戦がうまくいったなんて、信じられない」

セレスタが小声でもらした。ジャクソンは同意のしるしに黙ってうなずくことしかできず、そのあいだに敵船はゆっくりと回転がおさまっていった。船尾に甚大なダメージを受けたにもかかわらず、それは彼らからよろよろと離れようとしはじめたように見えた。

「敵は退却しようとしているようです、艦長」とデイヴィスがいった。

「了解した」とジャクソン。「あれは何をするつもりだろうか」

「急いで逃げ出すつもりのように見えますが」とバレット。

「ああ、そうだな」

ジャクソンはそういって、頭の中で問題を解決しようとつとめるあいだ、眉をひそめた。結果としてどんな犠牲を払うことになろうとも、たったひとつの明白な解決策しか思い浮かばなかった。

「艦長？」とセレスタが呼びかける。駆逐艦に乗り組んでからのわずかな期間で、ウルフ艦長がこの表情を浮かべたときには警戒すべきだということを学んでいた。「いまのわれわれにできることはほとんどありません。われわれはあまりにダメージがひどくて、かろうじて航行できる程度です」

「われわれはこの艦を捨てて退艦しなくてはならない」ジャクソンが簡潔にいった。

「なんとおっしゃったんですか？」

「聞こえたろう。デイヴィス……警告を出せ。総員に、この艦を捨てて離れろと。〈ブルー・ジャケット〉はもはや航行不能だ。総員に、生命維持ポッドに移って、この艦《タブ》を離れるように告げるんだ」

「それがなんの助けになるのか、わかりま――」

「いまは議論のときではない、中佐！」とジャクソンはさえぎった。

「中尉……退艦命令を出せ。いますぐに！」彼はセレスタがまだストラップで身体を固定している席まで近づいていった。「わたしはできるかぎり多くのクルーを救おうとしているんだ」彼は小声でいった。「この艦はもはや安全でなく、エイリアン船が少し治癒したあとで、また戻ってきて、われわれを片づける気にならないという保証はどこにもない。こうするのが全員にとって最善の策だ。ポッドの中で二週間は生存することが可能で、そのあいだに艦隊のほかの艦艇が救援にやってくる」

「イエッサー」と彼女がすなおに従って、ストラップをはずすあいだに艦内警報が鳴りわたりはじめ、自動メッセージがクルーに生命維持ポッドへの移動を指示しはじめた。「あなたもいっしょにおいでになるんですよね？」

「わたしは自殺願望があるわけでもなく、自分の指揮する駆逐艦とともに沈むつもりもない」ジャクソンはいった。「だが、攻撃を受ける前にこれをすましてしまいたい。ポッドは少し移動ができるし、〈ブルー・ジャケット〉をこのエリアから離れさせてから緊急ビーコンを作動させる。きみにはオーティズ少佐と合流して、拘束した反乱者たちも忘れずに脱出させるようにはからってもらいたい。さあ、行け。いますぐに」

「イエッサー」と彼女がいって、立ち上がった。「あなたとごいっしょできて光栄でした」

「任務はまだ終わっていないぞ、中佐」とジャクソンはいって聞かせた。「近い将来、わたしは別の艦に乗り組んで、われわれが手をつけたことをやり遂げるつもりだ」

「そのときもごいっしょできることを希望します、ウルフ艦長」

「わたしもだ、ライト中佐。さあ、さっさと移動しろ」

彼女が立ち去ると、彼は残りのブリッジ・クルーに向きなおった。

「この命令は残りのきみらにもあてはまる。全員……ブリッジを離れよ。指定の生命維持ポッドに向かって、原子炉が駄目になる前にここを離れるんだ」

彼ら全員がいっせいに立ち上がり、ショックで呆然とした表情を浮かべたまま、引きずるような重い足どりでぞろぞろとブリッジをあとにしはじめた。そのあとから海兵隊の歩哨もつづいた。

「艦長――」

「わたしもすぐにあとを追う、デイヴィス」とジャクソンはいって、OPSを振り返った。

「わたしはみんなが確実に離れたことを確認する責任がある。そのあとでわたしも二デッキ下のポッドを使う。きみはほかのブリッジ・クルーといっしょに離れるんだ」

彼女はそれ以上何もいわずに、ただ近づいてきて彼の首に腕をまわし、彼の頬にキスした。そうして、もっとためらいがちに、唇にもキスしてから、くるりと背を向けるなり、ブリッジを急いで離れていった。ジャクソンは少しのあいだ呆然と立ちつくし、たったいま、何が起きたのかと考えをまとめようとしたが、そんなところに最初の生命維持ポッドが駆逐艦から放出されたという報告が聞こえた。

超然とした落ちつきを感じつつ、ジャクソンはブリッジの出口に歩いていって、ハッチを閉め、内側からしっかりとロックした。それから、まるであり余るほどの時間が手中にあるかのように、ぶらりとOPSステーションのほうに歩いていった。シートの高さを調節し、艦内のさまざまな機能にアクセスできる、あまり広く知られてはいないセキュリティ上の裏口をすり抜けるためのログインをはじめた。かつて誰も目にしたことのないメニュー画面が、それまでデイヴィス中尉のステーションだった端末に追加で表示されはじめた。

彼はひとつの画面を開き、まだ艦内にクルーが何人残っていて、どれだけの生命維持ポッドが放出されたのか、数を把握できるように表示した。これまでのところ、残りのクルーも一定のペースで脱出できているようだ。この画面を隅に移動させると、今度は原子炉2のすぐ後ろにある、艦内の奥深いところに隠されていたサーバーのバックアップ用ダンプ・ファイルを照合しはじめた。このサーバーは、じつのところ、ただのデータ・コアといったほうがよく、すでに頑丈な合金の筒におさめられ、一瞬のうちに艦外に放出できるようになっている。彼は艦内ログを転送してから放出しようとしたが、そのときになってログ自体をアップデートしておく必要があることに気づいた。少し考えてみたうえで、ビデオでアップデートすることに決め、OPSのステーションに内蔵されている撮影機器を作動させた。

**こちらは地球連合艦《TCS》〈ブルー・ジャケット〉指揮官、ジャクソン・ウルフ艦長。これがDS・七〇一の最後のログ・エントリーになる。たったいま、この艦を離れるよう、**

わたしから総員に命じたところだ。この艦はもはや安全といえず、制御された航行が不可能になったために。約三週間前にシーアン星系に到着して以来、われわれは単一の船の形態をとったエイリアンの侵入と戦ってきた。こちらからも敵に甚大なダメージを負わせることができたものの、相手はもちこたえて、わが艦にとどめの一撃を見舞った。

わたしの願いは、このログを添付したデータ・コアを残すことにより、辺境のこの宇宙空間で何が起きたのか、地球連合の諸君が理解する助けになることと、これから起こるはずの事態にここの人々が備える助けになることだ。エイリアン船をこれまで観察してきた結果、あれが帯びているミッションは、各星系に入りこんで工業や農業の生産能力を破壊するあいだに、われわれ人類とその能力について知ることにあると確信するにいたった。救出されたクルーの誰に尋ねても、これに含まれているデータの信憑性を保証してくれよう。

こちらジャクソン・ウルフ艦長、報告は以上。

彼はこのエントリーをログに加え、バックアップ・システムに転送して、アップロードされたことを確認したうえで艦外に放出した。それを終えるころには最後の数人のクルーも艦を離れ、ディスプレイに表示されている数字は〝一〟を示していた。残された唯一のクルーというのはほかならぬ彼自身であることを確認したうえで、ジャクソンは立ち上がり、今度は戦術ステーションのほうに歩いていった。

エイリアン船はなおも壊れかけの駆逐艦と距離をとろうとしたままだ。彼らが負わせた巨大な傷口のふちがすでにまるまって治癒するかのようにふさがりはじめているのが見てとれた。このいまいましい船をとめることなどできないかのように。この映像を見て、彼の決意がさらに固まった。すばやく何度か別の画面を引き出し、自分の認証IDを入力し、コマンドを入力しはじめた。

十一度ほどもオーバーライドをくり返したすえに、彼がやろうとしていたことが成功し、そしてこの行為はとても危険なものであるという警告をようやく受けとった。彼がそのまま見守りつづけるうちに、原子炉1がセーフモードから通常の運転状態に戻ってほかの三基に加わり、ついにはフルパワーに達して、さらにそれを越えた。じきに四基すべてが最大出力の許容限度の百三十パーセントで作動しはじめた。彼は急いで操舵席に情報を送り、駆けていってそこのリクライニング・シートにストラップで身体を固定した。

「全員が離れたと確認する手段は何かあるんでしょうか？」

オーティズ少佐が尋ねた。〈ブルー・ジャケット〉を離れろという命令と、いきなり無重力環境下にさらされたストレスのために、生命維持ポッド内の誰一人としてあまり元気はなかった。

「いいえ」とセレスタが応じる。「ウルフ艦長はわれわれに数時間はおとなしく待ったうえで、無線やビーコンを発信するように望んでいたから」

「〈ブルー・ジャケット〉にまだ誰か残っているのかな?」と少佐がポッドのわきの小さな丸窓からのぞき見ながらつぶやいた。

「もう誰もいないはずよ、なぜ?」

「ご自分で見てごらんなさい」

オーティズはそういって、彼女が窓をのぞきこめるように空中をふわりと浮かびながら場所をゆずった。自分が何に注目すればいいのか、彼女が理解するには少し時間がかかったが、そのうちにまちがいなく〈ブルー・ジャケット〉の残ったエンジン三基が明るく燃焼しているることと、隊列を組んで固まりあった生命維持ポッドから驚くべきスピードで加速して離れていくのがわかった。まだ艦上に残っているのが誰なのかセレスタにはわかっていたし、その理由もわかっているように思えた。

「くそっ、艦長」と彼女は小声でもらした。「ほかにも手段はあったはずなのに」

ジャクソンは操舵席にストラップで自身を固定し、そこがいかに快適なすわり心地であるか実感しながら、どの航行システムがどの程度利用可能なのかひとつずつ調べていった。メイン・エンジン四基のうち三つ、艦首スラスターはなし、そして限定的な姿勢制御スラスターの大半……興味ぶかい数分間になりそうだ。彼がスロットルをなめらかに押しこむと、身体がぐいっと後ろに引かれるのを感じ、メイン・エンジンが最大限の加速で駆逐艦を生命維持ポッドから引き離しはじめた。

針路を新たに変更するには大きな弧を描く必要があった。正しい方向に調節するのに、艦首スラスターを使うことができないからだ。正しい針路に修正されると、彼は手を伸ばして四つの覆いぶたを取りのけた。その中にはごく普通に見えるトグル・スイッチが四つ並んでいて、どれも誤って作動させないように銅線で巻いて固定されている。彼はスイッチをひとつずつオンにして、メイン・ディスプレイを見守り、艦尾で四つの丸いハッチが吹きとばされるのを確認した。

緊急補助推進　使用可

このメッセージがディスプレイ上で二度点滅したあとで、スロットルの左わきのボタンが赤く点滅しはじめた。安全に保護されたスイッチ四つを彼がオンにしたとき、ハッチの奥にあった巨大な固体燃料ロケット・モーター四基の推進ノズルが宇宙空間に剝き出しになった。この推進システムは艦が減衰軌道にはまってメインの推進装置が機能しなくなったときの最後の頼みとしてのフェイルセーフ機構だ。そしてこれは、ブースターに点火したその瞬間から、〈ブルー・ジャケット〉にとてつもない加速を与えるようにできている。

ジャクソンは操舵ステーションのディスプレイのひとつから原子炉のヴァイタル値を上げ、原子炉が許容限界まではね上がりはじめるのを見守った。緊急時のシャットダウン・プロトコルを不可にして、さらに勢いが増すにまかせた。蒸気圧が上がるにつれ、冷却系は限界を超え、閉鎖系内の発電タービンも危険なレヴェルに達した。

「きさまらに最後のささやかな驚きをくれてやろう」とジャクソンはつぶやき、すごみのある笑みを浮かべた。「われわれはおたがいに、この星系を生きては出られない」

数分以内にエイリアン船が熱光学センサーで見てとれるようになった。さらに何度か針路変更をして、彼が望むとおりの正確な位置座標をコンピュータにロックさせると、あとは制御を受け渡した。この接近速度では数千回もの微細な修正が必要で、それはつまり、壊れかけの駆逐艦を人間が手動であやつるなど不可能だということだ。コンピュータが完全に操舵を引き継ぐと、彼はストラップをしっかり締め、右のディスプレイに別のメニューを表示させた。原子炉の冷却システムから加熱した蒸気をベントしはじめ、タービンの加圧を少しやわらげた。あと数分はこれが機能しつづける必要があるためで、これをすますと、彼と標的のあいだの正確な距離計算のウィンドウを表示した。

距離が七万キロを切ると、彼は目を閉じて、心を落ちつけるようにゆっくりと息を吐き出した。原子炉をじかに冷却するジェット水流をすばやくとめ、すでに高まっていたシステム内の圧力に頼って電力を供給させつづけ、そうすることで原子炉の温度がふたたび上がりはじめ、いまや限界値をはるかに超えていた。左わきの赤く点滅するボタンを押し、四つの巨大なロケット・エンジンが点火して駆逐艦が激しく振動しはじめるのを待った。爆発的なボンッという音とともにさらに勢いが増し、彼はシートの背に激しく押しつけられ、〈ブルー・ジャケット〉は新たな活力を得て前方にとび出した。

人間の視覚野というものはなおも比較的未発達な情報解析センターで、その進化はテクノロジーの発達していくペースに追いついていない。そして現代の人間は、機械装置を使って獲得できる距離とスピードに応じて対象を認識するようにはまったくできていなかった。ジャクソンはこのことを知的レヴェルではわかっていたが、それでもエイリアン船が比較的ちっぽけな大きさからいきなり視界のすべてを覆ったことに驚かされた。接近はあまりに急速で、最後の衝突の前に彼は毒づくひまも、身構えるひまさえもなかった。どちらも不要な行動ではあったが。

ひどいダメージを負った駆逐艦の左舷下面側から、生命維持ポッドがいくつもとび出していくのを、彼はセンサー・ディスプレイによって興味ぶかく見守っていた。ヌオヴォ・パトリア星系で戦いがくり広げられていくあいだ、ウルフ艦長は実際にあの怪物《レビヤタン》を打ち負かすことができるかもしれないとさえ思った。そしていま、〈ブルー・ジャケット〉が空気の筋を勢いよく噴出し、エンジンを一基なくしながらも、エイリアン船が星系から逃げはじめたそのすきをついて、クルーを乗せたポッドを吐き出していくようすを、彼は落胆しつつ見守っていた。戦術ミサイル十発を使ったトリックはすばらしいものだったが、それでも究極的に勝利するには充分でなかった。

彼が記録を終えて、自分も撤退しようとしたその矢先、〈ブルー・ジャケット〉がいきなりエンジンを噴き返して、敵のほうに猛然と進んでいった。艦尾から白熱の炎のかたまりがはじけ、標的めがけてミサイルのように疾走していくのを、彼はさらなる興味とともに見守りはじめた。避けがたい結果が生じるまで、彼は息を詰めて見守った。駆逐艦は失われた艦首部分をエイリアン船の内部がのぞいた剝き出しの穴にまともに衝突させた。

彼のセンサーがふたたび二隻の船に焦点を合わせることができるようになると、〈ブルー・ジャケット〉の艦尾がひどく変形しつつも、敵船の傷口から突き出ているのが見てとれた。エイリアン船はいまや完全に制御を失い、宇宙空間で回転していた。これでも怪物を永久に航行不能にするには充分だろうかと彼がなおもいぶかしんでいるあいだに、〈ブルー・ジャケット〉の原子炉のひとつ、または複数の原子炉が臨界に達し、彼のディスプレイはまぶしい核爆発によって真っ白になり、センサーが自動で色調を弱めたものの、彼は何度もまばたきをくり返さないといけなかった。

ディスプレイの解像度がひとりでに戻ったとき、今度こそはエイリアン船が回復不能であることが彼にもわかった。いまやそれは、少なくとも十以上大きなかたまりにちぎれ、それぞれが高速で回転しながら宇宙空間を飛んで離れていく。

戦いは終わった。いまのところは。

「本当にやってのけるとは、信じられないな」と彼はつぶやいた。「イカレたやつめ」

彼は準備していたデータ・パケットをまとめて、通信ドローンを発射する準備をしかけたところでふと手をとめ、最終のメッセージをもうひとつつけ加えることにした。

「こちらはパイク」と彼はカメラに語りかけた。「敵はヌオヴォ・パトリア星系でくいとめられた。エイリアン船がここにあらわれてから、侵攻を阻止しようとした〈ブルー・ジャケット〉が破壊されるまでの記録を、すべてデータにアップロードしておいた。敵船から放出されたなんらかの物体が、高速で戦闘の場から辺境の方向に戻っていくのを目に留めた。あの船がどこからやってきたにしても、そこに向けてメッセージを飛ばしたとみなすほかにない。わが現在位置からは、それを破壊することはできない。

駆逐艦の生き残ったクルーは生命維持ポッドに乗り移って星系内の宇宙空間を漂流中で、至急の救助支援が必要だ。わたしはエイリアン船の残骸を調査し、救援が到着した段階でまた情報をアップデートする」

パイク捜査官はこのメッセージを加えると、最新世代の通信ドローンを隣の星系に向けてはなった。ドローンで十時間もかからない距離に中央司令部情報局《CIS》所属のプロウラーが二隻とまっていることを彼は知っていた。彼は椅子の背にもたれ、ブロードヘッドのセンサー装置がピンッとやわらかな音をたてつづけるあいだ、自分がたったいま目撃したことについて考えをめぐらしていた。

# 25

「ここはどこだ？」

ジャクソン・ウルフはようやく尋ねた。しゃべるために口を動かせるようになるまでに十分以上はかかっていた。ついに言葉が出てきたとき、声は乾いた秋の枯れ葉のように喉にこすれた。

「どうか、われわれの質問にだけ答えてもらいたい」彼の上方向から誰かの声がいった。彼には光のもとで動く影以外に何も見えなかった。「あなたは自分が誰なのかわかっているかな？」

「ジャクソン」と彼はいった。「ジャクソン・ウルフ」

「あなたが覚えている最後のことは、ミスター・ウルフ？」声が尋ねた。

ジャクソンは困惑して考えこんだ。彼のことを誰かが〝ミスター〟と呼びかけるのは何年ぶりだ。

「わがクルー」質問のほうは無視して、彼はしわがれた声をしぼり出した。「わがクルーはどうなった？　そして、ここはどこなんだ？」

「少し落ちつきたまえ」

彼は自分の身体が起こされるのを感じて、それまで仰向けに寝ていたことに、そのときになってはじめて気づいた。そのあとで、彼の頭に巻いてあった何かを誰かがほどくのを感じて、光が明るくなりはじめた。やがて、光の明るさが苦痛をともなうほどになって、彼は何度もまばたきをした。

「ここで少し待っていてくれたまえ」

ベッドのわきに立っていた中年の男が彼にいって、背を向けて部屋を離れた。ジャクソンはまぶしさに目を細めた。自分がストラップでしっかりとベッドに固定されているのが見てとれた。それなのに、なぜ彼がどこかに行けるとあの男が思ったのか、よくわからなかった。次に誰かが入ってくるまでに三十分ほども間《ま》があいた。そのあいだじゅう、彼は眠りと覚醒の狭間《はざま》にあって、どれくらいいたったのかはっきりといい当てることは不可能だった。

「ライト中佐」と呼びかけ、彼は笑みを浮かべようとしたが、ひび割れた唇が痛んだ。「平服で、髪を伸ばして？　制服を脱いだんだな」

彼女は悲しげな笑みを返してから、ベッドのわきに腰をおろした。

「いまのところ、ただのセレスタよ」彼女がいった。「わたしたちは〈ブルー・ジャケット〉の件で調査を受けているところで、いずれ軍法会議が終わるまで軍務からはずされたんだから。あなたが最初の被告になる予定で、わたしはあなたがいつか目覚めるかどうかわかるまで待たされていたところなの」

「よいおこないは必ず罰を受ける、というやつか、さては？」彼はおもしろくもなさそうに笑った。「それで、わたしはどれくらいのあいだ意識が戻らずにいたんだろうか？」

「二週間近くになるわね」

「もっと重要な問題は、いったいどうしてわたしはまだ生きているんだ？」

ジャクソンはこう尋ねると、セレスタの助けを得てグラスの水を受けとった。一トンもの重さがあるように感じられた。

「簡単に答えると、あなたがエイリアン船にぶつかっていったとき、上部構造がすっぱり艦腹から断ち切られたの。ブリッジは密閉されていて、あそこだけで独立して緊急時の生命維持システムが作動していた。それで、回収チームが駆逐艦の失われた部分をあちこち探しまわるうちに、高速で星系から離れていくそれをようやく見つけたの。そしてブリッジの中には、あなたが操舵手のシートに固定されたまま生きていたというわけ」

「興味ぶかいな」彼はどっちつかずにいった。「少し休息をとって点滴を受けただけで、回復できたわけじゃなさそうだが？」

「ええ、あなたはほとんど死にかけたのよ。肺の虚脱、心挫傷、重度の脱水症、深刻な脳震《しん》盪《とう》、頭蓋骨骨折、その他治療されずにいたすべての傷からの敗血症……より重い病状はこれでほとんどだけど」

「それで、いちばんひどいのは？」

「本当に、いますぐ知りたい？」

ジャクソンがうなずくと、彼女は手を伸ばしてブランケットを下からめくり、いまや彼にも、左足が膝から十五センチほど下でぷっつり途切れているのが見えた。

「うむ……くそっ」

ジャクソンがようやく医療施設を出ることができたのは、二カ月間の苦しい回復の月日が流れたあとだった。現状では制服を着る資格がないため、彼は安物の平服のスーツを与えられた。嫌疑が晴れて告発が取り下げられたなら——そのほとんどは事実であるために、そうなりそうにもないが——彼の階級と資格は回復できる。法務総監が人選した、調子のいい弁護士から聞いた話では、彼がひっそりと除隊扱いになって地球に送還されるだけですむなら運がいいほうだろうとのことだった。それよりもありそうなシナリオは、これから長い牢獄暮らしの暗い先行きと向きあうことになりそうだ。

負傷から回復していくあいだ、彼はほかのクルーたちから隔離され、それは実際に幽閉生活とほとんど変わらず、そして彼の機密取扱者待遇は取り消され、前回のミッションについて少しでも口にしたなら、彼の怪我がどれほどひどいものであろうと容赦なく艦隊本部の営倉送りになるとあいまいではない言葉で告げられていた。

まだ大量に投薬されているという事実のためだけに、彼はこのような制限された生活をある種の両義性でもって見ることさえできた。片方では、艦隊がすべての部隊を動員することもなくこれだけの長い時間が過ぎていったことに、激しいパニック発作といっていいほどの感覚があった。その一方で、いまの自分がヘイヴンにいる安心と、強力な麻酔薬の影響下にあることからくるリラックスした感覚もあった。

鎮痛剤を減らされ、怪我からの回復とリハビリ期間が終わりを迎えるころには、彼が辺境で見つけたことへの懸念がどっとよみがえってきた。しばらくのあいだ、最初に目覚めて自分が死んでいないとわかったとき、あれは本当に起きたことではないとほとんど確信しかけたほどだった。彼の艦には別の何かがあったにちがいなく、彼の明白な身体の不全を説明づけるために、自身の潜在意識が幻想的なでたらめの話をつくり上げたのだと。しかしながら、セレスタ・ライトの顔をひと目見るなり、その幻想は音をたてて崩れ落ちた。

いま、彼を待っている艦隊所有の車輛——おまけに、武装した海兵隊の警備兵までついている——のほうに反抗的な態度で歩いていきながら、彼はこの状況を正すのに機会は一度しかないことがわかっていた。

「ミスター・ウルフ、着席してください」

ジャクソンは法務総監が任命した弁護士の隣に腰をおろしながら、調査委員会の出席者を見まわしていった。准将が二人、ヘイヴンでかなりの力をもつ元帥が一人、そして彼の仇敵、アリソン・ウィンタース大将もだ、もちろん。

「この調査委員会は、あなたを正式に起訴するか判断し、正式な軍法会議を招集するかを判断するためのものです」准将の一人が目の前のタイルを読み上げていった。この男の名はブレイバスだったようにジャクソンは思ったが、彼のすわっている位置からではネームタグまで読みとれない。「本日、われわれが話しあうのはただ一点、特定の告発についてです。たとえ軽減事由があるとしても、それは正式な軍法会議のときにゆずりましょう。何か質問は？」

「わが依頼人はそうした手つづきを理解しています」ジャクソンが口を開けるひまもなく、弁護士がいった。

「よろしい」と准将がいった。まちがいなくブレイバスだ。ジェリコ・ステーションの会合で顔を合わせたことがあるのをジャクソンは思い出した。「ウィンタース大将……あなたがミスター・ウルフに対する告発をしたのですから、あなたからどうぞ」

「ありがとう、准将」とウィンタースがいって、コブラがネズミをにらむような目つきでジャクソンを見据えた。「ジャクソン・ウルフ……あなたは上官からの直接命令にそむき、連合所有の財産を窃盗し——というのは地球連合艦《TCS》〈ブルー・ジャケット〉のことだけれど——そして職務怠慢により人命を失うとともに、あなたの指揮する艦、つまり、先にもいったTCS〈ブルー・ジャケット〉を完全に破壊させたかどで告発されています。この告発をあなたは理解していますか？」

「わが依頼人は——」

「あなたの依頼人は自分で話せるよ」ジャクソンはぶしつけにいって、弁護士をにらみつけた。「いまのところ、わたしから助言を頼まないかぎり、あなたはそこに黙ってすわっていてくれないか」

「ミスター・ウルフ！」とブレイバスが鋭い調子でいった。「少しは礼儀をわきまえてもらえないかね」

「ブレイバス准将……わたしは地球の出身です。どうやら、わたしは礼儀など知らないようです。なんだったら、そちらのウィンタース大将に訊いてごらんなさい」ジャクソンはいった。「それに加えて、わたしは厳密にいえばいまのところ民間人で、軍内のエチケットや礼儀作法にこだわる必要性もあまり感じません」

「よろしい、ミスター・ウルフ」とウィンタースがあまりに冷淡でひび割れるほどの声でいった。「あなたはどう主張するのかしら？」

「答える前に、ひとつ質問させてもらいたい」とジャクソンはいって、彼女の目をまっすぐに見た。「いったいどうして、わたしが嫌疑者の席にすわっていて、対するあなたはのほほんとそちら側にいられるのかな？　おたがいに、あなたのほうこそどこかの営倉に入れられてすわり、裁きのときを待っているべきだとわかって――」

「もうよい！」ジェサップ元帥が声をとどろかせた。「ミスター・ウルフ、きみは質問に答えなさい。告発を認めるか、認めないのか。次にきみの口から出る言葉はたったふたつの選択肢しかない。われわれは辺境の状況をよくわかっている――」

「その点はじつに疑わしいですね」とジャクソンがさえぎる。

「――が、そのことはきみの現在の状況と密接な関係はない」ジェサップが最後までいい終えた。「きみに残されたわずかな品位をかき集めて、これを最後まで終わらせてしまうとしよう。これが正式な軍法会議に引き継がれるだろうことは、われわれのどちらもわかっていると思う」

ジャクソンが何か答えるひまもなく、部屋の後方の両開きの扉が大きな音をたてて開き、複数の足音が通路をこちらに近づいてくるのが彼にも聞きとれた。首の怪我のおかげで、彼は振り返ってそれが誰なのか確かめることさえもできなかった。

「おい、いったいどういうつもりなんだ？」ブレイバスがいらだって抗議の声を上げ、席から立ち上がりかけた。

「アリソン・ウィンタース大将」と誰かの声がジャクソンの背後から大声で呼びかけた。「あなたを逮捕する。どうか立ち上がって、こちらに控えている海兵隊員に従うように」

「これはどういうことなんだ？」ジェサップがほとんど叫び声になり、顔はすっかり紅潮していた。「いったいなんの罪で？」

「反逆罪ですよ」別の声がいった。こちらにはずっと聞き覚えがある。「あとでファイルに加えられる罪がほかにもいくつかあるでしょうが、いまのところ彼女が知る必要のあるのはこれだけで充分です」

「それで、きみはいったい誰なんだね？」混沌としはじめた委員会の統制を取り戻そうとして、ジェサップが問いただす。

「わたしの名はアストン・リンチ、オーガスタス・ウェリントン上院議員の補佐をしています」パイクがテーブルをまわりこみながらいった。ちょうどジャクソンにも、あの傲慢で嫌みな男、アストン・リンチがベンチのほうにぶらりと歩いてきて、満足げな笑みを浮かべるのが見えたところだった。「ただし、わたしはただのメッセンジャーに過ぎません。ウィンタース大将は中央司令部《CENTCOM》のマーカム作戦部長の権限によって逮捕されます。これがその罪状を説明した書類です」

プリントされた書類の束をリンチ／パイクがジェサップに渡して待つあいだに、元帥はページをめくっていき、読みすすむうちに顎がどんどん下がって口がぽかんと開いた。

「彼女を連れていけ」

ジェサップが小声でいって、椅子の背にどさりともたれるあいだに、海兵隊員が近づいてきて、支離滅裂なことをわめきたてるウィンタース大将を手荒くつかみ、拘束具をはめた。

「許可をいただきありがとうございます、元帥」とパイクが皮肉をこめていった。「もっとも、正確にいえば、こちらから頼んだわけでもありませんがね」

ジェサップはウホンと咳払いをして、明白な嫌悪の目でジャクソンのほうを見た。「ジャクソン・ウルフ大佐、CENTCOMのジョーゼフ・マーカム作戦部長とケイレブ・マケラー連合大統領の権限により、きみへの告発容疑はすべて取り下げられ、連合宇宙艦隊でのきみの階級は回復され、いまからただちに効力を発揮する。きみは明日の一一〇〇時に、作戦部長の執務室に参上するよう命じられた」

「それはどうも、元帥」

ジャクソンはいった。制服を着ていないいまこのときだけは、あえて立とうともしなかった。彼が見守る前で、パイクが顔を寄せてウィンタースの耳もとになにやらささやいた。それがなんだったにしても、彼女は恐怖のあまり自制心を失った。彼女の表情は、怒りと困惑から、まぎれもない恐怖へと変化していった。彼女はおびえた顔でジャクソンを見た。それに対して、彼はにっこりと大きな笑みを返し、ジェサップが大いにうんざりしたことに、彼女に手を振りまでした。

混乱がおさまり、出席していた者たちがぞろぞろと列をなして出ていったあとで、ようやくジャクソンも腰を上げてこの場をあとにしようとした。彼はまだ完全に自由に動けるようにはなっておらず、すばやく振り返るときは注意しないといけなかった。部屋を出ていくあいだに、セレスタに対する告発も同じく取り下げられたことを確かめておこうと考えながら、彼は扉のすぐ外に立ってにやりとした顔で笑っているパイク捜査官のわきを通りかかった。

「興味ぶかいタイミングだったな、ミスター・リンチ」とジャクソンは声をかけた。

「おお、きみは何もわかっちゃいないな、大佐」パイクは演じていた仮面を投げうって答えた。「まさしくこの瞬間のために、わたしは数週間も待ってタイミングを遅らせないといけなかった……そしてまさに思い描いたとおりのすばらしい結果になった。さっきの彼女の顔を見たかい？ とにかく、われわれの分析官が通信プラットフォームのログをあたって、彼女がきみの任務報告をどうしたのか、あっというまに見つけ出した。通常なら、そういった些細なごまかしは見のがされるものだが、二十億もの人々が死んだとなると、力のある方々が答えを要求する。愚かにもウィンタースは、自分のところのコンピュータ内のコピーを削除したから、改竄《かいざん》の証拠もすべて消去できたものと思いこんでいたらしい」

「わたしとしては、事態がやけにのんびりと進むのを少し心配していたといっておかないといけないな」ジャクソンは中央司令部情報局《CIS》のスパイの隣をゆっくり歩きながらいった。「わたしは何カ月ものあいだ医療施設に入っていた。新たに見つかったこの脅威について、われわれはいったい何をしていたんだ？」

「動こうとしているというのがこの件のキー・フレーズだよ、大佐」とパイクがいう。「われわれはいろいろと取りかかってる、しかも、すみやかに。だが、ＣＥＮＴＣＯＭや宇宙艦隊のカルチャーを変えるには、かなりの努力が必要だ。目下《もっか》のところ、艦隊に戦闘のための基盤が復活するまで、ＣＩＳが作戦の陣頭指揮をとっている……これまで、艦隊に戦闘の基盤なんてものが一度でもあったとすればの話だが。作戦部長からきみに説明してもらえるよう、わたしから頼んでおこう。この件は、少しばかりわたしの給与等級を超えているもんでね、正直いって」

「だからといって、あんたがそれをさぐるさまたげにはならないと思うが」ジャクソンは苦笑まじりにいった。

「われわれは誰しも醜悪な趣味をもっているもんだ」パイクはそういってにんまりすると、これまでこの男の顔に浮かぶのをジャクソンが目にしたなかでもっとも真剣な表情になった。

「礼をいおう、大佐、きみがあきらめようとしなかったことに。度胸のない並みの指揮官なら、あんなふうな敵を目の前にしたら、なんだかんだと理由をつけて、しっぽを巻いて逃げ帰っていたろう。きみがどれだけ多くの命を救うことになったかは、誰にもはっきりとはわからない」

「ああ……われわれみんながはっきりとわかっているのは、どれだけ多くの人々をわたしが救えなかったかについてだ」ジャクソンはいった。エイリアン襲撃に関するすべての意味が心に染みこみはじめていた。

「気落ちしなさんな。われわれにはきみの力が必要なんだ」パイクはいって、急に会話に退屈したかのようにあたりを見まわした。「きみの部屋にちょっとした贈り物をひとつ置いてきたよ。きみがしたことへのお礼とでも思ってもらおう。もう行かなきゃならん。身体に気をつけてな」

ジャクソンがじっと見ていたにもかかわらず、捜査官は単に背景に溶けこんでしまったかのように、行き交うまばらな人の波にまぎれて姿を消した。

ジャクソンが兵舎の自室に戻ってみると、ひとつどころか複数の贈り物が彼を待っていた。最初に気づいたのは、彼の階級、名前、略綬《りゃくじゅ》で飾りたてた、真新しい黒の制服ひとそろいだった。予想できたとおり、礼装と汎用制服もクローゼットに吊るされていた。さらに、デスクの上に木の箱が置いてあって、その上にメモが添えてあった。

これはヌオヴォ・パトリア星系からくるくるまわりながら離れていくきみを見つけた

ときに、ブリッジ内に浮かんでいたものだ。きみはこれを取り戻したいんじゃないかと思ってね。シン少佐はわたしにも同じやつをつくってくれるかな？

パイク

箱に入っていたのは拳銃――コルト一九一一だった。〈ブルー・ジャケット〉をエイリアン船に衝突させたあのとき、彼はこれを汎用制服のポケットに入れていた。武器を手に取り、スライドの部分についた長い疵痕《きずあと》を手でなぞる。どうやら、これがあのときに受けた唯一のダメージらしい。そうして、あのミッションのときに起こったすべてを思い返した。

頭部に外傷を受けたために、彼は最終的に敵の脅威を排除したときの本当の記憶をあまりよく覚えていなかった。彼が覚えている最後の記憶は、クルーに〈ブルー・ジャケット〉を捨てるよう命じたことだ。完全に目が覚めているときと夢見ているときの狭間でふわりと浮かんでいる状態のときに、奇妙な断片をいくつか垣間見たことはあったが、ときとしてそれらはあまりにも奇妙なもので、実際の記憶だと信じるのは難しかった。なかには、彼がディヴィス中尉とキスしている記憶まであって、それはけっして実際に起こったはずがなかった。ジャクソンは武器を箱にしまい、そのさいにデスクの下に押しこんであった何かに右足がぶつかった。屈んでのぞきこんだ彼の顔に、大きな笑みが浮かんだ。ゴミ箱の隣に、本物のケンタッキー・バーボンのケースが置かれていたからだ。ボトルを一本取り出してみると、あのエリアでもっとも伝説的な蒸留所でつくられた酒で、シンが彼のために見つけてきてくれたものよりもはるかに上等品だった。四角いボトルをデスクに置き、数世紀にわたって変わらずにいる黒いラベルに感嘆しつつ、さっそくグラスを探しはじめた。

どさりと椅子にすわりこみ、グラスを掲げて、〈ブルー・ジャケット〉の最後の航行から戻ることのできなかった百名以上の宙兵たちに無言で献杯して、駆逐艦が約五カ月前にジェリコ・ステーションを出発して以降に起きたすべての出来事を忘れようとする作業にとりかかった。

「足の具合はどうかね、大佐」

「奇妙なことに、かゆみを感じるのです」ジャクソンはいった。

「そう聞いたことがある」マーカム作戦部長がいった。「幻肢のかゆみ、と呼ばれているんだと思うが。そうだとしても、かゆみが起こったら、手を伸ばして義肢を掻くのかね？」

「イエッサー」とジャクソン。「じつにいらいらがつのるものです」

これを聞いて、マーカムは心から楽しげに笑い、執務室に置かれていた詰め物の多すぎる椅子のひとつにすわるよう彼に手ぶりで示した。

「ジェサップ元帥のあのばかげた見せ物小屋につきあわせてしまってすまなかったな」マーカムがいって、三つのグラスに飲み物を注ぎ、そのうちふたつのグラスを、火曜の昼前だというのに来客のいずれかが酒を所望しているかなど尋ねもしないで手渡した。

「その一部はわたしの責任でもある」その場にいたもう一人の男、艦隊作戦委員会議長のウエリントン上院議員がいって、鼻持ちならないほど高価なスコッチをひと口味わってから、承認のしるしにうなずいた。「うむ……より厳密にいえば、わが補佐のアストン・リンチのせいなんだが。きみはあの男に会ったことがある、そうじゃなかったかね、大佐？」

「イエッサー」ジャクソンは慎重に答えておいた。

「心配はいらん」とウェリントンがいう。「彼が本当は何者なのか、わたしも知っているんだから。CISの役人連中はパイクをこっそりわが事務所に送りこんだものと考えていたようだが、彼の正体を知ってみると、わがスタッフ内にスパイをうろつきまわらせておくリスクよりも、むしろ利点のほうがはるかに大きいとわかったんでね。パイクはじつに腹だたしい態度の男かもしれないが、誰よりも早く情報を掘り出してくる」

「〈ブルー・ジャケット〉と、その失われたクルーたちに」とマーカムがいって、グラスを掲げた。「彼らが安らかに眠らんことを」

ほかの二人もグラスを掲げて献杯した。

「さて……肝心な問題に移ろう。きみの機密取扱権限の問題はわたしが認可しておいた、大佐。きみには当分のあいだ、CISで働いてもらいたい。この新たな脅威について、われわれが正確にどう対処すればよいのか見きわめるまでのあいだは。考慮すべきことはたくさんあり、その大半は政治的な問題だが、そのせいで必然的にわれわれの反応が遅れるかもしれない。だが、きみには分析官とともに、きみが駆逐艦からなんとか救い出したセンサー・ログをすべて見なおしてもらいたい。

あまり魅力的な仕事でないことはわかっている、あのすべてをもう一度経験しなおすというのは。だが、それがわれわれの目的のためには必要不可欠なのだ。きみは敵を打ち負かしただけでなく――とはいえ、大いなる代償をともなったが――いまやきみは戦術や戦闘作戦の事実上のエキスパートなのだから」

「少し痛ましいものですね、それは」とジャクソンはいった。「われわれがやったことのほとんどは、単にこちらからの当初の反応が〈ブルー・ジャケット〉の搭載していた兵器のメンテナンスの不備のためにうまく機能しなかったためでした。もしもレーザー投射機のコンデンサー・バンクがちゃんと機能していたなら、電磁キャノン砲を使うことなど、そもそも考えもしたかどうかわかりません」

「きみの艦が搭載していたマークⅧのトリックについてはどうなのかね？」ウェリントンが尋ねた。「わたしにはよく理解できなかったんだが」

「あれですか？」とジャクソンが返す。「あれは苦肉の策で、驚いたことに、たまたま運よくうまくいっただけです。それまでの何回かの交戦から、電磁キャノン砲が敵船に効果的だとわかってはいたのですが、敵の圧倒的なサイズと治癒能力のために、決定的なダメージを負わせることはできませんでした。シン機関長にそれぞれのミサイルの弾頭に、手近な化学薬品を統合してつくり出せる強力な混合爆薬を搭載させたのです。

そうして、われわれが最後の針路修正をしたとき、駆逐艦の後方にミサイルをほうり出しました。われわれが進んでいるのとは反対方向に。〈ブルー・ジャケット〉のエンジンの熱が邪魔をして、敵が探知できないようにそれをうまく隠し、それぞれのミサイルは二段階の燃焼を完了し、われわれと同じコースを飛んで減速しました。われわれが電磁キャノン砲を発射してそのまま標的のわきを通り過ぎると、敵の注意はすべてわれわれに向けられました。ミサイルはわれわれのあとからゆっくりとそのエリアにただよっていき、点火していないために敵にはまったく気づかれませんでした。ライト中佐が事前にプログラムをいじって、敵の船腹にあいた穴を探しあてたらそこをめがけてコースを変えるように設定していたため、そこで最後の段階の燃焼をはじめたわけです。

実際にそれがうまくいくとは思っていませんでした。じつは、最初の二段階で予想以上に減速してしまい、パーティ会場に到着するのが遅れていたのです」

ジャクソンはここでいったん顔を上げ、聞き手二人の顔を確かめると、実際に両者とも椅子から身を乗り出して、彼の話にじっと耳を傾けていた。

「さっきもいいましたように」とつづけて、彼は肩をすくめた。「苦肉の策のギャンブルです。高い代償になりました、われわれは敵の罠にみすみすとびこんでいったわけですから。敵はわれわれを惑星付近におびき寄せ、そこでわれわれがくらったプラズマの一撃は、それまでに敵がはなったものよりひと桁は威力が強烈なものでした。あれは〈ブルー・ジャケット〉の艦首と前方の区画を文字どおり一瞬のうちに気化させてしまったんですから。敵はわれわれをノックアウトするつもりでしたが、あの古びたラプター級の駆逐艦はあまりに頑丈で、一発では倒せませんでした」

「驚くべき話だな」とマーカムが小声でいった。「きみが理解していようがいまいが……気に入ろうが入るまいが……きみはこれからの計画に必要不可欠な存在だ、大佐。単に本物の戦闘の経験があるというだけでも……わたしもその場にいたかったなどといって、失われたもののことを軽《かろ》んじるつもりはけっしてないが、きみの経験についての話には……魅了されずにいられない。艦隊に所属する者は何よりも第一に戦士であるということを、いまのわれわれは忘れてしまっている。CENTCOMはウィンタースやジェサップのような官僚上がりのおべっか使いにすっかり毒されていて、あの連中はミッション遂行中の宇宙艦のブリッジに足を踏み入れたことさえもない。そういった状況は変わらねばならない。このような敵を相手にして勝利するつもりなら」

「それと、われわれはお払い箱になる予定の艦隊を復活させないといけませんね」ジャクソンは、脳が口の動きをとめる前にそういっていた。

「ふむ？」

「単純にいって、われわれ〈暗黒の艦隊〉は、惑星を一掃できるような、そしてわれわれがくらったような指向性のプラズマの一撃をはなてる敵を相手にして戦える兵器を充分に搭載できていません」

「それも変わることになろう、大佐」とマーカムがすごみのある笑みを浮かべていった。

「まさしく」とウェリントンもいう。「すべてが変わることになる。数百年の停滞ののち、人類は戦争に戻ることになる」

# エピローグ

「この男について、まちがいないという確信はあるのかね？」

「はっきりとあります、大統領閣下」とジョーゼフ・マーカム作戦部長はいって、椅子の背にもたれなおし、マケラー大統領が報告書の要約を読み進むのを辛抱づよく待った。

「つまり、彼がくぐり抜けてきたこと、そしてなんとか成し遂げたことはわたしとしても賞讃するが――」マケラーはそこまでいってためらった。

「ですが、なんでしょう？」とマーカムがうながす。

「だが、これを上院に認めさせるのに苦労しそうだ。何度も懲戒処分を受けた記録のある大佐……しかも、アルコール依存症の疑いのある男を。正直にいおう、ジョーゼフ、彼は艦隊内の地球出身者任官プログラムの廃止を望む者には格好の標的になりうる存在だぞ」

「閣下」マーカムが暗い顔になっていった。「仮に分析官が指摘していることが半分でも正しいとすれば、確実にわれわれは種族の存続をかけて戦うことになりそうです。どこかの偏屈な政治家連中のことはともかく、わたしとしては、何をおいても第一にウルフ大佐をこの戦いに必要としています。彼は艦隊内のほかのすべての士官を合わせたよりも戦闘経験が豊富です。そうはいっても、たいした数ではありませんが。そして自虐的な性質であるにもかかわらず、彼は才能ある戦術家で、生まれついての指揮官です。彼が骨董品のラプター級駆逐艦と、ゴミ運搬船の操船をまかせることさえ信用できそうにないクルーを使って、このエイリアン船を打ち負かしたという事実こそは多くを語っています」

「彼が地球出身者だから能力がないといっているのではない」マケラーがあまりにも急いで、一オクターヴうわずった声でいった。「わたしは単に、この先にどんな障害が待ち受けているのか、あらかじめきみに指摘しているだけだ」

「お言葉を返すようですが、大統領閣下」とマーカムが慎重に言葉を選びながらいった。「地球連合艦隊はあまりに長いあいだ、政治的機関でありすぎました。ウィンタースやジェサップの行動がそのことを如実に証明しています。ウィンタース一人をとってみても、彼女の政略ゲームのために数百万の人命が失われました。これは変える必要があります、しかも、喫緊《きっきん》に。われわれに勝つチャンスを与えるつもりならば」

「わたしにできることがあればなんだってしよう、もちろん」マケラーが弱々しく応じた。ほかのどの政治家とも同じく、偏見のことを考えただけで彼も尻ごみしていた。

「もちろんでしょうとも」とマーカムが皮肉めかして言葉をまねる。「よろしければ、閣下、わたしにはやるべき仕事がありますので。われわれ全員が、やることはたくさんあります」

「ご気分はいかがですか、上院議員？」

「宇宙旅行はわたしに合っていないし、ガス・ウェリントンが無愛想にいった。「そんなことはいいから、ここの研究を見せてもらおうか、博士」

「どうぞ、こちらへ」ユージーン・オールレスト博士がいって、通路の突き当たりの開いたドアのほうを示した。「しばらくのあいだ、サンプルを液体ヘリウム浸けにしています。あれはおたがいに十メートル以内まで近づくと反応をはじめて、融合しようとします。われわれは何が起きているのかはっきりわかるまでに研究者を一人失いました」

「それは残念なことをしたな」ウェリントンはまったく気にかけてもいない口調でいった。

「ここです」オールレストはそういいながら、大きな部屋に入っていった。巨大な筒状のタンクが部屋の大半を占めていて、中は液体で満たされている。タンクの真ん中に、色あせた医療廃棄物のかたまりのようにも見える何かが浮かんでいる。「これまでの研究でいえるかぎりでは、これが中央演算処理装置のようです」

「わたしがこれまで目にしたことのあるプロセッサーのようには見えないが」ウェリントンがいって、室内の寒さのために背中をまるめて腕組みをした。

「ええ、そうですね」とオールレスト。「われわれが提供されたサンプルは、これが生物学的に組み立てられたマシンから採取されたものであることを示しています」

「生命体だということか？」ウェリントンがばかにしたようにいった。

いまのところ、どちらとも判断するつもりはありません」オールレストは頑迷にいった。

「もっとも、わが同僚のなかには――」

「きみら知識人《エッグヘッド》が仲間うちでなんといおうが知ったことではない」ウェリントンが手を振ってさえぎる。「このいまいましい議論をすでに四度も聞かされてきた。こいつが訪問した惑星の地表で何があったのかについて教えてもらえないかね？　あそこの担当はきみらだった、そうだな？　個人研究所があれこれごっちゃになってしまう」

「おお、はい……もちろんです」オールレストがいまや狼狽《ろうばい》していった。「惑星にたどり着くと、どうやらメインの構造物であるあの船は、より小さな着陸船を地上に送り出し、それには体節のある穴掘り役の生き物を乗せていたようです。ポデレの人々は〝ミミズ〟と呼んでいましたが。この穴掘り生物は、生の素材を、有機物も無機物もすべて取りこんで、ウルフ艦長が報告書で〝ぬめぬめした〟と表現していた物質を分泌します。

これはメインの構造物自体のあらゆる部分に導管を通じて行きわたっていたのと同じ物質です。われわれが判断できるかぎりでは、この物質こそがあれの建造に使われているテクノロジーの基礎になる構成要素のようです。この物質の細胞をいじくって、必要とするものがなんであってもつくり出せるのです。そのおかげで、あれほどすばやく船腹を修復できたわけです」

「なるほど」ウェリントンがどっちつかずにいう。「この物質……これはそれだけで置かれているばあい、なんの知性のしるしも見せていないのかな？」

「われわれが気づくかぎりでは」とオールレストがいって、眉をひそめた。「あの構造物が入りこんだ星系で、新たな情報は何かあったんでしょうか？」

「それはきみの給与階級の制限を超えているよ、博士」とウェリントンがいった。「きみに与えられた特定の研究だけに集中して、大胆な推測は控えるように。プロジェクト統括者が結果を組みあわせ、この計画全体の発見に私見が影響しないようにしている」

「わたしはただの好奇心から――」

「われわれはいますぐ船に戻る」とウェリントンがぴしゃりといって、会釈ひとつせずに科学者のわきをすり抜けてすたすたと戻りだした。

「わたしはもうお役ご免のようですね」オールレストがふてくされてつぶやいた。

「上院議員は考えておられることがいろいろあるんだよ」まだ部屋に残っていたもう一人の男がいった。「ここでのきみの仕事ぶりに、あの方はたいそう感心しておられた」

「それはどうも」オールレストはいった。「ところで、あなたの名前を正式に聞いていませんでしたね」

「アストン・リンチだ。わたしに連絡するさいの情報はここに書いてある……きみの研究の進み具合を把握しておきたい。ではこれで、博士」

　パイクはうんざりさせられる科学者にいくつか異なる接触方法をプリントした名刺を渡すと、急いで部屋をあとにした。長い通路を急いでたどって戻ると、ウェリントン上院議員がいらいらしてリフトのわきで待っているのが見えた。これに乗って、安全なドッキング・アームまで降りていける。彼らはここにわずか三時間も滞在しておらず、わざわざやってくるのにかかった渡航費の価値もないくらいだった。ウェリントンは研究施設に立ち寄るたびに、すぐに興味をなくしていた。回収されたエイリアン船の破片は客観性をたもつために連合内のあちこちに送られていたが、この手法で彼らの誇る最良の科学的頭脳が何か実際に役立つ情報を集められるのか、パイクは疑問を感じはじめていた。純粋な研究はそれでよいとしても、遅かれ早かれ、実用的な応用が必要になるだろう。とりわけ、どうやってやつらを殺せるのかについて。

二人は無言でリフトに乗りつづけ、何もしゃべらないまま早足でセキュリティのチェックポイントを抜け、渡り通路《ギャングウェイ》を通ってその先の船へと戻っていった。到着して以来、ドックのクルーたちがぽかんと見とれていた、中央司令部情報局《CIS》所有のブロードヘッドに。

「ああいう研究おたくの変人どもは、学問のしすぎで目先のことしか見えていないようだ」ウェリントンは吐き捨てると、パイクがハッチを閉じるあいだに、ラウンジ・エリアの天鵞絨《ビロード》張りのシートにどさりと腰をおろした。「クルーは一人もおらず、ほぼすべてが生物学的な物質からなり……どうしてわたしでも明白な結論にたどりつけるのに、連中はよってたかって、あれが生命体なのかどうかについてばかり議論しあえるんだ?」

「いまのところ、われわれは彼らをかなりうまく隔離できています。いつかすべての情報を全体として集めたうえで見なおしたなら、もっと有用な結論につながるでしょう」パイクは船の出発前のシーケンスをはじめながらいった。

「シーアンでの作業はどうなった？」

「スムーズに運びましたよ」パイクは上院議員の向かいにすわっていった。「プロウラーが飛んでいって、軌道上から、異常があった四つの地点すべてに核兵器を撃ちこみました」

「異常か」といって、ウェリントンが鼻を鳴らす。「あのくそったれどもは、惑星の地表で四つの船をつくらせていた。われわれの同胞である人間や都市を建造部材にして。あのくそどもをとめるチャンスをどうにかものにしたいなら、よほど急いで脳みそをしぼったほうがいい。ほかにどれだけ多くの惑星がやられたんだ？」

「四つが完全に失われましたが、ウルフの到着がまにあって、ポデレは五番目にならずにすみました」

「シーアンの前に消されたふたつの惑星について、ほかにそのことを知っている者は？」

「ほとんど皆無です」パイクは肩をすくめた。「そのレヴェルの機密情報を取り扱えるのは、わずか数人にかぎられますから。わたしがそれを知っている唯一の理由は、それを見つけた当事者がたまたまわたしだったからです。ワルシャワ同盟があそこを秘密裏に、連合の承認なしにコロニー化しました。結果的に、連中がわれわれの存在をエイリアンどもに知らせたものと思われます」

「かもしれんな」ウェリントンがうめいた。「たとえそうだとしても、それは問題ではない。われわれとしては、いまここでワルシャワ同盟と険悪な関係になるわけにいかない。なんせ、気むずかしい連中だからな。この災厄をもたらした原因がやつらにあると責めたりしたら、協力をやめる気になったとしてもわたしは驚かんね」

「この新たな脅威のおかげで、かつての憎しみや意味のない見せかけをとりあえずわきにおくことになるといいんですが」

「いまの自分を見てみるがいい……スパイの哲学者殿よ」ウェリントンがあてこすっていった。「おまえさんが正しいことを願いたいものだな、パイク捜査官。この新たな脅威が、われわれ人類の最悪の特質を呼び戻すことにならねばいいが。それをいえば、ウィンタースとジェサップのばか者どもは、新しい住みかを気に入ったろうか？」

「この前わたしが確認したときには、ちっとも気に入っていないようでしたね」とパイクはいって、出発の準備ができたとコンピュータが知らせるチャイム音が聞こえると立ち上がった。「特にウィンタースは、流刑地のコロニーで生活を送ることがかなりこたえているようです」

「よし、よし」ウェリントンが一人で満足したような笑みを浮かべた。「さあ、ミスター・リンチ。こいつを動かしてヘイヴンに戻るとしよう。われわれにはやるべき仕事がたくさんあって、そのための時間はとても少ない」

「ただちに、上院議員」とパイクはいって、冗談めかしてウェリントンに敬礼をしてから、操縦室に戻ってパイロット席に腰をおろした。

「まさに驚くべきものだな、タナカ博士」とジャクソンはいいながら、小柄な科学者と並んで通路を歩いていった。「この施設の存在さえも知らなかったよ」

「ほとんどの者は知りませんよ」とタナカ。「理由は明らかでしょう。われわれは重工業部門の研究開発《R&D》の大部分を、ヘイヴンから移転しました。ほとんどはセキュリティ上の問題からですが。しかし、最近の出来事を見るにつけ、姿を隠すのはそれほど悪い考えでもなかったかもしれません」

「その点は疑問をさし挟むつもりもない」ジャクソンはいった。「チュウヨー社はこの施設を何十年も前からはじめていたにちがいない。小惑星内に、研究室のほかに造船所をまるごと備えているとは。驚きだ」

「この試みの困難さをご理解いただけてうれしいですよ」タナカが心からうれしそうな声でいった。「ひとつ教えてください、大佐、あなたはチュウヨー社についてどんなことをご存じでしょうか……われわれが何から何までつくっているらしいという事実のほかに？」最後の部分は、短いながらもはっとさせられる笑い声といっしょにもたらされた。

「あまり多くはない」とジャクソンは認めた。「おたくらがかなり秘密主義で、自分たちの開発したテクノロジーを単に売りさばくよりもはるかに多くを統制しているようだという程度のことは知っている。おたくらがワープ・ドライヴを開発したという事実をもってすれば、あれだけ大きな影響をもちつづけていられるのもごく自然ななりゆきのようだ」

「最初にあれが開発された当時、数世紀前のわが先駆者たちは、〝T《チュウヨー》ドライヴ〟という呼び名を広めようとしました」タナカが笑みを浮かべていう。「ですが、〝ワープ・ドライヴ〟という言葉のほうが文化に深く根づいていたために、そのまま定着してしまったのです。その言葉の出自を知ったら、あなたはさぞ驚かれると思いますね。ですが、あまり知られていない事実のひとつは、あなたのいい方でいえば〝ワープ〟・ドライヴを開発したのはわれわれチュウヨー社ではないということです。われわれは単に適応させただけなのです」

「適応させた？」

「ええ。チュウヨー社の最初のプロトタイプは、二十一世紀初頭に木星の衛星であるエウロパに墜落していたエイリアン船を見つけて、分解工学《リバース・エンジニアリング》から開発したものなのです」タナカが説明していった。「チュウヨー社はその船を見つける契機になった探索行に出資していたために、そのテクノロジーの独占権を得たのです。それから数世紀が過ぎゆくあいだに、われわれはデザインを進化させてきましたが、すべてのワープ・ドライヴは、いまなおその源流を、あのときの墜落した船にさかのぼることができるのです」

「それについては、まったく知らなかった」ジャクソンはかすかな畏れにうたれつついった。

「誰の宇宙船だったのかは判明しているのかな？」

「いいえ」タナカが答える。「当時のミッション記録には、ロボット探査機が発見するまでに、どうやらその船はかなりのあいだそこに放置されていたようだと示されています。ほかには、これといって注目すべき残骸もありませんでした。船自体を調べることによって、それに乗っていた者の性質についてある程度の推測はつけられますが、われわれ自身が太陽系を離れて以来、その種族と遭遇したことはいまだありません」

「われわれ全員が太陽系を離れたわけではない」ジャクソンはぼんやりといった。

「もちろんですとも、大佐」とタナカがいって、かすかに頭を下げた。「失礼なことをいうつもりはありませんでした。わたしがいいたいのは、まさに最初期から、この世に存在しているのはわれわれだけではないとわかっていたということです。われわれの傲慢さゆえに、超光速飛行は人類が発明した奇跡で、われわれが探査してまわったかぎり、われわれこそは宇宙すべての主《マスター》であるという神話がつくり出されたのです。宇宙はいまになって、人類に手痛い教訓を与えたのだと思います」

「それはわたしが耳にしてきたなかでもっとも洗練された表現だな」ジャクソンはいった。「この施設の見学ツアーと歴史の講義をとても楽しんではいるんだが、博士、わたしが超秘密主義のチュウヨー社の実験施設に連れてこられたのには、ほかにも理由があると考えないわけにいかない」

「もうすぐそこまで来ています、大佐」とタナカがいって、前方を手で示した。そこから先は、通路が合金の隔壁から透明なトンネルに変わっている。

アクリルのトンネルの壁ごしに外をのぞき見ることのできるところまで来ると、ジャクソンははっと息を呑んだ。彼の足もとの、密閉された、加圧式倉庫に横たわっていたのは、彼がこれまで目にしたどれとも似ていない宇宙船の船腹だった。人類が建造してきた船は一般にどれも同じ方法論に従ってきたようで、どれも一様に細長い筒状で、アンテナや兵器、エンジンがあちこちから突き出ている。

しかしながら、この船はすべてがなめらかだった。そして高さよりもはるかに横幅のほうが広く、船首は矢尻の形に尖《とが》って、中央にかけていったん細くなりながら、船尾でまた広がっている。ふたつの巨大なメイン・エンジンのポッドはパイロンに載せられて、彼が目にしてきたどの船よりも船腹に近いところに挟みこまれている。

「見事なものです、そうじゃありませんか？」

「美しい」とジャクソンは小声でつぶやいた。「これは本物の宇宙船なのか？　ただの実物大模型ではなくて？」

「完全に機能します。このタイプの最初の作品です」タナカはうなずいた。「辺境で脅威の警告を受けると、われわれはすぐに組み立ての準備をはじめました。チュウヨーがここで開発してきたあらゆるテクノロジーが、これのデザインにおいて頂点を迎えています」

「わたしがかつて指揮してきた駆逐艦ほど大きくはないな」ジャクソンは指摘した。

「それでもこれは駆逐艦でして、軽巡航艦でもなく、フリゲート艦でもありません」とタナカ。「あなたのラプター級駆逐艦は半世紀近くも就役していました。この艦は排水トン数こそ半分ですが、三倍の速さがあり、十倍近い攻撃力を誇っています」

「おたくらはこれをなんと呼んでいるのかな？」

「これは人類がつくり出した宇宙船のなかで、新世代の最初のものになります」タナカがなめらかな外観の船を見おろしながらいった。「そして、ただひとつの目的のためにつくられました。戦争のために。この船にはまだ名称がありませんでしたが、あなたの初戦での勝利を讃えて、この駆逐艦の系統をスターウルフ級と名づけることにしました。抜きんでて速く、殺傷能力が高く、パワーにおいてもまさっています。あなたをここにご案内した理由は、大佐、あなたにこれをお見せして、われわれがすでに階段を一段のぼったとあなたに知ってもらうためだったのです。敵がふたたび姿をあらわしたとき、われわれは準備ができていることでしょう」

「本当にそのとおりであるように願っているよ、タナカ博士」

ジャクソンは戦闘艦を見おろしたままいった。いかにこの船が進歩しているとはいえ、人類が長くけわしい、勝利の保証もない戦闘に足を踏み入れたのだということを彼は痛感していた。彼らが勝利するには、新しいガジェットや派手なテクノロジー以上のものが必要になる。自分たちの生存のためとはいえ、人類は戦う意思さえももちつづけているのだろうか？

答えは時のみぞ知るだ。

# 訳者あとがき

二十一世紀のなかば以降、人類の多くは環境の悪化した地球を離れ、広大な宇宙に連合国家を築きはじめた。それから数世紀にわたって争いのない平穏な日々がつづいたために、人々は戦争というものを忘れかけていた。なかでも、地球連合所属の第七艦隊（通称〈暗黒の艦隊〉）はすっかり堕落して、落ちこぼれたちの掃きだめと化していたが、この艦隊で駆逐艦〈ブルー・ジャケット〉の艦長を務めるジャクソン・ウルフ大佐こそがこの物語の主人公だ。

ウルフ大佐はそりの合わない上司に突然呼び出され、副長の変更を告げられる。経歴のうえでは申しぶんのないこの女性中佐を艦上に迎えたのもつかのま、上院議員の補佐を名のる横柄な男が乗りこんできて、検査不充分な状態での出航を命じる。やむなく従ったウルフ大佐は、調査に向かった星系で異様な光景を目にすることになる。これが人類の想像もしていなかった危機のはじまりだとも知らずに……。

超光速ワープ航行が可能になった未来世界を舞台にした、ミリタリーSFの系譜につらなる新たな注目作、『暗黒の艦隊　駆逐艦〈ブルー・ジャケット〉』をここにご紹介したい。

主人公は少数派の地球出身者として軍内で蔑《さげす》まれ、アルコール依存の問題を抱えつつも艦長の地位まで這い上がってきた苦労人だ。そんな彼が、すっかり平和ボケして士気の低下した部下たちと、兵器がまともに整備されてもいない老朽駆逐艦に乗り組んで未知なる脅威に遭遇し、絶望的な状況においても戦いつづける。そうして巻末でちらっとほのめかされる敵の特性は、さらなる物語を期待させずにおかない。そう、これは〈暗黒の艦隊〉三部作の第一作で、原作のタイトルは次のとおり。

1　Warship (2015)　本書
2　Call to Arms (2015)
3　Counterstrike (2015)

三部作はつづけざまに発表されているが、もともとは一九九〇年代に書かれていた長大な習作を二十年近くたってから大幅に改稿し、三つに分けて発表したということらしい。

このへんで著者について触れておこう。著者ジョシュア・ダルゼルは、一九七八年、オハイオ州シンシナティ生まれ。高校卒業後に空軍に入り、サウスダコタ州のエルスワース空軍基地でB1‐B戦略爆撃機の電子戦担当技官として勤務した。除隊後は、航空工学の教育機関として名高いエンブリー・リドル航空大学で航空科学の修士号を取得し、打ち上げ用ロケットや火星探査車《マーズ・ローバー》などの電子機器を扱う企業で働きながら執筆活動に取り組んできた。

子どものころからSFが好きだったが、二〇一一年のクリスマスに、婚約者からキンドルをプレゼントされたことがきっかけで電子書籍に興味をもつようになる。これまで何作も出版社に投稿してきたものの、すべて断られていたため、電子出版で刊行することを決意して、二〇一三年に*Omega Rising* というSF作品をキンドルのダイレクト・パブリッシングで発売。無名の新人であったにもかかわらず、たちまち売上トップテン入りを果たす。以来、二〇一六年までにシリーズ続篇八作をつづけざまに発表し、いずれも好評を博して、おかげで現在はフルタイムのライターとして執筆に専念している。二〇一五年に刊行を開始した本書をはじめとする〈暗黒の艦隊〉三部作の完結後は、シリーズ続篇にあたるExpansion Wars三部作を書きはじめ、今年の一月に第二巻が発表されたところだ。

蛇足ながら、著者の故郷シンシナティはオハイオ川沿いの都市で、主人公ウルフ大佐の出身地もこの周辺とされている。川を挟んで対岸は、バーボンの産地として名高いケンタッキー州だ。大佐が作中で手に入れた「黒いラベル」の「四角いボトル」のバーボンといったら、真っ先に思い浮かぶのはジャック・ダニエルかもしれないが、あれはテネシー産のウィスキーで、正確にはケンタッキー・バーボンではない。となると、ジム・ビームの黒ラベルだろうか、とそんなことも想像してみたくなる。

さて、日本の企業から発展したというチュウヨー社の最先端テクノロジーの助けを得て、ウルフ大佐や戦争を忘れていた艦隊が謎めいた敵を相手にどのように立ち向かっていくのか、続篇が引きつづき日本でも紹介できる機会を待ちたい。

訳者略歴　1969年生，1992年明治大学商学部商学科卒，英米文学翻訳家　訳書『最後の近衛戦士』スミス，『光速艦インパルス、飛翔！』バラ，『ミストボーン』サンダースン，『女王陛下の魔術師』アーロノヴィッチ（以上早川書房刊）他多数


HM=Hayakawa Mystery
SF=Science Fiction
JA=Japanese Author
NV=Novel
NF=Nonfiction
FT=Fantasy


# 暗黒《あんこく》の艦隊《かんたい》

## 駆逐艦《くちくかん》〈ブルー・ジャケット〉


〈SF2127〉

二〇一七年五月 二十 日　印刷
二〇一七年五月二十五日　発行

（定価はカバーに表示してあります）

著者　ジョシュア・ダルゼル
訳者　金《かね》子《こ》司《つかさ》
発行者　早川浩
発行所　株式会社　早川書房

郵便番号　一〇一 - 〇〇四六
東京都千代田区神田多町二ノ二
電話　〇三 - 三二五二 - 三一一一（大代表）
振替　〇〇一六〇 - 三 - 四七七九九
http://www.hayakawa-online.co.jp

乱丁・落丁本は小社制作部宛お送り下さい。
送料小社負担にてお取りかえいたします。

印刷・精文堂印刷株式会社　製本・株式会社フォーネット社
Printed and bound in Japan
ISBN978-4-15-012127-3 C0197




本書は活字が大きく読みやすい〈トールサイズ〉です。